Conor's Way
by Laura Lee Guhrke

楽園に落ちた天使

ローラ・リー・ガーク
高橋佳奈子・訳

JN283078

ラズベリーブックス

Conor's Way by Laura Lee Guhrke
Copyright © 1996 by Laura Lee Guhrke

Japanese translation rights arranged with
Writers House LLC
through Japan UNI Agency, Inc., Tokyo.

日本語版翻訳権独占
竹書房

もちろん、ジョンに
ほかに誰がベルファスト時間の午前一時にゲール語について訊く電話に我慢してくれる？
いつものように、心からの愛をこめて

謝辞

ボイシのローマ・カトリック教会教区助祭、ジェイムズ・ボーウェンに謝意を表する。カソリック神学に関するわたしの知識から蜘蛛の巣を払ってくれたことに。ルイジアナ州ラストンの公立図書館の方々にも感謝する。司書の業務を超える調査依頼に応じてくれたことに。キャリー・テイラーを創造するさいに、インスピレーションを与えてくれた実在のキャリー──キャリー・ギブソン──にも感謝したい。また、最後に必要不可欠な協力をしてくれたティップ・オコナーにも謝意を表する。ティップ、若きアイルランドの作家たちに幸あれ。そして、わたしに正気を保たせてくれている友人たちに特別の感謝を。レイチェル・ギブソン、ジル・ヒル、ステフ・アン・ホルム、サンディ・オークスに。とくにサンディに。その洞察力に富んだ意見と発想が常に役に立ってくれた。そう、サンディ、もう陽気に振る舞ってくれなくていいのよ。思いきりふさぎこんでいいの。本は完成したのだから。

楽園に落ちた天使

主な登場人物

オリヴィア・メイトランド……………………………農園〈ピーチツリー〉の経営者。

コナー・ブラニガン………………………………ボクサー。

ベッキー………………………………………オリヴィアの養女。

キャリー………………………………………オリヴィアの養女。

ミランダ………………………………………オリヴィアの養女。

ヴァーノン・タイラー……………………………実業家。

アリシア・タイラー………………………………ヴァーノンの妻。

ハイラム・ジャミソン……………………………アリシアの父。

オレン・ジョンソン………………………………オリヴィアの隣人。

ケイト・ジョンソン………………………………オレンの妻。

スタン・ミラー……………………………………商店主。

リラ・ミラー………………………………………スタンの妻。

ジェレミア・ミラー………………………………スタンの息子。

アレン牧師…………………………………………カラーズヴィルの牧師。

エルロイ・ハーラン………………………………ジャクソン郡のボクシング・チャンピオン。

ジョシュア・ハーラン……………………………エルロイの息子。製材所所長。

アール・ハーラン…………………………………エルロイの息子。

1

ルイジアナ州北部　一八七一年

　コナー・ブラニガンがロープをくぐり抜けてリングに上がると、カラーズヴィルの男たちは、こいつは顔がきれいすぎて強いボクサーのはずはないと思った。もちろん女だったらちがった意見を述べたことだろうが、そこに女はいなかった。じっさい、カラーズヴィルの男たちはコナーの細身の体とハンサムな顔をひと目見て、地元のチャンピオンの勝ちはまちがいないと決めつけた。

　コナーはリングの中央で足を止め、よそ者の自分を出迎えるブーイングや口笛に、これ見よがしに敬礼して応じてみせた。それから自分のコーナーへ行き、賭けの胴元の手下が最後の賭け金を集めてまわるのを待った。騒がしい金曜日の客たちを青い目で見まわしたが、とくに知っている顔はなかった。七十日で二十の町をまわり、二十の試合をこなしてきたあとでは、どの顔も同じに見えた。汗で光り、戦いを求めて興奮している特徴のない顔また顔。

しかし、コナーにはそんなことはどうでもよかった。流しのボクサーという暮らしは彼の性に合っていた。今夜も試合に勝てば勝利を祝って熱い風呂にはいり、強い葉巻を吸い、ひと瓶の上等なアイリッシュウィスキーを、ドル札とさよならのキス以上は求めない真っ赤な唇の天使と分け合う。明日には次の町へ移って次の試合にのぞむ。

しがらみも、家族も、義務もない。それが今のコナーの暮らしだった。そして、そんな暮らしが気に入っていた。

対戦相手がテントのなかにはいってきて、歓声があがった。コナーが振り返ると、エルロイ・ハーランが群衆のなかを近づいてこようとしていた。ジャクソン郡の現チャンピオンで今日の試合の本命であるこの男は、友人や隣人たちの励ましの歓声を受けながら、巨大な壁のようにかさばる体をリングにのぼらせた。

コナーが見たところ、エルロイは彼よりもゆうに四十ポンドは体重が多そうだったが、経験から言って、大きい連中はたいてい動きがのろい。エルロイが自分と同じような体格のボクサーだったら不安を感じたかもしれないが、自分のコーナーに行ったエルロイにリング越しににらみつけられても、コナーはロープに身をあずけて相手にわざと挑発するような笑みを向けただけだった。挑発された男は怒りに駆られる。

「アイルランド野郎めが」とエルロイは怒鳴った。

コナーはさらににやりとした。怒りに駆られた男はミスを犯す。

賞金試合は仕事にすぎない。生計を立てる手段なのだ。たのしいものではないが、すずめの涙の賃金のために一日十二時間も、ボストンで魚をさばいたり、ニューヨークで道に落ちている馬の糞を片づけたりするよりはましだった。灼熱の太陽のもと、鉄道のレールに大きなハンマーを振り下ろしたりするよりもまだよかった。年に五カ月、週にふた晩だけ働けばよく、あとは自由に過ごせた。コナーは誰に対しても責任がなく、誰のことも必要としていなかった。そう、流しのボクサーの暮らしは彼にはぴったりだったのだ。

「おまえ、ちょっとうぬぼれてるんじゃないのか？」

ダン・スウィーニーの声が物思いを破った。コナーは首をめぐらし、マネージャーにぞんざいに肩をすくめてみせた。「しかたないさ、ダニー。あの男を見ろよ。たぶん、パンチをあてる必要もないぐらいだぜ。やつがめまいを起こすまでまわりで踊ってればいい。それで勝手にダウンさ」

コナーのボクシング・スタイルはふたりのあいだでよく冗談の種となった。が、今回、ダンは笑わなかった。そのかわり、あたりをうかがって身を寄せると、ふたりのあいだにあるロープに二の腕をかけた。「賭け金が集まったぜ、ぼうや」

「それで？」

ダンは片手で顎をこすった。「予想どおりさ。エルロイはえらく人気が高い。しかし、やつへの賭け金は額が小さい。ひとりせいぜい一ドルか二ドルだ」ダンはそこでことばを止め、しばらくしてつけ加えた。「それに対して、ニュー・オーリンズからここへ来ているふたりの金持ちが、去年の春、ショーネッシーでおまえの試合を見たそうで、おまえにぎりぎりいっぱいの金額を賭けた。ひとり五百ドルだ」

「だったら、ふたりともすぐにもっと金持ちになるな」

しかし、ダンは首を振った。「そうじゃない。賭けの胴元とちょっと話したんだが、そんな額の金は払いたくないとはっきり言っていた。その意味はおまえにもわかるだろうが」

もちろんわかる。エルロイが勝てば、支払いの数は多いが金額はそれほどでもない。胴元はニュー・オーリンズから来たふたりの男の賭け金からかなりの利益をあげることができる。コナーが勝てば、賭けに勝つのはそのふたりだけだが、胴元は多額の金を失うことになるだろう。コナーはダンと目を合わせ、声に出して言った。「おれに負けてほしいというわけか」

「この試合に関しては、エルロイが勝ったほうがみんなにとって健全な結果になるということさ」

コナーはまたにやりとした。愛想のよい笑みだった。「死んでもいやだね」

ダンはコナーをにらみつけ、「そういうことにもなりかねない」とつぶやいた。「利口になることだ」

審判がコナーに前に出るよう手招きした。ダンは一歩下がった。コナーはロープから身を起こし、シャツのボタンをはずしながらリングの中央に進み出た。ダンの言うことは正しい。これまで彼が負けろと言ってきたことはなかったが、胴元に逆らえば、面倒なことになるのはコナーにもわかっている。おそらくテントから無事出ることはできるかもしれない。もしかしたら、町からも。しかし、それ以上は望めないだろう。エルロイにパンチをくり出させ、リングの床に伸びたほうがいい。そのほうが簡単で安全だ。

コナーはシャツを脱ぎ、後ろのコーナーに放った。彼の胸や背中に残る無数の傷痕を見て、観客のあいだにショックを受けたひそひそ声が広がった。人々の凝視や憶測のささやきにコナーはいつもと同じ反応を見せた。つまり、無視したのだ。

しかし、穏やかな見た目は振りにすぎなかった。この傷が勇気や雄々しさの勲章だと思う者もいるかもしれないが、コナーは真実を知っていた。この傷を自分につけた男たちのことを思い出すと、かつてのなじみ深い憎しみに心をかき乱される気がした。ひとつひとつ、ありとあらゆるものを奪っていった男たち。こちらがやつらの思惑どおり、何よりも厭《いと》うべき存在になり下がるまで。今、その憎しみは心の奥底にうずめられ、自信満々の笑みと傲慢な自信に隠されていたが、それでもけっして消え去ることはなかった。

絶対に変わらないこともある。コナーは審判が試合開始の合図をするのを待ちながら胸の内でつぶやいた。ここはアイルランドではないが、やはり服従を求めてくる連中はいる。わがもの顔で利用しようとしてくるやつらだ。突如として反抗心がめらめらと熱く燃え上がった。

審判が地面にチョークで線を引いた。「両者、線につけ！」そう叫ぶと、脇へ飛びのいた。「蹴ったり、目をついたり、噛みついたりはなしだ」

賞金試合の開始を告げるお決まりのことば。このことばをコナーは五月から九月にかけて週二回耳にしていた。〝聖なるマリアよ〟と彼は胸の内でつぶやき、ひょいと身をかがめてエルロイがくり出してきたハムのようなこぶしをかわした。負けるなどとんでもない。

こぶしは頭上を空振りした。コナーは背を伸ばし、相手の胴へ左、顎へ右、再度胴へ左を思いきりお見舞いした。が、すぐに後ろに飛びのき、相手のお返しのこぶしは自分の体に触れさせなかった。

ダンをちらりと見ると、老人は首を振っていた。この試合が終わる前に、ダンは姿を消しているだろう。自分で選んだことの結果には自分ひとりで直面しなければならないわけだ。そう、けっして変わらないこともある。

エルロイがふたたびこぶしを振り上げた。が、今度はコナーの反応も充分すばやいとは言えなかった。こぶしは頬を直撃し、コナーは星を見ながらよろめいて一歩下がった。

〝ちくしょう、コナー、逃げるんだ〟。命令する兄マイケルの声が聞こえた。少年時代に戻ったかのようだった。ここがルイジアナの汗臭いテントのなかではなく、アイルランドのデリーの草原で、マイケルもまだ生きているかのように。そんなところにつっ立っているんじゃない。やつが追ってきたら、ここから逃げるんだ。

エルロイがまたこぶしを振りまわして飛びかかってきた。コナーは兄の助言に従った。身をかがめて左に逃げ、エルロイの腹にパンチを三発お見舞いすると、敵のリーチの届かない場所へ移動した。それからエルロイのまわりを一周し、顎にアッパーカットをお見舞いした。骨に骨があたって砕ける音がした。

エルロイはよろめいたが、バランスをとり戻し、応戦しようとこぶしを振り上げた。が、コナーはそこにはいなかった。

「いったいどうなってるんだ?」エルロイはつぶやき、当惑してまわりを見渡した。

コナーは誘うように口笛を吹き、くるりと振り向いた敵に最後のパンチをお見舞いした。ジャクソン郡の現チャンピオンが大きな音を立てて地面に倒れ、驚愕の声があがった。コナーは少し離れたところで、片足から片足へ体重を移動させ、歯のあいだから息を吸いながら、エルロイが立ち上がって試合をつづけるつもりかどうか見守った。敵は立ち上がろうとしたが、膝立ちになることもできなかった。

エルロイがリングから引きずり出されると、コナーは勝利を宣言するかのように片方のこぶしをつき上げた。マイケルも誇りに思ってくれるだろう。

しかし、勝利は長くはつづかないはずだ。その代償は小さくない。コナーはコーナーへ戻ってタオルをつかんだ。顔の汗を拭きながら、賭けに負けた客たちが出口へ向かうのを眺めた。胴元の机へ寄って配当金を受けとったのはふたりだけで、彼らがニュー・オーリンズから来たふたりの金持ちであることはまちがいなかった。

思ったとおり、ダンは姿を消していた。興行主から賞金の二十五ドルを手渡され、コナーはたたんだ札をブーツの内側の折り返しのなかにたくしこんだ。それを胴元の手下たちにとり返されるであろうことはたしかだったが。そしておそらくは、その前に自分が散々に叩きのめされることになるだろう。

コナーは両手に走る痛みに顔をしかめながら、シャツをはおってボタンを閉めた。所持品のすべてがはいった革の背負い袋を拾い上げ、肩にかけると、今や誰もいなくなったテントの入口へと向かった。

そこまで到達しないうちに、三人の男たちが広い入口に姿を現した。横一列に並んで立ち、行く手をふさいでいる。まんなかの男が口を開いた。「おまえと話をしたいと言っている方がいる」

「そうかい？」背負い袋のひもをつかむ手に力が加わった。必要とあらば、袋を投げ捨てる用意はできていたが、声はなにげない調子を保った。「残念だな、もう帰るところなんだ」

「そうはいかない」まんなかの男が前に進み出て、ほかのふたりもすぐそのあとに従った。

そのうちひとりであれば――おそらくはふたりでも――どうにかできたかもしれないが、三人対ひとりでは、勝ち目はなかった。逃げ出すことすらできなかった。そこで片方の肩を落として背負い袋を滑らせ、そばの地面に下ろした。それを邪魔にならないように蹴り飛ばすと、こぶしをにぎり、一番近くにいた男に思いきりくり出した。男は地面に仰向けに倒れた。しかし、それ以上動く前に、ほかのふたりにつかまってしまった。

もがいて男たちの手を振りほどこうとしたが、できなかった。倒れた男が立ち上がり、目の前に立った。コナーには次に相手が何をしてくるかわかった。そこで先手を打って片足をつき出し、男の下腹部にまともに蹴りを入れた。が、優勢だったのもその一瞬までだった。

身を折り曲げていた男が背筋を伸ばしたと思うと、こぶしが飛んできた。頭をかがめてよけようとしたが無理だった。目の奥で白く熱い痛みが炸裂し、さらに腹にこぶしを受けて息が止まった。こぶしは彼がもがくのをやめるまで顔や体に雨あられと降りそそぐ。体をつかまえていたふたりがようやく手を離すと、コナーは膝をつき、腎臓を蹴られて地面につっ伏すことになった。唇をなめると、血と土の味がした。

　腕を押さえていたふたりが両脇に立ち、まるで空き缶でも蹴るように彼を交互に蹴り出した。蹴られるたびに体がびくんと動いた。やがて何かが折れる音がした。それが自分の肋骨《ろっこつ》の折れる音であることがコナーにはわかった。彼はみずからの愚かさを呪いながら這って逃れようとした。負けを受け入れるべきだったのだ。いったいいつになったら賢く振る舞うことを学ぶのだろう？

「もういい」

　コナーは仰向けに転がった。腫れた片目を開けると、とび色の髪の、やせた見知らぬ男がそばに立っていた。男はコナーの喉に磨きこまれたブーツの片足を載せ、息ができなくなるまで体重をかけて踏んだ。

「自己紹介させてくれ」男は細い葉巻を嚙む歯のすきまからことばを押し出すように言った。「ヴァーノン・タイラーだ。よそものには名前を聞いてもぴんとこないだろうな。あんたにはこのあたりの事情ってやつを説明してやったほうがよさそうだ」

　ヴァーノンは身を起こして一歩下がった。コナーは大きく息を吸ったが、そのせいで肋骨が痛んだ。ヴァーノンは葉巻をひと吸いし、片腕を大きく広げた「この町のほとんどと、そのまわりの土地のほとんどがおれのものだ。土地は小作人どもに貸してやっている。商店や製材所もおれが所有している。レストランや新聞やホテルも同様だ。所有していないものについても使用権を持っている。このあたりの連中はほとんどみなおれに雇われているんだ。おれはボスであり、銀行であり、法律だ。わかったかい、ぼうや？」

コナーはどうにかうなずくことができた。骨身にしみてわかっていた。アクセントはちがうかもしれないが、はじめて耳にすることばというわけではなかったからだ。

「ようし。今夜はおまえのせいでかなりの額の金を失った。おれは金を失うことには寛容でいられない人間でな。ぼうや、もう一度おれの前に現れたら、枯れ枝のように細かく折って薪《まき》にしてやるからな」ヴァーノンは嚙んでいた葉巻を地面に吐き捨て、踵《かかと》で踏みにじると、手を伸ばしてコナーのブーツに指をつっこんだ。そこから金を引っ張り出すと、そばに立っている男たちのほうを振り返った。「おまえら、このくそ野郎を連れていって、もといた肥《こ》えだめに捨ててこい」

ひとりの男にくるぶしをつかまれ、もうひとりに手首をつかまれてテントから引きずり出され、近くに停めてあった荷馬車の荷台に放りこまれながら、コナーは自分の体が焼きすぎたチキンのようにばらばらになる気がした。彼は歯をくいしばり、声を出さずに痛みに耐えた。悲鳴をあげたり、苦痛をあらわにすることは、負けを認める第一歩だ。

荷馬車ががくんと揺れ、前に進み出した。町はずれへと向かっている。道のでこぼこのせいで荷馬車が揺れるたびに苦痛に襲われ、傷ついた筋肉と折れた骨のことを思い出さずにいられなかった。コナーは目を閉じ、千から逆に数を数えはじめた。大昔に覚えたやり方だ。

頭を使わないことに神経を集中することで、痛みに耐えられることもあるのだ。九百九十九、九百九十八……

そこはルイジアナの田舎町であり、ほろのない荷馬車に乗っているのだったが、コナーの心はマウントジョイに戻っていた。夏のそよ風が桃の香りやジャスミンの花の香りを運んでくる。しかし、そうした甘い香り以上に、牢獄の湿った酸っぱいにおいがきつくただよっている。八百五十二、八百五十一……

荷馬車がわだちにはまり、コナーの体は一フィートも宙に投げ出された。思いきり肩を打ちつけて着地すると、牢獄の看守たちによって肩の関節をはずされ、それをもとどおりに入れられたときのような感覚に襲われた。コナーは血が出るほどに唇を噛みしめたが、声は発しなかった。あれから四年たち、何千マイルも離れたところにいる今、悲鳴をきかせてオレンジ党員（イギリスによる北アイルランド統治を支持する北アイルランドのプロテスタント系の政党）のやつらを悦に入らせるつもりはなかった。

どこか遠くで、雷鳴が轟《とどろ》いていた。温かい夏の雨のしずくを肌に感じる。が、それが冷たく変わり……雨もまた冬の風に飛ばされてきたアイルランドの呪わしい雨となって、頭上の一フィート四方の窓から降り注いでくる。コナーは独房の壁につながれた鎖を引っ張り、細い針のようにうなじを打つ冷たい雨を避けようとした。七百二十六……

荷馬車が速度を落とした。誰かのブーツで押されたと思うと、コナーは荷台から落ち、どすんと音を立てて地面に転がった。全身に新たな痛みの波が走った。自分の弱さに嫌悪を覚えながら思わず悲鳴をあげたが、ありがたいことにすぐに暗闇のなかへと落ちていった。七百二十五、七百……

目覚めると、どことも知れぬ場所の道のまんなかに寝そべっていた。あたりに人影はなく、夜は明けていた。目を閉じ、コナーはまたふっと無意識の世界へ旅立った。

オリヴィア・メイトランドには男手が必要だった。南の牧草地を整備し、翌春、綿を植えるためだけではない。フェンスが倒れ、裏のポーチがへこんでいるからでもない。二カ月もすれば桃が熟すというのに、収穫を手伝ってくれる人手がないからでもない。

そう、じっさい、男手が必要なのは、家の屋根がまるでざるのように雨漏りしているというのに、自分が高いところが苦手だったからだ。

オリヴィアは手綱《たづな》をふるったが、頑固な老いぼれラバのカリーは自分のペースで町まで行こうと思っているらしく、急ごうとする素振りをまったく見せなかった。ラバのゆっくりとした足取りのせいで、目下の問題をくよくよと考える時間が増しただけだった。オリヴィアは荷馬車の上で体重を移動し、苛々《いらいら》するまいと努めた。

町に着けば、今度こそは人手を募集する広告に応募が来ているにちがいない。卵を売った金で〈ジャクソン郡公報〉に働き手募集の広告を打ったのだった。町じゅうにちらしも貼った。しかし、それが三カ月以上も前の話なのに、応募はひとつもなかった。もちろん、手伝ってもらう見返りとして提供できるのは寝泊まりする部屋と食事だけだったため、あまり魅力的な募集でないことはたしかだった。カラーズヴィル周辺には頑強な男たちが少なく、じっさいに賃金をもらえる工場での仕事に就く者も、自分で農地を借りて耕す者もほとんどいなかった。

手の甲に雨粒が落ち、すりきれた茶色の革の手袋に黒いしみをつけた。ぽつり、またぽつりと雨粒が落ちてくる。オリヴィアは頭上に広がる暗灰色《あんかいしょく》のどんよりとした雲を見上げ、戻ったほうがいいだろうかと考えた。夜のあいだに降った雨で、すでに道はぬかるんでいる。町までたどり着くことはできるだろうが、また嵐となったら、カリーでは家に帰ることができないかもしれない。

いずれにしても、町へ行っても無駄足に終わりそうだった。前に町に出たときに、店でつけでの買い物はさせないとスタンに宣言されていた。再度頼んでみても、あまり効果はないだろう。

オリヴィアは下唇を噛み、前方にくねくねとつづくわだちだらけの道を見つめた。戦争以来、辛い時期がつづいていたが、昨年の夏にネイトが死んでからはいっそう大変な日々を過ごすことになった。ネイトは気むずかしい年寄りで必ずしも頼りになるわけではなかったが、年のわりに頑健だった。ハンマーの使い方にもすぐれ、揺るぎない忠誠心を示してくれていた。収穫の時期にも役に立ってくれた。

オリヴィアには養わなければならない三人の娘がいて、世話をしなければならない豚や鶏、来たる九月に収穫しなければならない桃があった。ひとりで何もかもこなすには一日二十四時間では足りなかった。ネイトが亡くなるまで、その老いた作男にどれほど自分が頼り、彼がいなくなってどれほどさみしいか、気づかずにいたのだった。

娘たちのことを思い出して、収穫した桃を市場におさめられなければ、どうやって三人を養っていけるだろうと考えた。おそらくは一八六五年に彼女たちの両親が亡くなったときに、養女にすべきではなかったのだ。ちゃんとした世話を受けられないのであれば、あの子たちも孤児院に入れられたほうがまだましだったはずだ。

突然肩の荷があまりに重い気がして、オリヴィアは二十九歳という実年齢よりも自分がずっと年をとっているように感じた。「ああ」とつぶやく。「手伝ってくれる人がいるとほんとうに助かるんだけど」

それに応えるかのように、雨が激しさを増し、オリヴィアはため息をついた。「無理みたいね」

御者台でオリヴィアは背を丸め、つばの広い麦わら帽子を目深に引っ張り下ろした。それほど多くを望んでいるわけではない。手助けしてくれる男をひとりだけ。重労働をものともせず、それに対する支払いを求めない男を。

急なカーヴに差しかかり、オリヴィアはカリーの手綱をわずかに引いた。荷馬車がカーヴを曲がったところで、行く手の二十フィートほど先に何かが転がっているのが見えた。オリヴィアは手綱を思いきり引き、カリーを止まらせた。ラバの耳のあいだから前方に目を凝らすと、道のまんなかに男が横たわっていた。

たぶん、ここでまわれ右をして家へ帰るべきなのだろう。戦争が終わってからというもの、このあたりにも絶えずごろつきたちがうろついているのだから。オリヴィアはどうしていいか決めかね、指で手綱をもてあそんだ。今自分はひとりきりで、倒れている男は知らない顔だった。

それでも、そんなふうにただ転がっている男はあまり怖そうに見えなかった。目を男から離さずに、オリヴィアは荷馬車から降りた。色褪せた茶色のスカートの裾が泥にまみれないように持ち上げると、そばへ寄った。

男の外見にはどこか名状しがたいところがあったが、カラーズヴィル近辺の人間でないことはたしかだった。短く刈った髪は黒かったが、泥で固まっていた。ほっそりした顔はきれいにひげを剃ってあったが、腫れてところどころ紫になっている。目の上と顎に深い切り傷がある。服は破れ、泥にまみれていた。オリヴィアが恐る恐る近づいても、男は身動きひとつしなかった。もしかして死んでいるのだろうか。

しかし、そばへ行ってしゃがみこんでみると、胸が上下しているのがわかった。いいえ、死んではいない。少なくとも今はまだ。

オリヴィアは立ち上がってあたりを見まわしたが、男がこれほどひどい状態でそこに転がっている理由を説明するようなものは何も見あたらなかった。男はひとりきりで、持ち物ひとつないようだった。

突然、男がうなり声をあげ、かなりの痛みに襲われているにちがいないとオリヴィアは気づいた。ここにこうして置いていくわけにはいかない。どうにかして荷馬車に乗せられれば、家に連れ帰ることができるはずだ。

オリヴィアは意識不明の見知らぬ男を見下ろし、この男は屋根の修繕や桃の収穫のしかたを知っているだろうかと考えた。今の状態では、さしたる役には立ちそうにもなかったが。

オリヴィアはため息をついて帽子を押し上げ、頭上の暗い空を見上げた。雨が顔を打ち、思わず目をしばたたいた。「神様」オリヴィアは重い口調で言った。「これは少し予想外でした」

2

コナーはいやいや目を開けた。自分がまだ道に転がっていて、また雨が降り出していることはわかった。全身が痛むことも。体のどこもかしこもがずきずきと痛み、自分が目を覚ましたことをはっきりと意識した。また意識が遠のくのを願って目を閉じたままでいたが、そうはいかなかった。

頭上で声がした。女の声だ。顔を横に向けて目を開けると、地味な茶色のスカートの汚れた裾が見えた。目の前がぼやけ、コナーはまばたきして目の焦点を合わせようとした。しばらくして、そばに立つ女の姿がはっきりとした像を結んだ。

どんな体つきでもおおい隠してしまうようなみすぼらしいドレスと色褪せたダスターコートに沿って目を上にさまよわせ、顔へと向ける。しかし、女の目は彼を見ていなかった。顔は天へと向けられている。やがて女は重いため息をついたと思うと、目を下に向け、彼が目覚めて自分を見つめていることに気がついた。

女はほほえまなかった。男物の手袋をはめた小さな手を腰にあてている。唇を引き結んだまま、つぶれた麦わら帽子のつばの下から彼をじろじろと眺めていた。「さあて」女はルイジアナなまりの引き伸ばすような言い方でゆっくりと言った。「ずいぶんとみじめなお姿ね」

自分の今の状態に関するその評価にはまったく異論がなかった。

女が目をのぞきこんできた。「ここでこうして伸びているのは、おいはぎを働こうとしたせいなの？」

コナーは首を横に振ろうとしたが、そんなささいな動きですらも痛みをともない、顔をしかめてごくりと唾を呑みこんだ。「ちがう」

「おいはぎに遭ったとか？」

「そう言ってもいい」

「ふうん」女は踵を返した。コナーは自分をそこに残して女が行ってしまうのだろうと思った。哀れな様子のラバに引かれた荷馬車がそばを通り過ぎるのを見て、それが確信に変わった。しかし、女はふたたび荷馬車を停めて御者台から飛び降りた。ブーツを履いた足が水たまりに着地して水が跳ねた。

女が戻ってきた。「荷馬車に乗れる？」

コナーはうなずき、身を起こそうとしたが、激しい痛みに胴体を引き裂かれる気がした。彼はうなり声を発してまた泥のなかに倒れこんだ。女が手を貸そうと近づいてきたが、助けなど必要ないと彼は自分に言い聞かせた。深呼吸して顎を引くと、手助けなしに立ち上がった。

しかし、荷馬車のほうへ一歩踏み出そうとしたところで、まわりのすべてがぐるぐるとまわり出し、膝が崩れた。女が即座にそばに来て、腰に腕をまわし、体を支えるように脇の下に肩を押しつけた。そして、コナーの体の重みでよろめきながらも、倒れないように支えた。「誇り高いのね」と女は言った。それが褒めことばなのか皮肉なのか、コナーには見当もつかなかった。

女に寄りかかり、支えてもらって荷馬車のところまで到達した。ほんの数フィートだったが、何マイルにも思えた。荷馬車の荷台に達すると、コナーはしばし足を止めて息を整え、それから荷台へと身を持ち上げた。どさりと音を立てて荷台の床に倒れこんだが、足はまだ端からぶら下がっていた。コナーは目を閉じ、また意識を失った。

オリヴィアは荷馬車の前にまわって御者台に乗りこむと、手綱をふるった。かわいそうなカリーは泥のなかで少しあがいていたが、すぐに足場を見つけた。オリヴィアは荷馬車の向きを変え、家路についた。

降りはじめたときと同じように唐突に雨はやみ、オリヴィアはそれをありがたいと思った。これでそれほど大変な思いをせずにカリーも家まで荷馬車を引けるにちがいない。

オリヴィアは荷台に乗せた傷だらけの男について考えをめぐらした。あの男をどうしたらいいだろう？　戦時中、傷の手当てをすることも多かったので、男が肋骨を何本か折っていて、内出血しているらしいことはわかった。歩けるようになるまで何週間もかかるはずだ。そして、歩けるようになれば、きっとまたどこかへ行ってしまうことだろう。

オリヴィアは首をめぐらして男を見やった。また気を失っている。彼女は天に反抗的なまなざしを向けた。次に男手がほしいと神に祈るときには、望みをもっと正確に述べることにしよう。

「死んでるの?」キャリーのかすれた声がしんと静まり返ったなかで響いたと思うと、すぐさま苛立ったような姉の声がそれにつづいた。

「まさか」ベッキーは十四歳であり、長女であることに基づく威厳を声にありったけこめて言った。「死んでいたら、看病したりしないでしょう?」

「そうね」ベッキーとオリヴィアがベッドで寝ている見知らぬ男のほうへ身をかがめているのをキャリーは部屋の入口から見守った。妹のミランダが目を丸くして黙ったままそばに立っている。飼っている牧羊犬のチェスターは訝《いぶか》るように男のにおいを嗅ぐと、ベッドと入口のふたりの少女のあいだに身をおちつけた。見知らぬ人間は信用ならないとわかっているのだ。

オリヴィアは帽子を脱ぎ、部屋の片隅にある椅子にそれを放ると、びしょ濡れのダスターコートを脱いだ。コートは帽子の上に置かれた。それから袖をまくり上げると、ベッドの反対側にいる少女にちらりと目を向けた。

「この人、どうなの、ママ?」とベッキーが訊いた。

「たぶん、うんと悪いわ。内出血しているかもしれない」

「体を転がして板から下ろすべき?」

急ごしらえの担架として納屋から長い板を見つけてきて、男を荷馬車から下ろし、家の一階の客室に運ぶことができたのだった。そして、板も何もかもいっしょにベッドの上に乗せたのだ。男は何度かうめき声をもらしたが、目は覚まさなかった。

オリヴィアは男を見下ろして物思わしそうに眉根を寄せた。「下ろさないほうがいいわね」と彼女は答えた。「肋骨が何本か折れているから、今のままのほうが包帯を巻きやすいわ」

包帯を巻くにはシャツを脱がせなければならない。シャツは血にまみれ、ぼろぼろで、繕いようがないほどだった。そこで、襟をつかむと、白いリネンを思いきり引っ張った。ボタンが飛び、シャツが引き裂かれた。「ああ、なんてこと」

「どうしたの、ママ？」キャリーがまた口をはさみ、様子を見ようと入口から一歩部屋のなかへ足を踏み入れた。

オリヴィアは手を上げて子供をさえぎった。キャリーは部屋のなかへ足を踏み入れたところで止まった。オリヴィアは男の胸に生々しく残る傷跡をぎょっとして見つめているベッキーに目を向けた。

「ベッキー、キッチンへ行っていて。妹たちも連れていくの」とオリヴィアは命じた。子供たちを部屋から出したかったのだ。「チェスターも連れていって。それで、やかんを火にかけてお湯を沸かすの。カリーを荷馬車からはずして家畜小屋へ入れてやって。お湯が沸いたら持ってきてちょうだい。それと、井戸から冷たい水もひと桶《おけ》くんできて。全部できる？」

「ええ」妹たちの手をとってベッキーは部屋から連れ出した。少女たちからさほど遅れずにチェスターがついていった。

オリヴィアは男を見下ろした。今はひどい状態だが、重労働に慣れているような、筋肉質のたくましい体だった。傷が癒えたら、しばらくは喜んでここに留まってくれるかもしれない。農場の手伝いもしてくれるかもしれない。結局、神への祈りは通じたのだ。

オリヴィアは身をかがめ、傷痕をよく調べた。黒い胸毛が胸をおおっていたが、傷痕はわかった。やけどの痕、むちで打たれた痕、銃痕。さらには皮膚をかぎ裂きしたようなぎざぎざの痕まである。残酷なあつかいを受けた黒人奴隷の傷や、南軍の兵士たちの戦傷をたまに目にすることはあったが、こんな傷痕ははじめてだった。

この人はどんな目に遭ってきたのだろうと考えながら、鎖骨から肩へつづく白い線を指先でなぞった。ひどい目に遭ったのはたしかだ。憐憫《れんびん》の思いが全身に走った。

手を額にあてると、少し熱があるようだった。夜までにはもっと悪化するだろう。男は眠ったまま身動きし、絶えず首を振り、悪態をぶつぶつとつぶやきはじめた。オリヴィアは驚いて手を離した。寝言とはいえ、こんなことばを口にするとは、この人はひどくたちの悪い男にちがいない。オリヴィアは自分が失敗を犯したことを悟った。神がこんな男を手伝いに送ってよこすはずはない。その逆がおそらくは真実に近いのだろう。

オリヴィアは必要なものを集めに部屋を出た。まず、庭のヒレハリソウの葉を摘みに行き、薬草についてサリーが教えてくれたことをすべて思い出そうとした。なつかしいサリーが今もいてくれたならと思わずにいられなかった。しかし、ネイトや彼女の家族と同じように、サリーも逝ってしまった。

ベッキーにヒレハリソウの葉を煎じさせ、煎じたもののはいった瓶を井戸で冷やすように指示した。それからハサミとヨードチンキと包帯と布を集めた。男が寝ている部屋に戻ると、男はひどい悪夢に悩まされているかのようにベッドのなかでのたうちまわっていた。

オリヴィアはベッドのそばに寄り、集めてきたものを近くの椅子の上に置いた。もう一度額に手をあてると、あまりの熱さに不安になった。それほど長くそばを離れていたわけではないが、熱はさっきよりずっと高くなっていた。うわごとを言うのも不思議はない。肋骨はあとでいい。まずは濡れた服を脱がせなければ。

ベッキーが冷たい水のはいったバケツを部屋へ運んできて、オリヴィアのところへ持ってくると、また部屋を出ていった。しばらくして、今度は湯気の上がるやかんを持って戻ってきた。オリヴィアはベッドの足もとにある厚いラグを指差して言った。「そこへ置いて。あとで――」

「くそ野郎ども！」横に置かれた罪のない枕にこぶしを打ちつけて男が叫んだ。「このくそ野郎どもが！」

オリヴィアはベッドの足もとに立っている十四歳の少女を見やった。ベッキーはぞっとして口をぽかんと開け、目は男に釘づけになっている。

「ベッキー」オリヴィアが鋭い口調で声をかけると、ベッキーは目を上げた。「向こうへ行って、キャリーたちに食事を用意してあげて」口調をやわらげてそうつけ加えた。「わたしはここにいるから」

「お手伝いしなくていいの？」

オリヴィアは大丈夫というようにほほえんでみせた。「ひとりでなんとかなるわ。もうすぐお昼よ。今朝煮こみはじめたシチューをキャリーたちに食べさせてあげてちょうだい」

ベッキーはベッドの男に最後にもう一度好奇に満ちたまなざしを向けると、部屋を出ていった。オリヴィアは悪夢にさいなまれているけが人とふたりきりで残された。

オリヴィアはベッドの足もとへ行き、男のブーツを脱がせたが、そこですぐさまそれまで考えもしなかった問題に直面した。男のズボンを脱がせる方法がなかったのだ。ズボンはまだ濡れており、大きな男の体は重すぎてひとりでは持ち上げられそうもなかった。

結局、はさみを使ってズボンの脇を切り開くしかなかった。男がじっとしていなかったので、骨の折れる大変な作業だった。オリヴィアは裸になった男の体をちらりとひと目見ただけであわてて目をそらし、シーツで下半身をおおった。戦争以来、何もかもが変わってしまったが、変わらず守るべきたしなみというものはあるものだ。父が事故に遭ってから、すべての世話をしていたものだが、それでも父を風呂に入れることだけはしなかった。その世話だけはネイトがかわりにやってくれた。戦時中、ヴィエンナの仮設病院で負傷兵たちの傷の手あてをしていたときにも、服を着ていない男の姿はちらりと見かける程度だった。看護婦長がそれ以上は許さなかったのだ。つまるところ、オリヴィアは未婚女性なのだから。

誰にも知られることはない。

さっきすばやくちらりと見ただけでは何もわからなかった。いつも注意深く隠されているものを自分の目で見たいと思うのは当然ではないだろうか。

誰にも知られることはない。

オリヴィアは唇を噛んだ。ドアが開いたままの入口をちらりと見てから、シーツを持ち上げ、先ほどよりもじっくりと見て、目にしたものに驚愕した。が、はるか天国から母がぞっとした声でとがめるのが聞こえてきて、急いでシーツを下ろした。顔が真っ赤になった。好奇心というのはたしかに邪悪で罪深いものだ。

ズボンのポケットのひとつにドル紙幣が十枚はいっていたが、あとは何もなかった。オリヴィアは札を洗面台の上に置き、切り裂いたズボンはずたずたになったシャツといっしょにぼろ布入れにおさめた。それから、折れた肋骨に幅の広い布を巻き、切り傷はヨードチンキで消毒した。腫れや青あざには冷やした薬湯にひたした布を押しあてた。日が暮れるころには疲弊しきっていたが、オリヴィアには自分の仕事がまだまったく終わっていないことがわかっていた。男の熱は依然危険なほど高く、それを下げなければならなかった。

その晩と、つづくふた晩のあいだ、オリヴィアは男の看病をつづけた。顔や胸を冷たい水にひたした布で拭いてやり、水や薬湯をひとさじずつどうにか飲ませた。男をなだめようともしてみたが、耳もとでやさしいことばをささやいても、男の悪夢はひどくなるだけだった。そこで、男が夢のなかで荒れているときには、邪魔をしないようにした。男が安らかに眠っているように見える数少ない時を見計らって、自分も多少休憩しようと努めた。

男は寝言を言いつづけた。ときにはささやくように、ときには叫ぶように。しかしいつもわけのわからないことばかりで、穏やかな口調であることはめったになかった。男の言うことのほとんどはオリヴィアには理解不能だった。彼女の知らない奇妙な外国のことばだったからだ。しかし、ときおり英語を話すこともあり、その荒っぽいことばをとらえると、銃や特赦について、もしくはマウントジョイという場所やショーン・ギャラガーという名前の人物について何か言っているのだった。

四日目の夜明けになっても、男の熱は下がらなかった。オリヴィアは椅子のそばにおいたバケツの冷たい水に布をひたした――おそらくは百度も同じことをくり返したはずだ。そして、男を見つめ、いったいどんな恐ろしい夢を見ているのだろうと訝りながら、それをしぼった。突然、男が片腕を振りまわし、オリヴィアははっと身をかわした。男の腕はベッドサイドのテーブルに置かれた陶器の人形にあたり、人形はぐらついたかと思うと倒れた。オリヴィアはつかまえようとしたがまにあわず、陶器の人形はテーブルから床に落ち、粉々になってしまった。

オリヴィアは破片の山と化した田舎娘の人形を見つめた。祖母が生まれ故郷のスコットランドから持ってきて、三代にわたって受け継がれてきたそろいの人形の片割れだった。戦争以来、生計を立てるために高価なものはほぼすべて売り払わなければならなかったが、このそろいの人形だけは手放せなかったのだ。壊れやすい田舎娘の陶器の人形は旅や時間や戦争や貧困を生き延びてきたというのに、男の荒々しい悪夢のせいで壊されてしまった。

オリヴィアは背後の椅子を手探りし、そこにぐったりと腰を下ろした。疲弊しきっていて片づける気にもならずに足もとの破片を見つめていたが、ふと泣きたくなって、必死で涙をこらえた。

コナーは目を開ける前から、自分がすでに道に転がっているのではないことを悟った。焼きたてのパンや熱いコーヒー、清潔なシーツなどの甘美な香りを嗅いで、自分が天国か、もしくは誰かの家にいることがわかったのだ。天国ではなさそうだ。焼いたばかりのパンのにおいに、自分がどれほど腹を空かせているかがわかった。コナーは深々と息を吸った。が、そのせいで胸に痛みが走り、胴体を鉄のたがによってしめつけられているような気がした。飢えは消え去った。

コナーは目を開けた。部屋に燦々《さんさん》と降り注ぐ明るい陽射しに目をしばたたいた。シーツをのけると、服を脱がされ、胸に包帯を巻かれているのがわかった。コナーは誰がしたことか思い出せずに顔をしかめた。いさかいがあって男たちに叩きのめされたのは覚えていたが、そのあとは見慣れたゆがんだ情景がぼやけて見えていたのだった。死にゆく人々、殺されたショーン、血と銃と看守たち。耳もとでささやくデレメアの声。自分のほうに身をかがめる見たこともない女。ああ、ちくしょう。また悪夢を見ていたのだ。

身をかがめていた女のことは覚えていた。道で出会い、その女の荷馬車に乗りこんだのだった。ここはその女の家にちがいない。コナーは頭をもたげた。くすんだ質素な部屋が見えた。が、そこですべてがぐるぐるとまわり出した。コナーは頭を枕に戻した。

「おはよう」

その声にコナーは首をめぐらした。ベッドのそばの椅子に九歳ぐらいの少女がすわっていた。青い目で彼をじっと見つめながら、椅子の座席の端から垂らした短い脚をぶらぶらさせている。

コナーは乾いた唇をなめた。その動きによって顎がずきずきと痛んだ。「やあ」と彼は答えたが、声はかすれていた。ああ、喉がからからだ。

少女はまるで見慣れない奇妙な虫でも見るようにじっと彼を見つめつづけた。「どうしてあんなに怒鳴るの？」

「怒鳴る？」めまいとふらつきを覚えながらコナーは少女がなんの話をしているのか理解しようと努めた。

「ずっとよ。窓の外まで聞こえたもの」少女は責めるように顔をしかめた。「そのせいで夜中に目が覚めちゃったわ」

コナーはふいに少女のことばの意味を理解した。この小さな少女に悪夢のなかの苦悶の声を聞かれていたと思うと動揺を覚えた。ああ、いったい何を口に出してしまったのだろう。

「夢を見ていたんだな」

少女はしかめ面を引っこめ、わかるというようにうなずいた。「悪い夢ね。わたしもよく見るわ。心配しないで。夢はほんとうのことじゃないから、怖がる必要はないってママが言ってたもの」

少女のママは自分の言っていることがわかっていないのだ。コナーの悪夢はまさしくほんとうのことだった。「おれはいつからここに？」と彼は訊いた。

「たぶん、三日ぐらい前から」

「三日？」コナーはぎょっとして少女を見つめた。その三日について、何ひとつ思い出せなかったからだ。

少女は考えこむように首を傾げた。「〝マスをかく〟って何？」

「え？」少女の問いに度肝を抜かれ、コナーはほかにどんな悪態をこの小さな耳につっこんでしまったのだろうと思わずにいられなかった。「きみぐらいの年の女の子はそういうことばは知らないほうがいいと思うな」

「悪いことばなんでしょう？」少女は見るからにうれしそうだった。「今まで聞いたことがないもの」

なんとも不埒《ふらち》な感想で、コナーはにやりとせずにいられなかったが、顎に鋭い痛みが走り、すぐに笑みは消え去った。

「わたしはキャリーよ」少女はつづけて言った。「あなたは？」

「コナーだ」

「夢のなかで誰に怒鳴っていたの？」とキャリーは訊いた。

コナーは顔をそむけて天井を見つめた。目を閉じ、つかのま刑務所の看守や英国の地主たちを思い出した。「別に誰でもないさ」

「いろんなことばでののしってたわよ」

コナーはそれを否定しようとした。「ののしってないさ」

「ののしってた。このくそや――」

「キャリー！」女の声が聞こえ、コナーは今度はさっきよりもゆっくりと頭をもたげた。荷馬車に乗っていた女だ。「もうたくさん」女は子供に向かって言った。「ここへはいってはいけないって言ったでしょう」

「でも、この人を見たかったんだもの、ママ」

「朝食の準備ができているわ。キッチンへ行きなさい」

「でも――」

「行くの」女は背後の開いたドアを指差して命じた。

キャリーは傷ついたようにため息をついた。「わかったわ」そう言って椅子から降りた。

「さようなら、ミスター・コナー」

彼に手を振ると、キャリーはドアへ向かった。「ちょっと見たかっただけなのよ」傷ついた口調でそうつけ加えると、部屋を出ていった。

女がそばに近寄ってきた。コナーはその様子をじっと見つめた。まず思ったのが、なんとさえない女だろうということだった。着ているドレスは泥水のような茶色で、顎までボタンをきっちりとはめている。髪の毛も茶色で、うなじのところでひとつにまとめている。その姿はよくいる茶色の蛾を思わせた。

しかし、ベッドのそばで足を止めた女の顔をよく見て、その印象を改めざるを得なかった。目も茶色だったが、チョコレートを思わせる濃くやわらかな色で、不思議なほどに長く濃いまつ毛にふちどられていた。肌は生クリームのようにきめが細かく、目の隅の小皺が、よく笑う女だと物語っていた。しかし今、女はほほえんではいない。

「わたしはオリヴィア・メイトランドよ」と女は言った。

「コナー・ブラニガンだ」何か飲み物をくれないものかと思いながら彼は返した。ひどく喉が渇いていた。

「そう、ミスター・ブラニガン、あなたのおかげでこの家は大騒ぎだわ」美しい額にかすかに縦皺が寄った。「せめて起きているときには、あまり派手なことばづかいはならないといいんですけど」

非難するような堅苦しい声だったが、やわらかく引き伸ばすようなアクセントのせいで、さほどきつくは聞こえなかった。それでも、コナーはむっとして弁解せずにはいられなかった。笑みを顔に貼りつけ、女にほほえんで見せた。そうすることで顎は死ぬほど痛んだが。

「たしかに」わざとらしく無頓着に聞こえるような声を出す。「おわかりと思うが、おれは四六時中悪態をついたり、怒鳴ったりしてばかりだ」

女はそのことばを信じたようだった。「うちの娘たちの前でそういうことばづかいは許しません」そう言って、身を寄せ、彼の額に手を押しあてた。

女の手はひんやりしていて熱のある額には気持ちよかった。その手にバニラとクローブの香りを嗅ぎ、コナーはまたも痛いほどの飢えを感じた。「次におれが眠りに落ちたときに注意してくれ。どうにか抑えるように努力するから」

女は慎み深く頬を染めた。そのせいでしかめ面はあまりいかめしく見えなくなり、威厳も失われた。「まだ熱があるわ」と言って、彼女は手を引っこめた。「肋骨が何本か折れていて、ひどい打ち身もあるのよ。あなたを叩きのめしたのが誰にしろ、徹底的にやったのね」そう言って説明を求めるようにじっと彼を見つめた。

コナーには説明するつもりはまったくなかった。「おれの服は？」

「ぼろきれを入れる袋のなかよ。服というか、服の残骸《ざんがい》ね」

コナーがわけがわからないという顔をするのを見て、女の頬の赤味が増した。

「切って脱がせなければならなかったの」そう言いながら彼女はベッド脇のテーブルのほうを向いた。「そうしないと脱がせられなかったから」

この女が服を脱がせたのか。おもしろい。コナーはそう胸の内でつぶやきながら、横を向いた女の全身に目を走らせ、女らしいカーブを描いた場所で目を留めてまじまじと見つめた。それほど見るものがあるわけではなかった。襟のつまった長袖のドレスのせいで、あらわになっている部分は多くなかったのだ。それでも、細いウエストやふっくらとした尻は見てとれた。コナーはふと口悔しい気持ちになった。そのときに気を失っていたとは残念だ。

女はテーブルの上のバケツに布をひたしてしぼり、また彼のほうに向き直ると、それを頬にあてた。顔に触れた冷たい水の感触にコナーは乾いた唇をなめた。「おれの荷物は？」

頬を拭く手が止まった。「荷物なんて何もなかったわ。お金は少しあったけど」女はそう言って部屋の奥にある洗面台のほうを布で示した。「お金はあそこよ」

荷物はテントに置いてきてしまったことをコナーは思い出した。ちくしょう。あそこには上等のアイリッシュ・ウィスキーがひと瓶はいっていた。それが今役に立っただろうに。コナーは女を見上げ、この家に少しばかり酒がないだろうかと考えた。が、すぐにそんな考えは打ち消した。こういう女は酒を飲んだりしない。飲むとしても、それを認めたりはしない。

女はまたベッドに身をかがめ、濡れた布を彼の額に押しつけた。「胸に包帯を巻いたのよ。でも、治るまでに六週間ぐらいかかるわ。たぶん、内出血もしていると思うの。あなたがけがをしたことを知らせたほうがいいご家族の方はいらっしゃる？」

コナーは目を閉じた。「いや」抑揚のない声。「家族はいない」

オリヴィアは背筋を伸ばし、布をバケツのなかに戻した。「熱に効くお茶を持ってくるわ」

お茶か……まあ、悪くない。コナーは女がテーブルからバケツを持ち上げ、床に置くのを見守った。女は部屋を出ていき、しばらくしてトレイを持って戻ってきた。トレイには昔は高級なものだったらしいひびのはいったティーポットとそろいのカップが載っていた。平たいブリキの鍋を手にぶら下げている。女はトレイをテーブルに載せると、ブリキの鍋をベッドのそばの床に置き、「用を足したくなったらここで」と言った。

それからカップを手にとってベッドに近寄った。お茶をさますようにカップを吹きながら、カップの縁越しに目を向けてくる。女がどういう結論に達したのか、そのまなざしからは読みとれなかった。

しばらくして、彼女は指先で熱さをたしかめ、満足したようにうなずくと、彼のほうへ身をかがめた。「できるだけ飲んでみて」

コナーは歯を食いしばって痛みをこらえながら、ゆっくりと頭を上げた。オリヴィアはカップを彼の唇のところへ持っていきながら、空いているほうの手をうなじにまわし、首を支えようとした。コナーはにおいを吸いこみ、そのすさまじさに内臓がよじれるような気がしてわずかに身をそらした。「ちくしょう、これはどういうお茶なんだ?」

「お願いだから、悪態はやめて、ミスター・ブラニガン。これは柳の樹皮のお茶よ。ここ何日か、これをたくさん飲んだの。熱さましにいいの」

「熱なんかくそくらえだ」鼻先につきつけられたカップのなかの薄い緑色の液体をうんざりと見つめながらコナーはつぶやいた。「こんなものを飲んだら死んじまう」

「においがひどいのはわかっているわ。味はもっとひどいし。でも、痛みをやわらげる効果があって、熱も下がるのよ」

コナーは疑わしそうな目を向けたが、口に少しばかりお茶が流しこまれるのに抵抗はしなかったので、吐き気を催すようなその液体を半分ほど呑みこむことになった。女の言ったとおりだ。味はにおい以上にひどい。そもそも、呑みこむ動作だけで肋骨が痛み、頭を持ち上げているだけでめまいがした。頭がずきずき痛み、胃がしめつけられる。吐きそうだ。ああ、聖なるマリアとヨセフよ。

コナーはのどを詰まらせ、飲んだお茶が彼女の手とカップと彼自身の上に吐き出された。荒っぽいほどの力でコナーは彼女の手を押しのけ、枕に頭を戻して手で口をぬぐった。目をきつく閉じると、意志の力で吐き気を抑えようとした。ああ、こんなことは耐えられない。こんなふうに弱々しく、屈辱にまみれて、なすすべもないなど。「だから言っただろう」彼はしわがれた声で言った。

女がうなじにまわしていた手を引き抜き、額から前髪を撫でつけるのがわかった。「あなたは死なないわ、ミスター・ブラニガン」前に聞いたことのあるやさしい声で女は言った。「死ぬにはあまりにへそ曲がりだもの」

3

コナー・ブラニガンの熱はその晩下がった。オリヴィアは感謝の祈りを捧げた。彼は悪夢に悩まされない眠りに落ち、オリヴィア自身も夜明け前に何時間かさまたげられずに眠ることができた。

オリヴィアは日の出とともに起き出して洗顔と着替えをすませ、朝食の準備をはじめた。コナーの様子を見に行くと、まだ安らかに眠っていた。娘たちを起こし、ベッキーに妹たちをベッドから追い立てる役目を言いつけて、朝の用事をすませに外へ出た。

キッチンに戻ってくると、娘たちはすでにそこにいた。ベッキーが朝食の用意を終えておいてくれ、三人はテーブルについていた。チェスターは床に寝そべり、誰かがこっそりテーブルの下に食べ残しをくれるのを待っていた。オリヴィアは鶏小屋から集めてきたバケツいっぱいの卵を木のカウンターに置き、手を洗った。それから、料理用ストーヴの上の鍋からコーンミールのおかゆを器にすくった。

「ミスター・ブラニガンの様子は、ママ？」とベッキーが訊いた。

「ずっとよくなったわ」と答えてオリヴィアはテーブルについた。「熱も下がったし」

「あの人がネイトと同じようにここに残って手伝ってくれる人なの？」とミランダが訊いた。

「ちがうわ」オリヴィアはそう聞いただけで不愉快になった。「もちろん、そうじゃない」

「どうしてあんなに傷だらけなんだと思う？」とベッキーが訊いた。

「さあ」オリヴィアは答えた。知りたいとも思わない気がした。

「でも、わたしはあの人好きよ」とキャリー。「眠っているのを見てるとおもしろいの。朝食のあとで見に行ってもいい？」

「だめよ」オリヴィアはきっぱりと答えた。「あの人の部屋にはいってはいけないと言ったはずよ」

「どうしていけないの？」

「汚いことばを使うし、気性も荒っぽいからよ。あの人には近寄らないでいてもらいたいわ」オリヴィアはミランダをちらりと見やった。「あなたもよ。わかった？」

娘たちはうなずいて黙りこんだ。皿に目を落とし、オリヴィアは朝食に注意を戻した。コナー・ブラニガンの話題が終わってほっとしていた。これからの一日のことを考えた。男の容体が快方に向かったのだから、もう一度町へ行ってこなければならない。

鶏と豚を飼っていたので、肉には事欠かなかった。庭で充分すぎるほど野菜もとれる。それでも、店に行かなければ手にはいらない日用品もたくさんある。小麦粉とコーンミールと糖蜜がなくなりつつあった。

今回はとれたての卵を全部と、去年の秋にスパイスをきかせたコンポートにして瓶づめした桃を三ダースほど持っていくつもりだった。スタン・ミラーがこれ以上つけで買い物をさせてくれないとしても、収穫までのあいだ、物々交換で必要なものを手に入れられるかもしれない。

オリヴィアは突然激しい怒りに駆られた。店の所有者はヴァーノンだ。スタンが彼の命令に従っているのは明らかだ。収穫まではつけで買い物をするのが習わしなのに。ヴァーノンのねらいはわかっている。こちらをさらなる苦境におとしいれようというわけだ。根負けして土地を売るように仕向けるための策。オリヴィアは頑固そうに顎を引きしめた。そうはさせない。

「お外へ遊びに行ってもいい、ママ?」

ミランダの声に物思いから覚め、オリヴィアは目を上げて子供のボウルをちらりと見た。

「まだおかゆを食べ終えてないじゃない」

ミランダはどうしてというようなしかめ面をした。そのまずいんだものと言わんばかりの顔を見て、オリヴィアはほほえまずにいられなかった。

ベッキーとキャリーに目をやると、ふたりのボウルの中身も半分残っていた。オリヴィアの顔から笑みが消えた。娘たちには朝食におかゆよりももっと栄養のあるものを与え、着る物もつぎのあたったドレスではないものを与えたかった。辛い労働に耐えさせたくもなかった。自分の幼少期には、何もかも当然のように享受し、豊かさがもたらす安心に包まれていた。それは娘たちには知りようのない生活だ。おそらくこれからも知ることはないだろう。

それでも、愛情が多くを補っているはずだ。わたしが愛するようにこの娘たちを愛せる者は誰もいない。

オリヴィアは椅子を押して立ち上がった。「よく聞いて。わたしの記憶ちがいでなければ、食料品庫にメイプルシロップの缶があるはずよ。それとバターをおかゆにかけるというのはどう？」

オリヴィアの提案は歓声とともに受け入れられた。オリヴィアは食料品庫に行って、缶を持ってきた。メイプルシロップは娘たちの好物のひとつで、特別な場合にとってあったのだが、特別なものを必ずしも特別な場合にとっておく必要はないのかもしれないと彼女は思った。

オリヴィアはそれぞれのボウルにスプーン一杯のシロップとバターの塊を加えた。娘たちはそれ以上文句を言うことなくおかゆを平らげた。オリヴィアはその様子を見守りながら、すべての問題がこんなふうに簡単に解決してくれたならと思わずにいられなかった。

一時間後、オリヴィアはラバのカリーを荷馬車にくくりつけ、また町へと出かけた。荷馬車に乗りこんでから、ベッキーに指示を与えた。「三十分ごとにミスター・ブラニガンの様子を見てあげて。ほとんどずっと眠っているでしょうけど、目を覚ましたら、柳の樹皮のお茶をもう少し飲ませてあげて。それを飲まなかったとしても、少なくともお水はたくさん飲ませるようにしてちょうだい。それから、ストーヴの上にかけてあるスープを少しあげてもいいかもしれないわね」

ベッキーはうなずき、自分が果たすことになった責任の重さを感じて、かわいい顔に真面目な表情を浮かべた。「わかったわ、ママ」

「お昼前には戻るわ」オリヴィアは手綱を振り、カリーは庭から道へ出た。「キャリーたちをあの人の部屋に入れないようにしてね」荷馬車が家の脇をまわりこんで大きな道へとつづくオークの並木道に出る前に、彼女は肩越しに叫んだ。

カラーズヴィルはモンローからシュリーヴポートへ向かう道沿いにある小さな町で、旅する人々がほとんど足を止めることなく通り過ぎる場所だった。家々のポーチは傾き、犬が日陰で寝そべっている。年寄りは木を削り、若い未亡人たちはキルトにいそしみ、スイカズラが咲き誇っている。オリヴィアはニュー・オーリンズとバトン・ルージュには何度か行ったことがあった。ある夏、父に連れられて家族全員でモービルに住む叔母のエラと叔父のジャロッドを訪ねたこともあった。しかし、生まれてからほぼずっと、このカラーズヴィルを離れたことはない。オリヴィアは道端に咲いている野生の黄色いジャスミンと青いルピナスを見つめた。自分にはそれ以外の人生など考えられなかった。

〈タイラーの製材所と材木置き場〉を過ぎ、バプティスト教会の角で曲がると、町の中心部に荷馬車を乗り入れた。それから、〈タイラーのレストラン〉と〈タイラーの理容室〉のあいだにある〈タイラーの雑貨店〉の前で荷馬車を停めた。タイラーはすべてに自分の名前をつけずにいられない人間なのだ。オリヴィアは荷馬車から飛び降りながら胸の内でつぶやいた。彼が町のほぼすべての建物を所有していることは町のみんなが知っているというのに。

オリヴィアは卵のはいったバスケットを荷馬車の座席から下ろし、雑貨店へつづく階段を昇った。開いたドアのそばのベンチに塩入りタフィーの大きな塊を分け合っているジミー・ジョンソンとボビー・マッキャンがいたので、うなずいてみせた。ふたりがなんのいたずらもしていないのは驚きだった。おそらくは暑さのせいにすぎないのだろうが。

オリヴィアは店にはいり、今日カウンターの奥にいるのがリラ・ミラーであることを知ってほっとした。「おはよう、リラ」木製のカウンターの上にバスケットを置き、帽子を後ろに押しのけてオリヴィアは挨拶した。

店の女はにっこりとほほえんだ。「オリヴィア！　日曜日に教会に来なかったわね」

「家で用事があって、町に来られなかったの」オリヴィアは答えた。「お元気？」

「わたしは元気よ。ただ、この暑さがね」リラはほつれたひと房の黒髪を耳にかけ、カウンターに肘をつくと、『ゴーディーズ・レディーズ・ブック』を扇がわりにしてあおいだ。

オリヴィアはまわりを見まわしたが、リラの夫は見えるところにはいなかった。ほかに店にいるのは、夫婦の十五歳になる息子のジェレミアだけで、彼はボーデンズ・コンデンス・ミルクを棚に並べていた。

少年はオリヴィアに会釈した。「おはようございます、ミス・オリヴィア。ベッキーは元気ですか？」

オリヴィアは笑みを返した。ジェレミアとベッキーは友達同士だった。いつかふたりがそれ以上の関係になる日も来るのだろうが。ベッキーは恋人を持つには早すぎるが、時が来たら、ジェレミアはいい夫になりそうだった。「元気よ、ジェレミア。あなたがそう訊いてたってベッキーに伝えておくわね」

少年は見るからにうれしそうににやりとした。オリヴィアはリラのほうに向き直った。

「今朝はスタンはいないの？」

リラはうなずいた。「モンローへ行ったわ。あの人に用だった？」

「いいえ、別に」オリヴィアは答え、卵のはいったバスケットを手で示した。「食料品が必要なの。これと交換してもらえるかと思って。荷馬車には桃のコンポートも少しあるわ」

カウンター越しにふたりの女の目が合った。ゲティスバーグから死傷者の名簿が届き、ふたりで泣いた日のことをリラが思い出しているのはたしかだった。オリヴィアはふたりの兄の死を悼み、リラは自分の長男の死を嘆いて。そういったことはヴァーノンにはわからないほど重要なことだった。

リラは背筋を伸ばし、雑誌を脇に置いた。「そう、ヴァーノンがスタンと帳簿をたしかめているときにわたしもここにいたんだけど、あなたにはもうつけで売るなと言っていたわ。でも――」彼女は青い目を屈託なく見開いてつけ加えた。「たしか、物々交換がだめとはひとことも言ってなかったわね」

オリヴィアは共犯者のような笑みをリラと交わした。「ありがとう。瓶づめした桃を三ダースと卵を二ダース持ってきたの」

リラは称賛の声をあげた。「ありがたいわ、あなたの桃、なんの苦労もなく売れるのよ」

「それと交換に小麦粉と米とコーンミールと糖蜜がほしいんだけど。物々交換としては充分かしら？」

ふたりの女は交換の条件を話し合い、卵と桃でオリヴィアがどれだけの品物を手に入れられるかが急ぎ決められた。

「荷馬車は店の前よ」とオリヴィアが言った。

「ジェレミア」リラが息子に呼びかけた。「品物を袋につめてミス・オリヴィアの荷馬車に積んであげて。糖蜜をひと桶もね。それから、桃を積んだ箱を店のなかに運んできてちょうだい」

ジェレミアは母親に言いつけられたことを果たすために外へ出ていき、リラはオリヴィアのほうを振り向いた。「新しいドレスの型紙がはいったんだけど、見たい？」

興味をひかれてオリヴィアはためらったが、答える前に、ふたりの男が店にはいってきた。

「おはよう、ご婦人方」グレイディ・マッキャンとオレン・ジョンソンがカウンターに近寄りながら帽子をとり、声をそろえて言った。

オリヴィアはふたりに会釈した。「お子さんたちが表にいるのを見たわ。ふたりであの塩入りタフィーを楽しんでいるようだった。わたしが荷馬車の座席に戻ろうとしたときに、そこにタフィーがくっついているなんてことがないといいんだけど」

「なあ、オリヴィア」グレイディがなだめるような声を出した。「あいつらだってちっとばかり楽しいことをするさ」

「ふうん」オリヴィアは『ゴーディーズ・レディーズ・ブック』を手にとってページを繰りはじめた。「教会の会衆席にタフィーがくっついているのを、神様はお許しになるかしらね、グレイディ。とくに、それがミセス・タッカーのドレスの後ろにくっつくなんてことは」二週間前の日曜日、讃美歌を歌うために立ち上がろうとしてできなかった気の毒なリスベス・タッカーの姿を思い出し、オリヴィアは彼に横目をくれた。それから、愛想よくつけ加えた。「そのおかげで礼拝が刺激的なものになったのはたしかだけど」

ふたりの男たちは笑った。カラーズヴィルでは周知の事実だったが、アレン牧師の説教は信徒に神への畏敬の念を起こさせるものではなく、眠気を起こさせるものだったのだ。

オリヴィアはオレンに目を向けた。「ケイトの具合はいかが？」

男は妻の名前を聞いてほほえんだ。「元気さ。この暑さがちょっとばかりこたえているが、なんとかやっている」

「今度は男の子かしら、女の子かしら？」

「まあ、どちらかといえば、男の子がいいな、リヴ。娘たちもかわいいんだが、ときどきジミーが多勢に無勢と感じている気がしてね」

「あなたたちは何がご入り用？」と訊いてリラが男たちの注意をひいた。

「新しい長靴を一足」とオレンが答えた。

「六センチの釘を四百グラムほど」とグレイディがつけ加えた。

リラがオレンに長靴を見せ、グレイディのために釘の重さをはかっているあいだ、オリヴィアは『ゴーディーズ』で秋のファッションを研究していた。九月には収穫祭のダンスパーティがある。どうしてもベッキーにきれいなドレスを作って着せてやりたかった。そういったことはあの年ごろの少女にはとても大事なことなのだ。

「このあいだの晩、試合があったよな、オレン？」グレイディの声が物思いを破り、オリヴィアは興味をひかれて目を上げた。

「あんなのははじめて見たな」オレンが答えた。「あのアイルランド人のボクシングは信じられなかったよ」そう言って熱っぽくこぶしを振った。「踊るみたいに動きまわっていたと思ったら、次の瞬間には、バシッ！　エルロイをきれいにノックアウトしちまった」

ふたりの男は先日の試合について話しはじめた。オリヴィアはオレンのことばを聞いて、雑誌を胸に抱きしめて凍りついたようになった。「なんの試合？」と彼女は訊いた。

ふたりは話をやめ、オリヴィアに目を向けてから互いに目を見交わし、ふいに気まずそうにその目を床に向けた。

「ちょっとした賞金試合さ」グレイディはまだ壁に貼ったままになっているちらしを指差して渋々説明した。「流れ者のボクサーだ。町から町へと流れ歩き、地元のチャンピオンと対戦したり、飛び入り参加の連中と試合をしたりする。その場に応じて」オリヴィアが眉をひそめて雑誌を下に置くのを見て彼はつけ加えて言った。「なあ、別に怒らなくてもいいさ、リヴ。ちょっとしたたのしみなんだから」

「賭け事でしょう、グレイディ。ごまかしてもわかるわ」オリヴィアは数日前から貼ってあるちらしに目を向けた。そこにはっきりと印刷してある名前を見て、突然法外な怒りに駆られた。ここ四晩ほどほとんど寝ずにあの男を看病したのだった。娘たちの前で延々と悪態をつきつづけ、曾祖母の陶器の人形を壊したあの男を。あの男のせいで日曜日の礼拝にも行けず、嘔吐物まみれにされた。それなのにひとことの感謝のことばもない。それはつまり、あの男が賞金稼ぎをする流れ者のボクサーで、賭け事と暴力によって罪深い生活の糧を得ている人間だからなのだろうか？

オリヴィアは踵を返してドアへと向かった。

ジェレミアが瓶づめの桃のはいった箱を持って店にはいってこようとしていた。が、オリヴィアの顔をひと目見て、急いで脇に退いた。

「品物は荷馬車に積んであります、ミス・オリヴィア」

「ありがとう、ジェレミア」オリヴィアは歯を食いしばったまま答え、心のなかで彼女としてはかなり荒っぽいことを考えながら、少年の脇を通って店を出た。

体じゅうぼろぼろで疲弊しきっていたコナーは、どうにかして眠りたいと思ったが、自分の夢について幼い少女に言われたことのせいで気が立って苛々していた。三年ものあいだ、忘れようと努めてきたというのに、まだ忘れられずにいるのだ。三年ものあいだ、逃げつづけてきたというのに、まだ自分自身から逃げられずにいる。忘れたと思うたびに悪夢は戻ってくるのだった。コナーは目を閉じ、今現在のことに神経を集中させた。開いたドアからただよってくる焼きたてのパンのたまらないにおい。背中に感じるマットレスのやわらかい感触。コナーは浅い眠りに落ちた。

かすかな物音がして瞬時に目を覚ました。目を開けると、また小さな少女の観察の対象になっていた。二日間で二度目だ。今度は悪態を聞いて喜んでいたこましゃくれた少女ではなく、さらに幼い、丸顔に茶色の髪、大きな青い目の少女だった。ベッドの足板越しにのぞきこんでいる様子は、さながら巣の端から真剣な顔で外をのぞくフクロウのひなのようだった。

そのそばには、やはり足板越しにのぞきこんでいる巨大な牧羊犬がいた。これまで見たこともないような大きさの犬だった。犬は低く敵意あるうなり声を発している。こちらをどう思っているかは明らかだ。まあいいさ、結局、イギリスの牧羊犬だからな。うなり返してやったら犬はどうするだろうかとコナーは考えた。おそらく、足板を越えて飛びかかってきて、肉を噛みちぎることだろう。もうけがは充分だと思い、コナーは子供に注意を戻した。

「さあて」子供が怖がって行ってしまうのを恐れるかのようにやさしい声でコナーは呼びかけた。「きみは誰だい？」

少女はさらに目を丸くしたが、質問には答えなかった。

「ミランダ、どこにいるの？」

声を聞いて少女は振り返った。コナーの耳に近づいてくる足音が聞こえた。子供の視線を追ってドアへ目を向けると、もうひとりの少女が現れた。今度の少女は十四歳ぐらいのブロンドだった。

オリヴィア・メイトランドには何人の娘がいるんだ？　年長の少女が部屋にはいってくるのを見ながらコナーは思った。そろそろ数がわからなくなりつつあった。

年嵩《かさ》の少女は入口からなかにはいったところで足を止め、コナーに目を向けた。ほんの一瞬目が合ったが、すぐに少女は目をそらし、ベッドの足もとに幼い妹がいるのに気がついた。「ミランダ、ここにはいっちゃいけないんでしょう」彼女は小声でしかった。「ママに言われたじゃない」

幼い少女は現場を押さえられてうなだれた。「ごめんなさい、ベッキー」とささやき返す。「この人、眠っていたから」

年嵩の少女は部屋にはいってきてミランダの手をとった。「すみません、ミスター・ブラニガン」と小声で言った。「この子はあなたを起こすつもりはなかったんです」

「いいさ」とコナーは答えた。眠りをさまたげないように誰かに気をつかってもらうなど、思い出せないほど久しぶりだった。少女は踵を返そうとしたが、彼の声を聞いて足を止めた。「ベッキー、だったね？」少女がうなずくのを見てコナーはつづけた。「お茶はないかな？　つまり、本物のお茶さ。きみのお母さんが飲ませようとするまずい緑のやつじゃなくて」

おどおどとした笑みが少女の口の端に浮かんだ。「わたしたちが病気のときにもいつもあれです。ひどい味でしょう？」

「最悪だな。本物のお茶を一杯もらえないかな？　えらく喉が渇いているんだ」

「喜んで」ベッキーはそこでことばを止め、はにかむようにつけ加えた。「おなかは空いてません？　スープを持ってきますけど」

「きみは慈悲深い天使だね、ほんとうに」コナーはほほえみかけながら言った。「いただくよ」

ベッキーはそれを聞いて赤くなった。「その……できるだけ急いで持ってきます」つかえながらそう言うと、幼いミランダの手を引いて急いで部屋を出ていった。「おいで、チェスター」

犬はコナーと少女を交互に見やってためらった。それから、お行儀よくしていたほうがいいぞと警告するようにもう一度うなると、少女たちのあとから部屋を出ていった。あの犬には絶対に好かれてないな、とコナーは思った。しかし、犬は人格を見抜く能力に優れていると昔からよく言われている。おそらくそれは真実なのだろう。

ふたりの少女と犬が部屋を出ていってまもなく、遠くでドアが閉まる音がし、またも廊下を近づいてくる足音が聞こえた。オリヴィア・メイトランドが入り口から部屋にはいってくる。ベッドにつかつかと歩み寄ると、腰に手をあててコナーに向かって顔をしかめてみせた。茶色の目はもはや柔和なものではなくなっている。「あなたは賞金稼ぎのボクサーなのね」まるで〝悪魔〟とののしるような嫌悪に満ちた口調だ。

「そのとおり」オリヴィアは唖然とした顔になった。彼女の義憤に満ちたひとりよがりの口調を聞いて、コナーは少しばかりからかってやらずにいられなくなった。「それもとんでもなくいいボクサーさ。きみもいつか見に来るといい」

「男の人たちがあなたにお金を賭けて、苦労して手にしたお金をすってしまうわけでしょう？」

「もちろんさ。ありがたいことだ」

ふくよかな唇を非難するように引き結び、オリヴィアは顔をそむけた。「まったく男の人たちって分別ってものを持ち合わせていないのかしら？」息を殺してそうつぶやくと、部屋のなかを行ったり来たりしはじめた。「四晩ものあいだずっと、こぶしでお金を稼ぐような男の人を看病してたなんて。うちの娘たちの前で悪態をつくような人を。罪深いことだわ」

正確には彼女の娘たちの前で悪態をついたわけではなかったが、今はそのことを指摘しないほうがいいだろうとコナーは思った。わざとついたわけではないということも。

オリヴィアは天井をあおいだ。「ここに置いておくわけにはいかない。絶対に」

彼女がひとりごとをつぶやきながら、またラグの上を行ったり来たりしはじめるのを見守りながら、コナーはもしかしてこの女は正気を失ってしまったのだろうかと訝った。

「賞金稼ぎのボクサーだなんて」足を止めずに彼女はくり返した。「しかも賭け試合」

コナーはそれ以外にもいくつかそこに罪を足すこともできたが、彼女が卒倒しては困ると思った。そこでただ沈黙を守っていた。

オリヴィアはラグがすり切れるほど、その上を行ったり来たりしてから、コナーに鋭いまなざしを向けた。「それだけの傷を負ったのも試合のせい？」

コナーの目が細められた。「もちろんさ。腹にパンチを食らうと必ずこういう傷ができるものだ」

オリヴィアは皮肉を聞き逃さなかった。「試合じゃなかったらどうして？」好奇心というやつか。いやな質問だ。コナーは頭をもたげ、一生分の反抗心をこめてオリヴィアをにらみつけた。「刑務所でだ」

ぎょっとしてオリヴィアは目をみはった。その目に恐怖がきざした。「刑務所？」ささやくような声。「どういうこと？　いったい何をしたの？」

「そんなことはどうでもいいだろう？」コナーはシーツをめくって胸をあらわにした。「おれは報いを受けたのさ」

オリヴィアの顔が蒼白になった。ごくりと大きく唾を呑みこむと、声をひそめて何かつぶやきながら顔をうつむけた。祈りのことばのようだった。

「おれのために祈ってくれなくていい、ミセス・メイトランド」コナーは辛辣《しんらつ》な口調で言った。「聞き届けられることなどないのだから」

4

憎しみ《ファサイーム》――一八四六年　アイルランド　デリー

金てこを持った男たちが庭に来ていた。コナーは十一歳で、それがどういうことかはわかる年だった。家を壊しに来た連中だ。コナーは空き地の端で足を止めた。その朝地主の小川でこっそりとったばかりの大切な二匹のマスをしっかりと両手につかんだまま。恐怖に吐き気を覚えながら、彼はじっと男たちを見つめていた。

馬に乗った憎むべき男の前に母が立っていた。必死で懇願する声が聞こえてくる。しかし、地主の代理人は何も聞こえていないかのように冷淡な顔で母を見下ろしているだけだった。男は後ろにいる男たちに合図し、金てこを持った男たちは仕事にとりかかろうと前に進み出た。

懇願する声が消え、涙声の哀歌が聞こえ出した。

母が心につき刺さるような声で哀歌を歌い出し、その声を聞いて誰もが身を震わせた。家を壊しに来た連中ですら同様だった。男たちはこうした光景を何度も目にし、心の準備はできているはずだったが。モイラ・ブラニガンはバリーマゴリーからバリーゴーマンにいたるまでの地域で、もっともすぐれた哀歌の歌い手だった。みなそれを知っていた。ほんの一週間前に、愛する夫を哀惜の歌で天国に送り出したばかりで、その響きわたる歌声によって、フォイル川沿いに住む人々はリーアム・ブラニガンが死んだことを知ったのだった。

家を壊しに来た男たちはふいに躊躇《ちゅうちょ》を覚え、動きを止めた。彼ら自身、アイルランド人だった。同じようにして自分の家を失い、妻や娘が悲しみの歌を歌ったのだった。仕事はどうしても必要だったが、それでも、前に進み出る気になれなかったのだ。

コナーも母を見ながら身震いしていた。夫の命を奪ったチフスの熱にやられながらも、母は服をかきむしるようにして悲しみと絶望のありったけをこめて歌っていた。その後ろでは、怯えてまごつきながら、妹たちが母の歌に合わせて悲しみの声をあげている。

しかし、この心を揺さぶるような歌声も、地主の代理人の同情を呼び起こすことはなかった。代理人は男たちに大声で命令をくだし、再度男たちは家のほうへと動き出した。

母は代理人の馬の前にひざまずき、懇願するように腕を伸ばした。祈禱《きとう》のことばを尽くして救世主に救いを求め、聖母マリアにとりなしを頼み、聖人たちの加護を求めた。残されたありったけの力を使って祈り、非難し、懇願した。しかし、男たちはその脇を通り過ぎた。

コナーの耳に別の叫び声が飛びこんできた。今度は怒りの声だ。どこからともなく突然現れたのは兄だった。マイケルが庭を横切って家の玄関へと駆け寄り、足を開き、こぶしをにぎりしめて入口に立ちはだかった。十五歳のマイケルが、父亡き今、この家の家長だった。兄は戦う気でいた。

コナーも戦いに加わりたかったが、怖くもあった。マイケルのように勇敢であるべきなのはわかっていたが、自分は勇敢ではない。そう考えると、恥ずかしさで胸が熱くなった。コナーはひとり木の陰に隠れ、魚を吊るした糸をつかんで立っていた。家を壊そうとする男たちを憎み、それ以上に怯えている無力な自分を憎みながら。

男たちはマイケルを玄関から引き離し、逆らった報いに一発殴ってから、ひざまずいている母親のそばの地面に這いつくばらせた。ふたりの男が家のなかへはいった。マイケルは立ち上がってそのあとを追おうとしたが、モイラに止められた。彼女は怒り狂う息子の体に腕をまわし、声を張り上げて哀歌を歌った。

十五分もたたないうちに、何世代にもわたってコナーの一族が暮らしてきた家は破壊された。ロープや金てこを使い、荒々しい力をもって男たちはくるみの殻でも割るように家を叩きつぶし、石と木材と茅《かや》の束に変えた。マイケルがつかのま反抗的な態度を見せたということで、地主の代理人は家の残骸に火をつけたが、火によって損なわれたものは多くなかった。ほとんどの家具や衣服はすでに食べ物を買うために売られてしまっていたからだ。コナーは燃え上がる炎をじっと見つめながら、心のなかで恐怖が怒りへと変わるのを感じていた。

幌のない馬車が通りがかり、道端での出来事を見物するためにしばし速度を落とした。乗っているのは新しい地主となった領主エヴァーズレイ卿とその連れのブース牧師だった。爵位を持つ裕福なエヴァーズレイは、競売で土地を手に入れ、最近ロンドンからやってきたばかりだった。ひと月前には、飢饉《ききん》に見舞われて神に見放されたように思っていたダンナマナーの人々は、彼が救世主となってくれるのではないかと期待し、歓迎したものだった。が、その一週間後、強制的な立ち退きがはじまった。

コナーは馬車に乗っている裕福なイギリス人から目をそらし、かつて家だったものの焼け焦げた残骸を見つめた。もう一度道に目を転じると、馬車は動き出し、何も変わったことなどなかったかのように行き過ぎようとしていた。

熱く激しい怒りが突然彼のなかではじけ、ガラスのように砕け散って恨みと憎しみのかけらをまき散らした。コナーは違法につかまえた魚を放り投げ、馬車のあとを追った。分別を失い、筋道立った考えもできなければ、目的も意図も何もなかった。あるのはただフアサイーム——憎しみ——だけだった。

道の曲がり角で速度を落とした馬車に追いつくと、コナーは絶対についていくと固く決意し、草の枯れた草原を馬車と並んで走った。草原には、黒ずんだがれきの山が点在していた。かつてはほかの家が建ち、彼の家族と同じような家族が暮らし、彼と同じような子供たちが遊んでいた場所だ。今は何もない草原と化している。

「金はやらんぞ」エヴァーズレイは下がれというように手を振って呼びかけてきた。コナーなどうるさいハエでしかないとでも言わんばかりに。

「一ペニーもな」子爵の隣にすわったブースがつけ加えた。

コナーは何も言わなかった。何も求めなかった。ただ、無視されるのだけは拒んだ。馬車の速度に合わせてそばを走りつづけ、馬車に乗る裕福なイギリス人と肩を並べた。

馬車はセント・ブレンダン教会の前を通り過ぎた。雑草の生い茂る教会の前庭では、二匹の犬がもう一匹の死体をめぐって闘っていた。ダンナマナー・ロードに出るころには、コナーには自分が少なくとも二マイルは走りつづけていることがわかった。それでも走るのはやめなかった。速度を落とすこともしなかった。馬車にちらりと横目をくれると、領主が自分を見ているのがわかった。エヴァーズレイがことばもなく啞然とした目を向けていたのだ。

やぶからぼうに空っぽの腹が痙攣《けいれん》を起こし、コナーはよろめいた。足がもつれ、足取りが遅くなった。怒りと絶望に声をあげ、コナーは馬車が行き過ぎるのを見つめた。が、負けを認めるつもりはなかった。バランスをとり戻すと、みずからを叱咤して走り、またも馬車に追いついた。あきらめないことだけが重要だった。

「なんてことだ、この子はどうかしてしまったのか？」エヴァーズレイが連れに向かって叫んだ。「いったいこいつらアイルランド人にはどんな魔物がとりついているんだ？」

「みなどうかしてるんですよ」とブースが答えた。

何度もふたりはほどこしは得られないぞとコナーに言った。コナーはそのことばを無視した。ただまっすぐ前を見て走りつづけた。汗が顔を流れ、着ている燕尾服を濡らす。それは彼が持っている唯一の衣服だった。足を前に運ぶたびに、道に転がっているとがった石が裸足の足につき刺さり、血がにじんだ。心臓は胸から飛び出そうなほどにばくばくいっている。

絶え絶えになっている自分の耳障りな呼吸の音が聞こえ、脇腹が痛んだ。自分が息絶えて倒れるまで走りつづけることはたしかな気がした。しかし、聖母マリアよ、死ぬのであれば、立ったまま死にたい。ひざまずいて命乞いをしたり、怯えて木の陰に隠れたりしたまま死にたくはない。今も、これからも。

しまいにエヴァーズレイが根負けした。

「馬車を停めろ!」と叫び、先端が金になっている杖で御者の肩を叩いた。

ゆっくりと馬車は停まり、コナーも足を止めた。倒れないように震える手を腿について身をふたつに折り、足を染めている赤いしみを見つめた。それから肺に空気が足りないというように大きく息を吸った。唇をなめると、汗の塩辛い味がした。しばらくして、コナーは無理にも背筋を伸ばした。頭を高く掲げると、自分の家を壊し、母を物乞いにした男と目を合わせた。

にらみ合いに負け、先に目をそらしたのはエヴァーズレイだった。コナーは勝利の甘い味を知った。やつらを打ち負かしたのだ。勝負に勝ったのだ。

領主は連れに目を向けた。「どうやらこの子に何かやらないといけないようだな」

牧師は賛成できないというように首を振り、眉根を寄せた。「子爵様、あなたは寛大すぎます。図に乗らせるだけですよ」

「ああ、わかっている」エヴァーズレイは答え、財布に手を伸ばした。「それでも、今回はそれに見合うだけのことをしてくれたからな。この子は見ていておもしろかった」そう言って馬車から片腕を伸ばし、コナーに銀貨を差し出した。コナーは受けとろうとはしなかった。

「受けとれ、ぼうや」エヴァーズレイはさらに身を近づけて促した。

「その子にさわってはいけません！」ブースは鋭く叫んだ。「どんな害虫に毒されているか知れたものではありませんよ」

エヴァーズレイは子供にシラミがたかっているのに気づき、ぎょっとして銀貨を落とすと手を引っこめた。

コナーは地面に転がった銀貨に落とした目を、再度領主の目へと上げた。領主の目の奥には嫌悪とあわれみが同居していた。ゆっくりとコナーは身をかがめ、銀貨を拾い上げた。領主の顔に投げつけてやる前にそれに唾を吐きかけてやろうと思ったのだ。

しかし、できなかった。拾い上げたのは六ペンス銀貨だった。領主の上着の金ボタンひとつも買えないほどの金だが、コナーの家族が一週間食べるには充分な金だ。自尊心よりも生きることのほうが大事だった。コナーは自分が愚かであったことを悟った。勝負に勝ったと思っていたのだが、そうではなかった。勝つことなどあり得ないのだ。

貴重な銀貨をつかむ手がきつくこぶしににぎられた。コナーは礼は言わなかった。祈りのことばも唱えなかった。気前のよいイギリス人に神の祝福を祈ることもしなかった。何も言わずにただその場を離れただけだった。まぶたの裏に燃えさかるわが家を映し、心の底でイギリス人に地獄へ堕ちろと毒づきながら。

5

刑務所。

オリヴィアは吐き気を覚えた。今この家に犯罪者がいて、この家の屋根の下で眠っているのだ。オリヴィアは部屋を出てドアを閉めたが、部屋のなかにいる男についての物思いを心からしめ出すことはできなかった。いったいわたしは何を考えていたのだろう？　道端で見知らぬ人間を拾い、害のない捨て犬か何かのように家に連れ帰るなんて。

刑務所。どうして？　何をしたの？　強盗？　殺人？　オリヴィアはそのことばを発したときに挑むように自分に向けられた冷たい青い目を思い出して身震いした。危険な男だ。あの目は自分はなんでもできる人間だと語っていた。

わたしはみずから危険を呼びこんだのだ。

オリヴィアはドアから離れ、心から不安を振り払おうとしながら廊下を渡ってキッチンへ向かった。今あの男は立ち上がることさえできない。何をしたにしても、今それができる状態ではない。できるようになるころには、絶対にここから出ていってもらおう。

キッチンに行くと、ベッキーがそこにいた。オリヴィアの顔をひと目見てそばへ寄ってきた。「どうかしたの、ママ？」

オリヴィアははっと物思いから覚めた。「別に」そう答えて大きく息を吸い、考えをまとめた。「ミランダたちは？」

「ミランダは居間にいてお人形と遊んでいるわ。チェスターももちろんいっしょよ。キャリーはミスター・ブラニガンに会いたがっていたけど、だめだって言ってやったら、怒って本を持って果樹園へ行ってしまったわ」

ベッキーはカウンターの上に置いたトレイとその脇のティーポットを身振りで示した。

「ミスター・ブラニガンにお茶と食べる物を持っていこうとしてたところなの」そう言ってほほえんだ。「本物のお茶がほしいって言ってたわ。あのひどい緑の液体じゃなくて」

オリヴィアは娘に笑みを返さなかった。「ありがとう。でも、食事はわたしが持っていくわ。あなたにもなるべくあの部屋にははいってほしくないの」

「でも、どうして？」

オリヴィアはベッキーの無邪気な顔をのぞきこんだ。内心の不安を説明することばは見つからなかった。「あの人のそばに近寄ってもらいたくないのよ。食事にするからテーブルの準備をして。わたしはキャリーを探しに行くわ」

「でも、もうお昼よ。ミスター・ブラニガンにも何か食べる物を持っていってあげるべきじゃない？」

「戻ってきたら、わたしが持っていくわ」オリヴィアは答え、裏口へ向かった。キャリーを探すために果樹園へつづく小道をくだったが、頭にあるのは娘のことではなかった。あの人には出ていってもらわなければ。道で見つけたときには、きっと神への祈りが通じたのだと思った。収穫の手伝いをしてくれる誰かを――しばらく農場にいてくれて、フェンスや屋根を直してくれる誰か、たくましく、冷静沈着で、信頼できる誰かを――つかわしてくださいという祈りが。それなのに、神はコナー・ブラニガンをつかわされた。賞金稼ぎのボクサーで、賭け事師で、罪深い人間、犯罪者を。

果樹園へつづく道で、オリヴィアは足を止め、大きなオークの木に背をあずけた。「どうして？」と声に出して問いかけた。「どうしてあの男をつかわされたのです？」

そうやって神に話しかけると、たいてい心がなぐさめられるのだった。神が友であるかのように話しかけることを、奇妙だとかずうずうしいとか思う人もいるかもしれないが、オリヴィアは神のことを天上の雲に乗った白いひげを生やした賢者と考えたことはなかった。昔から神をもっと身近な存在だと感じていた。

しかし今、神は身近な存在とは思えなかった。問いが答えを得られないまま宙ぶらりんになっていたからだ。オリヴィアは不安と失望のなか、木の下のやわらかい地面に腰を下ろした。

男のことをどうしたらいいだろうと考えながらも、自分にはどうすることもできないのはわかっていた。男はひどいけがを負っている。何者であれ、また何をしでかしたにしろ、また道に放り出すわけにはいかなかった。

男の全身に残る傷痕が脳裡から離れなかった。その傷がいつどうしてつけられたのか、想像すらできなかったが、男が肉体的にも精神的にも途方もない苦痛を受けたであろうことは想像力を駆使せずともわかった。ああ、神様、刑務所であの人の身に何があったのでしょう?

オリヴィアはどうしてそんなことを気にしなければならないのかと自問した。あの人は犯罪者だ。祈りなど息の無駄だと思い、賭け事を誇らしいものだと思っている。おそらくは酒も飲むのだろう。

おれは報いを受けたのさ。

「どうして?」オリヴィアはやむにやまれぬ思いでもう一度問いを口に出した。「あの人は刑務所にいたんです。どうしてあの人をわたしのところへつかわされたのです?」

それに答えたのは神ではなかった。

「ミスター・コナーは刑務所にいたの?」

オリヴィアが目を上げると、キャリーが木の枝のあいだから見下ろしていた。彼女がそこにいることはわかってしかるべきだったのだ。キャリーはいてはいけない場所にいて、聞いてはいけないことを聞くこつを知っているのだから。「キャリー、なんてこと!」オリヴィアは声を張りあげた。「そんなところに登って何をしているの?」

キャリーは説明するように手に持った本を掲げてみせたが、興味深い話から気をそらされたりはしなかった。「ミスター・コナーは刑務所にいたの?」ともう一度訊いた。「どうして？」

オリヴィアは危険な客に娘が興味を抱いているのが気に入らなかった。キャリーが木に登っているという事実も気に入らなかった。「それについては話したくないわ。そこから降りてきてちょうだい」

キャリーは読書用の眼鏡をはずし、それをドレスのポケットにつっこんだ。それから本を脇にはさむと、慣れた様子で木から降りはじめた。オリヴィアは立ち上がり、不安そうに見守っていたが、キャリーが不安などみじんも感じていないことはわかった。母とちがって、高いところが怖くないのだ。地面に飛び降りるときには、青い更紗《さらさ》のスカートがめくれ、下にはいた白い綿のズロースがあらわになった。

オリヴィアはほっと大きく安堵の息をつき、「キャリー、これからも木登りをつづけるつもりなら、ズロースが見えないように気をつけてちょうだい」としかった。「淑女らしからぬことだわ」

「わたしは淑女じゃないもの。まだ小さい女の子よ」キャリーは澄まして答え、スカートの後ろについた樹皮をはたき落とした。「あの人、何をしたの？」

「わからないわ。どうでもいいことだし」オリヴィアが娘の手をとり、ふたりは家へと戻りはじめた。「あの人には近づかないでほしいの」

「ミスター・コナーのことが好きじゃないのね、ママ？」

「ええ」

「どうして？　刑務所にいたから？」

　これまで見たこともないほど冷たい目をしているからよ。「そうよ」

「でも、どうして刑務所にいたのか、理由はわからないわけでしょう。もしかしたら、何も悪いことはしていないのかもしれないわ。何もかもまちがいだったのかも」

「あなたはまだ小さいから」とオリヴィアはつぶやいた。

　キャリーには母が何を言おうとしているのかわからなかったが、気にもしなかった。「もしかしたら、前にママが読んでくれた本の主人公と同じなのかもしれないわ。覚えてる？　エドモン・ダンテス。監獄に入れられたけど、何も悪いことはしていなかった。それで――」

「キャリー、もうたくさんよ！」オリヴィアは我慢の限界に達し、鋭くさえぎった。そして、足を止めて子供に向き直った。「あれは単なるお話よ。現実の世界では、監獄にいたことのある人はいい人じゃないの」

「でも、ママ、ママはいつも言ってるじゃないの。よきクリスチャンは人を裁いたりしないって」キャリーが答えた。「よきクリスチャンは他人のよいところを見つけようとするものだって」

　オリヴィアは自分が与えた教訓をそのまままともに投げ返されるのは気に入らなかった。相手が九歳の娘であればなおさらだ。「そんなに単純なことじゃないの」

「どうして？」キャリーはオリヴィアを見上げた。「わたしたちはよきクリスチャンじゃないの、ママ？」

オリヴィアは娘の目をのぞきこんでため息をついた。邪気のない目をしてみせてはいるが、それにだまされてはいけない。ときおり、キャリーが賢すぎて、心穏やかでいられないことがある。

もちろん、キャリーは家のなかに足を踏み入れるや、一刻も無駄にせずにその情報を姉や妹に知らせたので、オリヴィアは質問や意見を雨あられと浴びることになった。このまま家にいさせるの？　ほんとうに悪い人なの？　きっと列車強盗よ。ジェシー・ジェイムズ（南北戦争後、銀行強盗をくり返した有名な無法者。南部では英雄あつかいされていた）のことは知っているかしら？　刑務所からは釈放されたの？　それとも脱獄したの？　たぶん、おたずねものよ。

オリヴィアは娘たちがくり出す推論をさえぎって言った。「折れた肋骨が治るまではいてもらうわ。それから出ていってもらう。それまでは誰もあの人のそばへ行ってはだめよ」そう言うと、スープとパンをくばり、娘たちが食べ終えると、庭の草むしりをするように命じた。

オリヴィアはベッキーが淹《い》れた冷たくなったお茶を捨て、新しいお茶を淹れるためにやかんをストーヴの上に置いた。湯が沸くのを待つあいだ、コナー・ブラニガンのことが絶えず頭に浮かんだ。あざけるような声と辛辣《しんらつ》なことば。あの人はつかわしてくださいと神に祈った人とはちがう。

キャリーは彼にとてもひきつけられている。それがひどく気になった。あの人は少なくとも六週間は出ていけるような状態にはならないだろう。それだけ長いあいだ、娘たちを遠ざけておくことはできない。とくにキャリーは。

オリヴィアが目を上げると、窓越しに庭にいる娘たちが見えた。ベッキーは言いつけられたとおりに、熱心に雑草を抜いている。とてもいい子で、一所懸命に手伝おうとしてくれる。ミランダの頭がトマトの木のてっぺんからのぞいている。枝のひとつをじっと見つめているのだ。おそらくはバッタが葉を食べるのを眺めているのだろう。ミランダにはバッタを殺すことはできない。ハエを叩くところを見ただけで動揺するほどなのだから。

キャリーは……イチゴを摘みながらその半分を食べてしまっている。きっとあとで食べたことは否定しようとすることだろう——顔じゅうイチゴの果汁だらけにしながら。オリヴィアはにっこりした。キャリーはほんとうに誰よりもおませな子供だ。

わたしたちはよきクリスチャンじゃないの、ママ？

オリヴィアの顔から笑みが消えた。これまではつねによきクリスチャンであろうとしてきた。慈悲深く、偏見のない人間であると自負してきたのだ。しかし、高尚な信念が試されている今、それがそうたやすいことではないのがわかった。

やかんが音を立て、オリヴィアは窓から目をそらした。キャリーの言うとおりだ。判断をくだす前に、すべての真実を知る必要がある。オリヴィアはスープをボウルによそい、お茶をカップに注いだ。それから、両方をトレイに載せ、厚切りのコーンブレッドを添えると、彼の部屋へトレイを運んだ。

部屋にはいっていくと、男はやすらかな寝息を立てていた。悪夢には襲われていないようだ。オリヴィアは決心したことをどう実行していいかわからないまま、ベッドに近寄った。すべてを問いただすと決めた以上、延期したくはなかった。

トレイをテーブルに置くと、ベッドのそばで躊躇し、コナー・ブラニガンをじっと観察した。切り傷は治りつつあり、青あざは消えつつあった。ひげを剃る必要があるようだ。顎のあたりが黒っぽくなっている。そのせいでいっそう悪人に見えた。が、それでも、こんなふうに静かに眠っていると、犯罪者には見えない。遠くから旅をしてきてひどく大変な思いをし、ようやく休む場所を見つけた疲れた人のように見える。ふとオリヴィアは、彼が望んでいたような男であってくれたならと思った。

「どうして?」彼女はつぶやいた。「どうして刑務所にいたの?」

その声が聞こえたかのように、男の目が開いた。その目がそばに立っているオリヴィアに向けられた。

オリヴィアはうろたえて急いで一歩下がり、トレイを示した。「食べる物を持ってきたわ」

「前に持ってきた緑のまずいお茶だったら、持って帰ってくれ」男はぶつくさと言った。眠そうで陰鬱そのものの声だ。「あのお茶だったら飲まないから。ウィスキーをちょっと入れてくれたとしたら、話はちがうが」

ウィスキー。思ったとおり。この人はお酒も飲むのだ。

「ここはホテルじゃないのよ、ミスター・ブラニガン」オリヴィアは隅にある衣装ダンスから枕をとり出しながらぴしゃりと言った。「あなたにはここにあるもので我慢してもらわなければならないわ。この家には強いお酒はありません」

「そう聞いても驚かないね。それから、おれのことはミスター・ブラニガンと呼んでくれなくていい。おれにもファーストネームがあるんだ」

オリヴィアはファーストネームで呼ぶつもりはなかった。ベッドのそばへ戻って言った。

「体を起こせる？」

コナーは言われたとおりにした。歯を食いしばり、額に玉の汗を浮かべながら、どうにか身を起こした。オリヴィアは枕を彼の背中に押しこんだ。

それからカップを手にとって彼の唇に押しつけると、「ゆっくり飲んで」と命じた。「すぐに吐くんじゃ意味ないから」

コナーはカップの縁越しに反抗するような目を彼女に向けた。昨日のことを揶揄《やゆ》されるのが気に入らなかったのだ。しかし、命令には従い、時間をかけてお茶を飲んだ。

オリヴィアはカップを脇に置き、彼にスープを食べさせるためにトレイを手にとってベッドの端にそっと腰かけた。

コナーはそうされるのがいやだった。見ていると、彼女はスプーンをボウルにつっこみ、口へ運ぶ際に滴が垂れてもいいようにもう一方の手を下に添えた。赤ん坊のようになすすべもなく食べさせてもらうのはいやでたまらなかったが、体が弱りすぎていて、彼女の手からスプーンを奪うこともできないのはわかっていた。コナーはスープを呑みこんだ。心は自分自身の弱々しさをいやがっていたものの、体は食べ物に反応するのがわかった。

オリヴィアにスープを口に運んでもらいながら、長くうずもれていた記憶が突然浮かび上がってきた。デリーでのことだ。クエーカー教徒の女性にソイエのスープを口に運んでもらっている少年のころの自分。イギリス政府によれば、その肉のはいっていない水っぽいスープは飢えた大衆に与えるにちょうどいいとのことだった。その女性も茶色の目をしていた。ほんとうの食べ物がないことを謝るかのような目。やさしい同情の目。あわれみ。

コナーは記憶を振り払おうともがいた。ソイエのスープとあの飢えて怯えていた少年を過去へと追いやろうとしたのだ。

「たぶん、ちょっとお話ししたほうがいいと思うの」

突然バケツ一杯の水をかけられたとしても、これほどきっぱりと過去から引き戻されることはなかっただろう。コナーは痛む体を枕に戻し、無関心の仮面を顔に貼りつけた。「今日はお天気がいいわ。ちょっと暑くなるかもしれないけど、それほどひどくはならないでしょう」

オリヴィアは空になったボウルにスプーンを置き、彼をまじまじと見つめた。仮面の下の表情を読みとろうとしているのだ。

「どうして刑務所にいたの？」彼女は訊いた。「何をしたの？」

しかし、コナーは人に見せたくないものを隠すのがうまかった。ずいぶんと長いあいだそれを習わしとしてきたため、ときおり、自分自身をだますことさえできた。コナーは彼女にほほえみかけ、「きみにはこれっぽっちも関係ない」と礼儀正しく言った。

「あなたはわたしの家にいるのよ、ミスター・ブラニガン。つまり、わたしにも関係することだわ」

「長居するつもりはない。歩けるようになったらすぐに出ていくさ」

そう聞いても彼女は納得しないようだった。にらみつけるまなざしは揺らがなかった。

「少なくとも六週間はかかるわ。それまではわたしの家でわたしの世話を受けることになるのよ。どんな人物に屋根を貸しているのか、わたしには知る権利があると思うの」

自分をこの家に連れてきて、看病し、食べ物を与えてくれたのはこの人なのだ。感謝してしかるべきだ。罪悪感にさいなまれ、コナーは逃げ道を探った。「なんて言ってほしいんだ？　刑務所に入れられたのはまちがいで、おれは無実だったと？　百合のように潔白で純粋だったとでも？」コナーの声はオリヴィアをあざけり、彼自身をあざけるものだった。

「ほんとうのことを言って」

コナーは笑い声をあげそうになった。この女はほんとうに世間というものをまったく知らないのか？　コナーは口を開いて嘘を口にしようとした。自分の隠された暗い一面を掘り起こそうとする彼女の好奇心を満足させるだけの嘘を。真実を教えてやっても、どうせ納得はするまい。

「わたしには三人の子供がいるの」とオリヴィアは言った。

コナーは自分がふい打ちをくらったことを悟った。嘘は唇の上で消えた。

茶色の目がまばたきもせずに見つめてくる。ハンターが近づいてくるのを見つめている野生の雌鹿のような目。賢く、警戒するような目にかすかに恐怖が浮かんでいる。奇妙なことに、そのことがコナーの心に引っかかった。刑務所の話をしたのは、ショックを与えてやりたかったからだ。ひとりよがりの義憤を粉々に砕いてやりたかったからだ。どうやらそれは思惑どおりに行ってしまったようだ。この人はおれを恐れている。子供たちのために。「ちくしょう」彼はつぶやいた。

ふいにおちつかない思いに駆られてコナーは目をそらした。白漆喰を塗った天井のひびわれをじっと見つめながら、さほど重要ではない真実を口に出していた。「大英帝国に対して強盗と反逆を働こうとして逮捕されたんだ。強盗未遂で有罪の宣告を受けたが、反逆罪には問われなかった。ダブリンの監獄で十四カ月過ごし、それから恩赦を受けて釈放された。きみの銀器を盗んだり、寝ているきみを殺そうとしたりはしないさ、ミセス・メイトランド」

そんな単純な話で彼女が納得するとは思わず、コナーはさらに質問が浴びせられることだろうと身がまえた。質問されても答えるつもりはなかったが。

しかし、オリヴィアはそれ以上質問をしなかった。立ち上がってこう言った。「教えてくれてありがとう。怪我が治るまでいてくださっていいわ。悪態をつくのはやめてもらえるとありがたいけど」

手にトレイを持ってオリヴィアはドアへ向かった。が、部屋の中央で足を止めて肩越しに彼のほうを見てつけ加えた。「ところで、わたしはミス・メイトランドよ。結婚していないの。結婚したことはないわ」

そんな予期せぬことばを口にすると、ふたたび前を向いて歩み去った。

製材所の事務室にいるヴァーノンのところに、ジミー・ジョンソンが電報を持ってきた。ヴァーノンは若者にチップの硬貨を放り、ジミーは五セントを手にした。「ありがとうございます、ミスター・タイラー」

少年は硬貨をポケットに入れて口笛を吹きながら事務室をあとにし、ヴァーノンは電報を開いた。短いメッセージに目を通すと、それをにぎりつぶし、ポケットにつっこんだ。それから立ち上がって部屋を横切り、ドアを開けた。のこぎりの轟音に負けない声を出して叫んだ。「ジョシュア！　ここへ来い」

ヴァーノンが机の奥の椅子へと戻ったところで、製材所の所長が事務室にはいってきた。

「何かご用ですか？」ジョシュア・ハーランが部屋にはいってドアを閉めた。

「ニューヨークから電報が届いた。義理の父が今の状況についてただちに報告しろと言ってきている」

「つまり、どういうことで？」

「鉄道のことで、投資家たちがうるさく言ってきてるんだろう。ちくしょう、オリヴィアがあんなに頑固だとは誰も思わなかったよな」

「彼女の土地を迂回するのは絶対に無理なんですか？」

ヴァーノンは引き出しを勢いよく開け、測量技師が作った地図をとり出すと、それを机の上に叩きつけるようにして置いた。「シュードラントの入り江をまっすぐつっきるか、山をダイナマイトで吹き飛ばすかせずに、〈ピーチツリー〉を迂回して線路を敷けるというなら、どうかそのやり方を教えてもらいたいものだな」

ジョシュアはわざわざ地図を見もしなかった。「すみません」とつぶやくと、椅子に腰を下ろした。「ばかな質問でした」

ヴァーノンは地図の一点に指をつき立てた。「どう見たって、ピーチツリーがまともに行く手をさえぎっているんだ。オリヴィアにはあの土地を売ってもらわなくちゃならん」

「絶対に売らないとすげなく断られたんですよね。どうしたらいいでしょう？」

ヴァーノンは机の上に置いてある箱に手を伸ばし、葉巻をとり出したが、火はつけなかった。葉巻を机に軽く打ちつけながら、ここ四年のあいだに自分が成し遂げたことや、つかった金、立てた計画を思いめぐらした。どうしてもこの鉄道は敷かなければならない。

一八六三年にアリシア・ジャミソンと結婚したときに、戦後の南部にくだって百万長者になってみせると彼女の父親に約束したのだった。そのときすでに、南部連合国が負ける運命にあり、戦後、数多くのチャンスに恵まれるであろうことはわかっていた。一八六七年、ヴァーノンはかつて自分が思い描いていたとおりに、裕福な事業家として故郷の町に戻ってきた。そして、ハイラム・ジャミソンの資産を使い、不景気で土地の値段が下がったことを利用して、買えるだけの土地や事業を買い占めた。今では、かつて自分を見くだしていた町の人々の生活を思いのままに動かすようになっている。それを考えて悦に入らない日は一日たりともないほどだ。

しかし、ヴァーノンはさらに大きな野望を抱いていた。土地を買ったのには、ちゃんとした理由があったのだ。自分たちの鉄道を敷き、モンローからシュリーヴポートまで列車を走らせようというのである。測量技師や建設技師からは、地理的な理由から、カラーズヴィルに鉄道を通すことは不可能だろうと言われていたが、ヴァーノンはそんなことは気にもかけなかった。新たに町そのものを作ろうと思っていたからだ。すでに場所は選んであった。北へ六マイルほど行った、オリヴィア・メイトランドの桃園と境を接するあたり、建設予定の鉄道沿いの地域だ。その計画を邪魔するのはオリヴィアの頑固さだけだった。ちくしょう。あの女のせいで何もかも台無しになってしまいかねない。

ヴァーノンは十一年前、オリヴィアの父に娘への求婚をその場で跳ねつけられ、笑い飛ばされた日のことを思い出した。よくも求婚などしたということで、仕事も馘《くび》になった。これだけの年月がたってもなお、酔っぱらったサミュエル・メイトランドの笑い声が聞こえる気がし、心がひりひりと痛んだ。

「ミスター・ジャミソンにはなんて報告するんです？」

ヴァーノンは過去の物思いから覚めた。「ほんとうのことさ。すべて計画どおりと報告する」そう言って葉巻の端を嚙みきり、椅子のそばにある真鍮の痰壺に吐き出した。「どうにかしてオリヴィアにあの土地を売らせる」

「どうやって？」

「日曜日に教会でちょっと話してみるさ。値段を提示して、それで説得できるかやってみる」彼は葉巻に火をつけて言った。「それでも売らないと言うなら、何かもっと思いきった手段に訴えなくちゃならないだろうな」

ジョシュアは目を上げた。そのペールグレーの目が机越しにヴァーノンの緑の目と合った。

「そうなったら、かなりはずんでもらわないと」

「そういうことになったら、はずむさ」ヴァーノンが約束した。「安心しろ」

6

コナーはベッドから出たかった。眠る以外にすることもなく、延々とここに横たわって、壁を見つめながら考えをめぐらしていると、気が変になりそうだった。

この家からも出ていきたかった。人知れず抱いている苦痛と恥ずべき秘密を三人の無邪気な少女とその清廉潔白な母親に知られたと思うと、ぞっとするほどだった。マウントジョイで経験したことについて、どれほどのことを明かしてしまったのかはわからなかったが、何を聞かれたにしても、耐えがたいことだった。

また発作に襲われるとしたら、自分なりのやり方で対処したかった。ひとりきりで。ここには肉体的なはけ口をとなるボクシングのリングはない。どこともしれぬホテルの部屋に逃げこむこともできなければ、頭をしびれさせるウィスキーも、逃亡の旅へといざなう道もなかった。

唯一の気晴らしは彼女だった。スープを載せたトレイを持ってきてくれ、用足しの鍋をきれいにしてくれるオリヴィア・メイトランド。最初の数日間に娘たちの安眠を奪った悪夢についてはその後何も言わなかった。赤ん坊のように世話されるのをいやがって拒んだので、最初の食事以外、彼は疲弊しきっていながらも、どうにか自分で食事をとっていた。

コナーは一度も結婚したことがないと言ったオリヴィアのことばについて考えていた。あの堅苦しいオリヴィア・メイトランドが不義の女を演じているところを想像してみようとしたが、まったくできなかった。あの娘たちは養女なのだ。そうにちがいない。

彼が退屈を持て余していることを感じとり、オリヴィアは本を持ってきた。コナーは口には出さなかったが、本など役には立たなかった。学校へ行ったことがなく、字が読めないからだ。学校や本といったものは裕福なプロテスタントの子供たちのものだった。読書など考えてみることもなかったのだが、一冊手にとってページをめくり、意味のわからない文字を眺めているうちに、突然読み方を知りたいという思いに駆られた。もちろん、そんなことはどうでもいいことだ。ボクシングのリングに上がって生計を立てている男にとっては、字が読めるかどうかなど重要ではない。コナーは本を脇に置いた。

退屈して苛立ち、眠るのも不安だが、それ以外にやることもないコナーは、何か気をまぎらわしてくれるものを待ち焦がれるようになった。ベッドにしばりつけられて七日目、その願いはかなえられた。キャリーが訪ねてきたのだ。

ドアが開き、そこに彼女が立っているのがわかったときには、コナーは話し相手ができたことを喜ぶあまり、彼女にどこまで秘密を知られているかは気にならなくなった。

「おはよう、ミスター・コナー」キャリーは小声で挨拶した。

それから入口から後ろに身をそらし、廊下を見渡すと、部屋にはいってきてドアを閉めた。

「ここへは来ちゃいけないことになっているの」キャリーはふつうの声に戻って言った。「ママの言いつけよ」

「きみが困ったことにならないといいが」

「大丈夫。困ったことになるのはよくあることだから」

コナーははじめて会話を交わしたときのことを思い出した。たしかによくあることのようだ。コナーはにやりとした。

キャリーはベッドの足もとまで近づいてきて、足板越しに身を乗り出してまじまじとコナーを見つめた。「あなたがさみしいかと思って来たの」

さみしいなどということばでは言い表せないほどだった。「ありがとう」

「病気っていやよね」キャリーは言った。「何もすることがないんだもの。病気のときは学校に行かなくてもいいけど、そんなの関係ないわ。だって、病気のときにはおもしろいことは何もできないんだもの」

コナーは酒を飲んだり、カードに興じたり、女と過ごしたりすることを思い浮かべた。心の底からそのとおりだと思った。

「魚釣りは好き？」唐突にキャリーが訊いた。

故郷で地主の川でこっそり獲った魚が心に浮かんだ。つかまったら重い罰が待っていたが、一度もつかまったことはなかった。マイケルといっしょにエヴァーズレイの貴重なマスをこっそり獲っては大いに悦に入ったものだった。「好きさ」

そう聞いて少女はうれしかったらしく、にっこりした。「木登りは？　したことある？」

「これまでたくさんの木に登ったさ、お嬢さん」

「口笛は吹ける？」

コナーは口をすぼめ、〈いたちがぴょんと跳ねてでる〉を何小節か吹いて聞かせた。

キャリーは笑った。「あなたってすてき、ミスター・コナー。ぴったりだわ」

何にぴったりなのか、コナーにはわからなかった。

キャリーの顔から笑みが消えた。考えこむように首を一方に傾げ、頭のなかで何かを解こうとしているかのように顔をしかめた。「でも、ママはあなたのことを好きじゃないのよね。刑務所にいたから、いい人じゃないって言ってるし。ことばも汚いし、気性も荒いって言ってたわ。〝気性〟って何？」

「その人がどういう人かってことさ」

「ふうん」キャリーは背筋を伸ばし、両手でベッドの柱をつかんだ。そして、柱にもたれて体を前後に揺らした。「でも、荒いって悪いことだけど、あなたは悪い人じゃないと思うわ。ただ、ひどい大声を出すけどね。ここに来た最初の晩、そこらじゅう、オレンジの人だらけだって叫んでた」キャリーは体を揺らすのをやめ、ベッドの柱の陰からしかめた顔をのぞかせてコナーを見た。「人間はオレンジじゃないわよ、ミスター・コナー。ペンキでも塗らないかぎり。その人たち、インディアンみたいに顔に色を塗ってたの？」

「いや」コナーは答えた。「ただのイギリス人たちだ」

九歳のアメリカ人の女の子がイギリスのプロテスタントの象徴であるオレンジや、アイルランドのカソリックの象徴である緑について知っているはずはなかった。それでも、彼の短い答えにキャリーは満足したように見えた。

「キャリー！」

オリヴィア・メイトランドの声が開いた窓から聞こえてきた。キャリーはぎょっとして顔をしかめ、ベッドの柱から手を離した。「行かなきゃ」

そう言ってドアへと向かったが、ノブに手をかけて足を止め、もう一度コナーのほうを振り向いた。「あなたには小さい娘がいる？」

「いや」

「息子は？」

「いない。子供はいない」

「奥さんも？」

「ああ」

キャリーはにっこりしてドアを開けた。「よかった。もう奥さんがいたら、奥さんはもらえないのよね？」

つかのまコナーにはどういう意味かわからなかった。ドアが閉まったところで、はっと気がついた。コナーはぞっとして枕に背を戻した。

ああ、なんてことだ。どうにかしてこの家から出ていかなければ。

その日の午後、コナーはベッドから出ようとしてみた。横から足を下ろすことまではできたが、それだけだった。体が弱りきっており、痛みもひどく、それ以上は無理だった。

翌日、再度挑戦してみたが、立とうとした瞬間に膝が崩れ、ベッドに倒れこむことになった。マットレスはやわらかかったが、倒れたせいで骨にひびき、その後何時間も肋骨が痛んだ。しかし、そのおかげで時間をつぶすことができた。さんざんに打ちのめしてくれたヴァーノンと、それを許した自分の愚かさを呪って時間を過ごすことになったのだ。

ダンのことを思い出し、あの年寄りは今どこにいるのだろうと考えた。おそらくはボストンに戻り、波止場で船から降りたばかりの別のアイルランド人の若者を探していることだろう。金を持たず、怒りに満ちた若者を。見つけるのにさほど時間はかからないはずだ。

コナーは手を肋骨に押しつけ、顔をしかめた。ベッドから出られたとしても、ここから自分の足で出ていくまでには何週間もかかるはずだ。ボクシングができるようになるまでにはさらに一カ月。急いでもしかたがない。しかしそこで、妻と子供についてのキャリーのことばを思い出した。かまうことはない。どこも行くあてがなくても、ここからは出ていきたかった。

焦りと苛立ちと退屈に駆り立てられ、コナーは翌朝ふたたび立とうとした。床に足をつけ、マットレスの上で横向きになる。それからベッドの足もとへと体を動かした。動くたびに痛みが全身を貫き、コナーは顔をしかめた。ベッドの足板をつかむと、三度速く息をして、思いきり身を起こした。

ああ、なんて痛みだ。コナーは必死でベッドの柱をつかんだ。恋人にすがるように柱につかまりながら、それ以上は動かず、痛みがじょじょに鈍っていくのを待った。それからベッドから立ち上がった。

さんざんに打ちのめされた日から九日後、コナーはベッドの柱に必死でつかまりながらも、自分の足で立った。朝の光のなか、傷だらけで弱った裸体をさらして。それがオリヴィアの見た姿だった。

「なんてこと！」

コナーが目を上げると、オリヴィアが朝食を載せたトレイを手に入口に立っていた。胸に巻いた包帯以外何も身につけていない姿にショックを受けている。くそっ。ショックを受ける理由がわからなかった。服を脱がせたのは彼女なのだから、裸も全身の傷痕も目にしたはずではないか。いや、もしかしたら、見ていないのかもしれない。オリヴィアの表情を見つめながらコナーは内心訂正した。そのあいだずっと目を閉じていたのかもしれない。

オリヴィアは真っ赤になり、手に持ったトレイに目を落としてあとずさった。小声で謝り、服を見つけてくるというようなことをつぶやいて、トレイを腰で支えて空いている手でドアを閉めた。

からかう意味で、彼女が戻ってくるまでそこにつっ立っていてもよかったかもしれないが、弱りきった足がゼリーのようにぶるぶると震えていた。コナーはベッドに腰を戻して倒れこむと、彼女の慎しみ深い感情を害さないように体にシーツをかけた。朝食は食べたかったからだ。

数分後、ドアを軽く叩く音がして、ほんの少しだけドアが開いた。開いたすきまからオリヴィアの声が聞こえた。「ミスター・ブラニガン？」

「なんです、ミス・メイトランド？」

長い間があってから彼女が言った。「あなたはその……つまり……もう……」

何を訊きたいのかははっきりとわかったが、あまりにおずおずとした声に、もう少しからかってやりたい気持ちに抗《あらが》えなくなった。コナーはわからない振りをした。「おれがなんだって？」

また長い間。「ちゃんとした恰好をしてます？」

それは論議を呼ぶ質問だ。しかし、腹がぐうぐう鳴り、コナーはからかうのをやめることにした。「いや、でも、シーツはちゃんとかけてある」

ドアがもう少し開き、オリヴィアが顔をのぞかせた。彼のことばがほんとうであることに満足して部屋のなかにはいってきたが、コナーががっかりしたことに、今度は朝食の載ったトレイを手にしてはいなかった。片腕に大きな籠をかけ、手に湯のはいった洗面器を持っている。肩にはいくつか服をかけている。「あれこれ持ってきてみたわ」

ひどく恥ずかしがっていることを別にしても、今日の彼女はどこかちがった。前よりやわらかく、きれいに見える。髪の毛をうなじのところでひっつめるかわりに、ほんの少し引っ張ったただけでほつれて落ちそうに、やわらかくふっくらと結い上げている。いつものぼろぼろの帽子のかわりに、黄色い藁と白いリボンでできたおかしいほど小さな帽子が頭にのっかっている。地味なグレーのドレスの襟は、コナーの趣味から言うとまだつまりすぎていたが、首や肩に垂れる白いレースのようなものでやわらかい雰囲気になっていた。悪くない変化だった。

「とてもきれいだ！　髪の毛はいつもそんなふうにしていたほうがいいな」

褒められて頬の赤味が増したが、オリヴィアは彼に目を向けようとはしなかった。「あまり実用的じゃないから」そう答えると、洗面器と籠をベッド脇のテーブルの上に置いた。

「たぶん、豚も鶏もいいとは思わないでしょうし」

コナーはにやりとした。「だったら、どうして今日はいつもとちがうんだい？」

「今日は日曜日だから。娘たちを教会に連れていくの。今日は午後までこの家にひとりでいてもらうことになるわ」オリヴィアは肩から服を下ろした。服はコナーの腰のそばに山を成した。「あなたにと思って。サイズが合えばいいんだけど」

リネンの下着とシャツとグレーのウールのズボンは質のよいものだった。裕福な男の服だ。しかし、かつては白かったリネンは年月とともに黄ばみ、どの服もずっとしまわれていたかのようにかびくさかった。いったい誰のものだったのだろうとコナーは訝った。

オリヴィアを見やったが、まだ目を合わせようとしない。籠の中身を真剣にあさっている。頬にはまだ赤味が残っていた。「ブーツも持ってきたの」そう言って彼に見えるように掲げてみせ、身をかがめてテーブルのそばの床に置いた。「あなたの靴下も洗ってここにはいってる。石鹸と水も持ってきたから顔を洗えるわ。ひげも剃りたいかと思って、道具も一式持ってきたの」彼女はつけ加えた。「それから、鏡と、歯ブラシも。ひげ剃り用のソーダ石鹸――」

「オリヴィア」また腹が鳴り、コナーは彼女をさえぎった。「その籠のなかには朝食もはいってたりしないかな？」

オリヴィアは怒ったように声をあげてひげ剃りの道具を籠に戻した。「朝食！　すっかり忘れていたわ」それから、コナーに謝るような目をくれた。「もう冷めてしまったと思うわ。新しいものを用意したほうがよさそうね」

恰好の言い訳を与えられ、オリヴィアは急いで部屋を出ていった。

オリヴィアが行ってしまうと、コナーは首をまわし、洗面器から立ちのぼる湯気を物ほしそうに見つめた。熱い湯、歯ブラシ、カミソリ。最高だ。

コナーは身を起こして湯のほうへ手を伸ばしたが、疲れきった体はそんなささいな動きも許してくれなかった。膝に引き上げようとしたときに、浅い洗面器の縁から湯がこぼれた。コナーは痛みに耐えながらゆっくりと動き、歯を磨いて顔を洗った。顔に石鹸をつけてカミソリと鏡を手にとるころには、疲れた両手がぶるぶると震えていた。

どうにか鏡を持ち上げたが、青あざと傷だらけの顔をよく見るのが精いっぱいで、疲れきって苛立ちながら、体をベッドの頭板にあずけ、腕を両脇に垂らした。

ちくしょう。できない。立ち上がるだけで体力を使いはたしてしまい、今はひげを剃ることすらできない。しかし、ドアをノックする音が聞こえたときには、彼はどうにか鏡を持ち上げ、もう一度ひげを剃ろうと試みていた。はじめたことは最後までやり終えるつもりだったのだ。

オリヴィアは朝食を手に部屋にはいってきたが、ちらりと目を向けただけで、コナーが無理をしているのを見てとった。ひと目で頰にあてがっているカミソリを持つ手が震えているのがわかり、先ほどの恥ずかしさを即座に忘れた。急いでそばへ寄ると、トレイを近くの椅子の上に置いた。「さあ、手を貸すわ」そう言ってベッドの上に身をかがめ、彼の手からカミソリをとり上げようとした。

コナーはそうさせまいと手を引っこめた。「自分でできる。手助けはいらない」すねた子供のような声だった。オリヴィアはにんまりしそうになるのを唇を嚙んでこらえた。背筋を伸ばすと、お好きなようにと言わんばかりに一歩下がった。ここ数日、コナー・ブラニガンのことや彼が打ち明けたことをよくよく考えた結果、刑務所にいたという話はほんとうだろうという結論に達していた。悪夢のなかで彼が口にしたことばはほとんど理解できなかったが、反逆ということばはわかった。これだけの傷を負い、今も悪夢に悩まされていることから、ひどい罰を受けたのはたしかだろう。もしかしたら拷問を受けたのかもしれない。必死でひげを剃ろうとする様子を見れば、気骨のある人間であることはたしかだ。気骨があり、誇り高い人間。

コナーはカミソリをどうにか二度ほど動かしたが、やがて自分の顔を切ってしまった。

「ちくしょう!」コナーは鏡をとり落とし、指を顎の傷にあてた。

「誰かに手助けしてもらうのがとてもいやなのね?」オリヴィアはやさしく訊いた。「どうして?」

コナーはオリヴィアをにらみつけた。世話を焼かれるのと同じだけ、質問されるのもいやなようだ。オリヴィアは彼のしかめ面を無視してそばに立った。「やらせて」

コナーは首を横に振った。

「がんばりすぎると、いつまでたっても体力をとり戻せないわ」オリヴィアは指摘した。自分が相手を言い負かしたことがわかった。コナーは彼女にカミソリと洗面器を渡した。

「枕にもたれて」オリヴィアは命令した。洗面器をテーブルの上に置くと、ベッドの端に腰を下ろした。「わたしにやらせて」

それから、剃りやすいように彼の顔を一方に傾け、カミソリを頬にすべらせて注意深くひげと石鹸をすくいとった。

「カミソリを手にしたきみを信じていいのかわからないな」オリヴィアが刃を洗うためにいったん離れると、コナーは言った。「喉をかっ切って罪深いおれの生き方を正そうとするかもしれない」

オリヴィアは彼の顎をつかみ、顔を上に向かせた。「それも考えたわ」と顎の下を剃りながら言った。「でも、そうなると、地獄で永遠にいっしょということになるもの」それからつけ加えた。「あまり好ましくないことだわ」

「どっちが好ましくないんだい？」コナーは皮肉たっぷりに訊いた。「地獄とおれと」

オリヴィアはつかのま手を止めた。ベッドの柱につかまって立つ彼の姿が心をよぎった。

「おしゃべりはやめて」心に浮かんだ光景をきっぱりと振り払いながら、オリヴィアは警告した。「さもないと喉をかっ切られることになるわよ」

コナーはそれ以上口ごたえせずに命令に従った。オリヴィアはまたひげを剃りはじめた。彼がじょじょに気をゆるめるのがわかった。目を閉じ、深く息をしている。口では何を言うにしても、そこまで信頼してくれているのがわかってうれしかった。オリヴィアは手を動かしながら彼の顔を眺めた。とてもハンサムな男だと思わずにいられなかった。これほどに不《ふ》埒《らち》な人でなければいいのに。

「さあ」と言うと、オリヴィアは身を離してできばえをたしかめた。「終わったわ」

コナーは目を開け、オリヴィアは彼に鏡を手渡した。「悪くない」顎をこすりながらコナーは認めざるを得なかった。

「父のひげを剃っていたから」オリヴィアは言った。「事故のあと、自分ではできなくなったの」

「お父さんの身に何があったんだい？」

オリヴィアは大きく息を吸った。「戦争が終わってすぐだったわ。はしごから落ちて背骨を折ったの」そう言って立ち上がり、最後にカミソリを洗った。「それから六週間後に亡くなったわ」そこでことばを止め、コナーに目を向けた。「父も人に手助けしてもらうのが嫌いな人だった」

コナーは鏡を返した。「ありがとう」と静かに言った。

「どういたしまして」

コナーにほほえみかけられ、オリヴィアは結局この人もそれほど悪い人ではないのかもしれないと思った。彼女はカミソリをケースにしまった。

「オリヴィア?」

オリヴィアは彼に目を向けた。「え?」

コナーは濃く黒いまつげの下から物憂そうな目をくれ、悪魔のような笑みを浮かべた。

「まさか、着替えを手伝ってくれるつもりはないよな?」


キャリーはおちつきがなかった。が、オリヴィアも彼女を責めるわけにはいかなかった。説教師としてのアレン牧師はカラーズヴィルの人々をひどく失望させていたのだ。とはいえ、とても好人物だったので、誰も面と向かってそう言う人はいなかった。抑揚のない声が延々とつづき、何匹かのハエの羽音といつも説教の途中で居眠りする九十歳のエリー・ハサウェイのいびきがそこに加わった。「キャリー、じっとしていなさい」オリヴィアは隣にすわっている子供を小声でさとした。

「無理よ」キャリーは小声で答えた。「足が眠っちゃったんだもの」

オリヴィアはため息をついた。あきらめて説教に注意を戻したが、牧師はイヴとヘビについて途切れなく語りつづけており、すぐに彼女の心も説教よりもずっと興味をひかれる、ずっと不信心なことへとただよい出した。

コナー・ブラニガン。今、目の前にすわっているかのようにはっきりと彼の姿を思い浮かべることができた。悪魔のようにハンサムで、ラバのように頑固な男。ひげを剃ろうとしているときの疲弊しきった顔と意を決したような目が脳裡に浮かんだ。低く、誘うようにすら聞こえるアイルランドなまりの声が聞こえ、ひげ剃り用石鹸の鼻につんとくる清潔なにおいを嗅げる気がした。指には熱い肌の感触もまだ残っていた。

なんてこと、ここは教会なのに。オリヴィアはその事実を思い出し、恥ずかしさで真っ赤になった。急いで顔をうつむけると、誰にも見られていませんようにと祈った。こんなことを、教会のなかで考えさせるなど、彼は悪魔にちがいない。オリヴィアは目を閉じたが、すぐさまベッドの柱につかまって立つ彼の姿がまぶたの裏に浮かび、急いで目を開けた。そして、何かほかに注意を向けられるものはないかと必死でまわりを見まわした。

左にいるミランダはベッキーの肩に頭をあずけて眠っていた。ベッキーは説教に耳を傾けている。少なくとも、懸命にそうしようとしている。ジェレミア・ミラーがいつものようにその隣に席を占めていた。

オリヴィアは右に目を向けた。キャリーがまだそわそわと足と足を打ち合わせている。

通路の向こうでは、ジミー・ジョンソンとボビー・マッキャンがじゃんけんに興じ、ボビーの母親を怒らせている。ふたりがオリヴィア以上に説教に無関心なのは明らかだった。もちろん、ジミーの母親は来ていなかった。妊娠しているため、庭の外には出られないのだ。オリヴィアは内心、そんな慣習はばかばかしいと思っていた。女が子を産むようにお作りになったのは神なのだから、教会に妊娠した女が来たからといって、神がそれほど気を悪くされるとは思えなかったのだ。

オリヴィアはふたりの少年を見ながら、会衆席で塩入りタフィーを引っ張り合うよりはじゃんけんのほうがましだと思った。チャブ姉妹がすぐ前にいる以上、子供たちもそんな真似はできないだろうが。

チャブ姉妹はカラーズヴィルの倫理の番人と言ってよかった。ありとあらゆる状況における正しい礼儀を心得た未婚の姉妹は、三十五歳以下の未婚女性は付き添いなしに出歩いてはならないと信じており、戦争によって生活様式も変わったのだということを頑として認めなかった。

彼女たちのはかりにかけると、自分があまり高い得点を得られないことはオリヴィアにもわかっていた。どこへ行くにも付き添いなしに出歩いていたからだ。テイラー家の娘たちを養女にするときにも、強く反対された。未婚女性であるオリヴィアがそんな行動をとるのは正しいことではないと言って。その忠告を無視したせいで、それ以降、責めるような目で見られ、落胆のため息をつかれるのを我慢しなければならなくなった。

オリヴィアが恥も外聞もなく農場の手伝いを募集する広告を出したことは、たしなみを忘れた行動だと何週間にもわたってキルト・パーティの話題にのぼったものだった。マーサ・チャブがわざわざ教えてくれたのだが、淑女というものは農場の手伝いを募集する広告など出さないものなのだ。もちろんそうでしょうよ。オリヴィアは皮肉っぽく胸の内でつぶやいた。淑女というものは白い手を守るために手袋をはめ、端を切ったパンで作った小さなサンドウィッチを食べ、フェンスの修繕とか、穀物の収穫などに頭を悩ますことなどないのだから。「このことについて、あなたのお母さんならなんておっしゃったかしらね、オリヴィア？」というのが、彼女たちが好んで使う言い方だった。それを聞くたびにオリヴィアはいたたまれない思いを感じるのだった。

チャブ姉妹を見ながらコナー・ブラニガンのことを思い出し、オリヴィアは罪の意識に駆られてすわったままもぞもぞと身動きした。そのことについては考えたくなかったため、目を教会の前のほうに転じた。ヴァーノン・タイラーがいつもの場所——最前列——に北部出身の妻と並んですわっている。オリヴィアは歯ぎしりしないように自分を律した。偽善者。彼がロングストロー沿いにある廃屋で闘鶏をやったり、ジャクソン・フィールドにテントを張ってボクシングの賞金試合を催したりしていることは周知の事実だ。賭け金からかなりのもうけを上げていて、毎週日曜日にアレン牧師がまわす寄付金皿にもかなりの額を載せている。そのため、賭け事の悪について説教がされることはほとんどなかった。

今のわたしは噂にもってこいだ。賭け事で生計を立てている男を家に泊めている。賞金稼ぎのボクサーなどという罪深い職業に就いている男。彼の姿がまた心に浮かんだ。朝の光のなかで伸縮していた彫刻のような筋肉。たぶん彼はボクサーとしては優秀なのだろう。

　突然まわりの人々が立ちはじめ、みな讃美歌を歌うために立っていることにオリヴィアは気がついた。急いで立ち上がると、讃美歌の本を開き、キャリーにも見えるように低く持った。

「ママ」まわりが歌いはじめるとキャリーがささやいた。「ページがちがうわ。讃美歌八十九番よ」

　オリヴィアは答えずに正しいページを繰った。礼拝に集まった人々と声を合わせて歌い、頭を垂れて祝禱《しゅくとう》を捧げながらも、唯一耳に響いていたのはコナーのつぶやきだった――まさか、着替えを手伝ってくれるつもりはないよな？　なぜイヴがヘビのことばに耳を貸したのか、オリヴィアにはよくわかった。

7

礼拝のあと、オリヴィアは娘たちを引きつれてまっすぐ荷馬車のところへ向かった。歩きながら知り合いにほほえみかけたり会釈したりはしたが、いつものように足を止めて親しい人とおしゃべりをすることはなかった。狼狽と羞恥を覚えていたオリヴィアは、誰かにひと目見られただけで、教会で恥ずかしい物思いにひたっていたことが見抜かれてしまうのではないかと恐れたからだ。

「オリヴィア！」

マーサ・チャブの声を聞いて、オリヴィアは顔をしかめて足を止めた。逃げるわけにはいかないとわかっていたため、顔に笑みを貼りつけて振り返った。「おはようございます、マーサ」それからもうひとりに会釈した。「エミリーも」

「また教会で会えてよかったわ、オリヴィア」マーサが言った。「先週の日曜日は来なかったものね。ちょっと心配していたのよ。ピーチツリーで何かあったわけじゃないわよね？」

オリヴィアはカラーズヴィルの偉大なるゴシップ好き、マーサ・チャブをじっと見つめた。コナー・ブラニガンを家に置いておくことがどんな事態を引き起こすか、ふいに気がついたのだ。家に男を――それもよそ者、賞金稼ぎのボクサーを――置いているなど。農場の手伝いを募集する広告を町じゅうに貼るのも認められないことだが、まだ大目に見ることはできる。農場の手伝いはちがう建物で暮らすことになるのだから。肋骨の折れた人間を納屋で寝かせることはどうしてもできなかったが、男がひとつ屋根の下で寝泊まりしていると町の人に知られたらなんと言われるだろう？

「何も心配するようなことはなかったわ」オリヴィアは相手の好奇心を満足させるような嘘を考えながら、なにげない口調を装ってマーサの質問に答えた。「キャリーの具合がちょっと悪かっただけで。別にたいしたことは――」

「でも、ママ」キャリーがわけがわからないという顔で口をはさんだ。「具合が悪いのはわたしじゃないわ。それは――」

「あら、リラ・ミラーだわ！」オリヴィアはキャリーがそれ以上ことばを発する前にさえぎった。「彼女に話があったの。あなたたち、いっしょに来て」オリヴィアはチャブ姉妹と会釈して別れ、キャリーとミランダをリラがはいっていった雑貨店のほうへ連れていった。ちらりと振り返ると、ベッキーがついてきているのがわかった。

「ママったら、嘘をついたわ」キャリーがほこりっぽい通りを横切りながら驚いたように言った、「チャブ姉妹に嘘をついた」

オリヴィアは板張りの歩道に上がって足を止めた。まわりをちらりと見まわし、声の聞こえるところに誰もいないことをたしかめると、身をかがめた。「それについては別のときに話しましょう」そう低い声で言った。「ねえ、よく聞いて。ミスター・コナーについては誰にもひとことも話してはだめよ。わかった？」

娘たちはオリヴィアの声に厳しいものを聞きとり、「わかったわ」と三人でぴったり声をそろえて答えた。

「よろしい」オリヴィアは長女に向かって言った。「ベッキー、わたしはちょっとリラと話があるの。キャリーたちを荷馬車のところへつれていってそこで待っていて。忘れちゃだめよ、ひとことも言っちゃだめだってこと」

ベッキーはうなずくと、ふたりの妹を連れて荷馬車へと向かった。オリヴィアはくるりと振り返り、反対の方向へ歩き出した。店の開いたドアの前で足を止めると、ドア枠をノックした。リラはカウンターの奥にいて、ドアに背を向け、明るい色の更紗のロールを棚に押しこもうとしていた。ノックの音を聞いて彼女は振り向いた。「こんにちは、オリヴィア。ご存じのとおり、日曜日はお店は休みよ」

「わかってるわ」オリヴィアはカウンターへ近づきながら答えた。「ただ、あなたがお店のほうへ向かうのが見えたので、このあいだ見せてくれるって言っていた新しいドレスの型紙を見せてもらえるんじゃないかと思って。アイディアがほしいのよ」

「新しいドレスを自分で作るつもり？」リラは身をかがめ、カウンターの下から木の箱をとり出して訊いた。

「自分のじゃないわ」オリヴィアは答え、若い女の子にぴったりのものはないかとバターリックの型紙がはいった箱をあさった。「ベッキーに収穫祭のダンス用のドレスを作ってやりたいの」

リラは共感するようにほほえんだ。「そうよね、もう十四歳だものね。ロングのドレスが必要だわ」その笑みが消え、ため息がもれた。「もちろん、わたしたちがデビューした戦争前と同じというわけにはいかないけど」自分の言ったことに気づいて、リラの顔に後悔するような表情が浮かんだ。「リヴ、ごめんなさい」

「そんなこと気にしないで」オリヴィアは手に持った型紙に目を落とした。自分が少女のころに開かれていたきらびやかな舞踏会のことが頭に浮かんだ。自分がそうしたものにほとんど参加できなかったことは気にすまいとした。デビューの舞踏会を開けなかったことも。

「それに、あなたの言ったとおりだもの。何もかも昔とはちがってしまった」

オリヴィアは目を上げ、棚に並んだ布地のロールを見まわした。「あそこの青いモスリンを見てもいいかしら？」そう言ってリラの頭のすぐ上にある棚を指さした。布地を買う金をどこから捻出すればいいか見当もつかないまま。

「上等の布よ」とリラは言い、型紙をよけて布をカウンターの上に広げた。「とてもきれいだわ」

「ブルーはベッキーの好きな色なの」オリヴィアはスカイブルーの生地を物ほしそうに指でさわりながら言った。「これを着たらきっときれいだわ」

「買うつもりなら、現金で払ってもらいたいね」

ヴァーノンの声がした。ベッキーのためにスカイブルーのモスリンのドレスを作ってやるなどあり得ないことがわかった。

オリヴィアは肩を怒らせて振り返り、ヴァーノンと向かい合った。今も信じがたいほどハンサムで、むちのようにすらりとした体と、ふさふさとした栗色の髪の毛をしている。彼がピーチツリーで農場監督をしていた時代に、どれほど乗馬が得意だったか今でも思い出すことができた。オリヴィアはひどく内気で引っこみ思案で平凡な少女だったころ、内心ロマンティックな白昼夢をめぐらしながら、窓辺にすわって果樹園や綿の農地を馬で走りまわる彼を見つめていたものだった。

しかし、少女のロマンティックな想像に火をつけた美貌はもはやすっかり魅力を失っていた。オリヴィアはずっと昔、父がヴァーノンの求婚を断ってくれたことを内心ありがたく思った。そのとき冷たくあつかわれたことでヴァーノンがひどく傷つき、今にいたるまでその傷が癒えていないことはわかっていたが。「おはよう、ヴァーノン」

男はオリヴィアの後ろに目を向け、入口から店のなかにはいってきた。「リラ、今日は店は休みのはずだ。ここで働いているはずじゃないだろう。教会へ戻って友達と話でもしてきたらどうだ？」

リラは二度言われる必要はなかった。ことばの裏の意味を理解して、ドアへと向かった。オリヴィアの脇を通り過ぎるときには、謝るようなまなざしをくれた。

「ドアは閉めていってくれ」とヴァーノンはつけ加えた。

リラが出ていき、ドアにつけられたベルが鳴った。

ヴァーノンは店の奥へとやってきて、オリヴィアの数フィート手前で足を止めた。「あんたがここへはいっていくのを見たんだ。おれの提案について考え直してくれたかどうかたしかめたくてね」

「いいえ、ヴァーノン。考え直したりはしないわ」

ヴァーノンはさらに近くに寄った。「なあ、オリヴィア」となめらかな口調で説得するように言う。「ピーチツリーはあんたがひとりで管理するには大きすぎるだろう」

「そうかしら。ちゃんと管理しているわ」とオリヴィアは嘘をついた。

「そうかい？　ようやく管理してくれる男を見つけたってわけか？」

オリヴィアはコナー・ブラニガンのことを思い出し、「いいえ」と答えた。

「ほう、そいつは驚きだ。ずいぶんと気前よく賃金を払うつもりでいるのにな。一日三食のまかないと寝る部屋ときた」ヴァーノンは小声で笑った。「男がそんな申し出を受けないなんて、正気の沙汰じゃないからな」

オリヴィアはあとずさり、カウンターに背中をぶつけた。そして、顎をつんと上げた。

「土地は売らないわ。あなたにも、あなたの北部のお友達にも」

「考え直したほうがいいな。いつか税金を払えないときが来るぜ。そうなったら、ピーチツリーもただ同然になる。遅かれ早かれあの土地はおれのものになるのさ」

ヴァーノンの言うとおりであることはオリヴィアにもわかっていた。彼はあと一年待てばいいのだ。桃が収穫できずに終わる最悪の一年。北部が押しつけてきた法外な税金を払うことができず、ピーチツリーは競売にかけられることになる。しかし、それまでは、何がなんでも戦うつもりだった。「いいえ、ヴァーノン、あなたのものになるとしてもずっとあとよ」

「分別を働かせろよ、オリヴィア。おれの申し出は正当なんてものじゃないぜ。一エーカーあたり一ドルってのは太っ腹な申し出だ」ヴァーノンは胸ポケットを叩いた。「権利譲渡書と小切手の用意はできているんだ。あとはあんたがサインしてくれればいい」

「手まわしがいいのね」オリヴィアはぶつぶつと言った。「でも、何にもサインなんてしないわ」

「五百ドルといったら大金だ。町に移って悪くない小さな家を手に入れても、あんたのところの孤児たちにいい服を買ってやる金は残る。暮らしももっとずっと楽になるぜ、オリヴィア」

「わたしにとってはいい話ね。でも、この町にとっては？　六マイルしか離れていないところに鉄道が通ったら、これ以上はないほどすぐに町は滅びるわ。あなたがその鉄道を敷いたら、カラーズヴィルは枯渇するのよ」

「町のなかを通せるなら、通すさ。でも、測量技師にそれではうまくいかないと言われたんだ。それに、あんたが何を心配する必要がある？　おれに土地を売ってくれたら、あんたも娘たちも安泰なんだから」

「うちの桃はどうなるの？　その鉄道は果樹園をつっきって敷くわけでしょう」

「わからないのか？　おれは悪くない金額を提示しているんだ。金は充分手にはいるから、果樹園などいらなくなるさ。あんなのは何本か木が生えているだけのことじゃないか」

「いいえ、ヴァーノン。わかっていないのはあなたのほうよ。絶対にわからないわね。ピーチツリーはわたしの家なの」

「おれはあの土地がほしい」ヴァーノンの声が険しくなった。「おれはほしいと思ったものは必ず手に入れる」

「必ずというわけにはいかないでしょう、ヴァーノン」オリヴィアは目を細めたヴァーノンにあわれむようなまなざしをくれてやさしく言った。「必ずというわけには」

昔、オリヴィアの父に結婚の申しこみを断られたことを暗示するそのことばと、彼女の目に浮かんだあわれみのせいで、ヴァーノンの顔は自尊心と怒りに真っ赤になった。「あんたの父親は――」さげすむような口調。「役立たずの酒飲みだった」

「役立たずではなかったわ。いい人だった」

「オリヴィア、あんたの父親が酔っぱらいだったことはみんなが知っていた事実だ。脳みそがバーボン漬けになっていて、おれがいなかったら、戦争がはじまるずっと前にピーチツリーはだめになっていたさ」

「そんなの嘘よ」

ヴァーノンはオリヴィアのほうに身を乗り出した。「おれのことはただの貧しい白人のガキだと思っていたかもしれないが、あんたの父親のほうがましな人間ということはなかった。

女房を怖がって、女房の目に触れないところにバーボンを隠そうとしていた。飲みすぎで、自分のやっていることがわかってなかったし、頑固すぎて息子や農場監督に農場をまかせることができなかった。そうさ、あんたの父親は酒のせいで命を落とした。あんたの兄貴たちももういない。今金を持っているのはおれだ。どんなにプライドが高くても、それだけで娘たちを養うことはできない。今おれの申し出を受けたほうがいいぜ」ヴァーノンはそこでしばし間をおき、やがてやさしくつけ加えた。「あんたが楽になるように便宜をはかってやるから、オリヴィア。もしくは、今よりずっと大変な思いをさせてやることもできる。選ぶのはあんただ」

オリヴィアは脅されるつもりはなかった。「お好きにすればいいわ。でも、ピーチツリーを手に入れることはできないわよ」

店のドアが開き、ベルが鳴った。優雅な装いの女が店にはいってきて、ヴァーノンはオリヴィアから一歩離れた。

「ヴァーノン?」アリシア・タイラーがふたりのところへやってきた。そして、わたしのものと誇示するように、ヴァーノンの腕に手を置いた。

ヴァーノンは妻をちらりと見やった。「馬車で待っていろと言っただろう」

女のきれいな額にかすかに縦皺が寄った。「こんな暑い陽射しのなかで待たされるのはごめんだわ」そう答えて、オリヴィアに目を向けた。「お仕事の話は終わったの?」

質問はヴァーノンに向けられたものだったが、答えたのはオリヴィアだった。「ええ、すっかり終わりました」オリヴィアは目を女から女の夫に移した。「百万年たっても売らないわ、ヴァーノン」

オリヴィアは夫婦の脇を通ってドアへ向かった。肩を怒らせ、背筋をぴんと伸ばして。酒飲みだろうとそうでなかろうと、お父さんも誇りに思ってくれるだろう。

コナーはこれ以上ベッドにしばりつけられたままでいるのはまっぴらだと思っていたが、その状況を改善しようという最初の試みで疲弊しきってしまい、その日はほとんど寝て過ごした。もう一度起き上がる力をとり戻したのは日が暮れてからだった。

着替えをするのも時間がかかり、大変な思いをしたが、コナーは固い決意でやり遂げた。オリヴィアが持ってきてくれた服を身につけると、九日間過ごした部屋を出た。薄暗い廊下が高いアーチ天井のホールにつづいている。デリーの家がふたつ丸々はいりそうな広さのホールだった。

廊下をほんの少し歩くだけで、体力を失い、ぐったりしたため、息を整えるためにしばらくホールで足を止めた。そうしながら、まわりを見まわした。階段がカーヴして上の階につづいている。オリヴィア・メイトランドの家はかつてとても美麗なものだったにちがいないとコナーは気づいた。しかし、亜麻色の壁紙ははがれ、階段に敷かれた青いカーペットはところどころすりきれている。寄せ木張りの床は擦れて艶がなくなっていた。体を支えようと階段の柱につかまると、その上についた飾りの木のボールがとれた。

コナーはオリヴィアの地味なドレスとひびのはいったティーポット、ぼろぼろの荷馬車、みすぼらしい様子のラバなどを思い出した。戦争によって持てるすべてを奪われたにちがいない。しかし、かつてここにあった富が奴隷を犠牲にして築かれたものであるのもたしかだ。

コナーはここことアイルランドを比べてみずにいられなかった。金持ちのイギリス人領主がヴェルヴェットのカーペットやカーヴする階段を手に入れられるよう、故郷の人々が血と汗を流していたことがいやでも思い出された。この家の富が失われたことを気の毒に思うことはむずかしかったが、自分の暮らし向きがどんどん悪くなるのをまのあたりにしていることがオリヴィアにとってどれほど辛いことであったかは理解できた。

しかし、コナー自身の暮らし向きが地に堕ちたのはずっと昔で、コナーは故郷の記憶を心から押し出した。昔のことを思い返すのはよそう。コナーは胸の内でつぶやき、木のボールをそっともとの場所に戻した。

遠くで声がした。コナーは声のする家の奥へと向かった。オリヴィアと娘たちはキッチンにいた。テーブルについて夕食をとっている。チェスターがおこぼれを待っているらしく、すぐそばの隅に寝そべっていた。

「わたしの誕生日にケーキを作ってくれる、ママ?」ミランダが訊いた。コナーはキッチンの入口のところで立ち止まり、焼きたてのパンとフライドチキンのおいしそうな香りを吸いこんだ。

コナーの目がオリヴィアをとらえ、そこにとどまった。彼女は手を伸ばし、いとおしそうにやさしくミランダの髪を後ろに撫でつけた。「もちろんよ、おちびさん」

家族か。彼のなかで何かが揺れた。ずっと昔に葬り去り、なかば忘れていた何かが、喉をしめつけ、胃をねじった。コナーは無意識に逃げ出そうとした。

チェスターが頭を上げ、低いうなり声を発した。話し声が突然やみ、全員が目を上げて入口のところに彼がいるのに気づいた。

「ミスター・ブラニガン、また立ったのね」オリヴィアがテーブルの上座から立ち、食べ物を身振りで示した。「ちょうど夕食のテーブルについたところなの。あなたの分はトレイに載せて持っていくつもりだったけど、起きたなら、いっしょにどうかしら？」

娘たちから同意の歓声があがった。

オリヴィアは長女のほうを振り返った。「ベッキー、ミスター・ブラニガンのために席を用意してくれる？」

コナーは足を踏み出さなかった。入口で居心地悪そうにためらっていた。ここには長居するつもりはない。自分は他人であり、ちょっとのぞき見したよそ者にすぎない。

しかしそこでキャリーが立ち上がってそばへ来た。コナーの手をつかむと、テーブルのほうへと引っ張った。彼女は「わたしの隣にすわればいいわ」と言って、お気に入りのナイトに女王が好意を示すような堂々とした態度で自分の横の席を示した。

選択の余地もなく、コナーは示された椅子を引いた。ベッキーが席を立って皿をとりにいってくれた。

「服のサイズは合ったみたいね」とオリヴィアが言った。

コナーはシャツの両方の肩のはぎ目がほつれている部分がオリヴィアに見えるように後ろを向いた。「こうしたら合ったよ」

前に向き直ると、ちょうど彼女がほほえんでいるのが見えた。コナーは虚をつかれた。笑顔を見たのがはじめてだったことに気づいたのだ。よく言っても、まずまずの美人と思っていたのだが、オリヴィア・メイトランドがほほえむと、名状しがたい光と影の変転があり、顔立ちにかすかな変化が起こって、彼女は突如として美しくなった。思いもかけない奇跡のような変化だった。

コナーは彼女をじろじろと見つめた。あわてて目をそらすと、ベッキーが席を用意しようとそばに立っていた。コナーが腰を下ろすと、ベッキーが皿とナイフとフォークを前に置いた。オリヴィアは自分の席に戻ってまた口を開いた。「ベッキー、あなたの番よ。お祈りをお願いできる?」

「たぶん、ミスター・コナーがしたいんじゃないかしら?」ベッキーはテーブル越しにコナーにほほえみかけて提案した。

コナーは椅子の上で身をこわばらせ、皿の置かれたテーブルをじっと見つめた。ある少女が小声で唱えた感謝の祈りが生々しく心によみがえり、突然息ができなくなった。神に食べ物を感謝する? そんなことをするつもりはない。できない。祈りのことばで喉がつまってしまうだろう。

「あまり腹は減っていないんだ」唐突に立ち上がると体に痛みが走った。「外へ行って新鮮な空気を吸ってくるよ」コナーは背を向けて、傷ついた体が許すかぎりすばやくキッチンから出た。オリヴィアと少女たちは当惑してその後ろ姿を見送った。

8

飢え《オクロース》——アイルランド、デリー　一八四七年

「おなかが減った《トー・オクロース・オルム》、コナー」とメーガンが小声で言った。

「わかってるよ。おれだって腹が減ってるんだ」コナーは幼い妹のそばに腰を下ろし、盗んできたぼろぼろの毛布でやせ細った体をくるんでやった。毛布が見つかったことはありがたかった。それをまだ温かい死体から奪ってきたことは気にならなかった。そうしたことを気にすることはずっと前にやめていた。

メーガンは兄の肩に頭を載せ、路地のレンガの壁に背をあずけた。「何か見つかった？」

コナーは上着のポケットに手をつっこんでためらった。魚市場で見つけたものをとり出すのに気がひけたからだ。しかし、見上げてくるメーガンの顔に月の光が射し、かつては丸々としていた頬がげっそりとこけているのがはっきり見えた。コナーは魚肉のかけらをとり出し、一番大きなかけらを妹に差し出した。

メーガンは目を天に向け、食べ物に小声で感謝の祈りを捧げると、十字を切り、魚を口に入れた。

しかし、一週間も何も食べていなかったせいで、胃は腐った魚を受けつけなかった。メーガンは横を向いてコナーが何時間もかけて見つけてきた食べ物を吐いた。弱りすぎて身を起こしていることもできず、メーガンは兄の膝に頭を載せて丸くなった。「ごめんなさい」と哀れな声でささやいて。

コナーはごくりと唾を呑みこんだ。「いいさ。眠るといい。明日はもっとましなものを見つけてくるよ」

しかし、もっとましなものなど何もなかった。ふたりともそのことはよくわかっていた。コナーはゆっくりと魚を食べた。噛むたびに彼自身吐き気を覚えたが、それを抑えながら。そして、その日の午後にフォイル川の河口から出港する船のことを考えた。イギリスへ向かう船。アイルランドのバターや穀物や豚や鶏など、すぐに裕福なイギリス人の食卓にのぼる食べ物を載せた船。

口のなかに唾が湧いた。コナーは目を閉じ、そうした船のことを思い描いた。飢え《オクロース》のことは考えまいとした。たったひとつの感情に思いを集中させるのだ。これまでのあいだ自分を生かしてきた感情――憎悪《ファサイーム》――に。

「目が見えない」メーガンのとり乱した小声が物思いを破った。彼女はコナーの手を手で探った。「コナー、目が見えないの」

　コナーは恐怖に胸をつかまれた気がした。「おれも見えないよ」と嘘をついた。「ここは穴倉みたいに真っ暗だから」

「ううん。月が出てたわ。でも、今は見えない。きっとわたし、死ぬのね」

「いや、死なないさ。まだ九つじゃないか。どうして死ぬなんてわかるんだ？」

「ひとりぼっちになっちゃうわね。ごめんなさい」

「おまえは死なないさ」コナーは荒っぽく答え、妹の肩まで毛布を引き上げた。「くだらないおしゃべりはやめるんだ」

「怖いわ、コナー。懺悔《ざんげ》を聞いてくれる神父様もいない」話すたびに声が弱々しくなっていく。「罪を告白しないで逝ったら、地獄に堕ちるかもしれないわ」

　コナーはすでにふたりとも地獄にいるではないかと思ったが、口に出しては言わなかった。

「おまえは何も罪など犯してないじゃないか。だから、地獄に行くことはないよ、メーガン。約束するよ。おれがおまえとの約束を破ったことはないだろう？」

「ええ」

「わかればいいさ。おまえは死んだりしない。死ぬとしても、天国の門のところで天使が出迎えてくれるよ」

「そうだといいな」メーガンの指がコナーの指を包み、どこにこれほどの力があるのかというほどの力でにぎりしめた。「もうひとつ約束して」

「なんだ？」コナーは妹の青白い顔を見下ろした。絶対に認めまいとしながら、妹の目がゆつくりと閉じられるのを見つめた。ふいに、船のことを話してやりたくなった。妹の体をつかんで揺さぶり、家を壊した男たちや、姉たちや、マイケルのことを思い出せと叫んでやりたくなった。自分と同じように、妹も憎しみに駆られるようにしてやりたかった。復讐のために生きたいと思わせてやりたかった。

しかし、メーガンはコナーとはちがった。誰のことも憎むことができなかった。彼女のなかには憎しみという感情がなかったのだ。

「わたしがネズミに食べられないようにしてね」メーガンはコナーの手を放して言った。「それか、犬にも。お墓を見つけて、ちゃんと地面に埋めてね。約束よ」

喉を絞められ、息ができなくなる気がした。「約束するよ」

メーガンはその晩に息をひきとった。コナーはイギリス人を憎むのと同じだけ神を憎むことにした。憎しみだけが約束を守る力を与えてくれたからだ。

9

オリヴィアは正面のヴェランダでベンチに腰をかけ、黄昏時の光をじっと見つめているコナーを見つけた。物思いにふけっているらしく、ヴェランダに彼女が出ても気づかないようだった。オリヴィアはしばらく彼を眺めた。

なんとも予測不可能な男だった。天気よりもすぐに気分が変わる。ベッキーがお祈りをしてくれと頼んだときに、テーブルから飛び上がるようにして立ち、その場から一目散に逃げ出した姿が目に浮かんだ。そんなふうに突如として逃げ出す理由がわからなかった。

オリヴィアはコナーのそばへ歩み寄った。コナーは近づいてくる彼女のほうへ目を上げたが、顔は無表情で何を考えているのかは読みとれなかった。「あなたの分はとってあるわ」オリヴィアは言った。「食べる気になったら、教えて」

コナーは答えなかった。

オリヴィアはベンチの彼の隣に腰を下ろした。「今晩、兄のシャツをもう何枚か出して、あなたに合うように縫い合わせられないかやってみるわ」

それを聞いてコナーは注意をひかれたようだった。「この服はきみの兄さんの物だったのか？」

オリヴィアはうなずいた。「スチュアートよ。戦争で亡くなったの」そこで間を置いてつけ加えた。「もうひとりの兄のチャールズもそう。ふたりともゲティスバーグの戦いで命を落としたわ」

ふたりのあいだに長い沈黙が流れた。オリヴィアにとって意外なことに、コナーが先に口を開いた。「兄さんたちのことは気の毒だった」と彼女のほうには目を向けずに言った。

オリヴィアはぎょっとした。この男から同情のことばが聞けるとは思っていなかったからだ。「ええ、もう八年も前のことよ」とつぶやいた。

ベンチに背をあずけ、オリヴィアは節くれだったオークの木や庭や芝生を眺めた。かつてピーチツリーを美しく優雅な場所に見せていたものたち。オークの木々は今や優美な姿を失い、庭には雑草が生い茂り、芝生は手入れされていなかった。「そう、わたしが幼いころには、夏の夜に兄たちといっしょにここで眠ったものよ。ときおりふと、そのころのことを思い出すと、兄たちが恋しくなって、枕を持ってここへ来るの」

オリヴィアはコナーに目を向けた。「ばかばかしいでしょう？」

「いや」コナーはかすかに口を引き結び、目をそらして庭を見やった。「少しもばかばかしくはない」

それから黙りこんだ。オリヴィアは彼を放っておいて家にはいったほうがいいだろうかと考えた。しかしやがてコナーが口を開いた。「おれが子供のころには、兄や姉や妹と納屋の二階で寝たものさ」

コナーが家族の話をするのははじめてだった。じっさい、家族のことを訊いたときには、家族はいないという答えが返ってきたのだった。オリヴィアは興味をひかれ、もっと詳しく知りたくなって彼のほうに顔を向けた。「納屋の二階？　家のなかでは寝なかったの？」

「そう、アイルランドの家はこの辺の家とはちがうんだ。向こうでは納屋も家の一部で、その上に二階がある」コナーはオリヴィアに目を向けてにやりとした。「干し草は枕投げ戦争に最高なんだ」

オリヴィアはその笑みに茶目っ気があるのに気づいて笑った。「きっとほとんどあなたが仕掛けた戦争ね」

「おれが仕掛けたことはない。はじめるのはいつもマイケルだった」コナーは小声で笑った。「マイケルは兄で、おれは彼のようになりたいと思っていた。マイケルのすることはなんでも真似せずにいられなかった。そのせいでいつもおれたちふたりは困ったはめにおちいったものさ。おれが十一歳になるかならないかのころにボクシングを教えてくれたのもマイケルだ」

オリヴィアはコナーの声に切々たる思いを聞いた。「お兄さんがとても恋しいでしょうね」

コナーの顔から笑みが消え、彼は目をそらした。「恋しく思わない日など一日もない」

コナーが自分のことを語りたがらない男であることはわかっていたが、オリヴィアは質問せずにいられなかった。「今はどこに？　まだアイルランドにいるの？」

コナーは身をこわばらせた。質問には答えてもらえそうもないとオリヴィアは思った。ようやく口を開いたときには、彼の声は低く、ほとんどつぶやくようになっていた。「おれが十一のときにアイルランドを飢饉が襲った。十二のときに、兄はおれの目の前でイギリス人領主の使用人に棒で殴り殺された」そこで間を置き、つけ加えた。「牛を盗んだ咎で」

オリヴィアは愕然としたが、顔には出さなかった。「お姉さんや妹さんは？」

コナーがまわりに壁を作って他人を閉め出そうとするのが目に見えるようだった。コナーはオリヴィアに目を向けた。つかのま親しく語り合ったことなどまるでなかったかのようなまなざしだった。「みんな死んだ」凍りつくような声だった。「飢えて死んだんだ」

翌朝、太陽が地平線から顔をのぞかせるころに、オリヴィアは果樹園へ行った。東の空は壮麗な朝焼けのやわらかいピンクと金色に染まっていたが、その美しさには気がつかなかった。桃の木のあいだを歩きながら、ひと晩眠れずにめぐらした厄介な物思いにまだひたっていた。

ああ、なんてむずかしい人だろう。むずかしくてかたくなな人。百フィートもの高さの壁をまわりにめぐらしている。しかし彼もかつては兄や妹たちと枕投げに興じ、いたずらをした少年だったのだ。そんな少年が兄が殴られ、姉や妹が飢えるのをまのあたりにした。成長してからは刑務所で拷問も受けた。あれほどに辛辣なのも不思議はない。

心のなかで、彼が家族について語ったときのことを再現してみる。声はとても穏やかだったが、ひどく冷たい目をしていた。そして、今でも残る傷痕。オリヴィアの心は痛んだ。

オリヴィアは木に背をあずけ、うつろな目を隣の列の桃の木に向けた。物思いに沈んでいたせいで、最初は何も変わったことには気づかなかった。が、やがてはっとして突然背筋を伸ばした。コナー・ブラニガンの過去についての物思いはすぐさま心から消え去った。

一本の木の葉が枯れていた。オリヴィアはよく調べるために近くへ歩み寄ったが、何もおかしなところは見あたらなかった。葉が枯れる原因として考えられる虫もいなければ、病気にかかっているわけでもない。しかし、木が枯れつつあるのはたしかだ。理由は思いつかなかった。しかしやがて、下に向けた目が樹皮についた切りこみをとらえた。オリヴィアは顔をしかめて身をかがめ、近くで目を凝らした。

幹にぐるりと入れられた切りこみに沿って手を這わせ、愕然とした。この木はナイフで切られ、水と栄養が葉に行かないようにされたのだ。木は枯れかけていた。

オリヴィアはほかの木々に目を向け、同じように損なわれた木がないかどうか調べはじめた。数分のうちに、さらに六本が被害を受けているのがわかった。

誰がこんなことを？　そう自問しながらも、オリヴィアには答えがわかっていた。ヴァーノンがやらせたのだ。前日、礼拝のあとで交わした会話と彼の警告をのことばが心に浮かんだ。あんたが楽になるように便宜をはかってやるから、オリヴィア。もしくは、今よりずっと大変な思いをさせてやることもできる。

オリヴィアは木の幹に加えられた致命的な傷をじっと見つめていたが、そのまわりに煙草の吸殻が散らばっているのに気がついた。身を曲げてひとつを親指と人差し指ではさんで拾い上げると、考えこむように眉根を寄せた。ハーラン家のふたりの息子たちとその父親はみな煙草を吸う。全員がヴァーノンの製材所で働いている。おそらくヴァーノンがここで別の仕事を命じたのだろう。オリヴィアは煙草を土の上に戻した。

ヴァーノンのことは生まれたときから知っていた。はったりをきかせる男であることもわかっていた。戦争が終わって二年後、北部から戻ってきた彼は、このあたりの土地をほぼすべてと、町の産業の大部分を買い占めたのだった。そして今、ピーチツリーをほしがっている。

これまでのところ、どうにか屈しないできた。土地を売ってほしいという申し出を断り、追い出そうとする脅しを無視してきた。かつてのヴァーノンの気持ちも、結婚を断った父に自分が抗わなかったことで彼が負った心の傷もよくわかっていたが、彼がこんなことまですとは夢にも思っていなかった。

木に損害を与えた人間をあやつっているのがヴァーノンであることはまちがいない気がしたが、それを証明する方法はなかった。ヴァーノンは権力者であり、力を持つ北部の人間と親しい。オリヴィアはきっぱりと心配を心から追い出し、果樹園を出て家へ向かった。木を傷つけたのは警告だ。揺さぶりをかけて土地を売らせようという脅しだ。そうはさせるものか。

コナーが目覚めると、くんだばかりの水のはいった水差しときちんとたたまれた二枚のシャツがドアの外に置いてあった。コナーは片手を痛む肋骨にあてて体を支えながら身をかがめ、シャツの一枚を拾い上げた。オリヴィアは何枚かのシャツをつなぎ合わせて体に合うものを作ってくれるという約束を果たしてくれていた。コナーは前日に来ていたほつれたシャツを捨て、新しいものを身につけた。シャツは体にぴったり合った。

洗面器の水で顔を洗い、部屋を出ると、甘くおいしそうなにおいに誘われてキッチンへ向かった。オリヴィアがキッチン・テーブルのそばに立ち、スパチュラを使って鉄板から甘いビスケットのようなものをすくいとり、皿に移していた。「何を作っているのか知らないが――」彼は入口から声をかけた。「味見したいな」

オリヴィアは目を上げて彼を見るとほほえんだ。「娘たちと同じぐらい困った人ね。オーヴンから出したばかりのクッキーをすぐにほしがって」

コナーはオリヴィアのそばへ行き、〝クッキー〟と呼ばれたものを皿からとった。オリヴィアはとがめるような目を向け、鉄板の上にスプーンで種を落としはじめた。

「女の子たちは?」コナーはクッキーをかじりながら訊いた。

「今日はジョンソン家に遊びに行っているわ」

コナーはクッキーを一枚食べ終え、もう一枚に手を伸ばしたが、オリヴィアが皿をとり上げた。「クッキーは大人の朝食じゃないわ」とぴしゃりと言った。「ちょっと待ってて。本物の朝食を用意するから」

「ありがとう」コナーはテーブルにつき、キッチンを動きまわるオリヴィアを見守った。最後に女が朝食に誘ってくれたときのことがぼんやりと頭に浮かんだ。たしかメリーランドのどこかだったはずだ。もしかしたらヴァージニアだったかもしれない。ボクシングの試合を見に来た女だった。試合のあと、女はそっと耳打ちして誘いをかけてきた。夕食にはわたしを、そして、朝食に卵はどう？　誘いの最初の部分には乗ったが、あとの部分には乗らなかった。ことを終えると、女は眠りに落ち、彼は町を去ったのだった。女はコロンと煙草のにおいがした。髪は赤く、ピンクのシルクのガウンを着ていた。そういう細かいことは覚えているのに、名前が思い出せないのはおかしなものだ。

オリヴィアを見つめていて、あのピンクのシルクを着た赤毛とのちがいに驚かざるを得なかった。オリヴィア・メイトランドは顎までボタンをきっちりはめたドレスばかり着る女だ。クローヴとヴァニラのにおいがし、チョコレートのような目をした女だ。食べるにはちょうどいい。そう考え、コナーは自分がどうかしてしまったのかと訝った。

彼女のような女は自分のような男には向かない。金をとってあとは自由にさせてくれる手軽な赤毛のほうがずっといい。悪態をついても気にせず、名前も覚える必要のない女たち。与えてやれないものは求めず、父親をほしがる娘のいない女たち。

オリヴィアはテーブルに歩み寄り、彼の前に食べ物の載った皿を置いた。コナーは皿をしばらく見下ろしてから、彼女を見上げた。「これは？」と皿の片側を指差して不思議そうに訊いた。

「粗挽きのトウモロコシよ」オリヴィアは答えた。そう聞いてもコナーにはよくわからず、オリヴィアもそれに気づいたようだった。「食べたことはないでしょうけど、ルイジアナではみんないつも食べているわ。おいしいわよ」

コナーは疑わしそうな目をオリヴィアに向けたままだった。「あの緑のお茶を淹れるような女の考えを信用できるかな」そう言ってフォークを手にとった。

「まあ、わたしの料理が気に入らなければ、これからはあなたが料理して」

コナーは挑むように顎を上げたオリヴィアを見てにやりとした。「喜んで。ただ、みんな飢えることになるよ」

オリヴィアは笑ってコナーが朝食を食べられるようにそばを離れた。しかし、コナーには、自分がフォークでトウモロコシを口へと持ち上げるのを彼女がじっと見つめているのがわかっていた。食べてどう思うか見てやろうというわけだ。コナーはひと口食べた。食べてみて、ルイジアナにしろ、どこにしろ、どうしてこんなものを食べようと思うのか不思議に思った。壁紙用の糊にバターを加えて食べても同じだろうに。それでもコナーは食べ物をおろそかにすることはけっしてなかった。「うまいな」と彼は言った。

オリヴィアは喜び、例の驚くべき笑みを浮かべた。壁紙用の糊を何口か食べてもかまわないと思うような笑みだ。

「八年前にここへ来ていたら、そうは言わなかったでしょうね」オリヴィアは彼のためにコーヒーをカップに注ぎながら言った。「うちの料理人だったサリーが死んで、わたしが料理をひとりでするようになったの。それまでは一度も料理をしたことがなかったわ。上流の若い淑女が身につけるにふさわしい技術ではないと母が考えていたから」オリヴィアはゆがんだ笑みを浮かべてつけ加えた。

「最初に作った食事は最悪だったわ」オリヴィアはコーヒーのはいったカップをコナーの前に置いて言った。「ありがたいことに、祖母が料理のレシピを集めて日記に書いていたの。その日記が見つからなかったら、わたしが料理のしかたを覚えることはなかったでしょうね」

コナーが朝食をとっているあいだにオリヴィアはクッキーを焼き終えた。コナーが皿を押しやってテーブルから立つときに、痛みに顔をしかめたのをオリヴィアは見逃さなかった。

「肋骨はまだかなり痛むんでしょう？」

コナーは答えなかったが、答える必要はなかった。オリヴィアは食料品庫へ薬箱をとりに行った。「すごくよく効くショウノウの塗り薬があるの」

「面倒をかけたくない。大丈夫だ」

「面倒じゃないわ」とオリヴィアは答え、新しい包帯のロールと薬箱を持って食料品庫から出てきた。「いずれにしても、傷の具合を見て、ちゃんと治ってきているかたしかめなくちゃならないし」そう言ってキッチンを横切り、彼の前に立った。「それから、新しい包帯を巻かなければ」

オリヴィアは薬箱と包帯のロールを自分の横のテーブルに置いた。それからコナーのほうを振り返ったが、彼は首を振った。「そんなやきもきしてくれなくていい。言っただろう、大丈夫だから」

「大丈夫じゃないわ。肋骨が折れているのよ。痛むのもわかってる。お願いだからシャツを脱いで。逆らおうとしないで」

オリヴィアはきっと拒まれるだろうと思ったが、結局コナーは逆らわなかった。「軍隊に女が入隊を許されないのは残念だな」シャツのボタンをはずしながらつぶやく。「きみが戦闘に加わっていたら、南部が戦争に勝っていたかもしれない」

そう言ってシャツを脇に放ったコナーにオリヴィアは横目をくれた。それから薬箱を開けて塗り薬の瓶をとり出し、彼のほうを向いて片手を肋骨の上に置き、指でそっと押した。

「痛い！」コナーは声をあげて身を引いた。「くそっ、つつかないでくれよ！」

「頼むから、汚いことばはやめて」オリヴィアは手を動かして再度押した。コナーが身をひるませるのがわかった。「だいぶよくなってきているみたいね。ただ、すっかり治るまでにはもう何週間かかかりそうだけど」

オリヴィアはピンをはずし、胸に巻いた長い包帯をロールに巻きながらはずしはじめた。そうするには、腕を彼の腰にまわさざるを得ず、体が密着することでオリヴィアは彼を強く意識した。がっしりとした腱や筋肉の男らしさを。その予期せぬ感覚がオリヴィアから息を奪い、ベッドのそばに裸で立つ彼の姿を脳裡によみがえらせた。何か温かくうずくようなものが全身に走り、彼に体を沿わせたくなる。手が震え、オリヴィアは包帯を落とした。包帯がほどけて床に転がった。

「あら、いやだ」オリヴィアは床から包帯を拾い上げ、テーブルの上に置くと、塗り薬の瓶に手を伸ばした。ふたを開け、中身を少してのひらに出すと、つんとするにおいのオイルをそっと彼のむき出しの胸にすりこみはじめた。

コナーがはっと息を呑むのを聞き、オリヴィアは手を止めて目を上げた。「痛かった？」

「いや」とコナーは答えたが、声には張りつめたものがあった。呼吸がわずかに乱れている。顎の隅の筋肉が動いた。「いや、痛かった……わけじゃない」

オリヴィアはやりかけたことを急いで終えようとした。目はじっと自分の手に据えていたが、手はうまく動いてくれなかった。動きはどうしようもなくぎごちなかった。オリヴィアはようやく新しい包帯を巻き終えてピンで留めた。

「終わったわ」とオリヴィアは言ったが、彼から離れてしかるべきところを、そのまま動かずにいた。彼の体の脇に押しあてた手から、包帯越しに肌の熱が伝わってきた。「包帯の具合は悪くない？」

コナーは答えなかった。オリヴィアは彼の顔を見上げた。

けぶったような青い目は、険しい顔のなかで柔和にすら見えた。唇はおもしろがるように端がかすかに上がっている。オリヴィアは真っ赤になって手を下ろし、一歩下がった。

コナーがオリヴィアの手をとらえた。「そこでやめないでくれ」そうつぶやいて親指でゆっくりと愛撫するように彼女のてのひらをなぞった。「そう、いい気分になりつつあったんだから」

コナーはほほえんだ。熱っぽい、意味ありげな笑みだった。オリヴィアは手を振りほどき、顔をうつむけた。目を伏せるときに彼の体をかすめた視線がズボンのボタンつきのフラップをとらえた。オリヴィアははっと気づいて目をみはった。熱いものが全身に押し寄せてくる。恥ずかしさに赤くなるのがわかる。オリヴィアはあとずさり、踵《きびす》を返して逃げ出した。

コナーはおもしろがると同時に残念に思いながらオリヴィアが裏口から出ていくのを見つめていた。体はまだ興奮してうずいている。ちくしょう、あんなふうにさわって何を期待していたんだ？　おれは健康体とは言えないかもしれないが、死人ではない。

コナーには相手が純潔かどうかは見ればわかったし、欲望があればそれもわかった。そして、興味も。オリヴィア・メイトランドのとり澄ました堅苦しい外見の下に、本物の女が隠れていたことは思いもよらない発見だった。「ちくしょう」とコナーはつぶやいた。

シャツを着ると、さめたコーヒーをひと口飲み、家を出た。どこへ向かっているのか自分でもわからなかったが、そんなことはどうでもよかった。行くところなどどこもなかったのだから。

オリヴィアは庭で膝をついていた。コナーが通り過ぎても目を上げず、さもおもしろい仕事だとでもいうように、摘んでいるきゅうりから目を離さなかった。しかし、頬はまだ燃えていた。

あともう一秒あのままでいたら、オリヴィアがそうと気づかずに差し出していたものを受けとっていたことだろう。あともう一秒、彼女が手を体にあてがったまま、キスを求めるように顔を仰向けていたら。折れた肋骨も彼女の揺れる純潔もくそくらえだ。自分がどんなゲームをしかけているのか、彼女にはわかっていない。そこに何がかかっているのかまるで気づかずにいるのだ。

コナーはキャリーのことばを思い出し、かかっているものは大きすぎると自分に言い聞かせた。しかし、オリヴィアの手の感触はまだ残っていた。なだめてくれると同時にたかぶらせる感触。純粋でありながら刺激的でもある感触。もう一度あんなふうにさわられたら、自分がどんな火遊びをしているのか彼女にわからせてやる。その一分一秒をたのしみながら。

その後数日のあいだ、オリヴィアはできるだけコナーを避けた。キッチンでの出来事が恥ずかしく、気まずかったからだ。しかし、どれほど大変な思いをして彼を避けても意味はなかった。あのときの屈辱的な出来事が何度もくり返し心に浮かんだからだ。彼の半分閉じられたけぶったような青い目と誘惑するような低い声を思い出すたびに、愚かしくも膝がもろくなるのだった。

わたしがいけなかったのだ。あんなふうに親しく体に触れたりしなければよかった。思い返してみても、自分が何にとりつかれていたのかわからなかった。あのときは自分を止められなかった。まるで、平凡で信心深い未婚女性のオリヴィア・メイトランドが、あの刺すような青いまなざしを受けて、途方もない変身を遂げ、恥知らずのデリラ（聖書に登場するサムソンの愛人。彼をペリシテ人に売り渡した）のような女になってしまったかのようだった。

そのときのことを思い出すたびに、身の置きどころもないほどの恥ずかしさが、不道徳としか思えない、息ができなくなるほどの奇妙な興奮とともに襲ってきた。そのせいで、彼のそばでは常にわざと堅苦しく、よそよそしく振る舞うようになった。

立てるようになって一週間ほどたったある朝、コナーが目覚めてキッチンに行くと、オリヴィアと娘たちは裏のポーチでチェスターを風呂に入れていた。肘まで石鹸の泡だらけにし、たらいから逃げようとするチェスターを押さえるのに忙しく、オリヴィアはコナーが来たことで気まずい思いをしてもいられなかった。

全身ずぶ濡れの哀れな様子の犬は、コナーに向かってうなりもしなかった。四人の女たちに囲まれて、気の毒な犬は逃げ出すこともできないようだった。コナーは片方の肩をドア枠にあずけてその光景を見守っていたが、チェスターがこれほどにみじめな様子でいることには多少の満足を覚えずにいられなかった。

「もういいわ」オリヴィアが言った。「洗い流しましょう。チェスターは気に入らないだろうけど、パーティに間に合うようにきれいにしてあげなくちゃならないものね」

「わたしの誕生パーティ」とミランダがつけ加えた。

コナーが見ていると、オリヴィアはミランダの目の高さまで身をかがめた。「そのとおり」と言って子供にほほえみかけた。「でも、チェスターの水嫌いは知っているでしょう。だから、しっかり押さえていなくちゃだめよ、いい？」

「わかったわ、ママ」ミランダは小さな両手をチェスターの濡れた石鹼だらけの毛皮にうずめた。「つかまえた」

コナーはその様子を見ながらにやりとした。チェスターはミランダの倍も大きかった。逃げるつもりになったら、小さなミランダに勝ち目はないだろう。

オリヴィアは身を起こし、横にある水のはいったバケツに手を伸ばした。「ようし。行くわよ。つかまえていて」

チェスターはその暇を与えなかった。オリヴィアがバケツを犬の頭上に掲げた瞬間、犬は三人の娘たちの手を楽々と振り払い、たらいから飛び出した。そのときにオリヴィアの腕に激しくぶつかり、水が彼女のドレスの前に思いきりこぼれた。

チェスターは立ち止まって身を震わせ、石鹼の泡を四方八方に飛び散らせると、誰にもつかまらないうちにポーチの階段を降りて逃げていった。娘たちはすぐに犬のあとを追い、オリヴィアはがっかりした声をあげた。コナーは吹き出した。そのせいで肋骨が死ぬほど痛んだが笑いやむことはできなかった。

笑い声を聞いてオリヴィアがくるりと振り向き、驚いて彼をまじまじと見つめた。「はじめて聞いたわ」と小声でつぶやいた。

「え？」

「あなたの笑い声よ」オリヴィアは空のバケツを脇に放り、濡れた髪を目から払いのけた。「笑い方を知らないのかしらと思いはじめていたところだったわ」

「知ってるさ」そう言いながらも、コナーは最後にいつ笑ったのか思い出せなかった。皮肉まじりの笑みや、にやにや笑いではなく、腹の底から自然に笑ったのはいつだっただろう。ずっと昔のことであるのはたしかだ。

目を下に向けると、顔から笑みが消えた。びしょ濡れのオリヴィアのドレスが、なんとも言えずそそる感じに体に貼りついていたのだ。コナーは地味なドレス越しに形よく曲線を描く体をしばしうっとりと眺めながら、七日前の朝に触れられたときの感触を思い出し、どうしたらもう一度あの感触を味わえるだろうと考えた。

オリヴィアの顔を見ると、唇が開き、目が大きく見開かれている。彼女もあの朝のことを思い出しているのはまちがいない。コナーは一歩前に進み出た。オリヴィアは一歩下がった。また警戒の色が彼女の目に浮かぶのがわかったが、そのまなざしはさらにそそるものでしかなかった。コナーがもう一歩進み出たところで、甲高い笑い声が聞こえた。

コナーはオリヴィアの後ろの庭に目を向けた。目に映ったものに、彼女の警戒するようなまなざしを忘れ、またにやりとせずにいられなかった。「水をくんできたほうがいいな」と忠告した。「たぶん、必要になると思うよ」

オリヴィアは目をぱちくりさせ、ぽかんとした目でコナーをじっと見つめた。「なんですって?」

コナーは庭を指差した。オリヴィアが後ろに目を向けると、濡れた毛皮に庭の土がこびりついたチェスターが、娘たちによって地面に押さえつけられていた。が、その前に娘たちも犬と同じぐらい泥だらけになっていた。

「つかまえたわ、ママ！」ミランダが犬を押さえつけていた手を離し、泥のこびりついた腕を母に向かって振った。「つかまえた！」

オリヴィアは再度がっかりした声を出した。負けを認める声だった。

しかし、いつまでも負けてはいなかった。サンドウィッチのはいったバスケットを持たせて娘たちを川へと送り出したのだ。三人から泥を洗い落とす簡単な方法だった。

チェスターに関しては、犬の好き勝手にさせておくつもりはなかった。井戸から水をくんでくると、納屋から長いロープをとってきた。ロープを首輪にくくりつけると、それをポーチの手すりにつないだ。これでかわいそうなチェスターは逃げられないな。コナーは大いに愉快だと思った。

「あまり風呂は好きじゃないみたいだな？」

オリヴィアは後ろに飛びすさった。チェスターが身を震わせ、まだ濡れているドレスにさらに水を跳ね飛ばし、首につけられたロープから自由になろうと荒々しく身を揺らしたのだ。

「ええ」と彼女は答えた。「昔から水が嫌いなの。子犬のときにこのあたりの農家の人に溺死させられそうになったんだと思うわ」そう言ってコナーに目を向けた。「悲しいけど、ときどきそういうことがあるのよ。わたしが見つけたときには、けがをしていた。たぶん、狐に嚙まれたのね。それで、そんなふうにけがをしている犬をそのままにはできなくて家に連れて帰ったのよ」

それを聞いてもコナーはまったく驚かなかった。つまり、自分とこの犬には共通点があるというわけだ。

オリヴィアは犬を洗い終えると、濡れた毛皮をタオルでこすって水気のほとんどをふきとった。が、すっかり乾くまでは土の上で転がるのを許すつもりはなかった。そこで、ロープをはずすと、首筋をしっかりとつかみ、家のなかにつれていって手を離した。ようやく責め苦から逃れたチェスターは走ってキッチンから出ていった。

「どこかに隠れに行ったな」コナーが入り口から言った。

「娘たちが帰ってきたら戻ってくるわ」オリヴィアは答え、料理用ストーヴのほうへ向かった。「少なくともケーキを焼いているあいだ、邪魔しないでいてくれるわね」

「つまり、今日は小さなミランダの誕生日というわけか？」

オリヴィアはうなずいた。「今日で六歳なの。本人はとてもわくわくしているわ。今年からベッキーやキャリーといっしょに学校に通うことになるからだけど」そう言いながら、料理用ストーヴの扉を開け、石炭をかきまわした。「今日の午後はパーティを開くつもりよ」

オリヴィアはコナーのために朝食を用意した。コナーは食べながら、オリヴィアが端を折った雑誌を声に出して読んではフライパンに入れたケーキ種を混ぜるのを眺めていた。「弱火にかけ、もったりするまで混ぜる。それから一度に一個ずつ卵を加える」オリヴィアはつぶやき、フライパンをストーヴの上に載せた。

しばらくして、混ぜる手を止め、もどかしそうに言った。「よかったら、そこでレシピを読んでくださらない、ミスター・ブラニガン？　それで、卵をいくつ加えればいいか教えてくださいな」

コナーは答えなかった。肩越しに彼を見やったオリヴィアはふいにそのわけを理解した。コナーはテーブルの上に開いたまま置かれた雑誌をただ眺めていた。

オリヴィアはケーキの種が焦げないようにストーヴから持ち上げ、テーブルに持っていった。コナーは目を上げずに雑誌を彼女のほうに押しやった。オリヴィアはレシピに目を落とした。「卵を三つ」とうわの空で読みあげると、コナーに目を戻した。彼はおもしろいものでも見るようにテーブルをじっと見つめている。「字が読めないのね？」とオリヴィアはやさしく訊いた。

コナーは青と白の格子模様のテーブルクロスから目を離さなかった。「ああ」

「それなのに、わたしは暇つぶしになるだろうと本ばかり持っていっていた。どうして教えてくれなかったの？」

コナーはその質問には答えなかったが、答える必要はなかった。目を上げようとしない様子から、答えは明らかだった。うつむけた顔を見つめ、オリヴィアは彼がいかに誇り高い人間か再度悟った。「よかったら、読み書きを教えるけど」彼女はなにげない口調で申し出た。

「いい」

「じっさい、それほどむずかしいものじゃないわ。きっと――」

「いい」

「ミスター・ブラニガン、何かできないことがあるからって、恥に思う必要はないわ。やってみることを恐れるほうが恥よ」

「恐れる？」コナーは顔を上げた。突如として目が危険な光を帯びた。「おい、きみにはおれが何を恐れているか、何を恥に思っているか見当もつかないはずだ。知ったかぶりはやめてくれ」

そう言ってオリヴィアをにらみつけた。相手を威圧しようとする冷たい反抗的な目だ。それがどういう目か、オリヴィアにもわかりつつあった。人を威圧して近寄らせまいとする目。オリヴィアは無視することにした。

「ご覧のとおり、うちの屋根はひどい状態なの」オリヴィアは言い、ケーキの種を混ぜる作業に戻った。「もう二年近くも雨もりしてるわ。一年前に豚を二匹売って修理に必要なものを買い、農場の手伝いをしていたネイトに直してもらおうと思っていたんだけど、去年の夏にネイトが死んで、屋根は直せずじまいだった。それで、雨水を受けるのに、屋根裏の床のあちこちに鍋やら缶やらを置いているわ」オリヴィアはため息をついた。「わたしが自分で屋根に上がって直せばいいんだけど、どうしても無理なの。弱虫な自分が恥ずかしいわ」

コナーはいったいなんの話をしているんだという目でオリヴィアを見つめた。

「そう、わたしは高いところが怖いのよ」オリヴィアはスプーンを持ち上げてヴァニラ風味の種がゆっくりとフライパンにしたたるのを見つめた。「昔からそうだった。母が言うには、三歳のときに兄のチャールズに二階のヴェランダの手すりの向こうへつき出されたからだそうよ。そのことは覚えていないんだけど、今もあのヴェランダには出られないの。兄は男の子がよくするようにからかっただけだって母は言ってたけど、わたしがどれだけ怖かったか、兄にはわかってなかったのよ。わたしがけがをする危険だってあったわけだし。もちろん、父が六年前にはしごから落ちてからは、高いところがいっそう怖くなったわ。だから、屋根を直す勇気がどうしても持てないの」

オリヴィアはスプーンを鍋に戻し、コナーに目を向けた。「わたしたちみんな、それぞれ怖いものがあるわ、ミスター・ブラニガン。みんな弱点もあれば、恥ずかしいこともある」

そう言って目をそらしたが、小声でつけ加えた。「でも、読み書きを習おうという気になったら、教えてちょうだい。喜んで教えるから」

「ここにそれほど長くいるつもりはない」

オリヴィアはフライパンを料理用ストーヴに載せた。コナーの言うことは正しかった。あと数週間もしたら、彼は出ていってしまう。出ていってくれると思えば、安堵していいはずだった。が、そうはならなかった。そのわけはオリヴィアにはまったくわからなかったが。

10

コナーは家庭というものをよく知らなかった。小さな女の子のための誕生パーティなど、経験したこともなかった。泳ぎに行った娘たちが帰ってくると、オリヴィアは全員を二階に送ってパーティのために乾いた服に着替えさせた。コナーは散歩にうってつけの気持ちのよい午後だと思い、裏口から外へ出た。

ほこりっぽい裏庭とよく手入れされた菜園の向こうにある、木のフェンスに囲まれた牧草地で、ラバと臨月の牛が草を食《は》んでいた。たしかにフェンスはそう呼ぶにはあまりにみすぼらしかった。支柱は酔っぱらいのように内側に倒れかけ、横木はその多くが壊れていた。牧草地の端には家畜小屋と鶏小屋があり、赤いペンキがはげて雨風にさらされた灰色の木があらわになっていた。

いくつか離れの建物も見えたが、家畜小屋と変わらない状態で、ひと気のない小屋が横に並んでいた。建物の向こうには果樹園が見えた。菜園と果樹園をのぞけば、すべてがいわば放置されていた。

納屋までたどりついたところで、体が音をあげた。頭がくらくらし、コナーはしばらく休憩しようと、膝の高さまで生い茂ったくさむらに腰を下ろし、家畜小屋の荒削りの木の壁に背中をあずけた。

弱さ。コナーはそれを嫌悪していた。自分が無力だったときのことが思い出された。二度とふたたび無力にはならないと誓ったときのことも。それでも、今ここに、ほんの数十ヤードを歩く力のない自分がいる。こうなったのも自分のせいだ。

めまいがおさまると、コナーは目を開け、オリヴィアの家の裏庭越しに裏のポーチを見やった。この距離からもポーチのまんなかが沈んでいるのはわかる。全体が今にも崩れ落ちてしまいそうだ。家自体もあまりいい状態ではなかった。そのまま目を屋根へと向ける。

屋根裏の床のあちこちに缶を置くほど屋根が雨もりするならば、すぐに修繕しなければならないはずだ。さもないと何もかもが腐って穴が開いてしまう。高いところが怖い以上、オリヴィアに直せるとは思えなかった。人というものは自分の恐怖心には立ち向かわず、逃げようとするものだ。そのことは誰よりも彼自身がよくわかっていた。

オリヴィアは読み書きを教えようと申し出てくれた。親切だが、無意味な申し出だ。リングで相手を倒すのにことばは必要ない。おまけに、さっき自分が言ったこともほんとうだった。すぐに出ていくのだから、読み書きを習う暇などない。数週間もすれば、また旅の生活に戻っていることだろう。ここを遠く離れて自由の身となるのだ。

ドアがばたんと開き、笑い声が聞こえてきてコナーは物思いから覚めた。ポーチを見やると、少女たちが階段を降りてくるところだった。むさくるしいチェスターという犬を従えて。

「来てよ、ママ！」ミランダが焦れったそうに肩越しに呼びかけた。「早く！」

オリヴィアがハンカチを持って家から出てくると、裏庭で娘たちに追いついた。コナーが見ていると、オリヴィアは手に持ったハンカチをミランダの目隠しにして結び、彼女を三度まわした。

目隠し鬼か。妹たちがよくやっていた遊びだ。小さなミランダは誰かをつかまえようと必死だったが、どんなに頑張っても誰もつかまらなかった。やがて、オリヴィアがミランダの前に進み出た。彼女がわざとつかまったことがコナーにはわかった。

「つかまえたわ、ママ！」と叫んで子供はハンカチを目からとった。

「たしかに」オリヴィアは言い、娘から目隠しを受けとった。それで自分の目をおおって結ぶと、遊びが再開された。

オリヴィアが娘たちと遊びに興じ、笑う姿を見ていると、コナーは体じゅうがうずき、痛む気がした。それどころか、自分が年をとった気がした。それほどの年ではないはずだ。彼は自分に言い聞かせた。まだ三十四歳。いや、待てよ、今年は一八七一年だ。つまり、三十六歳か。いつのまにこんなに時が過ぎた？

オリヴィアと娘たちは手をつないで輪を作り、〈バラの花輪を作ろうよ〉を歌っていた。痛々しいほどに調子はずれの歌声だった。歌が終わり、みな笑いながら地面に倒れこんだ。

コナーはふいに郷愁を覚えた。失ったすべてのものへの懐かしさと悔しさが入り混じった甘苦い思い。その予測も望みもしなかった感情に、コナー自身ぎょっとし、心がとらわれてしまう前にそんな気持ちを振り払った。

いったいおれはどうしてしまったんだ？　コナーは自問した。オリヴィアと娘たちは遊びをやめ、スカートからほこりを払ってポーチへと向かっている。何にもましてほしくないものは家族だった。刑務所というものは石の壁と鉄の棒がなくても成り立つのだ。コナーはもっと遠くへ行こうと立ち上がった。彼女たちの笑い声が聞こえない場所へと。

しかし、キャリーが家畜小屋の扉のそばで立ち上がったコナーの姿をとらえた。「ミスター・コナー！」と叫ぶと、ポーチから手を振った。「こっちへ来ていっしょにケーキを食べましょう」

コナーは聞こえなかった振りをして背を向けたが、もちろん、それですむはずはなかった。キャリーは名前を呼びながら走ってやってきた。すぐ後ろにミランダもついている。逃げ道がないことはコナーにもわかった。彼はため息をつくと、彼女たちのほうを振り返った。

少女たちはふたりとも彼の前で急に止まった。「これからケーキを食べるのよ」と言ってキャリーがコナーの手をつかんだ。「来て」

「わたしの誕生日のケーキよ」とミランダがつけ加え、彼のもう一方の手をつかんだ。「プディング・ケーキなの。あなたにも食べてもらわなくちゃ」

プディング・ケーキなるものがどういうものか、コナーには見当もつかなかった。それをたしかめたいともあまり思わなかった。ふたりの少女がしつこく手を引っ張ったが、コナーは動かなかった。ミランダは引っ張りつづけたが、キャリーは手を離した。手を離し、じっと彼を見上げた。下唇が震え出した。「わたしたちのこと、嫌いなの？」

策をめぐらして自分をあやつろうとしている女にコナーはだまされたことなどなかったが、今度ばかりはにやりとせずにいられなかった。キャリーはたった九歳であることを思えば、かなりすぐれた策略家だ。あと何年かすれば、この少女は男泣かせになることだろう。コナーは抗うのをやめ、家へと連れていかれた。

オリヴィアとベッキーがキッチンにいて、コナーが手を引かれて部屋へ連れこまれると、ふたりとも目を上げた。

「どうやらパーティに参加することにしたようね、ミスター・ブラニガン」オリヴィアが泡立てていたボウルのクリームから目を上げて言った。

「そのことについてはあまり選択の余地がなかったんだ」コナーが悲しそうに言った。

「そのようね」

オリヴィアの目に笑みが浮かぶのをコナーは見逃さなかった。口の端もかすかに上がっている。おそらく彼がどれほど居心地の悪い思いをしているかわかっているのだろうが、オリヴィアはそれについては何も言わなかった。

ただ泡立て器でクリームをすばやく泡立てる仕事に戻り、そこにベッキーがスプーンで少しずつ砂糖を加えた。ほかのふたりは次第に待ちきれない様子になって見守っていた。ようやくオリヴィアが泡立て器を脇に置いて、ミランダのほうを振り返った。「さて、お誕生日のお嬢さん、ケーキを切るのを手伝いたい？」

ミランダはうれしそうな笑みを見せてうなずくと、テーブルの上に載っている丸く黄色いケーキのほうを振り返った。オリヴィアがその後ろに立ってナイフの持ち方を教え、ミランダはケーキを切りはじめた。「もうひと切れほしかったら、それは夕食のあとでね」

手に手を添えて、オリヴィアは娘が最初のひと切れを切るのを手伝った。五切れをとると、それを皿に移し、スプーンでジャムをたっぷり塗った。それからベッキーがその上に泡立てたクリームを載せた。ミランダは最初の皿をとると、コナーのところへ持ってきて両手で差し出した。

コナーはまんなかがヴァニラ・カスタードで、上に桃のジャムとホイップクリームが載った黄色いケーキを見下ろした。プディング・ケーキなるものの正体がわかった。ラム抜きのトライフルというわけだ。ラムがはいっていないのは残念だが。

「ありがとう」皿を受けとって礼を言ったものの、このケーキをどうやって食べたらいいのだろうと考えた。ミランダはスプーンを持ってくるのを忘れていた。

「ほかの遊びもする、ママ？」ミランダは母のそばに戻って訊いた。

「したかったらね」オリヴィアは答えた。「ジェスチャー・ゲームは？」

そのことばに歓声があがった。

「あなたもいっしょにジェスチャー・ゲームをするでしょう、ミスター・コナー？」キャリーがケーキを口いっぱいに頬張ったまま訊いた。「ねえ？」

ほかのふたりの娘たちもいっしょになって懇願したりおだてたりしはじめ、コナーは窓の外に目をやって、どこかに身を隠す場所はないかと考えた。

オリヴィアに目を向けたが、救いの手を差し伸べてはくれなかった。「じゃあ、ジェスチャー・ゲームね」彼女はそう言ってコナーのところへスプーンを渡しに来た。

コナーは首を振った。「いやだ。絶対に」

「したくなかったら、しなくてもいいのよ」オリヴィアは三人の娘たちに目をやった。その視線を追ったコナーは、懇願するような三組の青い目が自分に据えられているのに気づいた。

コナーはジェスチャー・ゲームをすることになった。自分が愚か者になったような気がしたが、やったことに変わりはなかった。


コナー・ブラニガンには驚かされてばかりだった。オリヴィアはベッキーといっしょにしている繕い物の山から靴下を引き出しながら、書斎でキャリーと向かい合い、チェッカーに興じている男をちらりと見やった。ミランダがそのそばのソファにすわり、コナーは彼女に何度も駒の動かし方を尋ねている。おかげでミランダも仲間はずれにされている気がせずにすんでいた。

賞金稼ぎのボクサーとして町から町へと流れ歩く暮らしを送っているならば、子供といっしょにいることには慣れていないはずだ。しかし、彼は子供をあつかう方法を心得ていた。

「勝った！」キャリーがコナーの最後の駒をとって宣言した。

「なあ、どうしてそれをとれたんだ？」コナーがわけがわからないという顔で首を振り、隣にいる子供を見やった。「こっちが囲いこんだのに」

「いいじゃない」ミランダが答えた。「二度負かしたんだから」

キャリーがボードの上の駒を並べ直した。「もう一度やろう」

「今日はおしまい」オリヴィアがきっぱりと言った。そして、繕い物を脇に置いて椅子から立ち上った。「もう寝る時間よ」

懇願や抗議の声は無視された。オリヴィアは娘たちそれぞれが一度ずつミスター・コナーにおやすみの挨拶をするのを許し、三人を二階へ連れていった。

「たのしい誕生日だった？」ミランダが長く白いネグリジェを頭からかぶって着るのに手を貸しながら、オリヴィアは尋ねた。

「これまでで一番よ、ママ」

「よかった」オリヴィアは娘を抱きしめて立ち上がった。「お祈りをしなさい」

ミランダはそのことばに従った。お祈りが終わると、オリヴィアは娘をベッドに寝かしつけ、おやすみのキスをしてランプを消し、ドアへ向かった。が、ミランダの声がして足を止めた。「ママ、来年の誕生日にもミスター・コナーはここにいると思う？」

オリヴィアは真実を告げる以外になかった。「いいえ」

「どうして？」

「ミスター・コナーも自分の生活に戻らなくてはならないからよ。いつまでもわたしたちといっしょにはいられないわ。さあ、眠りなさい」

そう言ってミランダの部屋を出た。チェスターが廊下のまんなかで丸くなっていた。オリヴィアは犬をまたいでベッキーの部屋にはいった。

ベッキーはドレッシング・テーブルの前にすわり、髪をとかしていた。オリヴィアはそばへ行って後ろに立った。「わたしにやらせて。あなたの髪にブラシをかけるのは久し振りだわ」

ベッキーがブラシを手渡すと、オリヴィアは少女の長いブロンドの髪にブラシを入れはじめた。ブラッシングを終えるころになってベッキーが口を開いた。

「ママ、わたしってきれいだと思う?」

あまりに唐突で不安に満ちた問いかけだったため、オリヴィアはブラシを持つ手を止めた。鏡越しに娘と目を合わせる。「とてもきれいだと思うわ」

「キャラと同じぐらいきれい?」

キャラ・ジョンソンはベッキーの親友だった。オリヴィアは十四歳という年ごろがどういうものか覚えていた。美しい親友を持つと、自分に自信が持てず、自分が不恰好に思えるものだということも。

「ええ」オリヴィアは答えた。「キャラと同じぐらいきれいよ。あなたはお母さんそっくりだわ」

「そう? お母さんがどんな顔だったか、よく覚えていないの」

「美人だったわ。ときどき、すごくうらやましかったものよ」

「ママが？　でも、ママはお母さんの親友だったじゃないの」

「親友だったからって、嫉妬しないとはかぎらないわ」とオリヴィアは答え、ブラシを持つ手をまた動かしはじめた。「収穫祭のダンスのことを考えていたの。あなたに新品のドレスを作るお金はないけど、たぶん、わたしの古いドレスのどれかをあなたのために作り直せると思うわ」

「ほんとう？」ベッキーは首をまわしてオリヴィアを見上げた。「とってもすてきな青いドレスがあったわ」

オリヴィアはほほえんだ。「そう？　へええ」とわざと言った。「どうしてそれがわかったの、お嬢さん？　わたしのたんすをあさってドレスを着てみたんでしょう？」

ベッキーはうなずいた。「あの青いドレスがとっても気に入ったの」

「どう直せるかやってみましょう」

「ママは何を着るの？」

「あら、わからないわ」ブラシが引っかかり、オリヴィアは注意深くもつれた髪をほどいた。

「たぶん、グレーのドレスね」

「あんなの特別じゃないわ。日曜日にいつも着ているじゃない。去年のダンスにも着てたわ。何か特別なものを着なくちゃ。たんすにはいっていたあの赤いシルクのドレスは？　あれを着たらきれいよ、ママ。ほんとうに」

赤いシルクのドレス。たしか、濃い赤紫色のドレスだったはずだ。ずっと昔に一度着ただけのドレス。「そのドレスのことはすっかり忘れていたわ」とオリヴィアはつぶやいた。

「ママのためにふたりで作り直せるわよ」ベッキーが言った。「わたしのを作り直すように」

「どうかしらね」オリヴィアはベッキーの髪に最後に一度ブラシをかけ、もつれがないかをたしかめた。それからブラシを脇において、娘の頭のてっぺんにキスをした。「さあ、終わったわ」

「ありがとう、ママ」

「どういたしまして。そろそろお祈りをして寝なさい」

ベッキーの部屋を出ると、チェスターは廊下に寝そべってはいなかった。犬はどこへ行ったのだろうと訝ったが、キャリーの部屋にはいっていってわかった。部屋は空だった。キャリーが階下《した》へ戻ったのだ。チェスターはそのあとについていったのだろう。オリヴィアはやれやれというようにため息をつき、ベッドにはいるのを遅らせたことにキャリーがどんな新しい言い訳を思いつくだろうかと考えた。たぶん、コナー・ブラニガンに関することだ。

オリヴィアは踵を返して足音高く階下へ降りた。寝る時間を守らないことについて、キャリーにしっかりと説教してやるつもりだった。しかし、書斎へ行って目にはいった光景に、はっと足を止め、驚いて目をみはった。

コナーが暖炉のそばのクッションのききすぎた椅子にすわり、ネグリジェ姿で眼鏡をかけたキャリーが膝に乗っている。裸足の足を椅子の腕からぶらぶらさせ、頭をコナーの肩のくぼみに寄せながら。コナーは片腕を子供にまわし、キャリーが両手で持っている本をのぞきこみ、彼女が声を出して読むのに耳を傾けていた。チェスターはそばの床で寝ている。ここ二週間ほど、見るたびにうなっていた男のことは気にならないようだった。

オリヴィアはその光景を完全には把握できず、目をぱちくりさせた。これが賞金稼ぎのボクサーで刑務所にはいっていたこともあるコナー・ブラニガンなの？　数時間前には小さな女の子の誕生パーティに頑固なラバのように引きずられてきていた男と同じ人なの？

「……そして今度はほんとうにゆっくりと消えていきました」キャリーが読んでいる。「最初は尻尾の先から、最後はにやにや笑いまで。体が消えてしまってからも、にやにや笑いはしばらく残っていました」キャリーはそこで口を閉じてページをめくり、書斎の入口に立っている母の姿を目にした。「ママ！」

コナーも目を上げたが、すぐに目をそらした。しかし、膝の上でキャリーが身動きしたときに彼が苦痛に顔をしかめるのをオリヴィアは見逃さなかった。

子供は本を掲げてみせた。「ミスター・コナーにお話を読んであげてたの」

「見ればわかるわ」オリヴィアは書斎に足を踏み入れて言った。「でも、ミスター・コナーの肋骨は折れているのよ。膝に乗るのは傷によくないわ」

「あら！」キャリーはすぐにコナーの膝から降り、彼にすまなそうな目を向けた。「わたしのせいで痛かった？　言ってくれればよかったのに」

「いや、心配ないさ、おちびさん《モー・ポースチャ》」コナーは子供に言った。「大丈夫だ」

キャリーは母のほうを振り向いた。「ね、ママ。大丈夫だって」そう言って本を持って椅子の腕に腰を移そうとしたが、オリヴィアの声を聞いて動きを止めた。

「思い出したんだけど、寝る時間と言いに来たのよ」

「でも、まだ眠くないわ。眠くないのにどうしてベッドにはいらなくちゃならないの？」

「階上《うえ》へ行きなさい」オリヴィアは部屋のドアを指差して言った。「今すぐよ、お嬢さん」

「でも、お話はまだ終わってないのよ。アリスがチェシャ猫に会ったばかりなの」

オリヴィアは動じなかった。「キャロライン・マリー、今すぐ、って言ったのよ」

コナーがキャリーの肩に手を置いた。「お母さんの言うとおりにしたほうがいい。さもないと、おれたちふたりとも困ったことになるぞ」

「わかったわ、ミスター・コナー」キャリーはすぐに同意し、オリヴィアがうなりたくなるほどの従順さを見せた。キャリーは本をコナーに差し出した。「好きなだけ借りていいわ。そうすれば、自分で最後まで読めるから」

「ありがとう」

「いちばんおもしろいのは、アリスが女王と――」

「キャリー！」オリヴィアが脅すように前に進み出ると、今度はキャリーも命令に従った。

オリヴィアは娘を二階に連れていき、チェスターがそのあとに従った。犬は廊下のまんなかのいつもの場所に陣取り、キャリーは母といっしょに自分の部屋にはいるまえにおやすみと言って撫でてやった。「ママ、今日から先はミスター・コナーに近寄らないって言いつけは守らなくていいってこと？」

オリヴィアは自分がいつのまに戦いに敗れたのだろうかと思った。が、自分が見抜けなかったことをキャリーが本能的に見抜いていたことは認めざるを得なかった。コナー・ブラニガンは危険な犯罪者ではない。たしかにやっかいな人間ではあり、やっかいな人生を歩んできた。壁紙もはがれそうなほど汚いことばを使うのも聞いた。しかし、今日一日娘たちの前ではひとことも悪いことばは発しなかった。ひとことも。ジェスチャー・ゲームをやり、チェッカーに興じ、キャリーにお話を読ませもした。

オリヴィアは娘の前に膝をついた。「さっきみたいに膝に乗って跳ねたりして、あの人の肋骨が痛むようなことはしないって約束するならね」

キャリーは真剣な顔でうなずいた。「約束するわ」

「それから」オリヴィアはつけ加えた。「寝る時間が過ぎているのに階下《した》へこっそり降りるようなこともしないと約束して」

「わかった」

「いいわ」オリヴィアは立ち上がった。「さあ、お祈りをしてベッドにはいりなさい」

少女は従おうとしなかった。オリヴィアはまた寝る時間を遅くしようとしているのかと訝った。

「ママ、神様はかならずお祈りに答えてくださるの？」キャリーは母を見上げて訊いた。

その顔は真剣そのもので、オリヴィアにも、その質問がベッドにはいる時間を遅らせるための手立てではないことがわかった。「もちろんよ」と彼女は答えた。「どうして？」

「神様に何かをお願いして、うんと熱心に祈ったら、神様はきっとかなえてくれる？」

オリヴィアはその質問が何を意味するのだろうと思った。キャリーの場合、問題を引き起こすもとになるかもしれない。「必ずとは言えないわ」と用心して答えた。

キャリーはしばらく考えこんでいたが、やがて言った。「いい子にしていても？　野菜も残さず全部食べて、毎晩お祈りをして、ちゃんと決められた時間にベッドにはいっても？」

オリヴィアは野菜を食べさせたり決められた時間にベッドにはいらせたりするのに神を利用するつもりはなかった。それでも、今この場では利用したい気分に駆られた。「そうだとしても。あなたがお祈りしたことがあなたにとって正しいことだと神様は思わないかもしれないもの」

「でも、お願いしても悪くはないでしょう？」

「ええ、お願いしても悪いことはないわ」

キャリーは両手を合わせて目を閉じ、眉根を寄せて熱心に祈りはじめた。しかし、いつものように声に出してお祈りをすることはしなかった。オリヴィアはキャリーがいったい何を祈ったのだろうと訝った。

「どうして神様についてあれこれ訊いたの？」キャリーが目を開けたところでオリヴィアが訊いた。「一年前からほしがっていた子馬のこと？」

キャリーは首を振った。「あら、ちがうわ、ママ。もう子馬なんてほしくないもの」

オリヴィアが上掛けを引き上げると、キャリーはベッドに飛び乗った。「じゃあ、何？」

オリヴィアはキャリーの顔からそっと眼鏡をとってベッドサイドのテーブルに置いた。

キャリーは答えなかった。答えたくないのは見た目にも明らかだった。「神様のことをあれこれ考えていただけよ」あまりに無邪気な答えに、オリヴィアの疑いは強まった。

「そう」オリヴィアはそれ以上追及しないことにした。願いをかなえるために緑の野菜を食べてもいいというほど強く望んでいることならば、いつか口に出してしまうのはわかっていたからだ。「神様のことは明日考えたらどう？」とオリヴィアは提案した。「そろそろ眠らないと」

オリヴィアは娘におやすみのキスをすると、ランプを消して部屋を出た。

階下《した》へ戻るとコナーはまだ書斎にいた。キャリーの本を開いて手に持ち、本棚のそばに立っている。開いたページにじっと目を注ぎ、眉根を寄せて一心不乱に見つめていたため、オリヴィアがすぐそばに来るまで彼女に気づかなかった。

気づくと、本を急いで閉じ、棚に押しこんだ。「あの子にお話を読んでくれと頼まれたんだ。そう言われてどう答えたらいい？　そっちが読んで聞かせてくれたほうがいいと言ってやった。自分がばかになった気がしたよ」

オリヴィアはコナーの腕に手をかけた。「そんなふうに思う必要はないわ。キャリーには読み書きを習う機会があったんだから。あなたにはなかった。それだけのことよ」

コナーはさわられて身を固くし、彼女から離れた。部屋の奥へ行くと背を向け、暖炉のまわりの色褪せた西洋バラの壁紙にじっと目を注いだ。オリヴィアは自分がまずいことを言ったのだろうかと訝って、ためらいながら彼をじっと見守った。なんて孤独で、複雑で、謎めいた人だろう。この人のことをもう少し理解できたなら。

「あの申し出はまだ有効かい?」

予期せぬ質問にオリヴィアは驚いた。こわばった広い肩を見れば、彼がどれほど自尊心を犠牲にして頼んでいるかはわかる。「もちろん有効よ」

オリヴィアは身をかがめて一番下の棚からベッキーの石板と鉛筆をとり出し、コナーのそばへ歩み寄った。コナーは振り向いた。

オリヴィアは石板に文字を書き、書いたものが彼に見えるように掲げた。「A。これがAという文字」

「A」コナーはしばらくじっと見つめていたが、やがて口の端をゆがめて笑みを浮かべ、彼女に目を移した。「アリスのAだ」

オリヴィアはほほえみ返した。こんなことをしてもあまり彼を理解する助けにはならないかもしれないが、きっかけにはなるだろう。

その晩遅く、ほかの誰もが眠ってから、オリヴィアはランプを持って屋根裏にのぼった。そして、昔の自分のドレスがすべてしまってある、シーダー材で内張りされたタンスを開けた。シルクやモスリンのドレス、フープスカート、レースの下着、きゃしゃな上履きなどがはいっている。その上履きは戦争がはじまる前、自分が豚に餌をやったり、鶏小屋の掃除をしたりするなど夢にも思わなかった時代に履いていたものだ。

ベッキーが言っていた青いシルクのドレスをとり出してよく見てみた。慎み深い襟ぐりは少女が着るにふさわしく、裾を少し上げればぴったりだろう。カビとシーダー材のにおいがしたが、じゃがいものゆで汁につければにおいはとれるはずだ。オリヴィアは青いシルクを脇によけた。

青いドレスの下に赤いシルクのイブニング・ドレスがはいっていた。ドレスを広げて片隅にあるほこりをかぶった姿見の前に持っていくと、自分にあててみた。途方もなくふくらんだスカートを見て思わず笑みがもれた。こんなドレスを着てどうやって部屋の入口を通り抜けていたのだろう。しかし、これを着たのはテイラー・ヒルで開かれた舞踏会へ行ったとき一度だけだったと思い出した。その日も父は一日じゅう酒を飲んでいて、その晩はとくに鼻もちならない態度をとっていた。父がジェイコブ・テイラーの顔に手にしていたグラスのバーボンをひっかけてしまい、その場を去ってくれと冷ややかに言われたせいで、晩のたのしみは突然終わりを迎えたのだった。

オリヴィアは薄明かりのなか、鏡に映った自分の姿をじっと見つめた。心の奥底に秘めてきた少女時代の怒りが突如として激しく燃え上がった。自分が経験できなかったすべてのことが心をよぎった。恋人を持つこともなく、バーベキューや舞踏会に参加することもなかった。父が酒飲みで横暴で独占欲が強かったせいだ。近隣の四つの教区に住むどんな若者も、たとえ家柄がよく、非の打ちどころのない生い立ちの人間だったとしても、オリヴィア・メイトランドへの求愛を許されることはなかった。そういう若者がそれほど数多くいたわけではないが。

孤独を恐れる父の心がその裏にあったことはわかっていた。娘が結婚していなくなってしまうのが怖かったのだ。スチュアートとチャールズが妹のために父を説得してくれたが、無駄だった。一年のほとんどを遠くの大学で過ごしていたふたりには、できることはあまりなかった。

オリヴィアは赤いシルクのドレスを片腕にかけ、今着ている実用的な茶色の綿のスカートに指で触れた。父も兄たちも死んでしまった今、もう遅すぎる。わたしは二十九歳のオールドミスだ。見た目もオールドミスなら、着ているものもそれにふさわしい。考え方も同様だ。少女時代のロマンティックな夢など遠い昔にあきらめてしまった。それでもときどき思わずにいられない……

オリヴィアはもう一度ドレスを自分にあて、コナー・ブラニガンのけぶったような青い目を思い出し、オールドミスがちょっとしたロマンスを見つけるには遅すぎるのだろうかと考えた。

11

読み書きのレッスンは翌日の晩、娘たちをベッドに送りこんでからはじまった。コナーが読み書きを習っているところを見られたくないだろうと思ってのことだ。娘たちが彼をあざ笑うことはないだろうが、アルファベットを暗唱している姿を見られたら、彼が気まずい思いをするのはたしかだった。

まずはベッキーの石板にアルファベットの文字を全部書いた。彼にも見えるように掲げ、ひとつひとつ文字を指差しながら、声に出して読み、次に彼にくり返すように言った。コナーの記憶力はすばらしかった。三十分もしないうちに、二十六文字を完璧にくり返せるようになっていた。

「よくできました」オリヴィアはキッチンのテーブル越しにコナーににっこりとほほえみかけて言った。「これらの文字はことばを作るときのすべての音をあらわしているの。ことばの読み方を習う前に、文字をすべて覚えなければならないわ。さて、明日のレッスンまでにひとりで少なくとも百回はくり返してね」

コナーはうなった。「まるでロザリオの祈りみたいだな。ロザリオの祈りは昔から嫌いなんだ。アベ・マリア、やさしさに満ちあふれ……と何度も何度もくり返すんだから。おそらくは聖母マリア自身が聞き飽きるほどに」

オリヴィアはロザリオの祈りについては何も知らなかったが、彼の言いたいことはわかった。

コナーはにやりとしてみせた。「兄とおれはちがうことばでロザリオの祈りを作ったものさ。ある日それをまちがって口に出してしまってどきっとしたことがあった」笑みは消えた。「少なくとも、もうロザリオの祈りを唱える必要はないけどな」

「どうして？」

コナーはしばらく答えなかった。「五年前に教会から破門されたんだ」としまいに言った。「反乱を起こした反逆者として。そしてもっと重要なことに、教会にとって不都合な人間だったから」

「言っている意味がわからないわ」

コナーはオリヴィアにあわれむような目をくれた。「アイルランドの宗教と政治のこんがらがった関係はきみには複雑すぎるかな？　結局は権力の問題なんだ。われわれの魂を自由にあやつりたいカソリックの枢機卿たちと、われわれの国を自由にあやつりたいイギリス政府との。コナー・ブラニガンとその厄介な仲間たちがそのどちらにも反抗して立ちはだかり、共和国軍の感情を揺さぶり、権力の構造を崩したというわけさ。それでどうなった？　教会からは破門され、刑務所に入れられた。〝反乱〟といういまわしいことばをささやくようなアイルランドの不満分子へのいい見本となった次第だ」

オリヴィアはカソリックについては何も知らず、アイルランドの政治についてはさらにわからなかったが、コナーが感じた夢の終焉と幻滅は理解できた。声にそれが現れていた。

「気の毒に」

「気の毒？　おれが？」信じられないという思いと怒りがせめぎ合っている表情だ。

「いいえ。あなたがではなく、あなたが信仰を失ったことがお気の毒だと思ったの」

「思わなくていい。おれが信仰を失ったのは十二になる前だ」

「今からでも変えられるわ。いくつになっても遅いということはないのよ」

ふいにまたコナーはにやりとした。あざけるような尊大な笑みだ。「おれを罪から救おうっていうのかい、オリヴィア？」

あざけりのことばにオリヴィアは身を固くした。「いいえ、ミスター・ブラニガン。わたしもそんなに楽観的な人間ではないわ」

コナーは満足そうにうなずいた。「それは賢いな。おれの魂は数多くの罪に汚れている。ほとんどの罪は神父やイギリスの法律に逆らうよりもたのしいものだが。死ぬまでにもっと多くの罪を犯すつもりでいる」

「信念のようなものも持っていないの？」オリヴィアは信じられないという口調で訊いた。

「何も信じているものはないの？」

「ない」コナーはそう言って黙りこんだが、しばらくしてまた口を開いた。今度はあざけるような口調ではなくなっていた。「おれは信じていたすべてにそむいた」抑揚のない口調だった。「そのせいで、すでに地獄で業火に焼かれることは決まっている。だから、二つ三つよけいに罪を犯したところでどんなちがいがあるっていうんだ？」

翌朝、コナーが日の出が見られるほど早起きした。日の出を見るのは珍しくなかった。というのも、前はたいていいつもそのころにベッドにはいっていたからだ。しかしここ二週間半ほどのあいだは、眠る以外に何もしていない。体をこれほど動かさずにいることには慣れていなかったが、それだけではなかった。心の奥底にもおちつかなさが募っていた。よそへ移らずにいられない気持ちが。

コナーは部屋の外にくんだばかりの水ときれいなタオルが置いてあるのを見つけた。オリヴィアが起きているのだ。娘たちもそうだ。廊下の向こうからおしゃべりする声が聞こえてくる。

しかし、少しあとでキッチンに足を踏み入れると、そこには誰もいなかった。テーブルには手のつけられていない朝食の皿が並んでいる。コナーは眉根を寄せ、オリヴィアと娘たちはどこへ行ってしまったのだろうと訝った。

外へ出てみると、みな家畜小屋にいた。三人の娘は牛用の囲いのひとつの入口にしゃがみこんでいる。コナーが小屋のなかへはいると、キャリーが駆け寄ってきた。「プリンセスが大変なの」と言って彼の手をつかみ、懇願するような目を向けた。「助けてあげられるでしよう、ミスター・コナー？」

キャリーはコナーを囲いのほうへ引っ張っていった。オリヴィアが妊娠している牛のそばで藁に膝をついている。この牛にはコナーも前日気がついていた。今はお産の最中で、オリヴィアの心配そうな顔から、たしかに問題が起こっていることがわかった。

「どうしたんだ？」とコナーは訊いた。

「たぶん、子牛のお尻だと思う」オリヴィアは子牛の脚を母牛の子宮に戻し、子牛の体をまわそうと産道に手をつっこんだ。が、まわすことはできなかった。オリヴィアはあえぎながら身を引いた。「蹄がお尻のほうに向いて降りてきたら、体をまわしてやらなくちゃならないってオレンに教わったんだけど、できないの」

動揺するあまり、オリヴィアは手をエプロンではなくドレスでふいた。「三度も試したんだけど、体が大きすぎるのよ」

その声からは必死になるあまり、パニックを起こしかけていることがわかった。コナーは袖をまくりあげた。役に立つことが一度でもあってよかったと思いながら。囲いのなかにはいると、オリヴィアのそばに膝をつき、「どいてくれ」と命じた。「きみでは力が足りないんだ、お嬢さん、おれにやらせてくれ」

オリヴィアは疑わしそうな目を向けた。「牛のことなんてわかるの？」

「オリヴィア、アイルランドのバターは世界一と言われているんだ。それを何から作ると思う？　鶏か？　おれは農場の生まれだ。どいてくれ」コナーに尻を軽くたたかれたオリヴィアはあわてて脇に退いた。まるで触れられたところから火がついたとでもいうように。ほんとうに火がつくのかどうか別の機会に試してみてもいいかもしれないとコナーは思った。

囲いの外に静かに立っている三人の娘たちに目をやると、みな不安そうな顔をしている。

「ベッキー、妹たちを家に連れていってくれ」コナーは指示した。「それから、石鹸と水ときれいなタオルを持ってくるんだ」

「プリンセスの赤ちゃんは死んじゃうの？」とミランダが訊いた。

「おれが手助けできれば死なないさ、お嬢さん《モー・カイリーン》。さあ、ベッキーといっしょに行くんだ」

ベッキーは妹たちを小屋の外へ連れ出した。コナーは母牛が激しく力むためにまた子宮からつき出した子牛の脚に目を向けた。「たしかに尻だな。おまけにでかい子牛だ。体をまわしてやらなくちゃならない。出てくるときに引っかからないことを祈っていてくれ」

「牛のお産ははじめてなの。人間や豚や犬はあるけど。でも牛はこれがはじめてよ。もし体が引っかかってしまったらどうしたらいい？」

「引っ張り出さなくちゃならないな」とコナーは答えた。

ベッキーが棒石鹸とバケツ一杯の湯、それにきれいなタオルを抱えられるだけ抱えて戻ってきた。「牛の様子は？」とベッキーが訊いた。オリヴィアは娘が持ってきたものを受けとろうと立ち上がった。

コナーが目を上げた。「しばらくかかりそうだな、たぶん」

「子牛を救ってくれるわね、ミスター・コナー」ベッキーが言った。「あなたならきっと救ってくれるわ」

「全力を尽くすよ」

ベッキーは肩越しに最後に牛を一瞥すると、また納屋を出ていった。オリヴィアはコナーのそばの藁の上にすわりこんだ。コナーは産道に肘まで手をつっこんでいる。「どう手伝ったらいい？」とオリヴィアは訊いた。

コナーは首を振った。「きみにできることはない」

何分かがたった。オリヴィアが見守るなか、コナーは子牛の体をまわそうと必死になっていた。その作業は肋骨にいいはずはなく、彼がかなりの痛みに襲われているのがオリヴィアにはわかった。が、彼はそんな素振りをつゆも見せなかった。

文字どおりの力と、はかりしれないほどの忍耐力を駆使し、たったひとつかふたつの悪態をついただけで、コナーはようやく子牛の体を正しい体勢に直した。そして、強く引っ張ってやると、子牛は母牛の体内から引き出され、勢いよく足もとに落ちた。

オリヴィアは安堵と感謝の目でコナーを見た。「ありがとう」

そう言って囲いに背をあずけ、子牛がコナーのほうに一歩近づいて小さくモーと鳴きながら頭で彼の手をつつくのを見守った。

「英雄ね」オリヴィアはつぶやいた。「こんなこと誰が想像したかしら？」

コナーは彼女に不機嫌そうに横目をくれた。子牛を母牛のほうへ押しやると、オリヴィアのそばの囲いにもたれた。「言いふらさないでくれよ。おれは邪悪な罪人であり、賞金稼ぎの悪党という評判をちょうだいしているんだからな」

そのことばには弁解するような響きがあった。オリヴィアは彼の険しい横顔をしばらくじっと見つめ、「あなたは自分でそう見せようとしているだけで、じっさいは半分も邪悪な人じゃないと思うわ」とやさしく言った。

「ああ、まあ、それこそが見せかけることの肝さ」膝立ちになり、コナーは湯のはいったバケツに手を伸ばし、肘まで湯につけて血を洗い落とした。「長くそう見せかけていると、それがほんとうになる」

オリヴィアのことばは予言となった。コナーは英雄になったのだ。

三人の娘たちは子牛の誕生を心底喜んだが、その日ずっと娘たちの関心を集めたのはコナーだった。遅い朝食をとると、三人は家のまわりを案内するといってきかなかった。すでにコナーが自力で見つけていた屋外トイレから、知らなかった川の泳げる場所まで。果樹園のなかを引っ張りまわし、納屋の後ろに積んである干し草を下ろす方法をやってみせたりもした。自分の足で歩くのは気分がよかったが、オリヴィアが昼食を知らせるベルを鳴らすころには、コナーは疲弊しきっていた。

オリヴィアはそれを感じとったにちがいなかった。昼食後、娘たちを鶏小屋の掃除に送り出したのだ。「夕暮れどきまではかかるわ」

「そう聞いてありがたいよ」コナーは椅子にゆったりと背をあずけた。「みんな愛らしい子たちだが、あの子たちのおかげですっかり疲れてしまった」

オリヴィアは笑い声をあげ、キッチンのテーブルに繕《つくろ》い物の籠を置いて腰を下ろした。

「もう？　まだお昼だというのに」

「おれはけが人なんだ」コナーは忘れないでくれよというように言った。「まだそこまでよくなっていない」

「ふうん」オリヴィアは針に糸を通し、籠から色褪《あ》せたグレーのスカートを引っ張り出した。

「そう言い聞かせてもあまりちがいはない気がするわ」

「たぶんな」コナーも同意した。「おおかた夕方までに木登りもさせられるだろう」

オリヴィアは顔を上げて眉をひそめた。「そんなことをしたら許さないわ。つい二、三週間前、四日四晩看病したのに、木から落ちてまた肋骨を折られたらたまらないもの」

「おれのことを心配しているのか？」

オリヴィアは鼻を鳴らした。「全然。食事のトレイやおまるを運ぶのにうんざりしているだけよ」

おそらくそれは真実だろう。コナーは思った。こうして起き上がって歩きまわれるようになってみると、オリヴィアが日々どれほど多くの仕事をこなさなければならないかがわかった。おれはその重荷を増やしていただけだ。「きみがしてくれたことにまだ礼を言ってなかったな」

オリヴィアは布地に針を入れはじめた。「礼なんていらないわ。誰だってみな同じことをしたでしょうから」

コナーはそれはどうだろうと思った。ほとんどの人はそのまま行き過ぎたのではないだろうか。オリヴィアについては、その堅苦しさを鎧にして非常にやさしい心を守っていることが、じょじょにコナーにもわかってきた。そうしたやさしさにコナーは慣れていなかった。信じてもいなかった。世界は固いこぶしやぎざぎざの縁に満ちているのだ。

コナーはオリヴィアが顔をうつむけて繕い物をする様子をじっと見つめた。今日は髪を編んで後ろに巻きつけ、緑のリボンで結んでいる。彼女が言われたことを真に受けて髪型を変えたことがうれしかった。背後のキッチンの窓から光が射しこみ、細いほつれ毛が垂れたうなじに赤い光をちらちらと投げかけている。思わず目をひきつけられる髪の毛だった。なんとも言えずやわらかそうで、テンの毛皮のように豊かで豪奢な髪。

「きみはどうして結婚していないんだ？」コナーは疑問を口に出し、すぐにそれを後悔した。

オリヴィアは縫う手を止めた。「あまりチャンスに恵まれなくて」と目を上げずに答えた。「母はわたしが十四のときに亡くなって、それが父にはひどい打撃だったの。兄たちにとってもそう。それで……」オリヴィアはためらったが、やがてつづけた。「バーベキューやパーティといったものをする暇がなかったのよ」

彼女が最初は別のことを言いかけていたのにそれを口にするのをやめたような気がした。何を言いかけたのだろう。

「十九のときに戦争が起こったわ。それで、もちろん、このあたりの若者はみな戦闘に加わった」オリヴィアはつづけた。「今となっては、この辺にはあんまり男の人が残っていないの。たくさんの人が死んだし、戦争から戻ってきた妻のいない男たちも、まわりを見まわして、何をするにしても西部に行ったほうがいいにちがいないと思ったわけ」

それはコナーにも理解できた。飢饉のあとのアイルランドとよく似ていた。「そのことについて考えたことはないのかい、オリヴィア？」

オリヴィアは目を上げた。「何を？　よそのほうがいい暮らしができるってこと？」彼女は首を振った。目が夢見るようにやわらかくなった。「春に緑におおわれるこの辺の山々ほど美しいものはないわ。夏に咲く野生のスイカズラほど甘いにおいのするものもないし。それに、よそのほうがいい暮らしができると思う人は、ただ何かから逃げているだけよ。どこへ行っても、逃げている何かから逃れられないことがわかるだけだわ」

オリヴィアのことばにコナーはパンチをくらった思いだった。「きみは賢い女だな、オリヴィア」

「いいえ、ミスター・ブラニガン。賢さとは関係ないわ。ありふれた常識よ」

コナーはオリヴィアの顔をじっと見つめた。満ち足りている顔。たぐいまれなる才能だ。幸せでいられる能力。コナーはそれをうらやましく思った。ああ、なんともうらやましい。

「それでも、きみにはありふれたところはないと思うね」と彼はつぶやいた。

「あなたもそんなふうに感じているにちがいないわ。アイルランドを恋しく思っているのはわかるもの。話すことばの端々に現れている。故郷に帰りたくなることはないの？」

帰りたいだって？　コナーは目を閉じた。デリーの草原に霧が立ちこめる情景が目に浮かんだ。さまざまな濃淡のグレーとグリーン。アイルランド笛とバグパイプの悲しげなメロディーが聞こえる気がした。「帰りたいかどうかの問題じゃない」コナーは目を開けてぼんやりとした口調で言った。「帰れないんだ」そう言って首を振り、顔をしかめて目を手に落とした。「故郷には二度とふたたび帰れない」

その日の午後、ヴァーノンはニューヨークからまた電報を受けとった。今度は前の電報よりも苛立ちをあらわにしたかなりきつい文面だった。ヴァーノンは悪態を呑みこみ、そばの椅子にすわっている妻をちらりと見やった。

東屋の格子の壁から射しこむ日の光が彼女の青りんご色のドレスに十字の影を落としていたが、レースのフリルのついたパラソルのおかげで顔には光があたらないようになっていた。片手に持った扇とそばに置いた冷たいレモネードのはいったグラスが、彼女が嫌ってやまない暑さをどうにか耐えられるものにしていた。「それで？」アリシアが訊いた。「なんですって？」

ヴァーノンは無理に笑顔を作った。「きみのお父さんはきみに会いたくてたまらないようだな。年一度の訪問を延期しないように言ってきたよ」

「うれしいわ。きっとあなたとふたりで夢見ているこの鉄道の件がどうなったのか、知りたいのね」アリシアは無邪気な目を夫に向けて言った。

「そうだとしたら――」ヴァーノンは苛立ちを表に出さないように気をつけて答えた。「どうしてはるばる訪ねてこいなんて言うのかわからないな。投資家たちに会わせたいと言っているが、そんなのは時間の無駄だ。握手したり、世間話を交わしたりするだけなんだから。今ここを離れるわけにはいかないんだ」

「でも、景色が変わるのはありがたいわ。こんなちっぽけでつまらない田舎にいるだけでも最悪なのに、こんな暑さに耐えなきゃならないなんて。どうしてニューヨークで暮らせないのかわからないわ。少なくとも、あそこなら、夏にはニューポートに行けるもの」

「理由はわかってるはずだ、アリシア。ここもいつまでもつまらない田舎のままじゃないさ。新しいアトランタをここに作るつもりだ。それまで我慢してくれなくちゃならないよ」

妻がそんな約束に満足していないことは見てとれた。見かけはスプーンですくったホイップクリームのように甘美でも、自分の思いを通すためには、父親と同じ鉄の意志を持つ女であることはわかっていた。「前にも同じ話をした気がするわ」アリシアは言った。「もう何度も」

鉄道を敷く計画を立ててすでに四年が過ぎていることを思い出させられ、ヴァーノンは歯ぎしりしたくなった。が、どうにかこらえた。アリシアが答えを待つ顔でじっと見つめてきていたからだ。「年一度のニューヨーク行きがきみにとってどれほどの意味を持つものかはわかっている。きみがどれほどお父さんに会いたいかもね」ヴァーノンは言った。「きみがそんなに行きたいなら行くことにしよう」

アリシアはほほえんだ。「ありがとう、あなた。わたしももっと我慢するわ」

ヴァーノンは妻の手をとった。「きみはすばらしい妻だ。どうしておれなんかに我慢してくれるのかわからないよ」

「だってあなたはわたしの夫ですもの。愛してるわ」とアリシアは答えた。声がわずかに温かくなった。「明日の朝出発しましょう」

アリシアは立ち上がって東屋を出ていった。ヴァーノンは広い緑の芝生の上を横切って南北戦争前に建てられた邸宅へと向かう妻の後ろ姿を見送った。その邸宅を買ったのも北部にいる妻の父の金だった。ヴァーノンは妻がほんとうのところ自分をどう思っているのだろうと考えずにいられなかった。それが気になるのはただ、ハイラムが娘の歩く地面すらあがめるほどだったからだ。アリシアが幸せでいてくれないと、自分がひどく困ったことになるのはわかっていた。

ヴァーノンは椅子に背をあずけ、電報に目を落とした。ここ数カ月、アリシアは月を追うごとに苛立ちを強めていた。もっと重要なことに、彼女の父親も同じだった。オリヴィアとの我慢大会は早急に終わりにしなければならない。

子供のころのオリヴィアの姿が心をよぎった。昔から内気な少女で、彼女のことを気の毒に思うときもあった。彼女の猫がキツネ捕りの罠にかかったときのことが思い出された。罠をはずすのを手伝ってやると、オリヴィアは茶色の目に崇拝と感謝の念をあらわにして見つめてきたものだった。

彼女が成長するのを見守り、一時期、結婚してもいいと思ったこともあった。彼女の一族はルイジアナでもっとも古い家のひとつだった。自分が求めてやまない社会的地位を与えてくれるはずだった。サミュエル・メイトランドの金もさらにその考えを魅力的にしてくれた。オリヴィアに求愛し、彼女と結婚したいと申し出たが、サミュエル・メイトランドにあざ笑われただけだった。面と向かって笑ったのだ。腹立たしい記憶がよみがえって胸をむしばまれるような怒りが燃え上がり、オリヴィアに思いやりを示してやろうなどという考えを焼き尽くした。

ヴァーノンは顔をしかめ、電報をにぎりつぶして丸めた。今や自分には富も社会的地位もある。求めてやまなかった権力があるのだ。何があろうともそれを奪われるわけにはいかない。とくに、サミュエル・メイトランドの娘に愚かな思慕を寄せていた時代の記憶などに。すべては過去のことだ。ヴァーノンは自分にきっぱりと言い聞かせた。ニューヨークから戻ってきたら、オリヴィアを追い出すためにはなんでもやってやろう。

その日の午後、疲れきったコナーが昼寝をし、娘たちが鶏小屋を掃除しているあいだ、オリヴィアは果樹園のなかを歩いた。落ち葉を掃除し、枯れかけた六本の木から腐った桃をとりのぞいた。そうしながら考えていたのは、ヴァーノンのことや脅しをかけようという彼のちっぽけなたくらみのことではなかった。心を占めていたのは、もっと複雑でもっと心ひかれる男のことだった。

その晩の読み書きのレッスンのあいだ、オリヴィアはカップにお茶を注ぎながら目の端でコナーを見ていた。キッチンのテーブルについて石板に向かい、額に縦皺を寄せながら脇目もふらずに勉強に集中している。一度アルファベットを書こうとしてうまくいかなかったことが悔しいのか、何時間ものあいだ石板にアルファベットをくり返し書いている。

オリヴィアが驚いたことに、コナーはその横柄そうな外見とは裏腹に、中身はきわめて几帳面で、完璧主義者ですらあった。

その日の午後に彼が言った故郷には帰れないということばが思い出され、それはどういう意味なのだろうと考えずにいられなかった。故郷を恋しく思っているのは明らかなのに。ベッドにはいりたくなくて策をめぐらす厄介な九歳の女の子に対してはやさしく辛抱強く接する男が、ボクシングのリングでほかの男を殴って生計を立てているのはなぜだろうとも思った。

オリヴィアはふたつのお茶のカップをテーブルに運び、ひとつを彼の前に置いた。

コナーはちらりと目を上げた。「ありがとう」

オリヴィアはテーブルをはさんで向かい合うように席をとり、コナーが石板にアルファベットを書くのを見守った。コナーが苛立って声をあげ、書いたばかりのGの文字を消すのを見てほほえんだ。

「ねえ」オリヴィアは言った。「頑張りすぎてだめなこともあるわよ」

コナーはテーブル越しにオリヴィアに目を向け、その顔に笑みが浮かんでいるのに気づいた。ため息をつくと石板用の鉛筆を置いた。「きみの言うとおりだ。休憩にしよう」

オリヴィアは首を振って石板を彼からとり上げた。「いいえ、もう今晩はおしまい。ひと晩分は充分にやったわよ。お茶を飲んで」

石板をとり上げられては選択の余地はなかった。コナーは椅子に背をあずけ、オリヴィアが淹れてくれたお茶をひと口飲んだ。熱く、濃く、甘い、彼の好みのお茶だった。「これはえらくいいお茶だな」

「ありがとう。伯母のエラが送ってくれるの。わたしがこれを好きなのを知っていて」

「送る？　伯母さんはどこに住んでいるんだ？」

「ボストンよ。伯父のジャロッドが銀行で働いているの。戦争が終わってアラバマから向こうへ移ったのよ」

コナーはもうひと口お茶を飲んだ。「ボストンはおれがアメリカに来たときに上陸した街だ」そう言ってにっこりした。「船を降りたときにはひどく貧しくて、ポケットに綿くずひとつはいっていなかった」

オリヴィアは笑った。コナーはわざととがめるように顔をしかめてみせた。「笑うなよ。ほんとうのことなんだから」

「そうよね」オリヴィアは重々しく言って真面目な顔をしようとした。

「そう、上陸して――」コナーはつづけた。「袋を肩にかついでドックに立っていたら、白髪まじりの頭をしたドネガル人の老人が近寄ってきた。名前はダン・スウィーニーといった。

おれがたくましくて強そうに見えると言って、仕事はいらないかと訊いてきた。おれはいると答え、彼はおれをボストンのアイルランド人地区にあるパブに連れていった。店のなかにはいると、ばかでかい野獣のような男を指差してこう言った。『あいつはチャンピオンだ。これまで百二十試合全勝している。やつを倒せると思うか?』おれはまったく問題ないと答えた。それを聞いてパブにいたみんなが笑ったよ。おれのことをいかれたやつだと思ったんだ」

コナーはそこでことばを止め、テーブル越しにオリヴィアににやりとしてみせた。「みなおれが負けるほうに賭けた。十分後、誰も笑っているやつはいなかった。おれは五ドルをポケットにしていた。アメリカに来て一時間ほどでここはいい国だと思ったよ。何カ月かたって、ダンとおれはボクシング巡業に出かけることになった」

「きっとずいぶんとあちこち見てまわったんでしょうね」

「放浪するのが好きなんだ」

オリヴィアは放浪にひかれる気持ちを理解しようと努めた。「たぶん、いろいろなところを旅してまわるのはわくわくすることでしょうけど、しばらくすると少し飽きてくるんじゃないかしら?」

「そんなことはない。ダンとふたりで旅するのは年に五カ月で、あとはひとりだ。行きたいところへ行きたいときに行けるのさ」

「さみしい暮らしに聞こえるわ」とオリヴィアが小声で言った。

コナーは唇を引き結び、目をそらすと、「そう思うときもある」と認めた。

オリヴィアはコナーの険しい横顔を探るように見ながら、彼が兄や妹たちについて言ったことを思い出していた。心が痛んだ。

道に転がっていたコナーを見つけたときには、祈りが通じたように思った。しかし、ぞっとするようなことば遣いを聞き、刑務所にいたことを正直に告白されて、それがまちがいだったと思うようになった。ここ二日ほどの出来事を考えれば、それをもう一度考え直したほうがいいのかもしれない。オリヴィアはふと、自分がジレンマにおちいっていることに気がついた。

このままここにいてくれと頼んだらどうだろう？

ふつうに考えればコナーは雇い人として選びたいような人間ではなかった。無礼でことば遣いが荒っぽく、皮肉屋で罪深い。悪態をつき、酒も飲む。あつかいにくい男だ。

それでも、望みを満たしてくれる人間かもしれないと思いはじめていた。すぐに出ていかなければならない理由もなく、牛の出産を手助けしたやり方を見れば、家畜のことをわかっているのもたしかだ。たくましく、重労働もできる。もしかしたら、喜んでこのまま残ってくれるかもしれない。

意を決してオリヴィアはふたりのあいだに垂れこめていた沈黙を破った。「ミスター・ブラニガン、あなたがプリンセスと子牛にしてくれたことを考えていたんだけど、その……つまり、肋骨が治ってからもここに残ることは考えられないかしら」

「え？」コナーは虚をつかれたようだった。「ここに残る？」

「ええ」オリヴィアは大きく息を吸った。「手伝いが必要なの。あなたは帰る家はないって言ったでしょう」

コナーは信じられないという目でオリヴィアを見た。「おれに仕事をくれようというのか？」

「もう何カ月ものあいだ、ここで働いてくれる人を雇いたいと思っていたの」オリヴィアは急いでつづけた。

「でも、誰も見つからなくて。この九月に桃の収穫を手伝ってくれる人が必要になるし、南側の牧草地を耕して春に綿を植えたいとも思っているの。お金になる作物を二種類栽培すれば、その分安心できるわ。それでいつか、別の果物も植えようと思ってる。たぶん、洋なしを」

「おれは勝てばひと試合あたり二十五ドル稼ぐんだ。たいてい勝つしね。ここで働いたらいくら払ってもらえるんだ？」

落胆してオリヴィアは顔をくもらせた。「賃金は払えないわ。桃を売っても農場の税金を払うのがやっとで、生活費に残るのもほんの少しよ。でも、寝る部屋と食事は提供できる。魅力的な申し出と言えないのはわかってるけど、少なくとも、家は持てるわ。帽子をかける場所は」

コナーは家など一番ほしくないものだと思ったが、口に出しては言わなかった。帽子をかける場所では、過去と直面し、未来を見据えざるを得ない。そんなことは自分にはできない。できるのはその日その日をやり過ごすことだけだ。

「じつを言うとね、ミスター・ブラニガン、わたしひとりではこの農場を切り盛りできないのよ。誰か手伝ってくれる人が必要なの」

オリヴィアは目を上げ、やさしい茶色の目でコナーを見つめた。あなたが必要だと訴える目。手伝ってほしいと懇願する目。懇願すると同時に誇りも失わない目であり、男の良心を揺さぶる目でもある。男が良心を持っていればの話だが。もちろんコナーは良心など持ち合わせていなかった。彼はゆっくりと首を振った。「いや。そう申し出てくれるのはありがたいが、このまま残るわけにはいかない」

オリヴィアは唇を噛み、テーブルに目を落とした。沈黙が流れ、コナーはうつむいた彼女の頭をじっと見つめた。突然自分が人でなしに思え、弁解したい気持ちになった。

「おれは自由にしているのが好きなんだ」彼は言った。「いつでも好きなときに好きなところへ行けるようにしたいんだ」

「ずっとということじゃないわ」オリヴィアは目を上げずに言った。「もちろん、いつでも好きなときに出ていっていいのよ」

「そうか？　おれが収穫の一週間前に出ていきたくなったらどうする？　もしくは、春に、綿を植えたいと思う直前にそうなったら？　残らなければという義務感に駆られずにいられると思うかい？」

オリヴィアは答えなかった。

手伝ってもらいたいという彼女に苛立つと同時に、それを断ることに罪悪感を感じている自分自身に腹が立ち、コナーは椅子を押しやって立ち上がった。

「おれはしばられるつもりはない。約束するのは不得意なんだ。おれは頼りにならないし、ここに残るつもりもない。できないんだ。すまないが」

コナーは一度も振り返ることなくキッチンを横切って裏口へ向かったが、彼女の目が自分を追っているのは感じられた。

「わかったわ」裏口から出ていくときにオリヴィアがそうつぶやくのが聞こえたが、彼女が何もわかっていないことはたしかだった。

12

天国《ナヴ》――アイルランド、ベルファスト　一八六二年

　コナーは横に身をかわした。相手のパンチは空を切り、頬に軽く風が触れただけだった。それに対して固いこぶしの右をお見舞いすると、アンガス・オファアレルは後ろによろめき、パブのテーブルや椅子にぶつかった。

　見物人たちは笑いながらオファアレルをボクシングのリングとしている空間に押し戻した。もう少したのしませてくれというわけだ。しかし、コナーはそれに応じるつもりはなかった。今夜はだめだ。メアリーが待っている。

　マクグラースの店の入口から彼女がきれいな顔をのぞかせているのが見え、コナーは哀れなオファアレルをいたぶるのもそろそろ終わりにするころだと決めた。オファアレルがくり出した最後のパンチを逃れると、またこぶしをお見舞いし、キャリックファーガス出身のボクサーを床にのした。見物人たちは試合があまりに早く終わったことに失望の声をあげた。コナ

ーは称賛の印に背中を叩かれながら、バー・カウンターへ向かい、シャツをつかんではおった。ボタンははめなかった。

バー・カウンターにもたれながら、蒸気エンジンのピストンのように血が沸き立つのを感じた。全身にくまなく生気が満ち、何年かぶりに心の底から幸せな気分になった。

コナーはコールム・マクグラースからアイリッシュウィスキーをワンショットとエールを一パイントおごられた。マクグラースはいつにもまして不機嫌そうな顔をしていた。メアリーにほれていて、メアリーが外でコナーを待っていることを知っているのだ。しかしコールムはコナーのボクシングのおかげで人がパブに集まり、金儲けできていることもわかっていた。ふたりはコナーが七年前にベルファストにやってきたその日から親しくしてきた。が、メアリーの存在がそれを変えてしまった。

コナーはアイリッシュウィスキーを飲み干し、グラスをカウンターに置いた。チェイサーとしてエールをごくごくと飲んだが、一パイントを飲み干すまではしなかった。天使を待たせるに足る飲み物などない。

ドアへと向かう途中、哀れなオファレルと握手するために足を止めた。オファレルは背を丸めて一パイントのエールのグラスを抱えており、まだ少しばかりぼうっとしているように見えた。コナーは見物人たちにおやすみと手を振って店から外へ出た。

メアリーはドアのすぐそばにいた。コナーは彼女を腕のなかに引き寄せてすばやく濃厚なキスをした。それからもっと人目につかない場所はないかとあたりを見まわした。「行こう」

彼女の腕を自分の腕に組ませ、コナーは角を曲がり、脇道にはいってマクグラースの店の裏の路地へと彼女を連れていった。

ふたりは向き合った。コナーはメアリーの顔を両手ではさみ、体を引き寄せてキスをした。触れ合う唇の感触に全身に悦びが走った。その反応から、彼女も同じ悦びを感じていることはわかった。しかし、それだけでは満足できなかった。手を彼女の腰に下ろし、いっそうきつく体を抱きしめる。口で口をこじ開けてキスを深めた。

メアリーは善良なカソリック教徒の少女だったが、コナーのせいで神父から教わったすべてを忘れてしまっていた。それも一度ならず。ふたりは危険なゲームに興じており、情熱の炎は抑えがきかなくなっていた。しかし、どちらもそれを止めることはできなかった。コナーはうなり声をあげて口を離し、空気を求めてあえいだ。「おれのアパートに行こう」彼はかすれた声で言った。「同居人はイギリスへサッカーを見に行っている」

「だめよ」メアリーはコナーの腕に手をかけ、はじめて彼の体を押しやった。「今夜はだめ」

その声にはどこか引っかかるものがあった。コナーは胸をかきむしられる気がした。ベルファストの湿った冬の冷気のように、恐れが心にしみこんできた。「メアリー？　どうかしたのか？」

メアリーは首を振り、気をおちつけるように深々と息を吸った。「別に」そう言って大丈夫というように笑みを浮かべた。「今夜はだめってこと。それだけよ。ごめんなさい」

「いいさ。今夜はきみなしでどうにか過ごすよ。それだけ酔っぱらえればだが」

コナーはメアリーの手をとり、ふたりは安アパートのレンガの壁にもたれた。壁は長年にわたって石炭の煤がこびりついたせいで黒ずんでいる。かき立てられた情熱の炎を鎮めようとするあいだ、互いのあいだに沈黙が流れた。

「あなたのボクシングを見ていたわ」メアリーが言った。「とても上手なのね」

コナーは肩をすくめた。「仕事だからな。それだけのことだ」

「仕事なら別にあるじゃないの。ボクシングはただの仕事じゃないわ」

コナーは答えなかった。またふたりのあいだに沈黙が流れた。マクグラースの店から酔っ払いたちの笑い声が聞こえてきて、頭上の壊れた窓から聞こえてくる亜麻工場の労働者の苦しそうな咳とまじり合った。大工がコナーの本業だったが、ボクシングは別物だった。「たぶん、おれにとって挑戦なんだな。競い合うことが」

「そうじゃないわ」メアリーは首を振ってつぶやいた。「あなたの心のなかに何かあるのよ、コナー。沸き立って荒れ狂う感情が外へ出たがっているの。熱情があなたをつき動かしているのよ。わたしにはわからない、手の届かない熱情が。あなたは何かを探しているんだわ。それが何かはわからないけれど。ときどき、あなたを見ていると怖くなる」

ぎょっとしてコナーはメアリーを見つめた。彼女の顔は不安にくもっていた。コナーは彼女のほうに向き直り、月明かりのなか、青ざめてすきとおって見える頬に手を伸ばした。

「くそっ、メアリー、それはどういうことだ？　おれが怖いのか？　きみを愛しているんだ。きみのことは絶対に傷つけたりしない」

彼は親指で彼女の唇をなぞった。唇は震えていた。「いいえ、あなたが傷つけるのはあなた自身よ」メアリーは唇に触れている手に言った。「会合のことを聞いたの」

コナーは手を下ろし、ふたりのあいだの地面に目を落とした。「話をするだけだよ。きみにもわかっているはずだ。何パイントかエールを飲んで若者たちが陽気になり、目に涙を浮かべて故国アイルランドの歌を歌い、自由について話し合う。罪のない集まりさ」

「アイルランド共和同盟は罪のない集まりとは言えないわ。あなたにもわかっているじゃない。フェニアン（IRAの前身。武力主義の秘密結社）についていったら、あなたは破滅させられるわ」

「またキーナン神父の説教を聞いてきたんだな」

「アイルランド共和同盟」メアリーは突然怒りに駆られたように声を張りあげた。彼女らしくないことだった。「穏健な組織に聞こえるけど、そうじゃないわ」

「じゃあ、これはどうなんだ？」コナーはまわりの様子を示すように手を振りまわした。彼自身の怒りも沸き立っていた。そこはベルファストのスラム街で、動物の糞尿があちこちに散らばり、下水がむき出しで流れていた。そのカソリックとプロテスタントが同居するゲットーはイギリスの産業革命の落とし児と言ってよかった。

メアリーは汚物に目をやるのを拒んだ。「教会に破門されるわよ」とつぶやいた。「天国《ナヴ》にも行けないわ」

コナーはメアリーのきれいな顔をじっと見つめた。いとしいメアリー、おれ以上におれの魂の行く末を心配してくれている。「メアリー」コナーは彼女のほつれ毛を指に巻きつけてつぶやいた。その髪の毛の美しさは彼の手の傷痕と比べ、胸をつかれるほどだった。天使の髪の毛。その赤と金色に輝く豊かな髪の毛は、下ろしているときには日の光のように体にまとわりついた。コナーはメアリーを引き寄せた。「メアリー」と唇を寄せながら言った。「おれは死んでも天国には行かないさ。おれにとってきみこそが天国と言ってもいい」

メアリーは口をつけたまま小さくしゃくりあげ、身を引き離した。「そんなことにならなくてもすむはずよ」

「おれにどうしろっていうんだ？　イギリスのくびきをつけて、やつらがおれたちから盗んだ土地で心を持たない愚かな家畜のように働けっていうのか？　もしくはやつらが建てた工場で辛い労働につき、やつらが作ったみすぼらしいスラムに暮らしながら、イギリス国王の恩恵を受けた人間として幸せな振りをするのか？」

「わたしがあなたにあなた自身の人生を築かせてあげる。温かい家庭や家族。過去を忘れ、未来のことを考えるの」

コナーにとってそうしたものを手に入れたとしても何も変わらなかった。「忘れられないよ。許すことはできない」

「わかってる」メアリーは小さく辛そうにあきらめのため息をついた。そして顔をそむけて壁に背をあずけた。「でも、この戦いには勝てないわよ、コナー。あなたはぼろぼろにされてしまう」そう言って口をつぐみ、やがて小声でつけ加えた。「そんなことになるのを見るのは耐えられない。あなたがそんな目に遭うのは」

パブから聞こえていた酔っ払いたちの笑い声がやみ、歌がはじまった。

〝おまえがキャリックファーガスにいてくれたなら。バリーグランドでの夜のためだけに……〟

どうやらアンガスも若者たちを唱和させるほどには敗北から立ち直ったらしい。

〝深い深い海を渡り、おまえのもとへと泳ぎゆく〟

「コールムに結婚してほしいと言われたの」

そのたったひとことで、足もとの地面がふたつに割れるようだった。真っ暗な深淵に沈みこんでいくような。「きみはなんて？」

壁から身を起こし、メアリーはコナーと向き合った。「あなたは共和同盟をやめないのね？」

コナーはメアリーの顔をのぞきこんだ。彼女が考えていることはわかった。「メアリー、頼むよ。ちくしょう、頼むから選ばせないでくれ」

「だってそうしなきゃ、コナー！」メアリーは叫んだ。「不安なまま生きてはいけないもの。あなたがちゃんと家に帰ってくるかしらと心配しながら、夜ごと部屋のなかを行ったり来たりして過ごすなんてできない。いつか帰ってこない晩が来ることがわかっていて」そこで間を置き、深々と息を吸った。「あなたが同盟をやめないのなら、わたしはコールムと結婚するわ。そういう単純なことよ」

コナーはすべての喜びが自分の心から失われていくのを感じた。あり得ないほどに心は空っぽになった。いつかこんなことが起こるとわかってしかるべきだった。予想できたはずだ。両方を手に入れられると思っていたのだが、そうではなかった。二年前に共和同盟にはいらないかと誘ってきたオボーンでさえ、女と志は相容れないと警告していた。そのときにはそんなことはないと思ったのだった。コナーはメアリーの意を決した青白い顔を見やった。オボーンのことばはほんとうだったのだ。

何か言わなくてはならなかった。「コールムはいいやつだ」

「止めてもくれないのね？」メアリーは訊いた。声に驚きはなかった。あるのは痛みだけだった。コナーにもそれは聞こえ、感じることはできたが、やわらげてやることはできなかった。

コールムはいいやつだ。おれはちがう。コールムにはメアリーに与えてやれるものがある。おれにはない。コールムはベルファストのスラム街で唯一はやっている店であるパブのオーナーだ。メアリーを養うのに充分な金を持っている。コールムだったら朝にはかならず隣に寝ていてくれると安心できる。彼女がほしがっている温かい家庭や子供を与えてやれる。コールムだったらどこかの路地や溝に死んで横たわることはないだろう。イギリスの銃弾を受けてどこかの路地や溝に死んで横たわることはないだろう。すでに人生は充分辛いものだ。メアリーには少なくともそのぐらいの幸せをつかむ資格がある。コナーには自分が彼女にそういったものを与えてやれないことがわかっていた。どんな女に対しても。与えてやれるかもしれないと思っていたとは、なんとばかだったのだろう。

コナーは唇を引き結び、首を振った。そうしながら心がふたつに引き裂かれる思いだった。

「いや」彼は答えた。「おれには信念をあきらめることはできない、メアリー。たとえきみのためであっても」

「愛してるわ、コナー」メアリーは手を伸ばして彼の頰に触れた。「さようなら」とつぶやくと、爪先だってすばやくキスをし、背を向けた。「神のご加護がありますように」

コナーはメアリーが、長年にわたって積み重なった汚れのせいで滑りやすくなっている敷石の路地を、足もとに気をつけながら遠ざかっていくのを見守った。メアリー――ベルファストの肥えだめに咲いたすらりとした優美な花。醜く邪悪な世のなかで真に善良で美しい唯一の存在。メアリーは角で一瞬立ち止まった。最後に一度コナーのほうを振り向きそうに思われたが、そのまま歩み去り、視界から消えた。コナーは天国へ行く唯一のチャンスをみずから投げ捨てたような気がして胸が悪くなった。

13

それからの数日、オリヴィアは仕事の話も、それをコナーに断られたことについても、何も言わなかった。読み書きのレッスンはつづけられ、コナーは目覚ましい進歩を見せた。体力もつきはじめた。毎朝散歩するようになり、日を追うごとにその距離が長くなった。娘たちもときどき彼につき合ったが、ひとりで行くことが多かった。

三人の娘たちのコナーへの敬慕は日がたっても薄れるどころか、時とともにより強くなり、オリヴィアが心配になるほどの絆《きずな》が結ばれつつあった。親しくなればなるほど、彼が去るときに辛くなることがオリヴィアにはわかっていた。それでも、父のいない娘たちは父親を強く求めており、彼らがいっしょにいるのを見ると、オリヴィア自身、親しくするのをやめるようにとは言えなかった。

娘たちのことは全力で守るつもりでいたが、すべての心の痛みから守ってやれるわけではないことはわかっていた。コナーが出ていったら、娘たちはがっかりするだろうが、きっとすぐに立ち直ることだろう。農場の手伝いについては誰かを見つけるつもりでいた。いつまでもいてくれるしっかりした人を。神を恐れる働き者の誰か。悪態をつかず、酒を飲まず、見つめられると膝がもろくなるようなけぶった青い目を持っていない誰か。

オリヴィアは手に持った斧を振り上げ、切り株においた薪にぎごちなく下ろした。斧の刃は薪に深く刺さって抜けなくなったが、薪をふたつに割るにはいたらなかった。ほぼ毎日薪割りをしていても関係なかった。オリヴィアはいつまでたっても薪割りが上手にはならなかった。

いずれにしても、残ってほしいと彼に頼むとはばかな考えだった。斧の刃を薪からはずそうとしながらオリヴィアは胸の内でつぶやいた。彼にはできるだけ早く出ていってもらったほうがいい。わたしも娘たちもあの人の助けなど必要ない。四人だけでなんとかやっているのだから。オリヴィアは楔《くさび》形の切れ目がはいった薪を手にとり、切れ目にまた斧を入れると、背筋を伸ばして頭上の空を見上げた。「大丈夫」オリヴィアは声に出して言った。「あの人の助けなどいらない」

オリヴィアはつばの広い帽子を後ろに押しやってまわりを見まわした。荒れ果てた家畜小屋やゆがんだフェンス、崩れかけた離れの建物などにしばし目をさまよわせた。夜明けのやわらかい光のなかでも、それらは古色蒼然《そうぜん》として見えた。

オリヴィアはがっくりと肩を落とした。突如として、自分がまわりの建物と同じだけぼろぼろで崩れかけているような気がしたのだ。自分がどう思おうと関係ない。コナーは去ってしまう。その選択をするのは彼女ではなかった。

自分自身の選択ならずっと前にしていた。オリヴィアはまわりを囲む庭に目をやった。伸びすぎたバラ園、形を整えていない柘植《つげ》の垣根、荒れはてたかつての東屋《あずまや》。昔は美しく優美な庭園だったが、今は哀れな廃墟と化している。

母がこの庭で舞踏会を催したときのことは鮮明に記憶に残っていた。ふわふわとしたアプリコット色のシルクに身を包み、客たちのあいだを動きまわる優雅な母の姿。オリヴィアは自分の地味なグレーのスカートと厚手の革の作業用手袋に目を落とし、ため息をついた。今のわたしを見たら、お母さんはなんと言うだろう？

娘が男物の手袋をはめて薪を割っているのを見たら、あきれかえることだろう。ピアノを弾いたり、ガーデン・パーティを催したりするために生れ育った娘なのだから。しかし、母が死んでからは、この家に音楽が流れることも、庭でパーティが開かれることもなかった。

一八六三年に奴隷たちがみな去ったときのことも覚えていた。残ったのはネイトだけだった。なつかしい、頼れるネイト。彼自身の農地として、いい土地を二十エーカー分けたのだったが、彼が残ってくれたのがそのためだけではないことはわかっていた。当時二十一歳のオリヴィアは、ほかの奴隷たちがみな去ってしまうのをまのあたりにし、自分がこれまでずっと守られてきたという事実を思い知ったのだった。奴隷たちは奴隷であることをよしとしてはおらず、北部の白人たちは南部の農園がどうなろうと気にもかけない。子供のころの美しく優雅な生活は、はかない偽りのものにすぎなかった。

年を追うごとに父の顔に深く刻みこまれていった苦悩のことも忘れられなかった。妻を亡くして自暴自棄になり、息子に死なれてわれを失い、以前の生活を失って途方にくれた父は、心の痛みをケンタッキーのバーボンで――のちには安いウィスキーで――まぎらわそうとした。

リー将軍がアポマトックスで北軍に降伏した日の父の姿は目に焼きついている。今オリヴィアがいるところからほんの数フィートのところに置いたはしごに登り、酒瓶を振りまわしながら〈ルック・アウェイ・ディクシーランド〉を声をかぎりに歌っていた。そうして椿《つばき》の茂みのなかに落ち、精神のみならず、腰の骨も痛めてしまったのだった。

オリヴィアとネイトはそれからの辛い六週間、看護に努めた。父は自分では食べることも風呂にはいることもひげを剃ることも拒否し、ゆっくりと、しかし確実に死へ向かっていった。死にたいとだけ願い、生かそうとする娘やネイトを憎みながら。父が死ぬと、一族の墓地の母のそばに葬った。そのそばに立っていた墓標は、ネイトが兄たちの墓として作ってくれたものだった。

オリヴィアは生きる目的を失い、途方にくれて、うつろな家でうつろな日々を過ごした。わずかに残った信仰にすがり、生きる意味を見つけようと努めながら。家族はみな逝ってしまい、自分はひとりぼっちだった。ネイトは忠実で信頼できる友人だったが、失った家族のかわりにはなれなかった。やがて、あの夏が来て、娘たちがともに暮らすようになったのだった。オリヴィアは探していた生きる意味を見つけた。失った人生の灰のなかから新たな人生が生まれたのだ。

コナーのことばがやまびこのように心に響きわたっていた。おれは自由にしているのが好きなんだ。

そう、すぐにあの人は好きなだけ自由を手にできる。そしてわたしは以前どおりの生活をつづけるのだ。手助けしてくれる人を見つけられなければ、ひとりでやってのけるしかない。

桃の木はもはや利益のあがる果樹ではないかもしれないが、自分のものであることはたしかだ。桃の木をあきらめるつもりはない。たとえそのために自分で屋根を直したり、桃の収穫をしたりしなければならないとしても。そのときが来たら、両方をやり遂げる勇気を持てますようにとオリヴィアは祈った。そして、斧を手にとると、薪割りの仕事に戻った。

コナーにはどうしても我慢できないことがいくつかあった。作業がまちがったやり方でなされているのを目にするのもそのひとつだった。

家の横の庭に面したキッチンの窓から外に目を向け、オリヴィアのお粗末な薪割りを眺めていたのだが、じょじょに苛立ちがつのり、間の悪いことに良心の痛みまで感じた。オリヴィアが必死で働いていることはわかっていた。彼女にとっていろいろなことが大変であることも。このままここにいつづけることはできないが、今は薪を何本か割るのに支障ないぐらいには健康を回復している。少なくともそのぐらいはしてやれる。

コナーは外へ出て家の角をまわり、薪を積んである場所へ行った。

近づいていくと、オリヴィアが目を上げた。「おはよう。早起きなのね」

コナーはオリヴィアがぎごちなく斧を振り下ろし、また薪を割れずに終わるのをじっと見て首を振った。彼女が自分の足を切ってしまわないのが不思議なぐらいだった。コナーは彼女のそばに寄った。

「どうするつもり？」手から斧をとりあげられてオリヴィアは訊いた。

「見ていられないんだ」コナーはオリヴィアを安全なところまでやさしく押しやった。「ただ、見ていられなくてね。きみの薪の割り方はぶざまだよ。まったくもって」

「いったいなんの話？」オリヴィアはコナーが切り株のところへ戻るのを見つめながら訊いた。

コナーは肩越しにオリヴィアを見やってほほえんだ。一瞬、暗青色の目に皮肉っぽいユーモアが宿った。彼は前を向いて斧を振り上げ、薪のまんなかに下ろした。二度ほどすばやく斧を振り下ろすと、薪は二本に割れて切り株から落ちた。コナーはまたオリヴィアを見やった。小学生のように無邪気で真剣な顔だった。

「見せびらかして」とオリヴィアは非難したが、にっこりすると、すでに切って積み上げてあるなかから薪を何本かとたきつけ用の小枝を拾い上げ、その場を離れた。

娘たちはまだ起きておらず、家のなかはしんと静まり返っていた。一定の調子で正確に斧を打ち下ろす音だけが聞こえてくる。オリヴィアは手袋をはずし、持ってきた薪で料理用ストーヴに火を入れたが、朝食を作りながら、開いた窓からコナーの様子を見つめずにいられなかった。

コナーは横顔を見せて一定の調子で薪を割っていた。無駄な動きはまったくなかった。オリヴィアは自分の下手くそな斧の使い方を思い出し、彼が今難なくこなしている作業に毎朝どれほどの時間をとられるか考えた。

コナーは手を止め、斧を下ろした。シャツのボタンをはずすと、脱いで脇に放った。片方の腕で額の汗をぬぐい、切り株の上にさらに薪を置いて作業をつづけた。オリヴィアは斧を振り下ろすたびに彼の筋肉が伸縮するのに気づき、広い背中や肩の彫刻のような輪郭と、斧を振る腕のたくましさに魅入られた。コナーの動きには思わず見とれてしまうほどの男らしい優美さとたくましさがあった。あのうずくような温かい感覚にまた襲われ、オリヴィアは朝食の支度を忘れてカウンターにもたれた。

頭上で音がして、オリヴィアははっと物思いから覚めた。天井を見上げ、足音に耳を澄ます。娘たちが起きたのだ。

オリヴィアは頭を振り、自分をいさめた。ぼんやりと白昼夢にひたっている暇はない。窓から目をそらすと、窓の外のそそられる光景ではなく目の前の仕事に集中し、テーブルの準備をはじめた。

最初に階段を降りてきたのはキャリーだった。「おはよう、ママ」と言って、すぐに窓の外にコナーの姿を見つけた。キャリーはカウンターにかけ寄ってよじ登ると、足をぶらぶらさせた。「おはよう、ミスター・コナー！」

「ちょっと、キャリー、叫ばないでちょうだい」オリヴィアが叱った。コナーが斧を置いて窓辺に寄ってくるのがわかった。

「おはよう、お嬢さん《モー・カイリーン》」コナーは子供に言い、腕を窓枠に載せた。「こっちへ出てきてお母さんのためにに薪の束を作るのを手伝わないか？」

キャリーは肩越しにオリヴィアに目を向けた。「いい、ママ？」

オリヴィアがうなずくと、キャリーはカウンターから降り、裏口から走り出てすぐにコナーと並んで薪の束を作りはじめた。オリヴィアはふたりがいっしょに作業する様子を見ながら、また不安に駆られた。たぶん、そろそろこういうことを終わりにして、コナー・ブラニガンには出ていってもらったほうがいいのだろう。

ベッキーが数分後にミランダといっしょに降りてくると、鶏に餌《えさ》をやって卵をとってくるように言いつけた。それから、外で交わされている会話に耳を傾けながらフライパンでコーンブレッドを作った。

「……ボビー・マッキャンがわたしは女だから、いっしょに釣りには行けないっていうの」キャリーが怒った声をあげている。「そんなの関係ないと思うのに。わたしのほうがボビーよりも大きな魚を釣ったことは何度もあるのよ」

「釣りの仕方を知っているのかい？」とコナーが尋ねた。

「もちろん。ネイトに教わったの」

「ネイト？　お母さんの農場を手伝っていた人だったね？」

「川のそばに住んでいたの。いつもいっしょに魚釣りに行ったのよ。でも、去年の夏に死んじゃったわ」

オリヴィアの耳に娘が大きなため息をつくのが聞こえてきた。次にどういう話になるかは予測できた。オリヴィアは窓辺に寄り、うつむいているキャリーの様子を見守った。

「だから今、誰もいっしょに魚釣りに行ってくれる人がいないの」とキャリーはしめくくった。そのさみしそうな口調に、オリヴィアは罪の意識に駆られた。木登りの次に、釣りはキャリーのお気に入りの遊びだったが、オリヴィアには釣りに連れていくような暇はなかった。

コナーはキャリーと目の高さを合わせるようにしゃがみこんだ。「そのうちいっしょに行こう」と彼は言った。

キャリーの悲しそうな表情がたちまち消え去った。「ほんとう？　いつ？　今日行ける？」興奮のため、質問のたびに声が甲高くなる。

「きみのお母さんに訊かないとね。お母さんや姉さんたちも行きたいかもしれないだろう」

「ベッキーとミランダは魚の釣り方なんて知らないわ」

「そうか、だったら教えてやらないといけないんじゃないか？　それに、腹も減るにちがいないから、きっときみのお母さんがピクニックのバスケットを持ってきてくれるだろう」声がかすかに高くなった。「たぶんあのフライドチキンがいいな。それと、あのうまかったブラックベリー・パイだ」

コナーは肩越しにオリヴィアを見やってにやりとした。彼女がひとこともらさず聞いているのはわかっているとでもいうように。

「考えてみるわ」そう言い返してオリヴィアは窓辺を離れた。

キャリーとその姉妹を釣りに連れていくと申し出たおかげで、コナーは思っていた以上に大変な思いをすることになった。ミランダはかわいそうな小さなミミズを水に沈めると考えただけで耐えられず、ミミズは何も感じないし、魚の胃のなかで生きられて幸せなのだと説得されるまで釣りに行くのを拒否した。ベッキーはあたりの木に釣り糸をからませてばかりいて、水に入れたとしても流木や岩に巻きつけてしまった。キャリーはとにかく自分に注意を向けてもらいたがった。三人の世話にコナーは大忙しだった。

オリヴィアは木陰のくさむらに腰を下ろしていた。シュガー・クリークの土手で、コナーがこちらの娘からあちらの娘と右往左往し、絶えずチェスターに行く手をふさがれているのを眺めながら、笑いをこらえることができなかった。ようやくコナーが自分の釣り糸を垂れて腰をおちつけると、必ず誰かが助けを必要とするのだった。コナーは娘たちの釣り針に餌をつけてやり、からんだ釣り糸をほどいてやり、おもりをなくせばとりかえてやった。そのため、自分では一匹も釣りあげることができなかった。

二時間ほどそうしたことをつづけてから、コナーは休憩すると宣言した。娘たちには勝手にやらせることにして、自分だけオリヴィアのところに来ると、そばに腰を下ろした。しかし、みな彼抜きで釣りをつづけたいとは思わず、頼んでもおだてても彼が動こうとしないと見るや、チェスターを従えてあたりの散策に出かけた。コナーは少なくともしばらくのあいだは静かに休息できることになった。

「ボビー・マッキャンは賢い少年にちがいないな」コナーはそうつぶやいてうなりながらやわらかいくさむらに身を倒した。

オリヴィアは笑った。「賞金稼ぎのボクサーであるコナー・ブラニガンが、またもや三人の女の子のせいでくたくたになったなんて言わないでね」

コナーは首をめぐらして彼女を見上げた。「前にも言ったが、おれはけが人なんだ」

「ふうん」オリヴィアはそんな弁解は聞き入れないというように首を振りながら言った。「そんなの一週間も前のことじゃないの。それに、今朝はあれだけの薪割りをしたわ。もっとましな言い訳を思いつかなきゃ」

「わかった」コナーは身を起こし、ピクニックのバスケットに手を伸ばした。「食べてないから力が弱ってるんだ」そう言ってバスケットのふたを開けた。

それから、中身をあさりはじめた。「フライドチキンだ。すばらしい思いつきだな。ブラックベリー・パイもある。それもすばらしい」彼はパンを手にとり、焼きたてのよだれが出そうになるようなにおいを嗅いだ。そして、オリヴィアをちらりと見た。

「刑務所にいたころ、何よりも恋しかったのがこれさ」

オリヴィアはコナーをじっと見つめた。「パン？」

コナーはうなずいて目を閉じると、手に持ったパンのにおいをまた嗅いだ。「焼きたてのパンとバター」と夢見るように言う。「それに熱い湯。それが何より恋しかった」

彼はバスケットのなかに手をつっこみ、ナイフとバターの塊をとり出すと、バターを包んでいた湿った布を開いた。パンをちぎってそこにバターを厚く塗った。「刑務所でもパンはあったが――」コナーはふいにことばを止めた。パンのことをオリヴィアに知られたくはなかった。パンを得るために犬のように物乞いしろと言われ、そのとおりにしたことを。

「なあに？」オリヴィアがうながした。「パンはあったけど……？」

「こんなパンじゃなかった」コナーは言おうとしたのとはちがうことを言った。「黒くてぼそぼそでひからびていた。ここで最初に目覚めた朝、焼きたてのパンの香りにまず気がついた。一瞬、天使がまちがったのかと思ったよ」コナーは目を上げてオリヴィアににやりと笑ってみせた。「そう、おれをまちがった場所に連れてきたんじゃないかと」

「つまり、天国はそんなにおいだって思うの？」オリヴィアは後ろに手をついて身をそらした。「焼きたてのパンみたいって？」

コナーは手に持ったパンに思いきりかぶりついた。「まさしく」とパンを口いっぱい頬張ったまま答えた。「今確信したよ」

「たぶん、誰しも好みがあるのね」

コナーはオリヴィアのほうに身を乗り出した。「きみの好みは、オリヴィア？」とからかうように訊いた。

オリヴィアはしばらく考えこんだ。「そうね、わたし自身はプラリネが好きだわ。天国にはきっとプラリネがあるにちがいないわね」

「プラリネってなんだい？」

「キャンディの一種よ」

オリヴィアは目を閉じ、その味を思い出すように唇をなめた。それを見てコナーは身動きできなくなり、体を固くしてひたすら口角の上がった彼女の口と襟の上にのぞく喉のクリームのような肌を見つめるしかなかった。

「ピーカン」オリヴィアはけだるそうな声で引き伸ばすように言った。それを聞いて突然コナーの全身に激しい欲望が走った。

オリヴィアは目を開けた。コナーは自分の内心の思いが顔にありありと浮かんでいるにちがいないと思ったが、彼女はそれには気づかないようで、笑みを向けてきただけだった。コナーは言うべきことばを必死で探した。「バター、ブラウンシュガー」

「それを作ってもらわなくては」

「そうね、娘たちも喜ぶと思うわ。プラリネはここしばらく作ってないから」

娘たち。安全な話題だ。コナーは最初に頭に浮かんだ質問を口にした。「どうして彼女たちはきみといっしょに暮らすことになったんだ?」

オリヴィアは身を起こし、首をめぐらして川のほうを見やった。「あの子たちの母親のサラはわたしの親友だったの。一八六五年に亡くなったので、わたしが娘たちを引きとることになったのよ」

「父親はどうしたんだ?」コナーは尋ねた。「戦争で亡くなったのか?」

「ええ」オリヴィアは川に目をやったままうなずいた。「彼の弟は農地の税金を払えずにそれを競売にかけて西部に行ってしまったの」そう言ってコナーに目を向けた。その目は暗く、悲しげで心を乱すほど美しかった。「姪たちのことは引きとりたがらなかった。責任を負うのがいやだったのよ」

　コナーにも、男がそういった責任を負いたがらない気持ちは理解できた。彼自身、狂気と自暴自棄にさいなまれ、絶望と悲嘆を経験してきた。悪魔にとりつかれる気持ちはよく理解できる。それでも、自分を必要としている身内がいるのにそうした思いにとらわれるなど、許されることではない。自分が悪魔にとりつかれるとしても、そのせいで心を痛めるような身近な人間はいてほしくないとコナーは思った。

「わたしが娘たちを養女にしなかったら――」オリヴィアはつづけた。「あの子たちは孤児院に送られることになったはずよ。引きとりたいという親戚がいなかったから。サラの子供たちを孤児院に送るなど、考えるだけでも耐えられなかった。わたしには広い家もあったし。引きとるのが正しいことに思えたのよ」

「きみは心がやさしいんだな、オリヴィア」

　オリヴィアは首を振った。「娘たちにわたしが必要だったのと同じぐらい、わたしにもあの子たちが必要だったの」そう言って声をつまらせた。「わたしはひとりぼっちだった。家族をみな失い、ひどくさびしい思いをしていた。あの子たちのこと、愛しているのよ、ミスター・ブラニガン。今はわたしの娘たちだわ」

　コナーはオリヴィアの目をのぞきこんだ。溶けたチョコレートのようにやわらかく、濃い色の目を。そして考えずにいられなかった。自分が少年のころに、誰かが同じことをしてくれていたら、自分の人生はどうなっていただろう。たぶん、今のオリヴィアの目にあるのと同じ満足を感じ、心の平穏を得ていたことだろう。大切に思っていたすべてにそむくこともなかったにちがいない。たぶん。

そんなふうに〝もしも〟と考えてもむなしいことはわかっていた。選んだのは自分だ。自分で選んだ人生を生きていかなければならない。それ以外の人生を考えるには遅すぎる。遅すぎるのだ。

四人はピクニック・ランチをとり、また少し釣りをした。それからオリヴィアと娘たちがチェスターと綱引き遊びをしているあいだ、コナーは昼寝をした。

釣り道具をまとめて家に戻るころには、太陽は沈みかけていた。なんともすばらしい夏の日だった。そよ風が暑さをかろうじて耐えられるものにしてくれている。

オリヴィアが先頭に立ち、ピクニックのバスケットを片手にかけてミランダとベッキーといっしょに夕食のテーブルに飾る野生の花を摘みながら、よく踏み固められた小道を歩いた。キャリーとコナーがその後ろにつづき、キャリーはなまずを吊るした糸を自慢げに持っていた。そのほとんどを彼女が釣ったのだった。

果樹園のところまで来ると、オリヴィアは足を止めた。「ここでちょっと桃の様子を見てくるわ」と娘たちに言った。「あなたたちは先に帰って夕食前に身ぎれいにしておきなさい」

娘たちはそのまま家へ向かった。「キャリー、桶に水をくんでその魚を入れておくのを忘れないでね」オリヴィアは呼びかけた。「それから、ミスター・コナーが作ってくれた釣り竿を片づけるのよ」

オリヴィアが桃の熟れ具合を見ているあいだ、コナーは果樹園のなかをぶらぶらと歩いていた。

「このあたりにはここ以外、桃園はないみたいだな」と彼は言った。

オリヴィアはほほえみ、片手で桃の木の幹を軽く叩いた。「わたしが十三歳のときに父が桃の木を植えたの。母のために。母が桃が大好きだったので、母のこと、ピーチって呼んでいたわ。それで母にちなんでこの農場をピーチツリーという名に変えたの」そう言ってコナーに目を向け、いっそうにっこりとほほえんだ。「みんな父のことといかれてるって思ってた。いい土地を綿以外のものに無駄に使うなんて。でも、そう、父はいつもわが道を行く人だった。結局、桃の木は恵みをもたらしてくれるものになったわ」

「どうして？」

オリヴィアは木に背をあずけてコナーと向き合った「戦争のあと、父が死んだとき、わたしには収入がなかったの。現金は絶対に必要だった。北部の人間がやってきて、ここを牛耳るようになったら、税金がとんでもなく高くなったから。もちろん、奴隷たちはみないなくなってしまった。つまり、自分でやる以外、土地を耕したり、綿を植えたりしてくれる人がいなくなったってこと。全部をひとりではできなかったわ」

オリヴィアはまわりの木々を手振りで示した。「でも、果樹園はすでにきちんと整備してあった。母が死んで父が果樹園に興味をなくしてからは、ずっとわたしが世話をしていたの。接ぎ木をしたり、剪定をしたりしてね。母が遺してくれたものだから、どうしても守らなくちゃならないと思ったの。それで今、この果樹園が、毎年それほど大変な思いをしなくてもかなりの現金収入をもたらしてくれているわ。自分ひとりでどうにかできる農作物ってわけ」オリヴィアはコナーに横目をくれた。「まあ、もちろん、収穫時期は別だけど」

「きみがはしごに登れないとなると、桃を収穫するのは少しばかりむずかしいだろうね」

「ネイトがかわりにしてくれていたわ。亡くなるまでは」オリヴィアは苛立ったようなため息をつき、コナーを見上げた。「高いところが怖いのはほんとうに困るわ。いやでたまらない。そんなことを怖がるなんて弱虫だし、ばかげているもの」

「今年はどうするつもりなんだ、オリヴィア？」

「わからない」オリヴィアは顔をそむけた。再度助けを請うのはプライドが許さなかった。うんざりしたことに、ことばをつづけた自分の声は少し震えていた。「たぶん、自分でどうにかするわ。娘たちも手伝ってくれるでしょうし」

オリヴィアはコナーに目を向けることなく木から身を起こした。ふたりは黙って果樹園のなかを歩いた。

果樹園の端まできて、コナーは足を止め、振り返って桃の木を見やった。彼がなぜ足を止めたのか不思議に思ってオリヴィアも立ち止まった。

コナーはオリヴィアに目を向けた。「どのぐらいかかる？」とやぶからぼうに訊いた。

質問の意味がわからず、当惑してオリヴィアは彼を見返した。「え？」

「熟すまでどのぐらいかかる？」

「ひと月ほど」

ふたりはじっと見つめ合った。コナーはまるで怒っているかのように顔をしかめ、片手で髪の毛を梳いた。「それまではここにいて収穫の手伝いをするよ」そう言って呆然とするオリヴィアにわれに返る暇さえ与えずにその脇をすり抜けた。「それから、ここを出ていく」

オリヴィアは歩み去る彼の後ろ姿をじっと見つめた。驚きのあまり感謝のことばさえ口に出していないことに気づいたときには、彼はすでに声の届かない場所へ行ってしまっていた。


その晩の夕食後、オリヴィアと娘たちが毎週土曜日に決まりとしている風呂をすませているあいだ、コナーは石板と鉛筆と辞書を持ってキッチンのテーブルにつき、Cではじまることばを思いつくだけ書き出していた。スペルがわからないことばについては辞書で調べた。一時間ほどそれをつづけてから、コナーは読み書きについて自分が最初に感じたことが正しかったと思った。読み方を学習する必要はない。

三人の娘がベッドにはいってから、オリヴィア自身が風呂につかり、ネグリジェを着てショールをはおると、ベッドにはいる前にコナーの勉強の進み具合を見ようと裏の階段からキッチンへ降りてきた。コナーは辞書を眺めていた。「どんな感じ？」とオリヴィアは訊いた。

コナーは目を上げ、腹を立てたようにオリヴィアを見据えた。「この辞書には子猫《キトウン》ということばが載っていない」

「載ってるわよ」オリヴィアはにっこりして答えた。「Kのところにあるわ」

「そんなのはおかしい」

オリヴィアは笑い声をあげ、テーブルをはさんで彼と向かい合うように腰を下ろした。

「ミスター・ブラニガン、英語に関してはおかしいと思うものがもっとたくさんあるわよ」

「イギリス人を知っているから驚かないけどね」

「お願いだから政治の話はやめて」オリヴィアは指でテーブルをこつこつと叩きながら、厳しく言った。「Cではじまる単語を思い出してみて」

コナーはまた辞書の上に身をかがめた。「猫《キャット》がCではじまるなら、子猫《キトウン》だってCではじまるべきだ」彼はぶつくさと言った。

オリヴィアはまた笑い声をあげそうになったが、どうにかそれを呑みこんだ。コナーにはいつも彼なりの考えというものがある。オリヴィアは石板に文字を書くコナーをじっと見つめた。文字を書くことに集中しているせいで、ハンサムな顔には真面目で真剣な表情が浮かんでいる。

最初は読み書きを習うことを渋っていたコナーだったが、一度習いはじめると手抜きをしなかった。数かぎりなく質問し、答えはけっして忘れないようだった。とはいえ、せっかちになりがちで、自分の努力の足りなさを責めすぎる傾向があった。

コナーは進み具合に満足していないようだったが、オリヴィアには彼が非常に速い進歩を見せていることがわかっていた。一週間もたたないうちに、子音と母音のすべてを覚え、簡単なことばを覚えはじめていたのだから。あと一週間もすれば、簡単な文章は読み書きできるようになるだろう。一カ月が過ぎたら――

一カ月もしないうちに、彼は出ていくのだ。それまでには桃の収穫が終わり、彼はここからいなくなる。オリヴィアは彼が収穫を手伝うために残ってくれることを心からありがたく思っていたが、テーブル越しに見つめているうちに、彼が出ていってしまい、夜ごとこうしてすわることがなくなったら、どんな感じだろうかと思わずにいられなかった。そうなれば、残るのは彼がそこにいたという思い出だけだ。

突然さみしさに襲われ、オリヴィアはコナーがここにいたことの証となるものが何もないことに気がついた。キャリーの本に出てくるチェシャ猫のように、コナーも消えてしまい、彼のほほえみの記憶だけが残るのだ。

コナーがため息をついて背を伸ばしたので、オリヴィアは目下の問題に注意を戻した。

「Cからはじまることばをわかるだけ言ってみて」と指示した。

コナーは鉛筆を脇に置いた。「猫《キャット》」と目の前の石板に書いたことばを読みあげる。「寝台《コット》、切る《カット》、呼ぶ《コール》、経費《コスト》、コーン、寒い《コールド》」しばしの間。「キス」

そう言って目を上げた。ふたりの視線がテーブル越しにからみ合った。

「キスはKではじまることばよ」とオリヴィアが小声で言った。

「そうかい？」コナーの目が彼女の唇に降りた。「不思議だな」

オリヴィアは突如として、不安と拒絶、そして歓喜とパニックに襲われた。疾走する列車のように耳の奥で脈がどくどくと激しく音を立てている。オリヴィアは口に触れようとするかのように手を持ち上げ、その手をはっと戻した。

コナーの口の端がほんのかすかにほほえむように持ち上がった。彼はオリヴィアがしようとしていたことをかわりにした。手を伸ばして指先で彼女の唇をなぞったのだ。

オリヴィアの体の深いところで震えがはじまった。唇が開いた。何か言うべきであることはわかっていた。抗って身を引き離すべきであることも。しかし、オリヴィアは羽根のように軽い愛撫の感覚にうっとりとして、黙ったまま身動きせずにいた。

これが肉欲というもの？　オリヴィアは胸の内でつぶやいた。このひりひりとうずくような、強く引っ張られるような感覚が？　この人にはわかっているのね。オリヴィアは下唇をわざとゆっくりなぞる指と、そこに注がれているまなざしを見ながら思った。この人にはすべてわかっているのだ。

コナーは手を顎にまわし、喉を愛撫した。それからゆっくりと手を引っこめた。オリヴィアは彼が呼び起こした感覚の名残にひたり、ぼうっとしたまま、けっして与えられないキスを待った。

「もう遅い時間なんじゃないかな、たぶん」

コナーの低い声がじょじょに意識に浸透し、オリヴィアは気がつくと立とうとしていた。

「そうね」とつぶやく。立ち上がり、頬を真っ赤にしてテーブルを見つめた。彼に目を向けることはできなかった。

「明日はDからはじまる単語に移りましょう」そう言ってオリヴィアは片足から片足へ体重を移した。「あなたがどうしてもうひと月ここに残って収穫を手伝ってくれる気になったのかはわからないけど、とてもありがたく思っていることはわかってほしいの。何かお礼できることがあれば――」

「ベッドにはいるんだ、オリヴィア」

オリヴィアはそのきっぱりとした命令に従い、後ろを振り返ることなくキッチンから逃げ出した。しかし、部屋にひとりになり、ベッドにもぐりこんで横たわると、片腕を枕にまわし、手を唇に押しあてて、彼に触れられた瞬間を思い出そうとした。

こんなふうに男に触れられるのははじめてだった。ヴァーノンでさえ、こんなふうに触れてきたことはない。少女のころ、サラと小声で交わしたばかばかしい想像が思い出された。サラがジョーとつき合いはじめてからは、テイラー・ヒルの東屋でほんとうにキスをしたとサラに打ち明けられたことはあったが、どんな感じだったか説明してくれと頼んでも、サラには説明できなかった。「あなたにもいつかわかるわ、オリヴィア」とサラはささやいたものだ。秘密めいた笑みを浮かべた顔を真っ赤にし、少しばかりうれしそうに身震いまでして。

「いつかきっと」

しかし、それももうずっと昔の話で、オリヴィアにはまだその機会が訪れていなかった。

あのときから今まで、いつのまにか時が過ぎ去ってしまった。なぜか、月明かりもマグノリアの花も東屋でのキスもオリヴィアの身には起こらなかった。そうしたものはすべて、悲しみに暮れる父が娘を必要としていたために拒まれ、戦争の混乱のせいで遠ざけられ、日々の暮らしが優先されたために脇に押しやられてしまったのだ。

コナーのことが頭に浮かび、同時に自分の前を素通りしていったものが惜しまれた。

オリヴィアは枕をきつく抱きしめた。彼はひと月しかここにいないのよ、と自分に言い聞かせる。サラが言っていたことがわたしにわかることはけっしてないのだ。

14

その晩、ぼんやりとした影のような夢に悩まされ、コナーは気が立っておちつかない気分で目覚めた。まだ夜も明けやらぬ時刻だったが、着替えをすませ、朝の散歩に出かけた。

その晩の夢についてはっきりとは思い出せなかったが、それでも気持ちは波立っていた。心のなかで悪魔のささやきがぼんやりと響き、まだ悪魔が自分の心に棲んでいることを思い出させられた。

コナーは一歩一歩足を前に踏み出す単純な動作に気持ちを集中させて歩いた。いつまでも歩きつづけていたかった。この場所から逃げ、過去から逃げ、自分自身から逃げ出したかった。

しかし、そうはいかなかった。オリヴィアに収穫の時期までここに残り、桃の収穫を手伝うと約束してしまったのだ。誰かに何かを約束するのは久し振りで、そのことですでに息苦しさを感じていた。

コナーは日が昇るまで歩きつづけたが、気分は一向におちつかなかった。そこで踵を返し、家へと戻りはじめた。しかし、家畜小屋の前を通り過ぎようとしたときに、声が聞こえてきて物思いをさえぎられた。苛立って多少声高になってはいたが、引き伸ばすようなやさしい声だった。

「カリー、戻っておいで！」

家畜小屋の角をまわりこむと、オリヴィアが牧草地のフェンスに開いた大きな穴のそばに立っていた。コナーには気づかず、手を腰にあてて庭を駆けまわるラバをじっと見つめている。ラバは狭い牧草地に戻る気はさらさらないらしい。

「強情なんだから」とつぶやき、オリヴィアはラバを追いかけはじめた。「ほんとうに強情」

コナーはにやりとして納屋の壁に肩をあずけ、オリヴィアがラバを追いかけて庭を駆けまわる様子を眺めた。暖かいそよ風にあおられて日曜日用のグレーのドレスのスカートが後ろにはためいている。オリヴィアはラバを正しい方向に追い立てようとするのだが、ラバのカリーにはほかに考えがあるようだった。

「手伝おうか？」息を切らして足を止めたオリヴィアにコナーが呼びかけた。

オリヴィアは振り向いた。「いつからそこにいたの？」

「少し前からさ」コナーはまだにやにやしながら彼女に近づいた。

オリヴィアは笑みを返しはしなかったが、数十フィート先で立ち止まっているラバを身振りで示した。「カリーがまたフェンスに穴を開けたの。あの忌々しいラバはしじゅう逃げ出してばかりで」

オリヴィアはラバに向かって顔をしかめた。「そもそもおまえなんか買うんじゃなかったわ。エルロイに撃ち殺してもらえばよかったのよ」

カリーは少しも怖がる様子を見せずに首を上下させた。追いかけっこをつづけようと誘うように片足で地面を蹴っている。

「エルロイ？」コナーはオリヴィアのそばで足を止めて訊いた。「エルロイ・ハーラン？」

「どうして――」すぐに答えがわかってオリヴィアは質問を途中でやめた。「あのボクシングの試合であなたと闘ったのがエルロイだったわね」声に非難するような響きが加わった。

「少なくとも、試合に勝ったのはおれだ」コナーは指摘した。「エルロイは一ラウンドもたなかった」

オリヴィアは感心した様子もなく鼻を鳴らした。「あの人が賭けボクシングをしていると聞いても驚かないわ。きっとお金がいりようだから。以前はシュガー・クリークの向こうに土地を持っていたんだけど、何年か前に農場を手放したの。大ばか者よ、エルロイって」それからつけ加えて言った。「カリーはよく彼の牧草地から逃げ出して走りまわっていたの。ある日、エルロイがショットガンを持って撃ち殺してやると叫びながら、森へ逃げ出したカリーを追っているのを見かけたわ。ほんとうに撃ち殺しそうな勢いだった。わたしはそんなことは許せないと思って、エルロイにラバを引きとるって話したの。二ドル払って」オリヴィアは首を振り、カリーをにらみつけた。「どうやらだまされたみたい」

コナーはオリヴィアに身を寄せて、共謀するように耳打ちした。「きみがあっち側へまわってくれたら、はさみうちにできる」

かないでね」

オリヴィアはうなずいた。「わかったわ。でも、ふたりがかりでも逃げられたとしても驚

十五分後、不満そうなカリーは牧草地に戻り、コナーはフェンスを調べていた。「逃げ出したとしても不思議はないな」コナーはオリヴィアに言った。「横板がひどくゆるんでいて、ちょっと力を加えるだけではずれそうになっている。ほら」

コナーはこぶしを作り、フェンスの板のひとつに叩きつけた。板を支柱に打ちつけている釘が飛び、板が地面に落ちた。「ラバは一度か二度蹴ればよかったのさ」

「フェンスがかなりひどい状態なのはわかってるんだけど、ひとつの板を釘打ちするたびに、別のがはずれる感じなの」

「ママ！」ベッキーの声が裏口のポーチから呼びかけてきた。「急がないと教会に遅れるわ」

オリヴィアは庭の向こうにいる娘に目を向け、「わかってるわ」と答えた。「まず荷馬車にラバをつながなきゃ」

コナーは自分が壊した板をもとに戻した。「ハンマーと釘をくれたら、きみたちが教会に行っているあいだにフェンスは直しておくよ」

その申し出にオリヴィアはびっくりしたようだった。「あなたが？」

「おれはあと一カ月ここにいることになったんだから、何か役に立ってもいいはずだ」

オリヴィアはにっこりした。コナーがふいをつかれるあの驚くべき笑みだ。「ありがとう、ミスター・ブラニガン」

「ひとつだけ条件がある」コナーはつけ加えて言った。「おれをミスター・ブラニガンと呼ぶのはやめてくれ。おれにもファーストネームがあるんだ」

オリヴィアは考えこむように彼を見つめた。「つまり、わたしたち、友達同士になるってこと？」

コナーは牧草地に目をやった。友人ができるほど長く一カ所にとどまったのは久し振りだった。「そうだと思う」と彼は認めた。

しかし、歩み去るオリヴィアの後ろ姿を見守ってその腰の揺れ具合を賛美し、指で触れた唇の柔らかさを思い出すと、友人同士という関係が少しばかり物足りなく思えた。

オリヴィアは日曜日の礼拝が終わったら、娘たちをまっすぐ家に連れ帰るつもりでいたが、教会を出てすぐにオレン・ジョンソンに声をかけられた。「少し時間はあるかい、オリヴィア？　話があるんだ」

「もちろんよ」オリヴィアは娘たちを探してあたりを見まわした。ベッキーは教会の階段のところに立ってジェレミアと話をしており、ミランダはチャブ姉妹にほっぺをつつかれるのを我慢している。キャリーはジミー・ジョンソンとボビー・マッキャンと輪になってしゃがみこんでいる。いたずらを考えているのはまちがいなかった。

「ベッキー」オリヴィアは呼びかけたが、ベッキーの注意を友達からそらすのに二度名前を呼ばなければならなかった。「ミランダたちのことを見ていてね。すぐに戻るから」

ベッキーはうなずき、ジェレミアに注意を戻した。オリヴィアはオレンのあとに従って教会を離れ、ほこりっぽい通りを歩いていった。

「前にも言ったけど、プリンセスの子牛はあなたに売るわ、オレン」笑いながらオリヴィアは言った。「ほかの誰かに売るんじゃないかと心配しなくていいのよ」

オレンは首を振った。「子牛の話じゃないんだ、オリヴィア」そう言って足を止め、振り向いた。「ピーチツリーについてヴァーノンがまた買いたいと言ってきたんじゃないのか？」オレンはまわりを見まわし、話が聞こえるところに誰もいないことをたしかめながら、声をひそめて言った。

オリヴィアはうなずいた。「ちょうど二週間前に土地を売るかどうかまた訊いてきたわ。もちろん断ったけど。どうして？」

「そのときに脅されなかったかい？」

「いいえ。それほどには」オレンは深刻なまなざしを向けてきた。「最後に彼の申し出を断った翌日、桃の木がいくつか傷つけられていたわ。もちろん、切られた木はもうおしまいよ。そのまわりに煙草の吸殻がいくつかあったの。たぶん、ハーラン家の男たちだと思う」

「そうかもしれないな。エルロイと息子たちはヴァーノンのところで働いている」

オリヴィアはため息をついた。「こんなの信じられないわ」

「なぜだ？　ヴァーノンは強欲なくそ――」オリヴィアが眉をひそめるのを見て、オレンは言いかけた汚いことばを呑みこんだ。「すまない、リヴ。あいつが強欲なことはきみも知ってるだろうに」

「それはそうだけど、ヴァーノンのことは生まれたときから知ってるのよ。昔はあんなふうじゃなかったわ。わたしが小さいころには親切な人だった。親切すぎるぐらいに。彼がこういうことをするなんて思いたくないわ」

「オリヴィア、きみが売るのを拒みつづければ、もっとひどいことをするかもしれないよ。この鉄道建設の計画を彼がどれほど強く望んでいるかはわかっているだろう。きみはその計画をだめにするかもしれない唯一の人間なんだ」オレンはびくびくとまわりに目を向けた。「たぶん、ヴァーノンは義理の父親から土地の問題を解決するよう圧力をかけられているんだな」

「どうしてそう思うの？」

「ヴァーノンは二週間半前に電報を受けとったんだが、先週また別のが来た」とオレンは答えた。電報のことをオレンが知っている理由はすぐに察しがついた。息子が電報局に勤めているのだ。

「どちらの電報もハイラム・ジャミソンからだった」オレンはつづけた。「だからこそ、ヴァーノンと女房は突然ニューヨークに発ったんだ。今年は行かない予定だったのが、何か理由があって計画を変更したのさ。彼の女房によれば、六週間は向こうにいるらしい」

オリヴィアはにっこりせずにいられなかった。「オレン、あなたってマーサ以上にゴシップに詳しいのね」

オレンは笑みを返した。「きみも知ってのとおり、ケイトの妹がヴァーノンの家で女中をしているからね」

カラーズヴィル近辺のニュースが一日足らずでみんなの知るところとなるのも不思議はなかった。電報以上にすごいことだった。

オレンの顔から笑みが消えた。「ヴァーノンの義理の父親がしびれを切らしてさらに圧力をかけてくることになれば、ヴァーノンも手に負えなくなるかもしれない。きみはしばらく町に移っていたほうがいいんじゃないかな」

オリヴィアは首を振った。「それはできないわ。桃の収穫まであと一カ月足らずだもの。それに、ヴァーノンが戻ってくるまでは何も起こらないわよ」

「それについてはあまり確信は持てないね、リヴ。ジョシュアと弟たちがこっちへ残ってヴァーノンのために汚れ仕事をしている以上」オレンは帽子のつばを引っ張った。「ケイトとおれはきみと娘たちだけでピーチツリーにいるのが心配なんだ」

じつはわたしと娘たちだけじゃない。オリヴィアはコナーのことを思い出し、彼があと一カ月残ることにしてくれたことを神に感謝した。「わたしたちは大丈夫よ。ヴァーノンだってわたしや娘たちを傷つけるようなことはしないでしょうし。ジョシュアにそんなことをしろと命じたりもしないと思うわ」

「きみの言うとおりだといいんだが」とオレンは言った。

「忠告してくれてありがとう」

「いや、礼はいい。隣人として当然のことだ。おれの土地がヴァーノンが計画している鉄道のルートにはいっていなくて幸いだったよ。気をつけろよ、リヴ」

ふたりは教会に戻って別れた。オリヴィアは娘たちの姿を探したが、見つかったのはミランダだけだった。まだチャブ姉妹にはさまれている。本人はうれしくないだろうが、ミランダは当面そのままで大丈夫と見てとり、オリヴィアはミランダをそこに残してほかのふたりを探しに行った。キャリーがいなくなっているのは意外ではなかったが、ベッキーの姿が見えないのは不思議だった。妹を見ていてくれと頼んだのに。ベッキーはいつも言いつけには従う娘だった。妹たちを放っておくのはベッキーらしくない。

オリヴィアはまずキャリーを探しに行った。ジミーとボビーといっしょに何かいたずらをしているのではないかと疑わずにいられなかった。三人が教会の裏で地面に膝をついておはじきをしているのを見つけて、その疑いは確信に変わった。オリヴィアは三人に日曜日におはじきをすることについてきつくお説教し、すぐにやめさせた。キャリーはがっかりして「いいところだったのに」と抗議したが、おはじきを集める男の子たちのそばからオリヴィアに引きずられていった。「勝ってたのよ」

「キャロライン・マリー、一度言ったら、千回言ったのと同じよ。日曜日におはじきはなし。そんな不信心な態度を恥ずかしく思いなさい」

キャリーは懸命に罪を悔いる顔を作った。頭をうつむけ、足を引きずって歩いている。オリヴィアはため息をついた。「ベッキーを見なかった?」

「川のそばへ散歩に行ったわ」キャリーは近くの森を指差して答えた。「でも、すぐに戻ってくるって言ってたけど」

「散歩？」オリヴィアは驚いてくり返した。妹たちを見ていてくれと言われたときに散歩に行くなどまったくベッキーらしくない。「キャリー、わたしはミランダを連れて荷馬車をまわしてくるから、ベッキーを見つけてきてちょうだい」

キャリーはくるりと振り返ると、ベッキーを探しに森のほうへ駆け出した。オリヴィアはかわいそうなミランダをチャブ姉妹の手から救い出し、通りを渡って荷馬車を停めてあるところへ向かった。ミランダは後ろに乗りこみ、オリヴィアは荷馬車をシュガー・クリークをとりまく森が見渡せる場所まで動かした。

ミランダとともに五分ほど待っていると、ベッキーとキャリーが森のなかから現れ、荷馬車のところへ走ってきた。キャリーがミランダといっしょに後ろに席をとり、ベッキーは御者台のオリヴィアの隣に乗りこんだ。

「ごめんなさい、ママ」ベッキーはオリヴィアと目を合わせようとせずに息を切らしながら言った。

「ベッキー、あなたにはびっくりだわ」オリヴィアはやさしくたしなめ、手綱を振って荷馬車を走らせはじめた。「妹たちをあんなふうに放っておくなんて。いったい何を考えていたの？」

「そんなに長く離れているつもりはなかったのよ」ベッキーはもごもごと答えた。「それに、この子たちだけでいるわけじゃなかったし。まわりに人がたくさんいたから」

「そういう問題じゃないわ。わたしはあなたに妹たちを見ていてって言ったのよ」

「でも、そんなの無理よ」キャリーが大声で言った。「川のそばでジェレミア・ミラーと唾を交換するのに忙しくしていたんだから」

「キャリー！　やめてよ！」ベッキーが叫び、オリヴィアは手綱を強く引いて荷馬車を停めた。

隣にすわっている長女に目を向けると、髪の毛の根もとまで真っ赤になっている。「それ、ほんとうなの？」とオリヴィアは訊いた。

ベッキーは顔をうつむけ、荷馬車の御者台でもじもじした。恥ずかしそうなその様子だけでも妹の告発を裏づけていたが、ようやく「一度だけよ」ともごもごと答えた。

オリヴィアは愕然とした。

後ろのふたりに目を向け、それからまたベッキーを見やった。「このことについては家に帰ってから話しましょう」オリヴィアはそうきっぱりと言うと、手綱を振り、また荷馬車を走らせた。家に帰る道のりは延々と沈黙に包まれていた。キャリーでさえ、何も言わなかった。

オリヴィアと三人の娘たちが家にはいってきた瞬間、張りつめた空気がただよっているのにコナーも気がついた。今にも壊れそうな古いフェンスに釘を打つ作業は終えており、次のレッスンに向け、オリヴィアいわく〝宿題〟をしているところだった。四人がはいってくるとコナーは石板から目を上げたが、オリヴィアの顔をひと目見ただけで、何かひどく厄介なことになっているのがわかった。

「キャリー」オリヴィアが言った。「ミランダといっしょに庭へ行ってさつまいもを桶一杯掘り出してきてちょうだい。ベッキーと少し話をするから。それから、コラード（米国南部で栽培される食用の植物）も何株かとってきて」そう言ってコナーに目を向けた。「ミスター・コナーにも手伝ってもらってちょうだい」

コナーはいったい何が起こっているのだろうと訝りつつも、立ち上がってキャリーとミランダのあとから外へ出た。理由がわかるのに時間はかからなかった。さつまいもをふたつも掘らないうちにキャリーが詳しいことをすべて教えてくれ、話をこうしめくくったのだ。

「ベッキーはえらく困ったことになるわね」

「ママは悲しそうだった」とミランダがつけ加えた。

コナーにも想像はついた。自分の母がはじめてマイケルとモード・オドネルがいっしょに納屋の二階にいるのを見つけたときのことが思い出された。そのあと大騒ぎになったことも。マイケルはすぐにきつい罰を受けた。柳のむちでぶたれ、詰問され、言い訳したあげく、ドノヴァン神父に懺悔し、その印として何時間もひざまずかされることになったのだ。そのときの質問がいかに屈辱的であり、罰が無意味なものであったか、コナーは覚えていた。マイケルはモードといちゃつくことをやめなかった。ただ、つかまらないようにうまくやるようになっただけだ。自分が兄と同じたのしみを覚えたころに母が生きていたら、マイケルと同じ目に遭ったことだろう。しかし、いかに罰せられたとしても、やはりやめることはなかったはずだ。

「それにしても、どうしてキスなんてしたいのかしら？」キャリーの問いがコナーの物思いをさえぎった。「わたしから見たら、ばかみたいなことなのに」

コナーはにやりとした。「いつかきみもそうは思わなくなるさ」

キャリーはまさかというように顔をしかめてみせた。「男の子たちはいやじゃないわ」キャリーはしぶしぶ認めた。「おもしろいことをするのが好きだもの。おはじきや釣りなんかを。でも、男の子にキスしたいなんて思わない」わからないというふうにつけ加える。

コナーはもうひとつさつまいもを掘り出して土を払い、桶に入れた。「じゃあ、男の子がおもしろいことをするのは認めるんだね？」

キャリーはうなずいた。「ジミーは去年、お父さんに木の上の家を作ってもらったのよ。でも、わたしのことはそこに登らせてくれないの。男のものだから、女を登らせるわけにはいかないって。わたしが木の上の家を持っていたら、男の子たちを登らせてあげるのに。どうしてわたしはだめなの？」

コナーはしばらく答えを考えた。「たぶん、きみは女の子の友達と女の子の遊びをするべきだと思っているんじゃないか」

「お人形遊びみたいなこと？」キャリーはいやそうに鼻に皺を寄せた。「げっ！」

「お人形遊びのどこがいけないの?」ミランダが訊いた。「わたしはお人形が好きよ」

「つまんないもの」キャリーはさつまいもをもうひとつ桶に放って言った。「キスだってつまんないと思う。どうしてベッキーがジェレミアにキスをしたいのかわからないわ。去年の夏には好きでもなかったのに。やせすぎていて声が変だって言ってた」

「きっと彼への気持ちが変わったのさ」コナーは言った。「今は好きなんだろう」

「たぶんね。でも、その男の子のこと、うんと好きじゃなきゃならないでしょう? わたしはボビーのこと好きだけど、キスしようとしてきたら殴ってやるわ」

コナーはさつまいも越しに小さな少女をまじまじと見つめた。いつかボビー・マッキャンがキャリーに求愛するようになるのが容易に想像できた。気の毒な若者に同情したくなるほどだった。

キャリーがベッキーの罪をコナーに話して聞かせているあいだ、オリヴィアのほうはその罪に対処しようとしていた。キッチン・テーブル越しに長女を見つめると、娘は憤るように顔をしかめ、拒絶する表情になっていた。オリヴィアは自分が娘の罪にあまりうまく対処できていないような気がした。

「こんなの不公平よ!」ベッキーは叫んだ。「キャリーはいつも問題を起こしているけど、ママは何も言わないじゃない」

「そんなことはないわ」

「あるわ。あの子はこっそり近寄ってわたしのことをのぞき見したあげく、ママに告げ口したのよ。なのにそれについては何も言わなかったじゃない」

「キャリーとはあとで話をするわ」オリヴィアは答えた。「でも、今はキャリーの話をしているんじゃなくて、あなたの話をしているのよ。わたしはあなたに妹たちを見ていてって頼んだのに、あなたは言いつけに従わなかった。何かあったらどうするつもりだったの？　ミランダがどこかへ行ってしまってけがでもしていたら？」

「ミランダはけがなんかしなかったじゃないの」

「でも、したかもしれないわ。何が起こってもおかしくなかった。あなたがあそこにいなかったんだから。ベッキー、あなたのこと、妹たちの世話を手伝ってくれるって頼りにしているのよ。責任を持ってもらいたいわ」

「どうしていつもわたしが責任を持たなきゃならないの？　どうしてわたしはいつもいい子でいなきゃならないの？『ベッキー、妹たちを見ていて』、『ベッキー、卵をとってきて』、『ベッキー、これをして。ベッキー、あれをして』。もううんざりよ！」

オリヴィアは怒りで真っ赤になった娘の顔を見つめた。驚きのあまり怒ることもできなかった。六年のあいだベッキーが声を荒げたことは一度もなかった。今それが起こっているのだということをはっきりと認識できずにいた。「そんなふうに感じているなんて知らなかったわ」と口にするのがやっとだった。

「そう、わたしはこれ以上いい子でいるのはいやよ」ベッキーは反抗的な口調でつづけた。

「あれこれ命令されたり、何をすべきか言われたりするのはもういや。わたしは十四歳なのよ。自分の頭で考えられる年だわ」

オリヴィアは娘の反抗的な顔をじっと見つめた。話し合わなければならないことであるのはわかっていたが、どうやって話し合ったらいいのかまったくわからなかった。「ねえ、あなたは自分で自分のやっていることはわかると思っているかもしれないけれど、そうじゃないのよ」

ベッキーの顔がさらに頑固そうにこわばった。オリヴィアは自分が言い方をまちがったことを悟った。そこで、咳ばらいをして、もう一度言い直そうとした。「ベッキー、わたしはあなたのことを愛しているの。だからこそ、心配しているのよ。キスは……」

声が途切れた。オリヴィアは娘を気まずくみじめな思いで見つめた。ああ、辛い話題だ。純粋無垢な十四歳の娘に人生の現実をどうやって説明したらいいのだろう？　二十九歳ではあっても、自分も純粋無垢であることに変わりはないのに。わたし自身、ぼんやりとした知識しかないことについて、どうベッキーに忠告すればいいというの？　早く亡くした母とはキスや男の子の話をしたことはなかった。

オリヴィアは両手をテーブルの上で組み合わせ、身を乗り出すと、今の状況について理性的に話し合おうと再度試みた。「ベッキー、あなたの年ごろの女の子はキスなんてするものじゃないわ。そんなことをしたら……」神様、わたしに力をお貸しください。「そんなことをしたら、また別のことにもつながりかねない」

「ママにどうしてわかるの？」ベッキーはオリヴィアの内心の思いを読みとったかのように笑い声をあげた。「恋人を持ったこともないのに」

オリヴィアは唾を呑みこんだ。喉に塊がつかえて痛んだ。「それはそうだけど――」

「ママが恋人を持ったことがないからって、わたしも持っちゃいけないって理由にはならないわ」

「恋人を持っちゃいけないとは言ってないわ。ただ、まだそういう年になっていないって言っているの。たった十四なのよ。まだ時間はたっぷりあるわ。十六歳になったら――」

「十六ですって？」ベッキーは声を張りあげた。「まだ丸々二年もあるじゃない！　また戦争が起こって男の子たちがみんな戦場へ行ってしまったらどうするの？　わたしはオールドミスになってしまうわ」

痛々しいほどドラマティックな口調に、オリヴィアは笑い出したくなるほどだった。「ねえ、もう戦争なんて起こらないわよ。それに、信じないかもしれないけれど、二年なんてそれほど長い時間じゃないわ」

「二年なんて永遠といっしょよ！」

「そんなふうに思えるかもしれないけど、ちがうわ」

ベッキーは険しい表情を崩さなかった。オリヴィアはそろそろ厳しく言うころあいだと決めた。「あなたはまだ男の子と出歩く年じゃないわ。ふたりきりでなんてもってのほか。そういったことで悪い評判を立てられることもあるのよ。ジェレミアについては礼儀正しいいい子だと思ってたけど、今回のことで考えを変えないといけないみたいね。これからはあまり彼とは会わないほうがいいわ」

「どういうこと?」ベッキーが勢いよく立ち上がったせいで、椅子が音を立てて後ろにすべった。「学校がはじまったらどうするの? ジェレミアと私は放課後いつもいっしょにお店に行ってペパーミント・キャンディを食べるのよ」

「知ってるわ」オリヴィアも立ち上がった。「それもしばらくやめたほうがいいわね」

「ママの意地悪、大嫌いよ!」

オリヴィア自身の癇癪にも火がついた。「それは言いすぎね、レベッカ・アン」とぴしゃりと言った。「もうこの話はおしまい。しばらくのあいだ、ジェレミアと出かけることは許しません。リラと話し合って、こんなことが二度と起こらないようにするつもりよ」

「なんですって?」ぎょっとしてベッキーはオリヴィアを凝視した。「まさか。そんなことをしたら、大恥をかくことになるわ。ジェレミアは二度と口をきいてくれなくなる」

「今の状況からして、そのほうがありがたいわ」

ベッキーの顔がみじめにゆがんだ。「どうしてわたしにそんなことができるの? ママなんて大嫌いよ!」

そう叫ぶと、ベッキーは泣きながらキッチンから走り出てドアを思いきり閉めた。

その音にオリヴィアは飛び上がった。背を丸め、指先を額にあてた。自分はまちがっていないと思いたかったが、怒りに駆られ、ひどく心配でもあった。母親たろうとすることは、ときにとても大変なことだ。

コナーが裏口のドアを開けてなかをのぞきこむと、オリヴィアはキッチンのカウンターのそばに立ち、片手にボールを抱え、もう一方の手にスプーンを持っていた。ボウルの中身を勢いよくかきまわしている。彼には目をくれようともしなかった。

「危険はないかな？」コナーは入口から訊いた。

「どういう意味かわからないわ」オリヴィアは音を立ててボウルをカウンターに置き、小麦粉の缶に手を伸ばした。

「ベッキーがここから飛び出していった様子からして、また戦争がはじまるんじゃないかと思ったのさ。キャリーとミランダにベッキーのあとを追わせたよ。彼女が何か思いきったばかなことをしないようにね。家出するとか」

オリヴィアは答えず、小麦粉をはかってボウルに足しはじめた。

コナーはキッチンにはいると、さつまいもの桶をドアのそばにある食器棚の上に置いた。ドアを閉めると、ドアに背をあずけ、キッチンの奥にいるオリヴィアを見つめた。彼女がこれほどに怒っているのを見るのは、彼が賞金稼ぎのボクサーであることが判明して以来だった。しかも、怒ることでもないことで怒っているのだ。お行儀よくとり澄ました堅苦しいオリヴィア。「それで、かわいそうなベッキーの運命は？」とコナーは訊いた。

オリヴィアは小麦粉の缶をもとあった場所に押しこみ、ボウルのなかの種を混ぜはじめた。

「キャリーに何もかも聞いたのね」

「うっとりするような詳細までね」

オリヴィアはそれを聞いて逆毛を立てた。「うっとりするようなことと思ってもらえてうれしいわ。あなた自身が娘を持つようになったら、その娘が厄介事ばかり起こすようになればいいのよ」

コナーはにやりとした。「たしかに、母親にとっては困ったことだろうな」とぞんざいに言った。「おれが子供のころにいたずらをしたときには、母がいつもお説教の最後にこう言ったものだ。『コナー、あなた自身が子供を持つようになったら、あなたがわたしに味わわせている悲しみの半分でも味わうといいんだわ』とね」

オリヴィアはボウルの中身を混ぜつづけ、何も答えなかった。

「それで、どうするつもりなんだ?」とコナーは訊いた。

オリヴィアはクッキーの種に怒りをぶつけるのをやめた。「こういうことが二度と起こらないようにするつもりよ」そう言って卵に手を伸ばした。そして、種を混ぜていたボウルの端に不要な力をこめて卵を叩きつけて割った。「相手の母親と話をするつもり」

「なんだって?」コナーは信じられないという目でオリヴィアを見つめた。「きみには心ってものがないのか、オリヴィア?」

オリヴィアは卵の殻を脇に放ってくるりと振り向いた。「なんですって?」

「相手の母親に話をするってことさ」コナーは首を振った。「相手の少年がひどく気まずい思いをするよ。話さなきゃならないなら、本人と話すんだな。しかし、母親には言わないでおくんだ」

「気まずい思いをすべきよ」オリヴィアは激しい口調で答えた。「恥を知るべきだわ」

「どうして？　その少年は教会の裏できれいな女の子の唇を盗んだだけだろう。別にたいした害にはならないと思うが」

「キス自体は害にはならないけど」オリヴィアは言い返した。「それによって――」

コナーは胸の前で腕を組み、片方の眉を上げてオリヴィアが言い終えるのを待っている。

オリヴィアは唇を引き結び、顔をそむけた。「ベッキーはそういったことにはまだ幼すぎるわ」そう言ってもうひとつ卵をボウルに割り入れた。「たった十四歳だもの」

「単なるキスだろう。きみがはじめてキスをしたのはいくつのときだった、オリヴィア？」

オリヴィアはボウルの中身をまた混ぜはじめ、答えようとはしなかった。そのこわばった背中を見つめながら、コナーは彼女が塗り薬を塗ってくれた朝のことを思い出した。触れられて自分が反応したことに彼女がどれほど驚いたかを。前日の晩、指で唇に触れたときのうっとりと大きく見開かれた目も心に浮かんだ。オリヴィアはこれまでキスをしたことがあるのだろうか。突然彼はその質問への答えを聞きたくなった。どうしても聞かずにいられなかった。「いくつだった、オリヴィア？」

「そんなこと、あなたに関係ないと思うわ」

「きみはキスしたことがないんじゃないかな」

「あるわよ、わたしだって」オリヴィアはバニラの瓶を手にとって栓を開けた。そして、スプーン一杯の茶色の液体をボウルに入れた。「二度」そう言って瓶を叩きつけるように置いた。なかのバニラが手や木のカウンターに飛び散った。

コナーは声をあげて笑った。「二度？　たった二回？」

何がどうなったのかわからないうちに卵が飛んできた。が、コナーは賞金稼ぎのボクサーだった。反応も速く、首のすくめ方もわかっていた。卵は頭を飛び越えてドアにべしゃりとあたった。白身と黄身と壊れた殻が床へとすべり落ちた。コナーは口笛を吹き、首を伸ばしてにやりとしてみせた。「ねらいはよかったが、スピードが足りなかったな。もう一度投げてみるかい？」

「あなたっていつも人をからかわずにはいられないの？」とオリヴィアは訊いた。怒りに声が震えている。

コナーが歩み寄ろうとすると、オリヴィアは一歩下がってカウンターに腰を打ちつけた。コナーは彼女の一フィート手前で立ち止まり、両手を大きく開いた。「さあ、つづけて。心の準備はできてるから」

「つづけるって何を？」

「きみは二度キスしたことがあると言った。その経験から得た知識をご披露願いたいね。どうやってキスしたのか教えてくれ」

「いやよ！」

オリヴィアのショックと怒りに染まった顔を眺め、コナーはゆっくりとうなずいた。「思ったとおりだ。きみは一度もキスをしたことがない」

オリヴィアは顎をつんと上げ、コナーをにらみつけた。それに対してコナーはゆがんだ笑みを返して待った。

「じゃあ、いいわよ」その笑みに思いがけず挑発されてオリヴィアは言った。爪先立つと、彼の口の端に唇を押しつけ、すぐに身を引き離した。あまりにすばやい動きで、コナーには何が起こったのかわからないほどだった。「ほら」

「こんなのをキスと呼ぶのかい？」コナーは首を振った。「オリヴィア、今何があったのかはわからないが、キスでないことはたしかだな」

オリヴィアは顔を赤らめた。傷ついた表情が顔に浮かんだ。「わたしをからかってたのしまなくてもいいじゃない。みんながみんな、あなたみたいに……その……」

「おれみたいになんだ？」

「罪を犯せるわけじゃないのよ」と彼女はぴしゃりと言った。

「キスが罪だと？」

「きっと罪にもなり得るわ。あなたのようなやり方なら」

コナーは頭をそらして笑った。「ああ、そうだといいな」

オリヴィアはおもしろいとは思わなかった。「もちろん、あなたにはそのすべてがわかっているんでしょう。きっとたくさんの女の人にキスしたことがあるんでしょうから」

そう言って背を向けようとしたが、コナーが両手をカウンターにつき、オリヴィアをその場から動けないようにした。そして、身を近づけ、バニラの香りを吸いこむと、「それなりにはね」とつぶやいた。「きちんとキスするやり方を教えてほしくはないかい？」

オリヴィアの顔にパニックの色が浮かんだが、彼女は首を後ろにそらして彼と目を合わせ、「いいえ、ミスター・ブラニガン」ととり澄まして答えた。「結構です」

コナーはにやりとした。オリヴィアほどすばらしく鼻をつんと上げられる女はほかにいない。「おれの罪深いやり方だと自分が穢《けが》れるかもしれないと恐れているのか？」彼は口と口が一インチしか離れていないところまで頭を下げた。「やってみたらきみも気に入るかもしれないのに」

「どうかしら」

もう耐えられなかった。そのことばを聞き流すことはできなかった。「つまり、おれの言うことを信じられないと？」コナーは唇で彼女の唇の端に触れた。「そう判断できるほどきみがキスを知っているとは思えないが」

コナーはわずかに首を傾け、彼女の口のもう一方の端に唇を動かした。「キスで一番大事なことは――」ひとこと発するごとに唇が唇を軽くかすめた。「それについて考えすぎないことだ」

コナーは目を閉じ、ふたりを包むバニラの香りを深々と吸いこんだ。自分の唇の下でオリヴィアの唇が震えているのがわかったが、彼女は動かなかった。体をこわばらせつつ、彼の体を押しやろうとはしなかった。コナーは彼女の閉じた唇に舌を走らせ、なだめるように愛撫しながら唇を味わった。オリヴィアは降伏し、ことばにならない驚きの声をあげて口を開いた。それがコナーの質問への答えとなった。

コナーは最初、単なる遊びと考えてからかっていただけだったが、突如としてそれは遊びではなくなった。

キスを深めると、体を寄せ、オリヴィアの背中をカウンターに押しつけた。その激しい動きはオリヴィアを驚かせたのかもしれなかった。体を押しやろうと手が持ち上がった。が、コナーには押しやられるつもりはなかった。口のやわらかさを味わいながら、オリヴィアの手をつかみ、指をからみ合わせて下へ伸ばした。抗う素振りはまたたく間に失せ、指をからませたまま、彼女の手から力が抜けた。

コナーはからめた指を離し、その手をオリヴィアの後頭部にまわしてピンをはずし、髪を下ろさせた。ピンはカウンターと床に散らばった。コナーは指で髪を梳き、太い房をつかんでにぎった。

ここでやめるべきだと何かがささやいた。このちょっとした遊びがすでに行きすぎてしまっていると。コナーは残されたわずかな理性までも失う前にやめようと唇を引き離した。が、そこでオリヴィアが小さな声をあげた。無邪気に誘うような真に女らしいおののきの声。最後に残った理性は霧散《むさん》した。

コナーは顎にキスをし、慎ましい白い襟からのぞく首の線にそって耳まで唇を這わせた。

髪の毛をかき上げ、やわらかい耳たぶを噛むと、オリヴィアの体が震えるのがわかった。コナーはもつれた髪の毛をつかむ手に力を入れ、もう一方の手を腰へと動かし、体にまわしてきつく抱き寄せた。密着した体のやわらかい線を意識しながら。

男の体の重みにオリヴィアの腰が動き、コナーは純粋な悦びを感じて身震いした。そのまま床に押し倒し、自分の体の下で彼女が腰を動かし、太腿を体にまわしてくるのを感じたいと思った。

手が髪を離れ、ふたりの体のあいだに下ろされてオリヴィアの胸を包んだ。コナーはまたキスをした。今度はやさしいキスではなく、強く激しいものだった。そうして口を味わいながらやわらかい胸のまわりで円を描くようにゆっくりと親指を動かした。服の布地を通して彼女の体が反応するのがわかった。

息を求め、あえぎながらオリヴィアが唇を離した。耳の奥で鳴り響く轟音と全身を貫く欲望の向こうから、コナーは彼女が自分の名前を呼ぶのを聞いた。それが許しなのか抵抗なのかはわからなかった。しかし、そのささやくような懇願の声のどこかで、彼はわずかに正気をとり戻した。

くそっ、おれは何をしているんだ？　コナーは荒い息のままはっと身を引き離した。自分のなかで彼女をキッチンの床に押し倒さんばかりの熱く激しい力がうずまいていることにショックを受けた。彼はオリヴィアを放してあとずさった。満たされない欲望がまだどくどくと全身に脈打っている。コナーはなんとか体の平衡を保ちながら、オリヴィアの驚愕に見開かれた目をのぞきこんだ。何年にもわたり、意志と鍛練によってきつく保ってきた自制心と感情の抑制が、キスひとつですべて粉々になるところだったのだ。

「よく考えてみたら」コナーはつぶやいた。「たぶん、少年の母親と話をするべきなのかもしれないな」

そう言って踵を返し、家の外へ出ていくと、熱い夏の空気を深々と吸いこんだ。それでも、あのうっとりするようなバニラの香りから逃れることはできなかった。

15

二時間ほどたって、ベッキーが泣いたせいで目を真っ赤にし、顔を腫らして家に戻ってくると、オリヴィアはベッキーに非難されたとおりに自分が意地悪で憎むべき存在に思えた。ひとりよがりの偽善者であるような気もした。

娘が自分へは目を向けようともせずにキッチンをまっすぐ通り抜け、裏の階段を昇ろうとするのを見て、オリヴィアは後ろから「もうすぐごはんよ」と呼びかけた。

「おなかはすいていないわ」と強情そうな答えが返ってきた。しばらくして、ベッキーの部屋のドアが閉まる大きな音が聞こえた。

オリヴィアはカウンターにもたれ、厚板を張った床をじっと見下ろした。小さなヘアピンがひとつまだ落ちているのに気づき、罪の意識に頰が熱くなった。身をかがめてピンを拾うと、丸めてピンで上げた髪に差した。髪を下ろしてまさぐったコナーの指の感触がまだ残っていた。固く守っている貞潔と生まれたときから抱きつづけてきた美徳の理想を、心臓が三度脈打つあいだにずたずたにしてしまったあの指。ほんの数分前には、娘にたしなみについてお説教をしていたというのに。わたしはなんという偽善者だろう。

夕食は耐えがたいものとなった。ベッキーは部屋から出てこず、キャリーとミランダはおしゃべりしつづけ、コナーはふだんと変わったことは何も起こらなかったという態度だった。そのことにオリヴィアはなぜか腹が立った。

キスされた場所すべてに彼の口の熱さが残っていた。カウンターに押しつけられたときの男の体の重さもまだ感じることができた。それを思い出しただけで動揺を覚え、おちつかない奇妙な気分になった。そして、とてつもない罪の意識に駆られた。

オリヴィアは思いきってテーブル越しにコナーにちらりと目をやった。彼はこともあろうにキャリーと木の上の家の話などをしている。どうしてキスしたことなどなかったかのように振る舞えるのだろう。あんなふうに穏やかに無頓着でいられるなんて。

しかし、そこで思い出した。自分でも認めていたように、彼はこれまで数多くの女たちにキスをしてきたのだ。

オリヴィアは皿を押しやって立ち上がった。トレイに食事を用意し、木の上の家の話をしているキャリーとコナーを残してベッキーの部屋へ行った。

ドアをノックしても、返事はなかった。そっと押し開けると、娘はベッドのまんなかにうつぶせに寝そべり、枕に顔をうずめていた。オリヴィアが部屋にはいっていっても、顔を上げようとはしなかった。

「何か食べたいんじゃないかと思って」

「出ていって」ベッキーは枕に深く顔をうずめたままもごもごと言った。

オリヴィアはトレイを洗面台に置き、ベッドに歩み寄った。ベッドの端にすわると、手を伸ばしてベッキーの肩に触れた。娘が身を固くするのがわかったが、手を引っこめはしなかった。

「話し合ったほうがいいと思うわ」オリヴィアはベッキーの肩をやさしく撫でて言った。

「今は話をする気分じゃないでしょうけど、わたしには言いたいことがあるの。だから、ただ聞いてくれればいいわ」

オリヴィアはしばらく間を置いてからはじめた。「今日の午後のことでひどく怒ったのはあなたがわたしの娘だからよ。あなたが大人になっていくと考えると辛いわ。わたしにとってあなたはまだ小さい女の子なんだもの」

ベッキーは身を起こした。「わたしは十四歳よ。お母さんがお父さんと結婚したのは、わたしよりたった一歳上のときだった」

「そのとおりね」そのときサラは妊娠二カ月だった。彼女の父親はジョーに決闘を申しこんで撃ち殺してやるといきまいたものだ。オリヴィアは当時のことを思い出したが、ベッキーには言わなかった。むくむくと湧き起こる親としての不安を抑え、深く息を吸った。「ジェレミアと結婚したいの？」

ベッキーの顔に変化が現れた。ふいにひどく当惑し、ちょっとしたことで傷ついてしまいそうな顔になった。「わからないわ」とベッキーはささやいた。

「ねえ、ジェレミアは最初に現れた男の子だわ。はじめてあなたが思いを寄せた男の子でもある。でも、男の子はほかにも現れるかもしれない。そのことはわかっていると思うけど」

オリヴィアはそっとつけ加えた。「結婚したいかどうかわからないのはそのせいよ」

「彼がキスしたいって言ったの」ベッキーは顔をうつむけ、手をじっと見ながら言った。

「わたしもしてほしかった。してみたかったのよ。どんな感じか……」声が途切れ、ベッキーは最後まで言い終えなかった。

オリヴィアは唇を噛んだ。最後まで聞かなくてもよくわかったからだ。

ベッキーは不安そうにオリヴィアを見つめた。「それって悪いこと、ママ？」

母親としてふさわしいお説教をするのにはうってつけの機会だった。しかし、オリヴィアはコナー・ブラニガンのことを思い出し、お説教を口に出せなかった。「あなたはどう思うの？」

「わからないわ！　頭のなかがぐちゃぐちゃで」

オリヴィアはベッキーの体に腕をまわして引き寄せた。「言いたいことはわかるわ」

そうしてしばらく髪を撫でながら娘を抱きしめ、考える時間を与えた。ベッキーが身を引き離して起き上がるまで、口を開くのを待った。

「取引をしない？」オリヴィアは手を伸ばし、娘の目にかかった髪をやさしく払いのけてやった。「わたしはあなたを信じるって約束するわ。ジェレミアと会うことを禁じたりもしない。あなたたちふたりはこれからも教会で並んですわっていいし、好きなだけ店でペパーミント・キャンディーを食べていいの。このことをリラに話したりもしない。そのかわり、あなたもわたしの信頼を裏切らないって約束して。これからはふたりきりで歩いたり、川のそばでキスしたりしないって。礼拝のあとで彼と歩きたくなったら、わたしがいっしょに行くわ」

「ママ!」

「大丈夫、わたしは途中でハーブや野生の花を摘むのに忙しいから、あなたたちふたりのほうがずっと速く歩くでしょうけど」娘がほほえむのがオリヴィアにはわかった。「どうかしら?」

「約束するわ」

「よかった。じゃあ、夕食を食べたら? そのあとで屋根裏に昇って、収穫祭のダンスにあなたが着るドレスがあるかどうか見てみましょう」

「ジェレミアにダンスに連れていってもらっていい?」

「もちろんよ」オリヴィアは答えた。「一年もしたらね」

コナーは眠れなかった。ベッドに横たわったまま、オリヴィアのことを考えていた。キスされてやわらかく降参し、溶けてしまいそうだった彼女のことを。彼自身の欲望もそれに応えて突然熱く燃え上がり、その激しさにまだ体がうずくほどだった。

女に対してあんなふうに自制心を失ったのははじめてだ。あの瞬間、何もかも忘れるほど夢中になった。一生をかけて情熱を抑えつけようとしてきたというのに。一生をかけて胸の内で荒れ狂う憎悪や愛や恐怖を抑制してきたというのに。一生をかけて誇りを呑みこみ、目を伏せ、無関心を装ってきたというのに。一生をかけて得た自制心は失われてしまった。マウントジョイの看守たちは別だ。やつらは恐ろしい道具を使って自制心を血にまみれたかけらに砕いてくれた。しかし、チョコレート・ブラウンの目とやわらかく豊かな唇しか武器を持たない女にみずからを抑制できなくなるというのは、胸の内をかき乱されるような経験だった。ああ、なんてことだ。キッチンで、明るい日の光のなかで、三人の娘たちの誰かに見られたかもしれないというのに。

心が弱くなるのは致命的なことだ。彼女を求め、欲することは致命的なことだ。しかし、心は求めていた。もう一度彼女に触れ、あのやわらかさと温かさにわれを忘れたかった。相容れないその思いは、彼を混乱におとしいれた。

そして、そのことを彼女は知らないのだ。オリヴィアは簡単に寝て心おきなく置いていけるような女ではない。純潔を保っている女。とても上品で純粋無垢な女。ショックに目をみはる彼女の顔はまだ脳裏に焼きついている。指は唇にあてられ、長い茶色の髪は荒く激しい息を受けて揺れていた。

窓の向こうからは絶えずコオロギの羽音やウシガエルの低い鳴き声が聞こえてきていた。空気は熱く蒸していた。風はそよとも吹かず、部屋は息苦しかった。コナーは何かをせずにいられない思いでベッドから出た。オリヴィアを心から追い出す方法を見つけなければならない。ひと月もこんなことがつづくとしたら、正気を失ってしまうことだろう。

ここにしばらくとどまるなどと約束すべきではなかった。昨日、彼女の目に浮かんだ懇願の色やつんと上げられた顎、つまらせた声などはただ無視すればよかったのだ。無視できずに罪悪感と自己嫌悪にどっぷりつかるうちに、自分にもまだ良心が残っていることに気づいてしまった。

あっさりここから出ていくべきだったのだ。良心など忌々しく面倒なものにすぎない。

コナーはズボンとブーツを身につけ、ランプを持って外へ出た。ポーチで手すりに寄りかかって立ち、ランプの明かりの届かない真っ暗な空間をじっと見つめた。

鍛練。自制心。自尊心。それらはコナーにとって鎧だった。彼が持てるすべてだった。辛い思いをして得たもの。そして、これほど容易に失われるもの。

ずっと前に聞いたメアリーのことばが思い出された。彼女が言ったことは正しかった。メアリーは水面下でたぎっている情熱を感じとり、仮面の陰に隠されたものを目にして恐怖に駆られたのだ。ボクシングが単なる仕事でないこともわかっていた。ボクシングのリングはコナーにとってはけ口だった。やかんが蒸気を出すように、抑制されて増大した情熱を放出する方法。セックスも同じ目的で利用してきた。しかし、相手がオリヴィアではそうはいかない。

コナーはランプを拾い上げ、階段を降りて家畜小屋へ向かった。小屋で太いロープとオート麦のはいった黄麻の袋を見つけた。袋はおそらく百ポンドはあろうかと思われた。ロープの片方をしっかりと袋にくくりつけ、もう一方を梁《はり》を越して向こう側へ投げた。それから、ロープを引っ張ってちょうどいい高さに来るまで袋を吊り上げた。吊り上げた袋が落ちないようにロープの端を背後の囲いにあるロープ用の穴に通し、穴の上で固くもやい結びにした。あまり強そうな敵ではないが、これで間に合わせるしかない。

コナーは感触をたしかめるために何度かすばやくジャブを宙にくり出した。それから袋に向かい、右腕を後ろに引いて思いきりまともに袋をパンチした。袋は大きく揺れた。

遅すぎる。コナーは胸の内でつぶやいた。練習不足だ。リングに戻ったときにこんなパンチをくり出していたら、エルロイ・ハーランにすら打ち負かされてしまうかもしれない。大きく振れた袋が戻ってくると、もう一度今度は左のこぶしを打ちつけた。それから右、次に左、また右。

コナーは肋骨のあたりにかすかに残る痛みを無視し、全神経を黄麻袋の敵に集中させた。一時間以上も袋を揺らしつづけていると、全身に汗が流れ、腕と背中の筋肉が痛み出したが、こぶしをくり出すのはやめなかった。腕を上げられなくなるまでパンチの練習をつづけた。

揺れる袋に腕をまわして止めると、荒い息をしながら床に倒れた。脈がどくどくと打ち、筋肉が燃えていた。

コナーは仮のサンドバッグを下ろし、ロープを巻いてもとあったところに戻すと、ランプを持って家畜小屋をあとにした。家のまわりを何周か歩いて、体が冷え、鼓動がふつうの速さになるのを待ってから、ベッドに戻った。

しかし、そんなふうに体を動かしても無駄だった。

体はまだオリヴィアを求めてうずいていた。今でも彼女の体の温かさがなおも感じられ、自分のなかでたかまっているものは黄麻のサンドバッグを何ラウンドか叩いたぐらいでは鎮められないこともわかった。

翌朝、頭上で足音にちがいない音が聞こえたせいでオリヴィアは目を覚ました。半分眠ったまま天井を見上げ、ベッキーが今朝またドレスを見に屋根裏に上がったのだろうかと考えた。オリヴィアはベッドから起きて屋根裏へ行ってみたが、そこには誰もいなかった。

また足音が聞こえた。屋根の上から聞こえてくる。聞き慣れないきしむような音も聞こえた。いったい何？　オリヴィアは階下《した》へ降り、裏口から外へ出たが、目に飛びこんできた光景にはっとして足を止めた。裏庭にこけら板や真鍮の板の山があったのだ。昨年屋根を直すために買った資材だ。ポーチの階段のすぐそばの壁に、はしごが立てかけてあった。

オリヴィアは急いでポーチの階段を降り、裏庭に出ると、屋根がよく見えるくらい家から離れ、振り返った。

屋根の上にコナーがいて、てっぺんをまたぐようにしてハンマーでこけら板をはがしていた。オリヴィアは頰を両手で包み、茫然と彼を見上げた。

まだ夜が明けたばかりだというのに、彼がそこへ登ってしばらくたっているのは明らかだった。シャツも脱ぎ捨てられ、煙突のてっぺんに引っかけてある。

彼が屋根を直してくれているのだ。一陣の風が吹き、もつれた髪が顔にかかった。オリヴィアは髪を後ろに払い、コナーがこけら板をはがしては放るのを見つめた。彼はオリヴィアが裏庭に立っているのに気づいて動きを止めた。投げたこけら板は彼女の手前数フィートのところに落ちた。

彼が屋根を直してくれている。オリヴィアは何度となく胸の内でくり返した。コナーが忌み嫌うロザリオの祈りを唱えるように。それでもそのことが信じられなかった。なぜか涙が目を刺した。

手を振ろうと腕を上げ、自分がネグリジェ姿でそこに立っていることに気がついた。ああ、どうしよう。オリヴィアは背を丸めて家に戻り、ドアを閉めた。しかし、窓から外をのぞきこんでもう一度庭に積んである板を見つめずにはいられなかった。すべてが自分の想像ではないとたしかめるために。

オリヴィアは腕で胸を包み、目を閉じた。心の目に屋根の上にいる彼が映った。馬にでも乗るように屋根のてっぺんにまたがっている。おそらくは野育ちで、傷痕だらけであることはまちがいないが、お話に出てくる白馬に乗った騎士さながらに、わたしを救いに来てくれたのだ。オリヴィアは心からの感謝の祈りをつぶやいた。

くそっ、なんてことだ。彼女は物事をたやすくしてくれる気はないんだな？　コナーはハンマーの釘抜きになっているほうを別のこけら板の下につっこんで板をはがした。こんなとんでもない早朝にここへ上がっているのは、彼女を思ってひと晩じゅう眠れなかったからだ。

それなのに、何をしてくれた？　ネグリジェ姿でほどけた髪のまま外へ出てきて、背後から日の光を浴びるなど。ネグリジェの下に隠された体の線が透けて見え、形よくカーヴする太腿と腰がわかった。たぶん呪われた今日一日、それを思い返して過ごすことになるのだろう。

全財産を賭けてもいいが——といっても、十ドルしかないが——あの慎ましい白いネグリジェには前に真珠のボタンがずらりとついているのだろう。真珠のボタンをはずすのは簡単だ。「ちくしょう」コナーは毒づき、別のこけら板をはずした。

多少なりとも脳みそを持っている男なら、事態が収拾つかなくなる前に出ていくことだろう。体が頭のかわりに考えはじめる前に。

コナーは手を止め、手に持ったハンマーをじっと見つめた。まだ出ていくわけにはいかない。約束をしたのだ。たとえそのために死ぬ思いをしたとしても、約束は守るつもりだった。あと何度かネグリジェ姿の彼女を目にしたら、おそらくは死んでしまうだろうが。

コナーは決然とオリヴィアの魅惑的な姿を心から追い出し、注意を目下の作業に戻した。

裏口のドアが閉まる音がして、下に目を向けると、オリヴィアとキャリーが裏庭に出てくるところだった。今度はオリヴィアもきちんと着替えをすませていたので、コナーはほっとした。はじめて、彼女が顎までボタンをきっちりはめていてくれてありがたいと思った。

キャリーが手を振った。「おはよう、ミスター・コナー」と呼びかけてくる。

「おはよう、お嬢さん《モー・カイリーン》」とコナーは挨拶を返した。

「どうして屋根を直しているの？」

「修繕が必要だとは思わないかい？」

「思うわ！　ひどく雨漏りするんだもの。ママは屋根裏にありったけの缶を置いているのよ」

コナーはオリヴィアに目を向けた。片手にカップを持ち、もう一方の手は強い風にめくり上げられないようにスカートをつかんでいる。髪の毛をピンで留めているのもわかった。その髪が枕に広がっている光景が目に浮かんだ。指に触れる髪の絹のような手ざわり。コナーは急いで目をそらした。そんな想像はしないほうがいい。

「おはよう」オリヴィアは挨拶した。「日の出とともに起き出したのね」

それがなぜか教えてやったら彼女はどうするだろうとコナーは思った。が、そうするかわりに屋根を身振りで示した。「もうしばらくここにいることになったから、きみの家の屋根を修繕してみてもいいかと思ったんだ」

オリヴィアは彼にほほえみかけた。「助かるわ。ありがとう」そう言って手に持ったカップを持ち上げた。「すぐに朝食の用意はできるけど、お茶を一杯どうかと思って」

コナーはハンマーを下ろし、立ち上がったが、バランスを崩しそうになり体を前傾させた。

「気をつけて」とオリヴィアが注意した。

「心配ないさ」とコナーは答えた。「また肋骨を折るつもりはない」そう言って傾斜のある屋根の上を慎重にはしごのほうへと動き、はしごを降りた。オリヴィアはお茶のはいったカップを手渡した。

「屋根を直すのを手伝っていい、ミスター・コナー？」とキャリーが訊いた。

「キャリー」コナーが答える前にオリヴィアが言った。「あんなところへ登ってはだめよ」

「でも、ママ――」

「だめよ」

コナーはキャリーのがっかりした顔に気がつき、にっこりとほほえみかけた。「釘が必要なんだが、見つけてきてくれるかい？」

「もちろん」キャリーは道具小屋のほうへ行こうとしたが、オリヴィアが肩に手を置いて止めた。

「いつものお手伝いが先よ」とオリヴィアはきっぱりと言った。

「でも、ミスター・コナーのお手伝いをしたいの。してもいいって言われたわ」キャリーは助けを求めるようにコナーのほうを振り向いた。「いいって言ったでしょう？」

「あとでね」コナーの答えを待たずにオリヴィアがきっぱりと言った。「鶏は自分で餌をとりに来られないのよ」

「でも、鶏に餌をやるなんていや。ミスター・コナーのお手伝いをしたいの」

「さあ、お嬢さん」オリヴィアはキャリーの体を家畜小屋のほうへ向けた。「それから、朝食用に卵を集めてくるのも忘れないで」

キャリーは気落ちしたようにため息をつくと、オリヴィアを見上げた。「ママっておもしろくないわ」悲しそうな声だ。「ほんとにおもしろくない」

オリヴィアは動じなかった。家畜小屋を指差すと、「出発」と言った。

キャリーは足を引きずり、肩を落として歩み去った。

後ろで低い笑い声がして、オリヴィアは振り向いた。「何がおかしいの？」

「あの子は将来女優になるか詐欺師になるか、どっちだろうな」

オリヴィアはどちらも感心しなかったが、ほほえまずにいられなかった。「そうね。あの子のことは心から愛しているんだけど、ときどきかなりの試練に思えることがあるわ」

「そうだろうな」コナーはカップを持ち上げてお茶を飲んだ。

オリヴィアはきゃしゃな磁器のカップを包む男らしい手をじっと見つめ、彼がここへ来たばかりのころのことを思い出した。悪夢のなか、振りまわされたこの手が磁器の人形を壊し、枕を殴ったのだった。その同じ手が髪をまさぐり、腰にまわされ、唇に触れるすばらしい感触も思い出した。どうして男の手はボクシングのリングで相手の体を連打するほど強くありながら、女に触れるときには膝をもろく感じさせるほどやさしくもあり得るのだろう。

「屋根を直すには少し時間がかかるな、たぶん」

コナーの声にオリヴィアははっと物思いから覚め、自分が彼をじっと見つめていたことに気づいた。オリヴィアはうつむいて足もとに散らばる道具や板に目を向けた。「こけら板を見つけたのね」

コナーはうなずき、またお茶をひと口飲んだ。「あそこの古い物置きでね」と言って、ネイトが道具をしまっていた今にも倒れそうな小屋を身振りで示した。

ネイトが死んでから、オリヴィアはその古い物置きのなかをよく見てみたことはなかった。物置きにはネズミがいる。それがわかっているだけで、近寄らずにいる充分な理由になった。

「屋根を直してくれるなんてやさしいのね」と彼女は小声で言った。

「さっきも言ったように、何かすることがほしくてね」コナーはお茶を飲み干すと、空のカップをオリヴィアに差し出した。「それに、ボクシングができる体に戻る助けにもなる」

オリヴィアは急に気がふさぎ、カップを受けとると、踵を返して家に戻った。神に救いの手を頼み、望んだものは得たのだ。コナーが屋根を直してくれている。桃の収穫も手伝ってくれることになっている。あと一カ月はいてくれるのだ。それで充分のはずだ。

しかし、充分とは思えなかった。オリヴィアはそれ以上を望む自分を恥ずかしく思った。

重労働にはそれなりの報いがあった。日も暮れるころには、コナーはルイジアナで自分ほど優遇されている大工はいないにちがいないと思うようになっていた。ベッキーは井戸から冷たい水を少なくとも六回は運んできてくれ、ミランダはオリヴィアが焼いたばかりのクッキーを持ってきてくれた。キャリーは頼んだ釘をとってきてくれると、その日一日そばに張りついていて、必要になった道具をとってくれたり、明るいおしゃべりでたのしませてくれたりした。コナーがアイルランドで女たちからこれほどの注意を向けられていたならば、生涯大工でいつづけたかもしれなかった。

その日は蒸し暑い夏の日で、午後になって立ちこめたどんよりとした雲も救いにはならなかった。コナーは雲を見上げ、額から噴き出た汗をぬぐい、板を張り終えたばかりの屋根の広い部分に目をやった。今日別の部分にとりかかるのは賢明な考えとは言えないかもしれない。コナーはパイント缶ほどの大きさに見える助手に目を向けた。キャリーの更紗のドレスは糊でもつけたかのように体に貼りつき、頬は暑さから真っ赤に燃えている。コナーはハンマーを下ろし、屋根から降りた。「キャリー、そろそろ泳ぎに行くころあいだな」

「やった！」キャリーは釘のはいった缶を放り出してコナーの手をつかんだ。「行こう！」

「ちょっと待って、お嬢さん」コナーは釘のはいっていた缶と散らばった釘を指差した。「これはここにあったものかい？」

キャリーは身をかがめて釘を缶に集め、それをポーチの端に置いた。「このほうがいい？」

「ひとまずよしとしよう。お母さんと姉さんたちを探しておいで」

みなキッチンにいた。その場の状況からかんがみて、ミランダだけがいっしょに泳ぎに行けそうだった。青いシルクのドレスを着たベッキーは椅子の上に立ち、オリヴィアがそのそばの床に膝をついて裾にピンを打っていたのだ。キッチン・テーブルについていたミランダはそれを見ながらクッキーを食べていた。

「キャリーとおれは暑すぎてこれ以上の作業は無理だと判断したんだ」コナーはそばにいるキャリーを見下した。「そうだろう、おちびさん？」

キャリーはうなずいた。「そうよ。だから、泳ぎに行くの」

「きみたちもいっしょに来るかい？」とコナーが訊いた。

「行く」ミランダが椅子から降りて言った。が、ベッキーとオリヴィアは首を振った。

「今日はだめよ」ベッキーが言った。「ママがわたしのためにドレスを直してくれるの」

「見ればわかるよ。きれいなドレスだな。何に着ていくんだい？」

オリヴィアはもう一本ピンを打ってから、コナーを見上げた。「毎年九月に町で収穫祭のダンスがあるの。戦争が終わってから毎年催されていて、恒例の行事になったわ」

「ママは赤いシルクのドレスを着るんでしょう、ママ？」

「ええ」オリヴィアは答え、またピンを打った。「スカートを少しつめられれば」

「赤いドレス？」コナーはいつもオリヴィアが着ている地味な茶色やグレー以外の色に身を包んだ彼女の姿を想像した。「そいつは見てみたいな」とつぶやくように言った。「赤は好きな色なんだ」

オリヴィアはそれについては何も言わなかった。最後のピンを打つと立ち上がった。「さあ、終わったわ」

ベッキーはスカートの横に手を走らせた。「ああ、ママ」彼女は息を呑んだ。「すてきだわ。ありがとう」

「どういたしまして。椅子から降りてみて。裾がまっすぐかどうかたしかめなくては」

ベッキーは椅子からそっと飛び降り、ゆっくりとまわってみせた。青い目を輝かせてコナーと面と向かったところで動きを止めた。「どう思う、ミスター・コナー？」

コナーはにっこりした。「きれいだな」

ベッキーはかわいらしく頬を染め、首をかがめて青いシルクの皺を伸ばした。「ほんとうに？」

「ほんとうさ。若者たちが列をなしてきみに求愛しにくるよ」

「できればひとりに来てもらいたいわ」

コナーは首を振った。「そいつはもったいない」とベッキーに言った「うちの母が姉のブリジットにこう言ったことがあった。夫を見つけるのは帽子を買うようなものだと」

ベッキーはそれを聞いて笑った。「帽子？」

コナーはうなずいた。「いろいろ見てまわって、いくつか試しにかぶってみる。目についた最初のものを買ってはならない」そう言ってウィンクした。「時間をかけることだね、お嬢さん。うちの母からのちょっとしたアドヴァイスさ」

オリヴィアは裁縫道具を入れたバスケット越しに感謝のまなざしを彼に向けた。「ベッキー、階上《うえ》へ行ってドレスを脱いでらっしゃい。裾直しにとりかかるから。ピンに気をつけてね」

ベッキーは二階へ行き、コナーはキャリーとミランダを連れて川へ向かった。ひとりキッチンに残されたオリヴィアはメジャーを拾い上げて手に巻きつけ、心のなかでコナーが披露してくれたアイルランド流の教えに感謝した。

ベッキーの言ったことはまちがっていない。彼女ももう小さな女の子ではない。オリヴィアは娘のために何もかも自分が決めてやることはもうできないのだと悟った。できることはベッキーが正しい判断をしますようにと祈ることぐらいだ。

馬の蹄《ひづめ》と荷馬車の音が開いた窓の外から聞こえてきた。オリヴィアはメジャーを裁縫道具のバスケットに入れてキッチンから出た。居間で窓のレースのカーテンを引き上げ、小道を近づいてくるのが誰なのかたしかめようとした。

荷馬車に乗ってやってきたのはオレン・ジョンソンだった。蘆毛《あしげ》の馬をあやつって、何かひどく困ったことになっていると告げるような速さで飛ばしてくる。オリヴィアは玄関のドアへ走り、階段をくだった。オレンは家の前の砂利道に荷馬車を乗り入れて馬を停めた。

「オリヴィア、いてくれてよかった」

「どうしたの、オレン？　何かあったの？」

「ケイトだ」オレンは帽子を押し上げた。顔に不安の色が濃いのがわかった。「赤ん坊が生まれそうなんだ」

「なんですって？　まだ予定日までひと月もあるじゃない」

「それはそうなんだが、生まれそうなんだ。それで、ケイトがひどく苦しんでいる。モリソン先生は日曜日までシュードラント郡へ行っている。向こうではしかがはやっているらしくて。これから来てもらえるかい？」

「もちろんよ。必要なものを用意してベッキーに出かけると伝えてくるわ。ちょっとだけ待っていて。すぐに戻るから」

オリヴィアはくるりと背を向けると階段を昇った。「ベッキー！」と叫び、キッチンに向かった。「ベッキー、降りてきて。早く!」

食料品庫からバスケットをとってくると、そのなかにコットンと薬箱とタオルを二枚入れた。そして、帽子を手にとったところでベッキーがキッチンにはいってきた。

「どうしたの、ママ？ うちの前で馬車の音がしたようだけど」

「ケイト・ジョンソンの赤ちゃんが生まれるのよ。モリソン先生は留守なんですって。今すぐ行ってあげなくちゃならないわ」オリヴィアは古い帽子を頭にかぶせ、ドアへ向かった。

「どのぐらいかかるかわからないの。みんなの夕食の世話をお願いできる？」

「もちろんよ」とベッキーは答え、オリヴィアのあとから玄関の外へ出た。「いつ戻ってくる？」

「わからないわ。遅くなっても心配しないで。ただ、キャリーたちを寝かしつけてくれる？ あなたもわたしを待たないで寝ていてね」オリヴィアがオレンの隣に飛び乗ると、馬車は動き出し、家の前の小道をくだった。「できるだけ急いで帰ってくるわ」


ベッキーは次の手を考えてチェス盤をじっと見つめた。キッチン・テーブルに向かい合ってすわっているコナーには、彼女の当惑するようなしかめ面から、次の手が見つからないのだとわかった。

コナーはアドヴァイスしなかった。追いつめてはいたが、ひとつだけ逃げ道を作ってやっていた。彼女が自分でそれを見つけるまで待ちたかった。

　外では雷がとどろき、土砂降りの雨が降り出していた。コナーは椅子に背をあずけ、窓を打つ雨音に耳を傾けながら、ベッキーが駒を動かすのを待っていた。

「ミスター・コナー？」

　コナーはテーブル越しにベッキーに目を向けた。「ん？」

「ほんとうに夫を見つけるのは帽子を買うのといっしょだと思う？」

　コナーはにやりとした。「さあね。どっちの売り場でもおれは売り物じゃないから」

　ベッキーは笑った。「そのとおりね。じゃあ、逆に考えてみて。妻を見つけるのは帽子を買うのといっしょ？」

「ある意味ではそうかもしれない。しかし、おれは結婚するつもりもないし、帽子もかぶらないから、その質問に答えるのはむずかしいな」

　ベッキーはかわいい顔に真剣な表情を浮かべてコナーをじっと見つめた。「結婚したいと思ったことはないの？　家族がほしいとは？」

　別の声が聞こえてきて、コナーはその質問に答えずにすんだ。

「ベッキー？」

　ふたりが目を上げると、キャリーが入り口のところに立っていた。裸足でネグリジェ姿だ。ベッキーは妹に顔をしかめてみせた。「キャリー、もうベッドにはいっている時間よ。ママに言われたんだから」

　妹はそのことばを無視した。「急いで来てくれたほうがいいわ」と言った。「ミランダが目を覚ましたの」

「ああ、大変！」ベッキーは困ったような声をあげて勢いよく立ち上がると、キッチンから走って出ていった。当惑して後ろ姿を見送るコナーを残して。

　明らかに自分の知らない何かがあるようだ。「ミランダがどうかしたのか？」

「雷が嫌いなの」キャリーは説明した。「怖がるのよ」

　コナーは立ち上がってベッキーのあとから階段を昇った。キャリーがその横についた。コナーがベッキーのあとからミランダの寝室にはいると、ミランダはチェスターといっしょにベッドの上で縮こまり、しゃくりあげるような奇妙な音を立てていた。

　ベッキーはベッドに駆け寄り、妹の体に腕をまわした。「大丈夫よ、ミランダ」と抱きしめて言った。「大丈夫」

　ミランダが怖がっていることはコナーにもわかった。彼の目に彼女は怯えきったみじめな丸い塊に見えた。また雷鳴がとどろき、稲妻が光った。ミランダはべそをかいてチェスターのふさふさとした毛皮に顔をうずめた。

　その力なく発せられた小さな悲鳴が、コナーが自分を守るために積み重ねていた心の鎧と世をすねた無関心の壁を瞬時に貫いた。考えをめぐらす前に、コナーはベッドに行き、ベッキーの膝へと手を伸ばし、怯えた子供をシーツのあいだから抱き上げた。チェスターが警告のうなりを発してても気にしなかった。

　ミランダはすぐにコナーの首に腕をまわし、安堵して小さくすすり泣きながら、なぐさめを求めてきた。誰かがコナー・ブラニガンを必要とするのは久し振りのことだった。なぐさめを求めてくることも。コナーは身をこわばらせた。そういう状況になってはじめて、自分がいかに力不足か思い知ったのだ。自分は家庭的な人間ではない。

また雷がとどろき、ミランダは震えながら彼にしがみつき、さらに身を寄せた。コナーは抱く腕をきつくし、片方の腕でしっかりと抱きしめながら、空いているほうの手でなだめるように背中を撫でた。

「さあ、さあ、どうしたんだ、おちびさん《モー・ポースチャ》？」コナーは髪に顔をうずめてささやいた。「雷なんかを怖がってるんじゃないだろう？」

ミランダが何かつぶやくのが聞こえたので、コナーは体を離して怯えてみはられた目をのぞきこんだ。「雨がうんと降っているだけさ」そうやさしく言って彼女の顔にかかる髪を後ろに撫でつけてやった。「大げさにするのが好きなのさ。怒鳴ったりしてね。雷に怒鳴りつけられたら、きみも怒鳴り返してやればいい」

ミランダの目に浮かんでいた恐怖がいくぶんやわらぎ、彼女はうなずいた。「悪い夢を見たときにあなたもそうしてるのね？」

「怒鳴れば怖くなくなるの？」

コナーの唇がゆがんだ。「そういうことさ」と彼は認めた。

「ミスター・コナーは何も怖がったりしてないわ！」キャリーが妹にきっぱりと言い、崇拝の色もあらわな目をきらめかせてコナーを見上げた。「そうでしょう？」

その皮肉にコナーは笑いたくなった。真実を告げていたら、キャリーは何と言っただろう？　おれには山ほど怖いことがある。

「そうさ、おちびさん。おれには怖いものなんてない」コナーは手を伸ばし、うなり声をあげながらキャリーの体に腕をまわすと、じゃがいもの袋でも持ち上げるように彼女を抱き上げた。キャリーは笑いながら彼のシャツをつかんでしがみついた。

コナーはベッキーを見やってにやりとしてみせた。「おれの勘ちがいでなければ、昨日のピーカンバターのクッキーが手つかずで丸々ひと皿残っているはずだ」

ベッキーは笑みを返した。「行きましょう」

ベッキーがランプを持って先に階段を降り、コナーがふたりの子供を抱えてそれに従った。チェスターはその横についた。コナーが思うに、この不機嫌な年寄り犬はようやく彼に我慢する気になったようだ。

キッチンへ行くと、キャリーを床に下ろした。彼女はすぐに食料品庫へ行ってクッキーの載った皿を持ってきた。

「書斎に行くのはどう？」ベッキーが全員分のアップルサイダーをグラスに注ぎながら提案した。「ここよりもずっと居心地がいいわ」

コナーは背の固いキッチンの椅子をちらりと見やり、ミランダの体を反対側の腰に動かした。それはいい考えかもしれない。「だったら、行こう。みんなそのほうが居心地がよさそうだ。キャリー、クッキーを持ってきてくれ。ベッキー、ランプを頼む」

四人は書斎のソファのすわり心地のよいクッションに身をおちつけた。ミランダはコナーの膝の上で丸くなった。キャリーは横に身をすり寄せた。反対側ではベッキーが肩に頭をあずけている。チェスターは足もとの床に伏せた。

「お話をして、ミスター・コナー」ミランダがコナーの胸に頬を載せ、身をすり寄せてつぶやいた。

お話だって。ああ、くそっ。コナーは自分が少年のころに語り部から聞いた話を思い出そうとした。飢饉が起こる前、ピートを燃やした焚火のそばで音楽と笑い声とお話に耳を傾けていた時が人生から消えてなくなる前のことだ。

「昔むかし」コナーは話しはじめた。「国王の大きな宮殿で暮らすクーハランという名前の少年がいた。ある晩、彼は犬の吠える声を聞き、それがアルスターの犬であることを知った。アルスターの平原をうろつきまわり、小さな子供たちを怖がらせていた巨大で獰猛《どうもう》なけだものだ。ほかの子供たちはその声を聞くと怯えて震えあがったが、クーハランは勇敢な少年で、怖いとは思わなかった。翌朝、彼は友達とハーリングの試合に出かけた――」

「ハーリングって何？」キャリーが口をはさんだ。

「棒と革のボールを使ってやるアイルランドの球技さ」

「どうやってやるの？」

コナーは説明しようとしかけたが、ミランダが苛立って肘で彼をつついた。「そんなのどうでもいいわ。お話のつづきは、ミスター・コナー？」

「子供たちが遊んでいると――」コナーはつづけた。「けだものが現れた。緑の目と悪魔のような顎をした大きなけだものだ。ほかの子供たちは恐怖に悲鳴をあげて逃げ出したが、クーハランはみんなに逃げないで自分の後ろにまわれと言った。子供たちはそれに従った。けだものは歯をむき出しにして野原を駆け、子供たちのほうへまっすぐ向かってきた。全員を嚙みちぎってやるつもりでね」

「クーハランは全然怖くなかったの?」とミランダが訊いた。

「そうさ。とても勇敢だったからね。彼は獰猛な犬に正面から立ち向かい、ハーリングの棒で球を打ったんだ。ねらいは正確で、ハーリングの球は勢いよくけだものにあたり、けだものは倒れて地面に伸びた。そうやってクーハランはアルスターの犬を殺し、子供たちを守ったんだ。クーハランはとても勇敢で立派だったから、その後全アイルランドの王となった」

「いい話だったわ、ミスター・コナー」ベッキーが目の前のテーブルに置かれた皿からクッキーを一枚とって言った。「もうひとつお話をして」

「もうずいぶんと遅い時間だ。三人ともベッドにはいっている時間じゃないのか」

いっせいにあがった抗議の声がそれに答えた。

「ベッドに戻りたくないわ」とミランダが言った。

「わたしも」キャリーがクッキーに手を伸ばして同意した。

「ママが帰ってくるまで起きて待ってちゃいけない?」ベッキーが訊き、妹たちはそれがいいというようにうなずいた。

コナーは期待するような顔から顔へ順ぐりに目を向けた。「きみたちだって、お母さんが家に帰ってきて誰もベッドにはいってなかったら喜ばないことはわかっているはずだろう？」

三人はにっこりしながらうなずいた。

コナーはため息をついた。「わかったよ」

膝の上のミランダをもっと居心地いいように動かすと、『クーハランとエメルの求愛』について話しはじめた。しかし、お話の半分が過ぎたところで、今度はまったく質問が発せられないことに気がついた。自分を囲んでいる少女たちを見まわすと、三人とも眠ってしまっていた。

コナーは話そのもののせいではないことに気がついた。こうして身を寄せ合い、声を聞いているうちに眠りに誘われたのだ。

しかしコナーは眠らなかった。雷に耳を澄ましながら、雨のなか、暗い路地や道端の溝で妹たちが身を寄せてきたときのことを思い出すまいとしていた。マイケルの死後、妹たちの面倒を見て食べ物や寝る場所を見つけるのは彼の務めだった。みな彼を信じ、彼に頼りきっていた。それなのに、それに応えてやることができなかったのだ。

〝おなかがすいた《トー・オクロース・オルム》、コナー〟。風にかき消されそうな妹の哀れな声が聞こえる。雨に打たれながら流された涙が見える。コナーはそれを心から追い出そうとした。過去のばらばらな記憶の断片を耐えられる距離に遠ざけておくために防壁を作ろうとした。今その声を聞きたくはない。こうして目覚めているときに、少女たちがこれほど近くにいるときに。〝おなかが《トー・オクロー》すいた《ス・オルム》、コナー……わたし、死ぬのね……教えて〟。

　大きな雷鳴に窓枠が揺れた。ミランダが小さなため息をついて身をすり寄せてきた。コナーは抱きしめる腕の力を強めた。腕に抱くとその体はなんとも小さく、もろく、はかなげだった。横に目を向けると、キャリーが暖炉のそばにいる子猫のように丸くなっている。ベッキーの髪が首にちくちくあたる。コナーは今の状況に心を向けようと努めた。くり返し頭をよぎる声ではなく。

　その声を鎮め、悪夢を永遠に消し去ってしまいたいというやむにやまれぬ思いに駆られたこともあった。それでも、そのために最後の一線を踏み越えることはできなかった。何度も考えはした。休日を待ち望むようにそのことをうっとりと夢見、やり方を無数に考えたりもした。しかし、最後の最後に何かが自分を思い留まらせた。自殺は最後の罪だ。どうしても犯すことのできない罪。

　生き延びることは彼に与えられた一番の才能だった。飢饉、チフス、赤痢、銃弾、ナイフ、殴打――そのすべてから生き延びてきた。なぜなら死ぬことは負けることだからだ。自殺は最大の降伏となる。

　彼を生きながらえさせたものは憎しみと怒りだった。長いあいだそればかりを感じていたせいで、それが今自分のなかに見出せる唯一の感情になっていた。感じ方を知っている唯一の感情。

しかし今、三人の大切な少女たちに枕がわりに使われて、その温かさに囲まれていると、憎しみはかなたに遠ざけられたように思えた。なじみはないのによく知っている気がするもの——あり得ないもの——のせいで。それは愛だった。自分の居場所がそこにあるという感じ。安らかな感覚。

コナーは目を閉じた。すべては幻想だ。おれには居場所などない。もう愛がどんなものだったかわからなくなっていた。そして安らかさ……くそっ、いったいそれはなんだ？

コナーはただ雨の音に耳を澄まし、自分とは無関係の少女たちから寄せられる不相応な信頼と愛情をしばし享受した。そして、その晩少なくとも二度は自分に言い聞かせた。おまえは家族を持てる男ではないと。

16

フェニアン——アイルランド、ベルファスト　一八六五年

　コナーがショーン・ギャラガーにはじめて出会ったときには、この男がほかの連中が言うような経験豊かな天才革命家なのか、それともはったりだけの年寄りにすぎないのかわからなかった。

　もちろん、噂を耳にしたことはあった。ギャラガーはオコンネルの追随者であり、一八四八年の反乱では指導者のひとりとして活躍した、いわば伝説の人物だったからだ。大英帝国の客として数多くの刑務所を目にし、イギリス人から数かぎりない屈辱的なあつかいを受けてきた人物でもある。今はアイルランド共和同盟で尊敬を集める中心人物のひとりだった。

それでも、このマクグラースの店の上にある狭く混み合った部屋で二時間も、男が語り部さながらに引き伸ばすような口調で百年にわたる服従と不正について語り、生まれてこのかた何度も聞かされてきた同じ話をくり返すのを聞いているうちに、コナーははたしてこの男は

しゃべってばかりで革命を起こせるのだろうかと訝らずにいられなかった。われわれアイルランド人は話がうまい。話、話ばかりだ。コナーは心の内でつぶやいた。

それでも、苛立ちは胸に秘め、椅子に背をあずけて耳を傾けていた。前の晩のオボーンのことばを思い出しながら。「ギャラガーは魂を奮い立たせてくれる人間だ。パブで二、三パイントやったあとで勇ましいことを言う男は大勢いる。しかし、ギャラガーは黒ビールがなくなったあともみんなの怒りをおさまらないようにしてくれるんだ。それに、自分のしていることがわかっているしな。それを覚えていてくれ」

オボーンは同盟の指揮官のひとりで、ベルファストの小さな共和主義集団の指導者でもあった。彼の目的はベルファストでアイルランド共和同盟を組織し、志願者を募り、アジトや逃亡ルートを作り、ベルファストをフェニアンの運動のいしずえにすることだった。コナーとこの部屋に集まったほかの六人の男たちは慎重に選ばれた面々だった。生い立ちを徹底的に調べられ、フェニアンへの忠誠心を綿密に試された。ほとんどはコナー同様、家も家族もない男たちで、胸に怒りの炎を燃やし、志のために死んだとしても誰も悲しむ者のない人間だった。

ギャラガーはオボーンが募った同士たちを査閲し、特別な使命のために何人かを選ぶのにダブリンから来ていた。オボーンの推薦でこの部屋に集まった七人の男のうち、ギャラガーはふたりを選ぶことになっていた。コナーは彼がアイルランドの歴史についての講釈をやめて、早く本題にはいってくれないものかと思っていた。

「諸君のなかには、われわれの前に行動を起こした者たちが失敗したというのに、われわれがなぜここでこうして自由を求める戦いについて論じ、時間を無駄にしているのかと自問する者もいるかもしれない」ギャラガーは前にあるテーブルに両手をついて身を乗り出した。「諸君のなかに、アイルランドが蜂起し、イギリスのくびきを投げ捨てるのを待っている者がいるとしたら、それは無駄だ。アイルランド国民が町にあふれ、われわれのあとを追って自由への道を進むと期待してはだめだ。そんな国民はいないのだから。みなあまりに長いあいだ服従することに慣れすぎた」

ギャラガーは自分のことばが理解されるのを待ってからつづけた。「われわれにはかぎられた支援とかぎられた資金で戦うことになる。何世紀にもわたって運に見放されてきた以上、何を気にすることがある？　自由になれるかもしれないという希望はどこにある？」

ギャラガーは背筋を伸ばし、両手をこぶしににぎって脇に下ろした。「われわれにはイギリス人どもが軍をもってしても、政府をもってしても、けっして征服できないものがひとつある。連中の法をもってしても、監獄をもってしてもけっしてとらえられないものだ。われわれには戦う意志がある。ひとりでも自由を求める戦いに名乗りをあげる者がいるならば、ひとりでも圧政者に唾を吐きかける者がいるならば、ひとりでも服従を拒む者がいるならば、われわれはほんとうの意味でイギリス人どもに征服されたりはしない。だからこそ、やつらはわれわれを憎むだけでなく、恐れているのだ。何があろうとも、そのことは覚えていてほしい。それこそが最後にはわれわれの土地を救い、われわれの民を救うことになるのだから。

けっして屈しない決意を」

　ギャラガーはゆっくりと部屋全体を見まわした。自分たちが値踏みされていることがコナーにはわかった。酒場で威勢がいいだけなのは誰で、真に勇気を持っているのが誰か見きわめようとしているのだ。すぐにあきらめるのは誰で、あきらめないのは誰か。アイルランドの自由のために命を差し出すのは誰で、口先だけで命を賭けると言っているのは誰か。

「同盟が諸君の家族だ。諸君にほかに家族はいない。この部屋にいるほかの者たちの顔を見てくれ。ここにいる者以外、誰ひとり信用するな。それから、覚えていてもらいたいんだが、諸君がときおり女をたのしむことに異論はない。しかし、下着まで脱ぐからといって、口を開くことはするな」

　コナーはそれについては心配していなかった。最近は法王と同じぐらい禁欲的な生活を送っていたからだ。メアリーのことが思い出され、心がねじれるほどに痛んだ。マクグラースの店の外で話をした一週間後、彼女はコールムと結婚したのだった。七カ月後、メアリーは死んだ。おなかの子もいっしょに。おれの子だ。すでに彼女が葬られて二年がたつというのに、そのときの心の痛みを今も感じることができた。忘れるんだ。コナーは胸の内でつぶやいた。メアリーの記憶を心から追い出し、ギャラガーと同盟の目的に気持ちを集中させるのだ。今重要なのはそれだけだ。

「スパイはいたるところにいる」ギャラガーはつづけた。「その多くはペティコートを着ている」そう言って外套のポケットに手をつっこみ、拳銃をとり出した。部屋にいる全員によく見えるように掲げると、撃鉄を起こした。「密告者には命をもってあがなってもらう」ギャラガーはそう言って自分をとり囲む面々にゆっくりと銃口を向けていった。「そして、そいつらにとっては地獄が永遠のすみかとなることだろう」

銃口がコナーの椅子に向けられて止まり、ふたりの男の目が銃身越しに合った。ギャラガーが引き金を引くと、部屋にいたほかの男たちは無意識に身を縮めた。ただひとりを除いて。コナーはひるまなかった。カチッという音を立てただけで撃鉄は下りた。

ギャラガーは喉の奥で低い笑い声を立てた。「冷静な男だな、同志コナー」と言って銃をテーブルに置いた。

コナーは自分が試験にパスしたことを知り、そろそろ本題にはいるころあいだと決心した。椅子にすわったまま背筋を伸ばすと、重要な問いを口にした。「おれたちに何をさせたいんだ？」

ギャラガーの唇がゆがんでほほえむような形になった。「ニューヨーク市の倉庫に千挺のライフルがある。アメリカにいるクラン・ナ・ゲールの同志たちの好意によるものだ。今から三カ月後にそれをアルスターへ運ぶ手伝いをしてもらいたい」

ギャラガーが比類なき天才革命家との評判に値する人間だとコナーは認めた。

17

オリヴィアは骨の髄までくたびれはてていた。荷馬車の御者台にすわって土砂降りの雨を避けようと帽子を引き下ろしながら、疲れにとらわれるのを感じていた。オレンが隣にいたが、荷馬車がピーチツリーへ向けて泥道を走るあいだ、ふたりとも何も話さなかった。オリヴィアは疲れすぎてしゃべることができず、オレンは六人の子の父親となった今も、口数の少ない男であるのは変わらなかった。

オリヴィアの脳裏に、生まれたばかりの息子を抱き上げて見せたケイトの、疲れてはいるものの、歓喜に輝く顔が浮かんだ。オレンは誇りで爆発しそうなほどに胸をふくらませ、オリヴィアの目の前で妻に大きな音を立ててキスをした。心温まる光景だった。結婚して十六年になる夫婦がそんなふうに幸せそうな様子を見るのはほんとうにすばらしかった。結婚しているというのはすてきなことにちがいない。オリヴィアはそう胸の内でつぶやくと、うとうとしはじめた。

荷馬車がふいに停まり、オリヴィアは目を覚ました。バスケットをつかむと、オレンの手を借りずに降りた。「モリソン先生がお戻りになったら、すぐケイトと赤ちゃんを診てもらってね」

「そうするよ」オレンは答えた。「ありがとう、オリヴィア。ほんとうにありがとう」

オレンは荷馬車の御者台に戻り、手綱を振った。荷馬車が外の道へ出るのを見送ってから、オリヴィアは屋根のあるヴェランダに走った。そこで泥だらけのブーツを脱ぐと、家のなかにはいった。

家のなかはしんと静まり返っていたが、ぼんやりとした明かりが書斎から玄関ホールにもれていた。コナーがまだ起きているにちがいない。オリヴィアは泥のついたブーツとバスケットを下に置きながら胸の内でつぶやいた。起きて待っていてくれたのだ。そう考えると、体の内側が温かくなり、思わず笑みが浮かんだ。

びしょ濡れの帽子とレインコートを脱ぎ、玄関ホールを横切って書斎へ行くと、ほほえましい光景が目に飛びこんできた。起きているコナーがソファにすわり、娘たちがそのまわりや上に積み重なっている。まるで巣穴にいる子オオカミたちのようだ。三人とも居心地よさそうにくつろいで眠っている。やはりぐっすり眠っているチェスターはコナーの足の上に横たわっていた。

コナーはミランダの頭越しにオリヴィアに目をくれた。「笑うんじゃないぞ」そうつぶやいてはにかんででもいるように顔をそむけた。

オリヴィアは口をふさいで首を振った。「こんなこと夢にも思わなかったわ。居心地は悪くないの？　見たところ……ずいぶんと押さえつけられているようだけど」

コナーはそばにいる子供たちを見まわした。「たしかにとらわれの身にはなってるな」

笑みを浮かべたままオリヴィアはコナーをまじまじと見つめた。「あなたがちょうどいい枕になっているのね」

顔を上げてオリヴィアを見つめたコナーの目は、ランプの明かりのもとでシルバーグレーに見えた。つかのま見せたはにかむような表情は消えていた。そこには何か別の、貪欲とも言えるようなものが浮かんでいた。まつげを伏せ、ゆっくりと吟味するような目で、オリヴィアの濡れた髪からびしょ濡れの裾とストッキングを履いた足まで全身を眺めている。「そう思うかい？」

オリヴィアは心に魅惑的な情景を思い描かずにいられなかった。乱れたベッドシーツの上に横たわるコナーの姿。彼女は突然彼を意識し、耐えがたいほどの恥ずかしさに襲われて身をこわばらせた。何か気の利いた、じゃれ合うようなことを答えたいとは思ったが、そういうことに自分がどうしようもなく不向きであるような気がした。男とじゃれ合うのは昔から得意ではなかった。

ふたりの声にキャリーが目を覚ました。頭を上げて、そこにオリヴィアが立っているのに気づくと、「ママ？」と眠そうにつぶやいた。「わたしたち、起きて待っていたのよ」

「そうみたいね」オリヴィアは邪魔がはいったことにほっとして答えた。「でも、もうあなたたちが寝る時間はとっくに過ぎているわよ」そう言ってソファのベッキーのそばへ行くと、肩に手を置いてそっと揺さぶった。「ベッキー、起きて」

ベッキーは目を開け、コナーの肩から頭をもたげた。「ママ、帰ってきたのね」とあくびしながら言った。「ミセス・ジョンソンの赤ちゃんは生まれたの？」

「ええ。男の子よ。ふたりとも元気にしているわ」オリヴィアはコナーのほうを振り向いた。彼は立ち上がってミランダを彼女に渡した。「ありがとう」腕に娘を抱きとってオリヴィアは言った。「ご迷惑じゃなかったならいいんだけど」

「この子たちがどれほどの迷惑になるっていうんだい？　みな眠ってしまっただけさ。それもおれの最高のお話の途中でね」

その情景が心に浮かび、オリヴィアは自分もそこにいたかったと思った。彼がふつうの父親のように娘たちにお話を語る姿はきっとすばらしかったにちがいない。しかし、コナーは娘たちの父親ではない。それに近いものですらなかった。

「じゃあ、おやすみなさい」オリヴィアは目をそらした。「よく眠ってね」

「やってみるよ」と彼は答えた。その声には、オリヴィアには理解できない皮肉っぽい響きがあった。

娘たちがコナーに眠そうにおやすみの挨拶をすると、オリヴィアは三人を書斎から連れ出した。ランプをつけるために玄関ホールで足を止め、それから娘たちを二階に連れていった。

「ベッドにはいりなさい」廊下で足を止め、ベッキーとキャリーにささやいた。「ミランダをベッドに入れてきてから、寝かしつけてあげる」

「もうわたしは寝かしつけてもらう歳じゃないわ」ベッキーがささやき返した。

オリヴィアはほほえんだ。「それでも、やっぱり戻ってきておやすみを言うわ、いい？」

「そうね」ベッキーは答え、廊下を渡って寝室へ向かった。

オリヴィアはキャリーのほうを振り返った。「あなたもよ、お嬢さん。ベッドにはいりなさい」

はじめてキャリーは何も言い訳を思いつかなかった。ひとことも抗議のことばを発することなく、部屋に行った。それでも、オリヴィアはキャリーがベッドにはいるのを見届けてからミランダの部屋へ行った。シーツを引き上げて、起こさないようにそっと子供をベッドに下ろしたが、部屋を出ようとしたところでミランダが目を覚ました。

「まだ雨が降ってるのね、ママ？」ミランダは目を開けて小声で訊いた。

オリヴィアはミランダがまだ怖がっているにちがいないと思いながら、ベッドの端に腰を下ろした。「ええ、でも雷はやんだわ」

「怖かったの」子供は正直に言った。「でも、ミスター・コナーは雷はみんなに向かって怒鳴っているだけだって言うのよ。今度雷が来て怒鳴ったら、怒鳴り返してやればいいんだって。だから、ミスター・コナーも悪い夢を見たときに怒鳴ったのよ」

「あの人がそう言ったの？」オリヴィアはコナーがそんなことを、とくに娘たちに対して認めたことに驚いた。「それはいい考えだと思うわ。今度雷が鳴ったら、いっしょにやってみるのはどう？」

「いいわ」ミランダはマットレスに身を沈めた。「それで、お話をしてくれたの。ほんとうにいいお話だったわ、ママ」そう言って大きなあくびをした。「ミスター・コナーが毎晩お話をしてくれるといいのに」目がゆっくりと閉じられた。

　オリヴィアは身をかがめて娘の頬にキスをした。「そうね、おちびちゃん」とやさしく言った。「そうだといいわね」


　オリヴィアは疲弊しきってはいたが、眠りは訪れなかった。ベッドのなかで寝返りを打ったり、枕を叩いたり、ベッドカバーを直したりしていたが、どうしても眠ることができなかった。しまいにはお茶を一杯飲めば眠れるかもしれないと考え、ベッドから出ると、ショールをまとって部屋をあとにした。しかし、裏の階段を降りようとして、階下《した》のキッチンの入口から光がもれていることに気がついた。

　コナーがまだ起きているの？　オリヴィアは階段の踊り場でためらった。お茶のことはあきらめて階上《うえ》に戻るべきかもしれない。しかし結局、戻らずに階段を降りてキッチンへ行った。コナーは背を丸めてテーブルに向かい、石板に文字を書いていた。オリヴィアがキッチンにはいっていくと、彼は目を上げた。

「眠れなくて」オリヴィアは説明した。「あなたも眠れなかったの？」

「ああ」

「お茶を淹れようと思って。あなたも飲む？」

　コナーは答えなかった。オリヴィアはストーヴに近寄り、灰をかけて消した石炭をかきまわして火をおこし、たきつけを足してやかんを火にかけた。

どちらも何も言わなかったが、お茶を淹れながら、オリヴィアは目の端でコナーを見つめていた。背を丸めて石板に向かい、慎重に文字を書いている。

「文字を書く練習をしているのね」オリヴィアはそう言ってお茶のはいったふたつのカップをテーブルに運んだ。

差し出されたカップを手にとり、コナーは椅子に背をあずけた。「ああ。でも、それが賞金稼ぎのボクサーであるおれの役に立つのかどうかはわからないな」

「賞金稼ぎのボクサー」オリヴィアは考えこむようにつぶやいた。肘をテーブルにつき、手に持ったカップを指で包みながらカップの縁越しにコナーをじっと見つめた。「どうしてそんなことをするの？」

コナーは肩をすくめた。「生計を立てる手段さ」

「生活の手段ならほかにいくらでもあるでしょうに」

「たしかに」コナーは軽い口調で言った。「でも、そのほとんどは労働しなきゃならないだろう」

オリヴィアはその軽薄なことばにはだまされなかった。彼が労働する姿は目にしたことがあった。怠け心が理由ではない。「ほかの仕事に就くことを考えたことはないの？　何かもっと……暴力的じゃないものに」

「たとえば？」コナーはテーブル越しにオリヴィアに目を向けた。彼の顔に翳がよぎった。

「字が読めなくても、窓に貼られた求人広告になんて書いてあるかはわかる。『アイルランド人はお断り』」

「一カ所におちつきたいと思ったことはないの？　翌日の試合よりももっと先のことまで考えて」

コナーはオリヴィアのまなざしを受けとめた。「言っただろう、おれは放浪するのが好きなんだ。一カ所におちつくタイプの人間じゃない。自由でいるのが好きなんだ」

そのことははじめて会ったそのときからわかっていた。「自分の農場を持てばいいのに。家や農場のための土地が西部にはいくらでもあるわ。ただでいくらでも自分のものにしていいって言われているのよ」

コナーは首を振った。「おれは農民には向かない」

「農民のどこがいけないの？」

コナーはしばらく答えずにいた。「おれの父は農民だった」とようやく口を開いた。「その父もそうだ。ほかの誰もがそうだったが、おれたちはじゃがいもを食べて育った。そう、おれたちが使える土地はあまりに少なかった。土地のほとんどがイギリスの地主たちにおさえられていて、そこにはイギリスへ送られる穀物が植えられていた。おれたちが持っている少ない土地でアイルランド人の食料として栽培できる作物はじゃがいもだけだった。おれの家族もじゃがいもを食べて生きていた。家畜にもじゃがいもを与えていた。地代を払うのもじゃがいもだった。おれたちにとってじゃがいもがすべてだったんだ。じゃがいもなしには生き延びられなかった。やがてオクロースが来た。飢饉さ」

コナーは揺るがないまなざしをオリヴィアに向けていたが、オリヴィアにはその目が自分を見ていないことがわかっていた。コナーは心の目で故国を見ているのだ。「おれが十一歳だったときのある朝」コナーはゆっくりと口を開いた。「母の叫び声を聞いて目が覚めた。何事かと外へ走り出てみると、母はそばに立っている父と兄に作物を保存しておく石造りの倉庫を指で示していた。すすり泣きながらじゃがいもについて何か言っていた。おれが駆け寄ったところで、ちょうど父が倉庫の扉を開けた。においが鼻をついた。ああ、ちくしょう」コナーはささやき声になった。「この世のものとは思えなかった。あのにおい」

彼はそこで黙りこんだが、オリヴィアは何も言わなかった。ただじっと待った。ここで口をはさんだら、また彼が自分の前に壁を作ってしまうのではないかと不安だったのだ。何か口先だけのことを言って話題を変え、それ以上は話してくれないのではないかと怖かった。

「父とマイケルは倉庫にはいっていった」コナーはつづけた。「おれは外で待つように言われたんだが、できなかった。ふたりのあとをついていった。ふたりは前の日に畑から掘り起こしたばかりの新鮮なじゃがいもを入れた箱をのぞきこんでいた。近寄ると父がおれに顔を向けた。その顔に恐怖が浮かんでいるのをおれは生まれてはじめて見た。何か恐ろしいことが起こったのがわかった」

コナーは突如として当惑に駆られたように顔をしかめた。まるで残酷な冗談でからかわれているのに、それをほんとうには理解できない子供のような顔だ。「おれは箱をのぞきこんだが、じゃがいもは見あたらなかった。箱は硫黄のようなにおいでお粥のような見ためのぬるぬるしたものでいっぱいだった。お粥といっても黒いお粥さ。そう、まるで地獄の内部をのぞきこんでいるような感じだった」

描写はあまりに生々しく、オリヴィアにはその箱が見え、そのにおいが嗅げる気がした。まるでそのときコナーといっしょにそこにいたかのように。

「そのぬるぬるしたものをいくつかとり出して豚にやってみた」コナーはつづけた。「豚は死んだ。それでじゃがいもがべと病にやられてしまったことがわかった。おれたちは外へ出てまだ地面に埋まっているじゃがいもを掘り出そうとしたが、もう手遅れだった。ひと晩のうちにすべての苗が枯れていて、じゃがいもは地面のなかで真っ黒になっていた。どこも同じだった。まるで濃い霧のように硫黄に似た腐臭があたり一面にただよっていた。今にいたるまで、まだそのにおいは鼻に残っている」

コナーの話し方にオリヴィアは背筋に奇妙な震えが走るのを感じた。声にはまったく抑揚がなく、感情というものがまるでこめられていなかった。

「ひと月もすると、アイルランドじゅうのじゃがいもがなくなった。六カ月もしないうちに、故国の人々は飢えや病気で何千人と死んでいった。うちの村でもあんまりすぐに人が死ぬので棺が足りなくなったほどだ。積み重ねた死体がネズミにやられないように、上に多少土をかけて、みな合同墓所に埋められた」

オリヴィアは気分が悪くなった。口に手を押しつけ、胸が引き裂かれる思いで苦痛に満ちた沈黙に耳を澄ました。

コナーはごくりと唾を呑みこんだ。声がかすれたささやき声になった。「家族で最初に死んだのは父だった。べと病に打ち負かされ、黒熱病《フィアヴラス・デューヴ》に殺された——きみらがチフスと呼んでいる病気さ。母は三日間哀歌を歌った。悲しみがあまりに大きかったんだ。チフスは父が死んで十日後、母の命も奪った。地主に家から追い出され、家を焼かれたせいで、母は道端の溝のなかで死んだ」

コナーはオリヴィアに目を向けた。その目はぎらぎらと輝いていた。「おれは絶対に農民にはならない」と彼は言った。あまりに激しい感情的な声を聞いてオリヴィアは驚愕した。コナーはテーブルから立ち、ダイニング・ルームへつづく入口へ歩み寄った。そこで足を止め、肩越しにオリヴィアを見た。「おれは土地にしばりつけられたりはしない。女にも、家庭にも、家族にも、教会にも。どんな生き方にも。もう絶対に」

オリヴィアは涙にかすむ目で彼を見つめた。泣いても何の役にも立たないと自分をさげすみながら。家族をずっと前に亡くした男をなぐさめることばなど何もない。魂に刻みつけられた傷にすりこむ軟膏《なんこう》もない。絆の大切さを信じさせる方法もないのだ。

コナーは悪魔から逃れられなかった。走って逃れようとするのだが、足が速く動かなかった。速く動いたためしなどなかった。悪魔たちはいつもすぐに追いつき、なだめるような低い声でささやきつづけるのだった。悪魔から逃げることなどできなかった。なぜなら悪魔は彼の頭のなかから話しかけてくるのだから。コナーは足を止め、膝をついた。手で耳をふさいでも、声は聞こえてきた。

もっと強い人間だったら、悪魔を追い出すこともできるのだろう。自分の頭蓋骨をくるみの殻のように割れば、それでおしまいのはずだ。コナーは頭に手を強く押しつけたが、力が足りなかった。まったく足りなかった。

オレンジ。そのいまわしい色がまわりじゅうにあふれていた。地獄の業火。オレンジの飾り帯、シャグマユリ。悪魔に頭から手を引き離され、縄でしばりあげられた。腕を引っ張られてねじられ、また肩がはずれてコナーは苦痛にうめいた。肌が焼けるにおいがする。コナーは悲鳴をあげた。

吐け。やつらがささやく。何もかも話すんだ……

彼はそれに従った。

コナーは溺れた人間が水を吐き出すようにはっと夢から覚めた――ずぶ濡れで、自分の今いる場所がわからず、空気を求めてあえいだ。身を起こすと、震える手で頭を抱えた。顔はパニックのせいで汗まみれだった。

「ちくしょう」コナーはうめいた。「ああ、くそっ、くそっ」

顔を上げてベッドの反対側にある壁をじっと見つめ、朝の光がレースのカーテンを透かして壁に投げかける模様を見て、現実をたしかめようとした。また悪夢に襲われたのだ。

監獄から出たばかりのころには何カ月ものあいだ悪夢につきまとわれたが、年を追うごとにその回数も減っていった。ここへ来るまではほとんど悪夢を見ることはなくなっていたのだ。この家ではじめて目を覚ましたときに、自分が悪夢に襲われていたことを知った。しかし、けがよくなるにつれ、しだいに少なくなっていた。それが今また戻ってきたのだ。もうたくさんだ。彼は願った。ここではもう。

寝室のドアが内側に開き、音を立てて壁にあたった。光と影が作り出すレース模様が見えなくなった。オリヴィアがコナーの顔をひとめ見て、不安そうに目を見開きながら近づいてきた。「コナー？」

オリヴィア。コナーは彼女の顔に目の焦点を合わせた。日の光がちらちらとバラ模様の影を顔に落としている。オリヴィアはセント・ブレンダン教会の聖母マリアのステンドグラスを思い出させた。ほかのすべてと同様に二次元の非現実的なものに思えた。

「いや」声はかすれていたが、オリヴィアはそれを聞いて足を止めた。「放っておいてくれ」

オリヴィアは動かなかった。

彼女の後ろから別の足音が聞こえてきた。「ママ？　ミスター・コナーは大丈夫？　また夢を見たの？」

娘たちだ。こんな姿を見せるわけにはいかない。「出ていってくれ！」彼は命令した。今度は大声を出せたことがありがたかった。「彼女たちをおれのそばに近寄らせないでくれ」

オリヴィアが唇を噛んでためらうのが見てとれた。「大丈夫なの？」とオリヴィアは訊いた。

コナーは笑った。かすれたむせぶような声だった。「大丈夫だ。くそ元気だよ。お気づかいありがとう」

オリヴィアはやさしい鹿のような目をコナーに向けたまま、あとずさって部屋を出ていった。まるで彼女のほうが傷ついた人間であるかのように。ドアが閉まり、彼女の姿が見えなくなると、コナーは長く深い安堵の息をついた。

コナーはもつれたシーツを直し、ベッドから出た。洗面台に行くと、楕円形の鏡に映った自分の顔に目を向けた。顔は死人のように真っ青で目は真っ赤だった。顎にはひげが伸びて青い翳《かげ》ができている。最悪の顔だったが、悪魔とひと晩過ごすとこういう顔になるのだ。

オリヴィアは娘たちにブラックベリーを摘みに行かせた。今のコナーのそばにいさせたくなかったからだ。ひげ剃りと洗面に湯がいるだろうと思ってやかんを火にかけた。濃いコーヒーも淹れた。不安と当惑に駆られながら、彼のためにほかに何ができるだろうかと考えた。そばにいないでくれとはっきり言われたのだった。手助けはほしくないと。

オリヴィアは庭にいたのだが、寝室の開いた窓からコナーの声が聞こえ、またあの悪夢を見ていることがわかったのだ。想像を絶する恐怖を生き延びてきた男の荒れ狂う記憶。

やかんがしゅうしゅうと音を立てはじめた。オリヴィアは湯を水差しに入れて彼の部屋へ運び、閉じたドアの脇に置いた。部屋のなかからはなんの音も聞こえてこなかった。オリヴィアはドアをノックした。「お湯を持ってきたの。ほしいんじゃないかと思って」そう言ってドアが開く前に廊下を戻った。

キッチンに戻ると、自分を忙しくさせようと朝食の準備をはじめた。しかし、窓から聞こえてきた声はまだ頭のなかでこだましており、同情に胸がよじれる思いだった。オリヴィアは顔を両手にうずめた。ああ、神様。あの人は子供のようにすすり泣いていた。その声がどんな悪態や叫び声よりも怖かった。

足音が聞こえ、オリヴィアは顔を上げた。そして、キッチンにはいってくるコナーに顔を見られないように急いでカウンターのほうを振り向いた。彼は同情も心配もほしくないはずだ。今、自分がそれをうまく隠せるかどうか自信がなかった。コナーがキッチンにはいってきたときには、オリヴィアは卵をボウルに割り入れていた。

「おはよう」彼の声はかすれ、少しばかり震えていた。

「おはよう」とオリヴィアは答え、フォークをつかんだ。肩越しにコナーをちらりと見て、卵をかきまぜはじめた。ひげを剃ったのがわかった。まだやつれていて、信じられないほど疲れきった顔だが、少しはましに見える。オリヴィアは彼に夢は夢にすぎないと言ってやりたいと思った。いつかきっと消えてなくなる。しかし、そう言っても彼は絶対に信じないだろう。

「朝食を用意しておいたわ」かわりにそう言った。

コナーはテーブルの椅子を引いて腰を下ろした。「あの子たちは？」

「ブラックベリーを摘みに行かせたの」オリヴィアはかきまぜた卵を料理用ストーヴの上で

熱した鋳鉄製のフライパンに注ぎ入れた。それからまた彼をちらりと見た。「午前中いっぱいかかると思うわ」

「ありがとう。あの子たちには見られたくなかったから――」ことばが途切れた。恥とおぼしき表情が彼の顔を一瞬よぎった。

同情がオリヴィアの心にあふれた。しかしこの人はいかなる弱味も見せたくない男なのだ。彼女は一歩近寄ろうとしたが、そこで足を止めた。きっと共感も同情もほしくないはずだ。見ればコナーはテーブルに片肘をついててのひらで頭を支えていた。「頭が痛むの？」とオリヴィアは訊いた。

「いや」コナーは背筋を伸ばした。「今朝はちょっと疲れているだけだ」ちょっと疲れているという顔ではなかった。オリヴィアはコーヒーをカップに注ぎ、テーブルに運んだ。「少しは楽になるわ」

「ありがとう」

オリヴィアはストーヴのところに戻り、卵とフライドポテトとビスケットを皿によそった。「食べて」と言って、皿を彼の前に置いた。それからテーブルを離れ、ガンボシチューに入れる野菜を切りはじめた。料理に夢中になっている振りはしていたが、目の端で彼の様子は見守っていた。

コナーはしばらく皿を見つめていたが、やがてフォークを手にとった。朝食を食べはじめたが、全部は食べなかった。まだ半分残った皿を押しやった。

「おなかがすいてないの？」とオリヴィアは訊いた。

「ああ」彼は椅子を後ろに押して立ち上がった。そして、逃げ出そうとでもするように、それ以上何も言わずに裏口から外へ出た。

家畜小屋の扉が開いていた。コナーはその干し草とほこりのにおいのする涼しい日陰に逃げこむことにした。夏の風がドアの開いた入口を音を立てて吹き抜け、足もとの藁を巻き上げた。風はマウントジョイの看守のように、家族の亡霊のように彼にささやきかけた。岩の多いアイルランドの崖っぷちにある廃墟を吹き抜ける風さながらに。

平穏か、ちくしょう。心の平穏がほしかった。しかしそれが得られないことはわかっていた。たとえやさしい女の感触や彼女が話してくれたルイジアナの緑の丘によっても。もう手遅れだ。おれは悪魔に魂を売ってしまったのだ。信じるに足るすべてにそむいてしまった。ただ痛みを止めるためだけに。

もちろん、冗談だ。痛みはなくならなかったのだから。

呪いが身に降りかかろうとしているのはたしかだ。悪夢はひどくなる一方だった。町から町へ旅に暮らしているときには、つねに呪いに先んじていることができた。女とウィスキーが充分あれば、それに溺れてかき消すことができた。リングにのぼり、試合ができれば、こぶしを使ってそれを封じこめておくことができた。そのすべてがうまくいかなければ、どこかに部屋を見つければよかった。誰も自分を知らず、誰も気にせず、ドアに鍵をかけてひとりで悪夢と闘える場所を。

ここではそういうわけにはいかない。ここを出ていかなければ。

「いいだろう、ヴァーノン、鉄道の件がどうなっているか教えてくれ」

アリシアは父の書斎の外で立ち聞きしていた。もちろん、父と夫の面談には入れてもらえなかったが、だからといって思い留まることはなかった。夫が父に状況を説明しはじめると、わずかに開いた書斎のドアにさらに身を寄せた。

アリシア・ジャミソン・タイラーには父が有能なビジネスマンであることがわかっていた。彼は戦争中、北軍のために大砲や拳銃を製造し、すでに相当な額だった資産を三倍にしたのだった。浅はかな投資をすることはめったになく、結果を出せなければ、ためらいなく事業を放棄した。ヴァーノンにもそのことはわかっていたため、急いで説明にはいったのだ。

後ろで物音がして、アリシアははっと振り返った。しかしメイドが反対側の端にあるホールを横切っただけで、姿を見られもしなかった。アリシアはまた立ち聞きに戻った。この鉄道の計画についてはほとんど何も知らなかった。ヴァーノンが何も話してくれなかったからだ。彼女には今どんな状況なのか、ほんとうのことを知りたいと思う切実な理由があった。

「はっきりさせておこう」父が言った。「必要な土地はすべて手に入った。小さな一画をのぞいて。そこを迂回することはできないが、所有者は土地を売ろうとしない。つまり、この女ひとりのせいで、計画のすべてが台無しになる可能性があるということだな？」

「ええ、でも保証します――」

「きみの保証はもう結構だ、ヴァーノン」父は冷たく言った。「長いことそればかり聞かされているからな。この計画には何人か親しい同業者が投資してくれている。計画の遅れを彼らに説明するのがどんどんむずかしくなってきているんだ。だからきみにここへ来てもらった。ここにいるあいだ、きみには投資家たちに会ってこの鉄道の計画が単なる私の想像の産物ではないと納得させてもらいたい。これから何週間かかけて彼らにいい印象を与えるようにしてもらう。結果が求められているんだ。投資家たちの目を見て、彼らの金が賢明な計画に投資されていると説明してやってくれ」

「わかりました」

「秋までにはその鉄道の建設をはじめたい。少し圧力をかけて、そのメイトランドという女に土地を売らせるんだ」

「すぐにジョシュアに電報を打って、彼女により高い金額を提示するようにさせます。ジョシュアは人を説得するのが得意ですから」

「いいだろう。わざわざ言うまでもないことだが、ヴァーノン、この計画には莫大な金がかかっている」

「ええ。この計画はぜひとも成功させたいと思っています。金のためだけじゃなく、私にもできるということをあなたに証明するために。アリシアの夫として、彼女によりよい将来をもたらしたいんです」

アリシアは目をむいた。そういうことばが父を喜ばすことはわかっていたが、アリシアには彼女なりの将来の計画があった。その計画のなかには、ルイジアナのちっぽけな町に住むことは含まれていない。あの町のすべてが大嫌いだったからだ――暑さも、ヘビも、彼女がメイソン・ディクソン線（南部と北部の境界とされていた境界線）の北で生まれたからといって敵意をむき出しにしてくる恐ろしい町の人々も。しかし、何よりもいやだったのは、父や友人たちと離れて暮らすことだった。向こうではさびしくてたまらなかった。ヴァーノンを愛しているからこそ我慢してきたのだったが、その我慢も限界に達しつつあった。

アリシアは明るい笑みを顔に貼りつけて書斎のドアを開けた。「まったく、パパったら」彼女は部屋へはいって父のそばに歩み寄りながら小言を言った。「着いたばかりなのに、ヴァーノンをこんな息苦しい部屋に閉じこめて仕事の話をするなんてあんまりだと思うわ」

「すまない、アリシア」ハイラムが言った。「ただ、ヴァーノンがここにいるあいだにふたりで片づけなければならないことがたくさんあるんだ」

「お仕事？」アリシアは口をとがらせて言った。「でも、わたしだってパパと少しはいっしょに過ごしたいわ。めったに会えないんですもの」

ハイラムは娘の腰に腕をまわし、いとしそうに抱きしめた。「いっしょに過ごす時間を作ると約束するよ。交響楽団の演奏会に連れていくつもりだ。おまえがどれほど聴きたがっていたか知っているからね」

「あら、うれしいわ！　ニューポートにも行ける？」

ふたりの男は目を見交わしたが、どちらも何も言わなかった。アリシアは強みをさらに利用した。「ほんの二、三週間だけよ。お願い、パパ」

もちろんハイラムは降参した。「じゃあ、わかったよ。ニューポートにも行こう。投資家たちを週末そこへ招いて話し合いをすればいい」

「ありがとう、パパ」

ハイラムは娘にほほえみかけた。「私がおまえにだめと言えないのを知っているくせに」

アリシアは笑い声をあげ、身をかがめて父の頰にキスをした。もちろん知っている。じっさい、自分の将来もそこにかけているのだ。

娘たちはパイが十以上も作れるほどのブラックベリーを摘んできたが、オリヴィアはふたつしか作らなかった。そして、午後いっぱいかけて残りのブラックベリーでジャムを作った。娘たちも手伝いで忙しくさせた。

コナーのことをあれこれ考えなくてすむようにわざと忙しくしていたのだったが、彼の苦痛に満ちた顔はどうしても心から離れなかった。

コナーがどこでどうしているのかはわからなかったが、夕方になっても彼は戻ってこなかった。彼がいなくてほっとする気持ちが心配へと変わりはじめた。オリヴィアは探しに行ったほうがいいだろうと思った。

最後に家畜小屋のほうへ向かったのを見たので、まずは小屋を見に行った。が、そこにコナーの姿はなかった。ほかの離れの建物もみな調べ、庭を探し、声がかれるまで名前を呼びながら果樹園を通り抜けたが、一時間たっても、コナーは見つからなかった。

すっかり心配になってオリヴィアは果樹園の端で足を止めた。次にどこを探せばいいのか考えたが、すでにどこもかしこも探していた。おそらく彼は外の道へ出て、町へ行く農夫に荷馬車に乗せてもらったのだ。

まさか、そんなふうに出ていくはずはない。さよならも言わないで。しかし、そうは思っても、あり得ないことでないのはたしかだった。おそらく、彼は出ていってしまったのだ。

オリヴィアはため息をついて木に背をあずけた。あの人は一匹狼だ。誰ともいっしょにいたくない人間だ。少なくとも、長期にわたって頻繁に人といっしょにいるのは好まない。人と距離を置くために自分のまわりに壁を作っている人間だ。手負いのけもののように歯をむき出してうなる苦痛に満ちた人間だ。それでも、雷が怖い小さな女の子をなだめることができる人でもある。

夢のなかでどんな恐ろしい記憶が再現されているのだろう？　しかしオリヴィアにはわかっていた。飢えと死、刑務所と拷問、裏切りと恩赦、銃とショーン・ギャラガーという名前の誰か。信じていた何もかもにそむいたと言っていた。傷を負ったのも報いを受けたにすぎないと言っていた。コナーが何をしたとしてもオリヴィアは気にならなかった。それが何であれ、刑務所で彼の身に起こったことが当然の報いと思えるほど悪いことであるとは信じられなかったからだ。

オリヴィアは家へ向かって歩きはじめた。ゆっくりと足を運ぶあいだ、頭のなかでは何の役にもたたない思考がぐるぐるとまわっていた。

「カラーズヴィルで駅馬車をつかまえられるさ」カブをいっぱいに積んだ荷馬車の御者台で、隣に乗せたコナーを見て農夫が言った。「駅馬車でモンローまでは行ける。そこからは列車でどこへでも好きなところへ行けるさ」

しかしコナーにはそうではないことがわかっていた。十ドルではボストンまではたどりつけない。それでもモンローまで誰かに乗せていってもらえれば、ボクシングの試合をして列車代にする金を払ってくれるパブが見つかるかもしれない。

しかし、そう考えながらも、オリヴィアの顔が脳裡に浮かんだ。心をとらえて放さないあのまなざし。自尊心が邪魔をして口ではもう一度頼むことができないでいたが、彼女のあの目は助けてくれと懇願していた。コナーの心に自分がした約束がよみがえり、自分をあざ笑った。

それまではここにいて収穫の手伝いをするよ。

今や破られた約束だ。だからこそ、これまで約束はしなかったのだ。自分が約束を守れない人間だとわかっているから。

コナーは大きく息を吸った。荷馬車の車輪が舞い上げたほこりが突然乾いた喉にはいり、コナーはむせた。自分でした約束に息が苦しくなった。

今戻ったらどうなる？　コナーは目を閉じた。たったひと月のことだ。それならどうにかなるのではないか？　ひと月。

コナーはボストンでの最初の数カ月のことを思い出した。三年前のことだ。ポリー・キーンの汚い部屋。クラン・ナ・ゲールのリーダー、ヒュー・オドネルにアイルランドを救うための資金集めに協力してくれと頼まれた日のことが思い出された。ヒューはコナーこそ、アイルランド系アメリカ人の心を打ち、財布を開かせるのにうってつけの男だと主張した。これほどに英雄的な人物なのだからと。その晩、また悪夢が襲い、コナーは起こそうとしたポリーをぶちのめしてしまうところだった。ポリーのことを看守だと思ったのだ。

そのあとでポリーのところの娼婦たちがどんな目を向けてきたかは今でも覚えている。廊下ですれちがうと、みな警戒するように後ずさったものだ。陰でどんな噂を立てられていたかもわかっている。それでも、彼の評判が広まり、彼がマウントジョイで拷問を生き延びたフェニアンだということが知れわたると、彼女たちの恐れは畏怖の念を含んだ尊敬に変わった。そうなったときに、コナーはボストンを離れたのだった。みずからの恥が輝かしいものに作り替えられたことが耐えられなかった。噂というものはただの裏切り者を英雄にすり替えてしまう。

それまではここに残って収穫の手伝いをするよ。

残ることはできない。オリヴィアに約束はしたものの、それを守ることはできないのだ。

あの目がまた脳裡に浮かんだ。罪悪感に押しつぶされそうになる。屋根の修繕さえ終えていない。あの屋根に登って自分で修繕を終えようとするオリヴィアの姿が目に浮かんだ。ちくしょう。

コナーは御者台の上で背筋を伸ばした。「荷馬車を停めてくれ」

「え？」

「荷馬車を停めろと言ったんだ」

農夫は手綱を強く引き、荷馬車を停めた。コナーが飛び降りるのを見てわけがわからないというように首を振った。「だんな、町まで乗せてほしいのかと思っていたよ」

「気が変わったんだ」コナーは答えた。突然良心の呵責を感じたことをきっと後悔するようになるだろう。いつもそうだった。

18

オリヴィアが家に戻ったときにはだいぶ暗くなっていた。娘たちはキッチンにいて、帰ってきたオリヴィアに期待するような目を向けた。「こっちに戻ってきてない？」

「ええ、ママ」ベッキーがオーヴンからコーンブレッドのはいった型を引き出しながら答えた。「夕食の支度はできたわ」

オリヴィアはキャリーとミランダに目を向けた。ふたりともがっかりした顔をしている。彼女はベッキーのところへ歩み寄り、肩を抱いた。「ありがとう、ベッキー。夕食にしたほうがいいわね」

四人は食事をはじめた。夕食の席は常になく静かだった。

沈黙を破ったのはミランダだった。みんなが心に抱いていた疑問を声に出したのだ。「ミスター・コナーは家出しちゃったの、ママ？」

「ミスター・コナーはそんなことしないわよ！」とキャリーが叫び、怒って妹をにらみつけた。手に持ったスプーンがガンボシチューのボウルのなかに落ちてしぶきを上げた。「さよならも言わずに行ってしまったりしないわ。絶対にない」

オリヴィアは手を伸ばしてなぐさめるようにキャリーの腕に置いた。「あなたがミスター・コナーを大好きなのはわかってる。でも、あの人は出ていってしまったのかもしれないわ。ここはあの人の家じゃないんだもの」

「探さなきゃならないわ」キャリーは言った。「倒れたりしているかもしれないもの。けがをしているかもしれない」

「家のまわりは全部探したのよ」オリヴィアはやさしく答えた。「それに、もう外は暗いわ。暗いなかでは探しにいけないの」彼女はキャリーのがっかりした顔を見てつけ加えた。

「明日の朝また探しましょう」

夕食後、意気消沈している三人の娘たちをベッドに入れると、オリヴィアはキッチンに戻り、ストーヴの上にアイロンを置いて熱した。多少仕事を終えておいたほうがいい。アイロンがけの必要なものはいつも山ほどあった。オリヴィアには自分がまだ眠れそうもないことがわかっていた。コナーが戻ってくるまでは。もし戻ってくるならば。

ばかばかしい。アイロンがけをしながらオリヴィアは自分に言い聞かせた。彼は今ごろシユリーヴポートへ向かっている途中だろう。自分はそれを喜んでしかるべきだ。あの人は誰のことも必要とせず、簡単に荷物をまとめてまったく振り返らずによそへ行ける人間なのだから。それに、娘たちが彼にひどく愛着を感じるようになってしまっている。去ってくれてよかったのだ。

外で物音がして、オリヴィアは安堵の声をあげながらドアへ駆け寄った。みんなを死ぬほど心配させたコナー・ブラニガンにくってかかってやろうと、勢いよくドアを開けた。が、そこには誰もいなかった。

オリヴィアは外に足を踏み出した。ポーチの階段まで出て、キッチンの窓からこぼれるランプの薄明かりが届かない暗闇に目をこらしたが、何も見えなかった。コナーが帰ってきたわけではなかった。

まわれ右して家に戻ろうとしたが、影のなかで動くものを目がとらえた。暗闇から男が出てきてオリヴィアは身をこわばらせた。ポーチを照らす明かりのなかに足を踏み出した男はコナーではなかった。

「こんばんは、オリヴィア」ジョシュア・ハーランが少しばかりおぼつかない足取りで近づいてきた。ポーチの階段の一番下の段にブーツを履いた足をかけ、手すりをつかんでオリヴィアににやりと笑ってみせた。口のなかに含んだ煙草が頬をふくらませている。

その笑みを見てオリヴィアは不安になり、背筋に小さな震えが走った。気をつけろというオレンの忠告が思い出された。ハーラン家の男たちは乱暴者ばかりだ。不明瞭な発音とおぼつかない足取りから、ジョシュアが酔っぱらっていることもわかった。それでもオリヴィアはしっかりと目を合わせた。彼の家族がシュガー・クリークのすぐそばに住んでいたころのことを思い出しながら。ジョシュアとその兄弟には絶えずからかわれ、髪を引っ張られ、脅しを受けたものだ。あのころはそれが怖かったが、今はもうちがう。「こんばんは、ジョシュア。散歩にはちょっと遅い時間じゃない？」

ジョシュアは肩をすくめ、片方の手をズボンのポケットにつっこんだ。「散歩にはぴったりの晩さ。そうじゃないか？」

「いいえ、そうじゃないわね。わたしに言わせれば、暑すぎるし、蒸してるわ」オリヴィアは胸の前で腕を組んだ。「何か用、ジョシュア？」

ジョシュアは首をめぐらして唾を吐いた。煙草の汁が地面に飛んだ。「ヴァーノンは何週間か仕事で留守しているんだが、自分がいないあいだ、おれにあんたのところへ寄って気が変わってないかどうかたしかめてくれと頼んできたんだ」

いったい何度同じ答えをくり返したら、受け入れてくれるのだろう。「いいえ、気は変わってないわ」

「もう百ドル値段をあげてもいいとも言っていた」

「それでも答えは同じよ。ヴァーノンに伝えて。いくら金額を釣り上げても同じことだって。土地を売るつもりはないわ」

ジョシュアはうなずき、煙草をもう一方の頰に動かした。「伝えておくさ」そう言って肩越しに果樹園の方角へ目を向けた。「最近おたくの桃はどうなんだ？」

オリヴィアは身を固くした。「桃は大丈夫よ、ジョシュア。そのこともヴァーノンに伝えて」

そう言って背を向けて家へ戻ろうとしたが、二歩ほど進んだところでジョシュアに腕をつかまれて振り向かされた。「そうか、そう聞いてえらくうれしいよ。ほんとうにいい木だからな。桃の木に何かあったら残念だろうな。たとえば、火事とか」

オリヴィアは手を振りほどこうとした。「放して！」

「火事があったら、作物はみんな台無しだ」腕をつかむ手がきつくなった。「どうして土地を売っぱらっちまわない？」

「わたしは売らないって言ったのよ、ジョシュア。売らないって言ったら売らないわ」オリヴィアはつかまれていないほうの手を上げて彼をぶとうとしたが、手首をつかまれた。オリヴィアを家のドアに押しつけ、ジョシュアが身を寄せてきた。「ヴァーノンの申し出を受け入れたほうが賢いと思うがな。ほんとうにそのほうが賢いぜ」

安ウィスキーと煙草のにおいにオリヴィアは吐き気を催し、顔をそむけた。生まれてはじめて、ジョシュアを心の底から怖いと思ったが、それに対してなすすべもなかった。

しかし、どうするか決める前に、突然つかまれていた手が自由になった。ジョシュアが驚きの声をあげてオリヴィアから引き離されたのだ。オリヴィアが顔を振り向けると、コナーが自分より小さい男を後ろからはがいじめにしていた。

「彼女にその気はないようだぜ、ぼうや」コナーは歯を食いしばるようにして言い、ジョシュアの腕をつかんで後ろにひねった。「ノーということばの意味を教えてやらなくちゃならないかな？」

そう言って後ろに押さえつけた腕を背骨に沿って上にあげた。ジョシュアは痛みに甲高い悲鳴をあげ、答えるかわりに首を横に振った。オリヴィアはショックを受けながらもほっとして、コナーがジョシュアをポーチの端に引っ張っていき、手すりに体を押しつけるのを見ていた。コナーは左手でジョシュアのシャツをつかみ、右腕を後ろに引いて相手の顔にこぶしをお見舞いした。

骨と骨がぶつかるおぞましい音がオリヴィアの耳にも聞こえた。彼女は顔をしかめながらコナーがジョシュアを手すりから持ち上げ、どさりと下の地面に投げ落とすのを見ていた。

「これは不法侵入だ」コナーは手すりから身を乗り出してジョシュアに言った。「さっさと立ち去れ」

ジョシュアはよろよろと立ち上がり、「アイルランド野郎め」とうめいて片手を顔にあてた。「鼻を折りやがったな」

コナーは顔のほかの部分も折ってやるぞというように手すりを乗り越えようとしたが、ジョシュアは背を向けて逃げ出し、暗闇のなかに消えた。

オリヴィアはほっとして息を吐き、ドアにもたれた。

「大丈夫か?」コナーがポーチを横切ってきて彼女の前に立った。

「大丈夫よ」オリヴィアは身を起こしてドアから離れようとしたが、そのときになって恐怖に体が反応して震え出し、膝ががくがくいい出した。

コナーがオリヴィアの体をつかまえ、引き寄せて倒れないように支えた。オリヴィアは腕を彼の首にまわしてしがみつき、胸に顔をうずめた。「物音がしたの」と彼女は言った。シャツに顔をうずめているせいでくぐもった声だ。「あなただと思って。そうしたら、あの人につかまって、どうしていいかわからなかった」

コナーは自分が何分か遅かったらどうなっていただろうと想像し、新たな怒りが全身を駆け抜けるのを感じた。オリヴィアを守るように腕の力が強められた。「けがは？」

オリヴィアは首を振った。「いいえ。ただ、酔っ払っていてしつこかっただけよ」

コナーはなだめるように片手でオリヴィアの背中を撫でた。怒りは消え、まったくちがう予期せぬ感情が生まれていた。相手を思いやる気持ち。「もう大丈夫だ」彼は髪に唇をうずめてささやいた。「もう大丈夫」

「わかってるわ」オリヴィアもささやき返した。

コナーはしばらくそのまま彼女を抱きしめ、寄りそう体の温かさと顎の下にある髪の毛のやわらかさをたのしんだ。オリヴィアが身を引き離そうとしたときには、放してやるべきだとわかってはいたが、そうしたくなかった。コナーはどうにか自分の腕を下ろしてあとずさり、彼女の体を放した。

オリヴィアはエプロンの皺を伸ばし、ほつれて頰に落ちた髪を撫で上げた。自分の恰好を気にして狼狽する様子に、コナーは思わず笑みをもらしたくなった。「ありがとう。もう大丈夫よ」彼のほうを見ようとせずにオリヴィアは低い声でつけ加えた。「あなたはもう戻ってこないんじゃないかと思っていたわ」

「そのつもりだった」

オリヴィアは顔を上げた。「どうして戻ってきたの？」

をついた。

コナーは理由は言わなかった。「馬車に乗せてくれる人が通りかからなかったんだ」と嘘
「戻ってきてくれてうれしいわ」オリヴィアはささやいた。「ありがとう」

「さっきのやつは誰だ？　知っている人間か？」

オリヴィアはため息をついた。「ええ、知っているわ」

「なんの用だったんだ？」

胸に腕を巻きつけてオリヴィアはコナーの脇を通ってポーチの手すりのところへ行き、暗闇に目をこらした。「話せば長くなるわ」

「どうも最近、時間だけは腐るほどあるんでね。やつはなんの用だったんだ、オリヴィア？」

「わたしを脅したかったのよ。ジョシュアがわたしを怖がらせることができると思うなんて」彼女は笑ったが、コナーにはその笑い声が震えているように聞こえた。

「きみを脅す？」コナーは眉根を寄せた。ポーチを横切り、手を伸ばしてオリヴィアの肩に置くと、彼女を振り向かせた。「なぜだ？」

「あの人の雇い主は金も権力もある人間なんだけど、ここに鉄道を敷くつもりで、そのためにわたしの土地をほしがっているの。この辺ではうちだけなのよ、鉄道のルートにはいっていて、彼が手に入れられないでいるのは」

「買いたいと言ってきているんだろう？」

「ええ、そうよ」ゆがんだ笑みが彼女の唇に浮かんだ。「かなり気前のよい金額を言ってきたわ。でも、残念ながら、この件に関してはわたしも譲らないつもり。土地を売るつもりはないの。それで、向こうとしては売らせるために脅しをかけようとしているわけ。ジョシュアをここへ差し向けたのはそのためにちがいないわ」

　コナーはその皮肉に笑いたくなるほどだった。生まれてこのかた、人々がわずかな土地をめぐって脅され、飢えさせられ、立ち退かされるのをまのあたりにしてきたのだ。誰もが小さな農場で腰や精神がぼろぼろになるまで絶え間なくあくせく働き、最後にそれを子供たちに遺すのだが、子供たちもやはり同じようにそこであくせく働くことになるのだ。世界を半周して旅してきたというのに、また同じことを目撃することになるのか。土地などというものにそれほどの価値がないことがどうしてわからない？

「ただの土地じゃないか、オリヴィア」

「ちがうわ！」オリヴィアはコナーを見上げた。これまで見たことがない厳しい決意が顔に現れている。「ただの土地じゃないわ。わたしの家なのよ。わたしの一族はこの地で七十年以上も暮らしてきた。一族が五世代にもわたってここで生まれ、この地に血や汗を注いできたのよ。兄たちはこの地を守るために死んだ。ピーチツリーはわたしが受け継いだ遺産であり、責任なの」

「でも、脅しをかけられているなら――」

「冗談じゃないわ。北部から乗りこんできた欲の皮の張った連中や、彼らに協力する南部のごろつきたちのはったりだけの脅しなんかに屈してこの土地から追い出されたりはしない」

コナーは決然と上げられたオリヴィアの顎をまじまじと見つめながら、これまでこんな顔をいったいいくつ目にしてきただろうと考えた。何十も、おそらくは何百も。誰もがみな、自分の先祖や家族の結びつきはほかの何にもまして大切だと考えていた。みな土地や伝統を子から孫へと受け継ぎ、いつか物事がよくなってくれるにちがいないと信じていた。自分たちの世代には無理でも、子供たちにとっては。

しかしコナーにはわかっていた。物事がよくなることなどけっしてなく、誰もがみないつまでもその闘いをつづけてはいられない。小作人は追い出され、鉄道は敷かれる。そして家をなくした子供たちは腹をすかせるのだ。人生は不公平きわまりないものだ。

「じゃあ、きみはこの土地から追い出されるつもりはないんだね、オリヴィア？」声に冷笑するような響きがこめられた。「どうやって追い出されずにすむようにするつもりなんだ？」

「脅しは無視するわ」

「ああ、そいつはいい考えだ。次にあのジョシュアってやつがやってきたら、やつがきみを手荒くあつかうのを見て見ぬ振りをすることにしよう。きみがやつを無視するのを見物していることにするよ」

オリヴィアは皮肉など聞きたくないというような険しいまなざしをコナーに向けた。「闘うわ」

「どうやって？」

「わからないけど、どうにかして」

コナーはオリヴィアの誇り高い決然とした顔をのぞきこみ、この人は脅しにどのぐらい持ちこたえられるだろうかと考えた。金も権力もある男は、たったひとりの頑固な女の邪魔立てなど許さないものだ。彼女は自分が何に立ち向かっているのかまったくわかっていない。

コナーは苦い真実を教えてやろうかと口を開いたが、彼女の顔に自分がすっかり失ってしまった理想の小さなきらめきを見て、この世では北部の欲張りや南部のごろつきがたいていは勝つものだということを教えてやる勇気を失った。


翌朝目覚めたときには、コナーは前の晩の自分は正気を失っていたにちがいないと思った。まったくもって正気じゃない。こういう土地の投機家たちにオリヴィアがまともに立ち向かえるはずはない。そう言ってやるべきだったのだ。

コナーは朝食のあとでその話をしようと決めた。彼女はあの連中が気前のよい金額を提示してきたと言っていた。この土地を売ればその金で別の土地を買える。たわんでいないフェンスや雨もりしない屋根の家とともに。それが分別ある唯一の解決法だ。彼女にそれをわからせるのは自分の役目だとコナーは思った。

オリヴィアは家畜小屋で新しい藁を囲いのひとつに敷いていた。

彼女は囲いの上から彼に目を向けた。「おはよう」

コナーは挨拶抜きで本題にはいることにした。家畜小屋へはいっていき、囲いの入口へと歩み寄った。「あの男たちとまだ戦う気でいるのかい?」

オリヴィアは手に持った熊手に寄りかかり、額に落ちたほつれ毛を後ろに払った。「もちろんよ」

「そのことをもう一度考え直して、気を変えてくれないかと思ってね」

オリヴィアは首を振った。「いいえ」と答えて顔をそむけ、足もとの藁の山に熊手をつき刺した。「どうして変えなくちゃならないの?」

「向こうには金があり、きみにはないようだからさ。向こうには力があり、きみにはない。負け戦は決まっている」

「言ったでしょう、ここはわたしの家なの。自分の土地から追い出されたりはしないわ」

「きみは分別を失っているよ」

オリヴィアは手を止めてコナーのほうに向き直った。「分別があったらどうなの?」とやさしい口調で訊いた。「お金を受けとってよそへ移る? あなただったらそうするってこと?」

コナーもこれまでずっと自分のなかで同じように戦いつづけてきた。分別ある生き方がどういうものかわかっていながら、それに従えず、抗ってきた。そして、いつもあとになって抗ったことを後悔してきたのだ。

「ああ」彼は答えた。「おれだったらそうする」

「そう、わたしはあなたとはちがうわ」オリヴィアはそう言って作業に戻った。「わたしはどこへも行かない」

「じゃあ、どうするつもりなんだ？　玄関に立ちはだかって悪人どもに帰れと言うのか？」

「皮肉を言ってくれなくてもいいのよ」

「まったく、女ってやつは！」コナーは一歩前に進み出て熊手を奪い、オリヴィアの注意を自分に向けさせた。「ここは教会の社交場じゃないんだ」コナーは囲いの隅に熊手を立てかけて言った。「昨日の晩の男もここへお茶を飲みに寄ったわけじゃない」

「言ったでしょう。ジョシュアのことは生まれたときから知っているの。あの人がわたしに害をおよぼすことはないわ。ただ脅したかっただけよ」

「そうさ。それで、次にやつが来たらどうなる？　もう少し強く脅してきたら？」オリヴィアがつんと顎を上げるのを見て、コナーはこれほど腹の立つ女に会ったのははじめてだと思った。「どうするつもりなんだ。相手は男なんだぞ。きみは女だ。くそっ、そのことを絵にでも描いて説明しなきゃならないのか？」

オリヴィアの頬が濃いピンク色に染まった。「でも、あなたがここにいるじゃないの。彼にそんなことをする機会はないわ」

「おれは桃の収穫の手伝いが終わるまでしかここにいない」コナーは言い返した。「収穫が終わったら、出ていってしまう。そうしたら、どうするつもりだ？」

オリヴィアは唇を引き結び、答えなかった。

「どうするつもりだ？」コナーはまた訊いた。

「わからないわ！」オリヴィアはコナーをにらみつけて怒鳴った。「でも、ジョシュア・ハーランなんかに痛めつけられたりはしない」

「娘たちはどうなんだ？　彼女たちの身の安全も危険にさらすつもりか？」

「ジョシュアは娘たちには何もしないわ。ヴァーノンに雇われているだけだもの。ヴァーノンだって、わたしや娘たちを傷つけろなんて命令はくだすはずがない」

コナーはその名前を聞いて腹を蹴られたように息を呑んだ。「誰だって？」

「ヴァーノン・タイラーよ。わたしの土地をほしがっている男」

コナーは髪を手で梳いた。「嘘だろう」とうなり、首を振った。「おれはおしまいだな」

オリヴィアは当惑して眉をひそめた。「なんの話をしているの？」

コナーはその質問には注意を向けず、顔をそむけた。「これまでいろいろと正気じゃないばかげたことをしてきたものだが、よりによって……ヴァーノン・タイラーだと。ああ、ちくしょう」コナーはここから連れ出してくれたはずの農夫の荷馬車を思い出し、自分のあまりの愚かしさに尻を蹴り飛ばしてやりたくなった。「あのまま行っちまえばよかったんだ」

ぼうや、もう一度おれの前に現れたら、枯れ枝のように細かく折って薪にしてやるからな。

「コナー？」オリヴィアがそばへ来て、彼の腕に手を置いた。

コナーは苛立った様子で荒っぽくその手を振りはらった。昨晩ヴァーノンの手下を殴ったせいで、おそらくはまたぶちのめされることになる。もしくはもっと悪いことに。今度こそ永遠にここを去るのだ。女との約束を守ることにそれだけの価値はない。

「コナー？」

オリヴィアのやさしい声がコナーの錯綜《さくそう》した物思いを破った。コナーは振り返り、囲いに背をあずけた。「ヴァーノン・タイラーこそ、おれを叩きのめした男なんだ」

「なんですって？　いったいなぜ？」

コナーは顔をしかめた。「おれがばかだったからさ。命令されるのが嫌いなぼんくらだったからだ」

「なんの話をしているの？」

コナーは手で顎をさすり、ため息を吐き出した。「おれがエルロイ・ハーランと対戦したボクシングの試合を手配したのがヴァーノンだったんだ」

「ええ、知ってるわ。店で試合の広告を見たもの」

「ヴァーノンは賭けのスポンサーでもあった。胴元だったのさ。賭け金が集まったときに、おれが勝ったら自分が損をするのがわかって、おれに負けろと言ってきた」

「賭けのことはよくわからないわ。それってどういうことなの？」

「ダウンしろってことさ。わざと負けろってことだ。そう、エルロイのパンチをまともに受けて、フロアに倒れ、ほんとうらしくうなったりうめいたりするわけだ。それでエルロイが試合に勝つ。ヴァーノンは悪くないもうけを手にし、おれはいずれにしても二十五ドルの賞金を受けとる。それでみんな満足ってわけさ」

「でも、それって八百長じゃないの」

コナーはショックを受けたような非難のことばを聞いて大声で笑った。「そうさ。どう思ってたんだ？　ヴァーノンが不正など一度も働いたことのない立派な市民だとでも？」

世間知らずだとばかにされてオリヴィアの頰が燃えた。「でも、あなたはヴァーノンの言うとおりにはしなかったわけでしょう？　それはどうして？」

「おれは命令に従うのが苦手なんだ。さっきも言ったようにばかだったのさ。それで、ヴァーノンの手下たちがおれに教訓を垂れることにしたんだ。ヴァーノン自身が言っていた。もう一度目の前に現れることがあったら、もっとひどい目に遭わせるぞとね。もっとずっとひどい目に」

オリヴィアは組み合わせた両手を口に押しつけた。「ああ、神様」

コナーはそれでいいというふうにうなずいた。「ほかのすべてがうまくいかなかったら、祈るといい。それはいい考えだ。祈るときにいっしょに頼んでみてくれないか？　これ以上肋骨を折らずにおれが今度のことから逃れられるようにしてくれないものかと」

オリヴィアは悲しそうな声をあげて顔をそむけた。「だったら、出ていったほうがいいわ」そう低い声で言うと、足もとの藁をじっと見つめた。「わたしがヴァーノンと戦っているからといって、あなたがまたけがをするようなことにはなってほしくないから」

「オリヴィア、よく考えてみるんだ。ヴァーノンに土地を売れば、金を受けとって別の場所に農場を買える。きみひとりで管理するのに広すぎない農場を。どっちにしてもきみに勝ち目はないんだ」

オリヴィアはゆっくりと彼に顔を向けた。肩を怒らせ、背筋をぴんと伸ばしている。「わたしはヴァーノンの申し出をもう四年近くも断りつづけているのよ。あと何年かそれをつづけることはできると思うわ。そのうち彼も頼み疲れてあきらめるでしょうよ」そう言って後ろを向き、熊手をつかんだ。「ご忠告感謝するわ、ミスター・ブラニガン。でも、あなたもはっきりおっしゃったように、あなたは出ていく身ですから。わたしの土地のことはあなたには関係ないわ」

つまり、またミスター・ブラニガンに逆戻りか。コナーはしばらくオリヴィアを見つめていたが、オリヴィアはコナーがそこにいないかのように作業をつづけた。話し合いはおしまいというわけだ。

もちろん、オリヴィアの言うとおりだった。ここは彼の土地ではない。彼には関係のないことだ。今すぐここを立ち去るのがもっとも賢明なやり方だろう。

コナーは家畜小屋から出た。自分がどこへ向かおうがかまわず、最初に行きあたった道を進んだ。オリヴィアは負け戦を戦っている。しかしそれは彼女自身が選んだことだ。わずかばかりの土地のことで本人がそれほどかたくなになるつもりでいるなら、どうして干渉しなければならない？

コナーの脳裏に、守ってくれる者もなくひとりでこの問題に対処するオリヴィアの姿が浮かんだ。かけられる圧力は日増しにきつくなっていくだろう。ジョシュアがまた脅しにやってくるかもしれない。脅し以上のこともするかもしれない。そう考えると怒りが湧き起こってきた。おれには関係ないことだ。コナーはまた自分に言い聞かせ、その怒りを心の奥底にしっかりと押しこめようとした。負け戦にはうんざりだ。ここを出ていこう。

「ミスター・コナー！」

彼の名前を呼ぶキャリーの声がしてコナーは物思いから覚めた。今は娘たちには会いたくなかった。一瞬足を止めたが、聞こえなかった振りをし、足を速めてまた歩き出した。

「ミスター・コナー！　待って！」

今度はミランダが彼の名前を呼んだ。踏み固められた小道を走る足音が後ろから聞こえてきた。「くそっ」彼は髪を手で梳いてつぶやいた。観念して急に足を止め、くるりと振り返った。

娘たちが三人そろって小道をやってこようとしていた。キャリーとミランダは全速力で走り、大人ぶって上品な態度をとろうとするベッキーが妹たちのあとを追ってくる。

キャリーが最初に追いついた。「戻ってきたのね！」と叫んでコナーに飛びついた。「戻ってくるとわかっていたわ。わかっていたの！」そう言って信頼しきって目を輝かせ、コナーを見つめた。

「へえ、そうかい？」コナーは子供から揺るぎない信頼を寄せられていたことに驚いてもごもごと言った。自分にはそんな資格などないことをわからせてやれたなら。

ミランダが次に追いつき、喜びの声をあげてコナーに抱きついた。「帰ってきたのね！　出ていっちゃったんじゃないかと心配だったのよ」

「わたしは心配なんかしなかったわ！」とキャリーが言って彼の手をつかんだ。「わたしたちを置いて出ていったりしないってわかってたもの」

ああ、ちくしょう。コナーは胸がよじれる思いを感じ、自分が心ない犬になった気がした。手でキャリーの小さな手を包み、ぎゅっとにぎりしめた。

「どこへ行ってたの？」とキャリーが訊いた。

「散歩に出たんだが、迷ってしまったんだ」コナーは嘘をついた。

「今度散歩するときはわたしたちといっしょに行きましょう」ミランダがコナーの脚に巻きつけた腕をきつくして言った。「いっしょに行ったら迷わないわ。とくにベッキーがいっしょだったら。ベッキーは道に迷ったことがないのよ」

「それはほんとうよ」別の声が言い添えた。コナーが目を上げると、ベッキーが目の前に立っていた。はにかむような笑みを浮かべている。「わたしは道に迷ったことがないの」

コナーはベッキーから自分を見上げてくるほかのふたつの顔に目を移した。おれは牛のお産を手伝い、チェッカーを何ゲームかし、屋根を直し、いくつかお話をしてやったにすぎない――とりたてて言うほどでもないことばかりだ。それなのに、この少女たちはおれのことを英雄か何かのようにみなしている。いなくなってさびしかったというのだ。

では、おまえがまた出ていったら、彼女たちはどう思う？　出ていって戻ってこなかったら？

おそらく捨てられたと思うだろう。裏切られたと。そして、ひどく傷つくにちがいない。

コナーはまたあの腹立たしい良心の呵責を感じた。まったく気に入らないことだった。かつて、自分のことを英雄だと思っていたときがあった。戦うための信念を持っていたときだ。自分を勇敢だとか、気高いとか、そうしたばかげた思いを抱いていたことがあったのだ。しかし、すべてはまやかしだった。勇気は一番大事な局面で粉々に砕け散ってしまった。コナーには自分が英雄でもなんでもないことがわかっていた。

ここはおれの家ではなく、三人の少女たちはおれの娘ではない。オリヴィアも妻ではない。彼女たちの責任を負う必要はないのだ。おれにはおれの人生があり、そこに彼女たちの居場所はない。ひとり出ていくからといって罪の意識に駆られるつもりもない。絶対に。

しかしそうはいかなかった。コナーは死ぬほど罪悪感に駆られていた。

オリヴィアのささやかな戦いについてコナーはそれ以上口を出さなかった。朝食のあいだ、ほとんど口をきかず、食事を終えるとすぐに屋根の修理にとりかかった。一日じゅう屋根の上で過ごし、昼食と夕食のときに降りてきただけだった。夕食を終えると散歩に出かけた。ひとりで。

コナーはオリヴィアが娘たちをベッドに入れるころまで戻らなかった。オリヴィアは家の一階を探したが、コナーは見つからなかった。裏のポーチに出ると、家畜小屋の開いた入口から明かりがもれているのに気がついた。

いったいあそこで何をしているの？　オリヴィアは家畜小屋へ行き、入口のところで足を止めた。コナーと、長いロープで梁から吊り下げられたオート麦の袋が見えた。コナーは上半身裸になって袋の前に立ち、こぶしで袋を殴っていた。

オリヴィアは魅入られたようにその光景をじっと見つめた。野外での労働の日々のせいで肌は浅黒く、背中に縦横に走る生々しい白い傷痕が、栗色の肌にくっきりと際立って見える。腕の筋肉が固く盛り上がったと思うと、たくましく流れるような優美さで袋にパンチをくり出した瞬間、ぴんとまっすぐに伸びた。袋は大きく揺れた。

昨晩の情景がオリヴィアの心をよぎった。コナーは稲妻のようなすばやく力強い動きでジョシュアをぶちのめしたのだった。そのすぐあとには、まるで盾になって守ろうとでもするようにその腕で抱いてくれた。オリヴィアはあの日の午後のキッチンでの出来事を思い出した。彼の手の感触。彼女など簡単にふたつに折ってしまいそうなほどたくましいあの手が、やさしく繊細に愛撫してくれたのだった。オリヴィアは男というものの途方もない二面性を思わずにいられなかった。

袋が戻ってくると、コナーはそれをつかまえた。両腕をまわし、自分の足では立っていられないほど疲れているかのように袋にしがみついた。そして、入口のところにいるオリヴィアに気がついた。コナーはぎごちなく唐突な動きで背筋を伸ばした。荒い息が小屋の開いたドアの向こうから聞こえてくるコオロギの羽音と入り混じった。「そこで何をしている？」

「明かりが見えたので、何かしらと思って……あなただとはわからなかったから」

コナーは険しいまなざしを向けた。「ここへはひとりになりに来たんだ」顔には敵意が浮かび、ぶっきらぼうなことばは出ていってくれとはっきり示しているのにオリヴィアは気づいた。「邪魔するつもりはなかったの」

出ていくべきだとはわかっていたが、足に根が生えてしまったようだった。オリヴィアは片手でびくびくとドレスの高い襟をいじりながらコナーを見つめていた。また抱きしめてほしくてたまらなかった。

コナーは大きく息を吐いた。「オリヴィア」

そう言って一歩、また一歩と彼女に近づいた。さらに一歩。コナーは彼女から一フィートのところに来た。その目にもやがかかり、まつ毛が伏せられる。無意識にオリヴィアは彼のほうに身を乗り出した。キスしてほしいと思いながら。

しかし、コナーは動かなかった。ふたりが見つめ合っているあいだ、コオロギの羽音だけがあたりを満たしていた。

「桃の収穫まではここにいるよ。約束だから」沈黙を破り、突然むちのように厳しい声を出してコナーが言った。「収穫が終わったら出ていく」

そのことばはオリヴィアの心を切り裂き、あとに痛みを残した。まぎれもない事実だったからだ。オリヴィアは手を伸ばし、コナーの断固として引き結ばれた口に触れた。「わかってるわ」

コナーはまるで触れられてやけどしたかのようにあとずさり、「あっちへ行ってくれ、オリヴィア」と言った。オリヴィアはその声にかすかに懇願するような響きを聞いた。「あっちへ行ってくれ」

コナーは袋のところに戻った。そして、思いきりこぶしを打ちつけ、袋を壁にあたるほどに揺らした。オリヴィアは背を向けて走り去った。

家に戻るまでずっと彼の率直なことばが追いかけてきた――出ていく。

前にも何度も聞いたことばだった。どうして今これほどに心が痛むのだろう？

オリヴィアは家に戻る途中で立ち止まり、肩越しに後ろを見た。家畜小屋の入口から明かりがもれている。これほどに心が痛むのはわたしが彼を愛しているからだ。

彼に放浪生活をやめて自分のところに留まってほしいと思っているからだ。毎朝目覚めたときと毎晩眠るときにそばにいてほしいからだ。娘たちにお話を聞かせてやってほしいからだ。また触れてキスしてもらいたいと思っているからだ。ここ、ルイジアナの丘陵地で心の平穏を見つけ、あの山の向こうには何があるのだろうと思わずにいてほしいからだ。

ヴァーノンとの戦いのために残ってほしいとは思わなかった。約束にしばられて残ってほしいとも思わなかった。

愛ゆえに残ってほしかった。しかし彼はわたしを愛してはいない。多少の愛着は感じてくれているかもしれないが、それ以上ではない。そう考えると、何にもまして心が痛んだ。

19

コナーはオリヴィアを避けるようになった。その後二週間のあいだ、あれこれ口実を作ってできるだけ彼女から離れていようとした。屋根の修理を終えると、次にはポーチの修繕をはじめ、一日じゅうその仕事に没頭した。それも終えると、家のまわりの庭にうっそうと生い茂っていた雑草を刈り、離れの建物の修繕をはじめた。

夜ごとの読み書きのレッスンも中断された。コナーはひとりで学習できるぐらいに読み書きができるようになっていたが、オリヴィアは夜ごとのレッスンがなくなったことがさびしくてたまらなかった。キッチン・テーブルについてお茶を飲み、おしゃべりをしながら親しく過ごした時間が恋しかった。

コナーが出ていくまであまり時間がなかった。オリヴィアはただ、残された貴重な何日かを彼といっしょに過ごしたいと思っていた。心にその記憶を焼きつけられるまで、彼のそばにいて顔を見て声を聞きたいと。彼が出ていってしまったら、残るのは思い出だけとなる。しかし、コナーのほうはいっしょにいたいとは思っていないようだった。彼の姿を目にするのは食事のときか、作業をしているのをこっそりのぞき見するときだけだった。

オリヴィアはストーヴの上にアイロンを載せ、キッチンの窓のところへ歩み寄った。窓ガラスに鼻を押しつけ、家畜小屋の入口からもれている明かりに目を凝らす。コナーは毎晩小屋へ行ったが、オリヴィアがあとを追っていくことは二度となかった。ひとりになりたいのだとはっきり言われたからだ。それでも、口実を作って夜更かしはしていた。収穫祭のダンス用のドレスを直したり、アイロンがけをしたり、食器棚の掃除をしたり。彼が戻ってくるまでキッチンにいられる仕事ならなんでもよかった。コナーが戻ってくるまでベッドにはいることはなかったが、彼はいつもおやすみとつぶやくだけで脇を通り過ぎ、あとは黙って自分の部屋へまっすぐ向かうのだった。

オリヴィアはアイロンをかけている彼のシャツを見下ろした。もとはスチュワートのものだったシャツだ。彼も今はいない。ママもスチュワートもチャールズもパパも。みんな逝ってしまった。

意味はちがうが、コナーもここからいなくなってしまう。そのあとにつづく日々を想像してみたが、ひどくうつろなものに思えた。彼が出ていくと考えるだけで、胸が痛むほどのさびしさに駆られた。涙が頬を伝い、白いシャツに落ちた。

裏のポーチで彼の足音がして、オリヴィアは急いで無益な涙を手でぬぐった。アイロンをつかみ、彼がはいってきても目を上げなかった。背筋をまっすぐに伸ばし、目はアイロンから離さなかった。

「おやすみ、オリヴィア」通りしなにコナーが言った。

「おやすみなさい、コナー」

しかし、キッチンから出ていく後ろ姿を見て、また涙に目がくもった。コナーはわたしが大切に思っているものすべてを拒絶し、わたしには癒せなかった傷を抱えたまま行ってしまう。

あの人を留まらせてください。どうしたら留まってくれるのか教えてください。

通じるはずのない祈りだった。コナーをここに留まらせるものなど何もないのだ。何ひとつとして。

翌朝、水をくみに行ったときに、オリヴィアは井戸のそばで死んだ猫を見つけた。かわいそうな生き物をよく見てみると、撃たれてわざとそこに置かれたことがわかった。ヴァーノンからのさらなる脅しだ。非常にわかりやすい脅し。井戸に死んだ動物を投げこんで、井戸の水を汚染することもできると言いたいのだ。しかし、じっさいにはそうしなかった。そのかわり、このままかたくなな態度をとりつづけるならば、それがいかに容易にできるか示してみせたというわけだ。

オリヴィアは唇が薄い線になるほど固く引き結び、硬直した血だらけの死体を見下ろした。怒りがふつふつと沸いた。果樹園を燃やしてやるというジョシュアの脅しが思い出された。威張りくさった脅しのことばも。こうした脅しに屈し、どれほどの人がヴァーノンに土地を売り渡したのだろう。

オリヴィアは家畜小屋へ行ってシャベルと厚い革の長手袋をとってきた。猫を森に埋めると、家に戻った。屋根裏へ昇り、いくつかトランクを調べ、父や兄のものだったライフルや拳銃や弾薬のつまったトランクを見つけた。ほかの武器よりも脅しがききそうに見えると考えてスチュワートが軍で使っていたライフルを選び、トランクのふたを閉めてライフルを階《し》下《た》へ運んだ。

コナーが目覚めてキッチンに降りると、オリヴィアが手にライフルを持って裏のポーチに立っていた。キッチンを歩く足音を聞いて振り返ったオリヴィアは、開いたドア越しに彼に目を向けた。その意を決した顔つきを見て、コナーにも何かあったのがわかった。

「井戸のそばに猫の死体が置いてあったの」とオリヴィアは言った。声に出さなかったコナーの疑問が聞こえたかのようだった。「撃たれていたわ」

「なんてことだ」コナーはそれがどういうことを意味するか悟った。オリヴィアにもわかっているようだった。コナーは彼女が手に持ったライフルに目を向けた。「それで、戦争でもおっぱじめるつもりか、オリヴィア？」

「用心しているだけ、それだけよ」

「そいつの使い方は知っているのか？」とコナーは訊いた。

オリヴィアは首を振った。「あなたは？」

コナーはライフルをじっと見つめた。ショーンと彼が集めたアメリカのライフルが思い出された。「ああ」と重い口調で答えた。「知っている」

「撃ち方を教えてくれない？」

「どうして土地を売ってしまわない？　戦うほどの価値はないじゃないか、オリヴィア。そこまでの価値はない」

オリヴィアは顎をこわばらせた。「あなたが教えてくれないのなら、自分で使い方を覚えるだけよ」

コナーに背を向けると、オリヴィアは両手でライフルの重さを試すようにし、それからねらいを定めるように持ち上げた。銃について何ひとつ知らないのは明々白々だった。使い方を教えてやらなければ、彼女自身がけがをして終わるかもしれない。

「くそっ」とつぶやき、コナーはポーチへ歩み出た。彼女の肩越しに手を伸ばしてライフルをつかむと、銃口が木の床に向くまで銃身を押し下げた。

オリヴィアは首をめぐらし、なぜと問うような目をくれた。

「誰かを撃つ心がまえはできているのか？　やつを殺すつもりか？」コナーは訊いた。「それが自分にできると思うのか？」

「ええ、必要なら」

しばらく彼は彼女の真剣な顔を見つめていたが、やがてうなずいた。「それならいいだろう。使い方を習っておいたほうがいい」

コナーはオリヴィアの手からライフルをとり上げてよく調べた。ヘンリーの四四口径。長距離の射撃に向く銃ではない。女が使うには少々重すぎる。それでも、悪くない武器ではあった。

「このライフルが最後に使われたのは？」

「一八六三年よ。兄のスチュワートのものだったの」

コナーは薬室にも弾倉にも弾薬がはいっていないことをたしかめ、銃を持ち上げた。撃鉄を起こし、物干しロープを渡した棒のてっぺんをねらって引き金を引いた。

撃鉄は少し遅れてかちっと音を立てて下りた。「まずはよく掃除しないとだめだな」コナーはそう言って銃を下ろした。「布きれと熱い湯と洗い矢がいる。すべりをよくするためのオイルが何かあるかな？」

「オリーブオイルがあるわ」

「それでいいだろう。弾薬はあるのか？」

「ええ、ひと箱丸々」

「それも持ってきてくれ」

オリヴィアはうなずいて家のなかにはいった。

コナーは手に持った銃に目を落とした。こんなことはすべきではない。土地を売って、その金で娘たちといっしょにどこか新しい場所でやり直すのがオリヴィアにとってもっとも賢明なやり方だ。しかし、もっとも賢明なやり方にオリヴィアが従わないこともわかっていた。

あと何週間かすれば、暗闇で男たちが襲いかかってきても助けてやることはできなくなる。彼にできるせめてものことは、自分で自分の身を守る手段を与えてやることだけだ。「くそっ」とコナーはつぶやいた。

朝食のあと、コナーはオリヴィアを以前は綿花畑だった場所へ連れ出した。今は雑草ばかりが生い茂っている。射撃を習いに行くのだと聞かされた娘たちは、最初のレッスンを見たいと言ってきかなかった。娘たちに見せるのがいい考えかどうかオリヴィアには確信が持てなかったが、標的を撃つ練習をするあいだ、娘たちの居場所がはっきりわかっていたほうがいいとコナーが指摘した。

コナーはブリキの缶を両腕にあまるほど抱えてきて、それをフェンスの上に一列に並べた。娘たちには数十フィート後ろに立っているように指示し、銃の危険性について説明した。「おもちゃだと思ってはだめだ」コナーはきっぱりした口調で言った。「おもちゃじゃないんだから」

そう言ってシャツの一番上のボタンをはずし、キャリーとミランダに肩の丸い傷痕が見えるように身をかがめた。「これは銃で撃たれた傷だ。このせいでおれはあやうく死ぬところだった。銃はものすごく危険なものなんだ」

オリヴィアはその様子を眺めながら、彼はきっといい父親になるだろうにと残念に思った。ベッキーとジェレミアのキスの一件は深刻にとらえてくれなかったけれど。そう考えて、その行為を自分がはじめて実践したときのことが思い出され、爪先までうずく感覚が走った。

「どうして撃たれたの？」キャリーがコナーの肩の傷痕に指で触れようとしながら言った。

「銃をおもちゃだと思った幼い男の子がまちがって撃ったのさ」コナーは身を起こし、シャツのボタンをはめた。「きみたちは絶対にライフルにさわってはだめだ。どんな理由があっても。わかったかい？」

「ええ、わかりました」三人は目を丸くし、口をそろえて答えた。

「いい子だ」

コナーはオリヴィアのそばへ戻り、彼女の手から弾薬の箱をとると、身をかがめてそばの地面の上に積み上げた。「これは四四口径の十五連発のライフルだ」とオリヴィアに説明した。それから弾丸をひとにぎり手にとり、身を起こした。「つまり、四四口径の弾丸を十六発まで連続して撃てるということだ。弾倉に十五発、薬室に一発。弾丸はここの弾倉からつめる」

オリヴィアはコナーが銃に弾丸をつめてみせるのを注意深く見つめていた。コナーは十五発の弾丸を銃身の下の引き金の前にある筒状の装塡口からつめ、ライフルをオリヴィアに渡して彼女の後ろに立った。

「床尾を肩に押しつけるようにしてかまえるんだ」とコナーは指示し、彼女の後ろから手を前にまわして自分の説明どおりの位置にライフルを動かした。「そうすれば、あつかいやすくなる。力を抜いて」彼はつけ加えた。「緊張しすぎだ」

オリヴィアは力を抜こうと努めた。が、いくらがんばっても考えられるのは、背後にいるコナーに身をあずけ、体にまわされた手の感触をたのしめたらどれほどすてきだろうということだけだった。ほんとうにそんなことをしたらどうなるだろうと考えると、自意識過剰になってしまった。

彼は銃身を支えるオリヴィアの手に自分の手を添え、引き金の後ろにあるレバーを引き下ろしてから戻させた。「これで銃の撃鉄が起きた」と彼は説明した。「つまり、最初の弾薬が薬室にはいり、撃つ準備ができたということだ。撃鉄は撃つたびに起こさなくちゃならない」

オリヴィアはねらいをつけることについて訊こうとしたが、首をめぐらしてコナーを見上げたとたん、訊こうとしていた質問は頭から消え失せてしまった。ほんの少し動いただけで唇が触れ合いそうなほど彼が近くにいたからだ。オリヴィアは身を固くし、突然乾いた唇を舌で湿らせた。コナーの顔から笑みが消え、目の色が濃くなり、あのけぶったようなブルーになった。

オリヴィアは最初に頭に浮かんだことを口に出した。「その傷痕はほんとうに子供のいたずらだったの？」とささやいた。

「まさか」コナーは小声で答えた。「十五歳のときにプロテスタントの農夫に撃たれたんだ。羊を手に入れようとしたときにね」

オリヴィアは噴き出しそうになるのを抑え、非難するような顔を作ろうとした。「手に入れる？　盗むってこと？」

コナーはにやりとしてささやいた。「まあ、あの子たちにはそんなことは言えないだろう？　感じやすい幼心にどんな教訓を残すと思う？」

そう聞いてオリヴィアは、感じやすい幼心の持ち主が自分たちを見守っていることを思い出した。コナーもそれを意識したらしく、腕を下ろして一歩下がった。オリヴィアは数十ヤード離れたところにあるフェンスのほうに向き直り、物思いを振り払って目下のレッスンに注意を戻した。

「これを使ってねらいを定めるんでしょう？」オリヴィアは指を一本ライフルの銃身に沿って動かし、銃身を包むように突出している真鍮の丸い輪に触れた。

「そうだ、それは照準器と呼ばれている。あとは引き金を引くだけだ。ただ、覚えていてほしいんだが、勢いよく引くんじゃなく、そっと引くんだ。それで――」

大きな銃声が彼の話をさえぎった。弾丸を発射した反動で銃の床尾が肩に押しつけられ、オリヴィアは後ろに飛ばされた。そして、すぐ後ろに立っていたコナーに思いきりぶつかった。コナーはまるでこうなるとわかっていたかのように彼女の重みを受けとめ、腕を体にまわした。

「それで――」彼は言いかけていたことを皮肉っぽく最後まで言った。「四四口径のライフルは反動が強い。覚えておくように」

オリヴィアはライフルを下ろした。コナーに寄りかかったまま、痛む肩をさすった。「次は覚えておくわ」そう悲しそうに言ってフェンスのほうを見やった。ねらったブリキの缶が地面に落ちているのがわかった。「少なくとも、あたったわね」彼女は誇らしそうに言った。

コナーはよろしいというようにうなずき、「悪くなかった」と認めた。「ほんとうに悪くなかった。女にしては」

オリヴィアはそう聞いて肘で彼をつつき、腕のなかで身を起こすと、ライフルの撃鉄を起こし、ねらいを定めてもうひとつの缶をフェンスから落とした。

コナーは賢くも射撃能力についてそれ以上からかうような感想は口にしなかった。

それからの二週間、忙しい日々がつづいた。何度か実技のレッスンを受けたあと、オリヴィアは銃とふた箱の弾薬をキッチンの食料品庫のてっぺんの棚にしまった。そこが一番とり出しやすい場所だと思ったのだ。コナーの助言に従い、屋根裏のトランクからもうひとつライフルをとり出してきて、コナーに掃除してもらってから、それをベッドの下に置き、弾薬をひと箱、ベッドサイドのテーブルの引き出しにしまった。しかし、ありがたいことに、どちらの武器も使う必要に迫られるような出来事は起こらなかった。

コナーが家まわりの修繕をつづけてくれているあいだ、オリヴィアは収穫の準備にとりかかっていた。大きな収穫用の籠をとり出し、そこにかかっていた蜘蛛の巣を払った。はしごを引っ張り出してきて、昨年以降腐ったところがないかたしかめた。

町へ行って、ラバを二頭、荷馬車を二台借り受け、その支払いは収穫のあとにするというとり決めをグレイディ・マッキャンと結んだ。モンローに収穫した桃を売りに行くのに、荷馬車が必要だったのだ。グレイディは貸し馬屋を所有しており、それはカラーズヴィルでヴアーノンが買収できなかった事業のひとつだった。

　町にいるあいだ、桃をつめる樽とおがくずが手にはいらないかと製材所をのぞいてみた。ヴァーノンはまだ戻ってきていなかったが、ジョシュアに物々交換は断ると冷たく言われた。

「ヴァーノンの言いつけでね」とり澄ました笑みを浮かべてジョシュアは言った。そこでオリヴィアはオレン・ジョンソンに子牛を売ってから、その金を使って必要なものを買いそろえた。オレンには、留守のあいだ家畜たちに餌をやり、農場に目を配ってくれるよう頼んだ。オレンはそうすると約束してくれた。

　ジョンソン家では生まれたばかりの赤ん坊をあやし、ケイトを見舞った。ケイトは今年もオリヴィアが桃をモンローの缶詰工場に運ぶあいだ、三人の娘たちをうちで面倒見ようと言ってくれた。ケイトにどうやってひとりで桃を町まで運ぶのかと訊かれると、オリヴィアは収穫のあいだ手伝ってくれる人を見つけたのだと答え、ケイトにそれ以上質問をされる前にジョンソン家をあとにした。

　収穫の準備に忙しくしていないときには、娘たちに学校へ通う準備をさせた。収穫が終わるころに学校がはじまるからだ。娘たちのドレスはどれも縫い目をほどき、布の切れ端を縁に足して幅や長さを出さなければならなかった。穴の開いた靴下もすべて繕い、娘たちに新しい靴を買ってやるために、昨年作った桃のコンポートもリラに何瓶か売った。エプロンやリボンにアイロンもかけた。ヴァーノンは娘たちのことを孤児呼ばわりし、ちゃんとした服も持っていないと言うかもしれないが、オリヴィアは娘たちがきちんとした恰好で学校へ通うよう常に気をつけていた。今年もそれに変わりはない。

やることがたくさんあって忙しくしていられることはありがたかった。というのも、収穫の時期が来るということは、コナーが出ていく日が近づいたということでもあり、それについてよくよ考えたくなかったからだ。熱くじめじめした八月もついには終わり、果樹園をまわれば、いかに桃が早く熟すものかが見てとれた。時のたつのがもっとずっと遅くなり、コナーが出ていく日が遠のいてくれないものかと思わずにいられなかった。

もちろん、そうはいかない。桃は熟し、ついに収穫すべきときが来たことがわかった。

コナーと娘たちも籠やはしごを持っていっしょに果樹園に向かった。そのあとにチェスターが従った。果樹園に着くと、犬は見物を決めこんで木陰にのんびりと寝そべった。ベッキーとキャリーはそれぞれ籠とはしごを持って桃の木の列を選び、すぐに仕事にとりかかった。気をつけなさいというオリヴィアの注意をぞんざいに手を振って聞き流して。

「いいかげんにして、ママ」キャリーがはしごを昇りかけて動きを止め、顔をしかめてオリヴィアを見下ろした。「大騒ぎしないで」それから、コナーのほうに苦労が絶えないとでも言いたそうな顔を向けると、「毎年こうなの」と目をむいて言った。

コナーはオリヴィアのほうに目を向けたが、オリヴィアは彼を見ていなかった。目はキャリーにじっと注がれている。顔に心配の色が濃いのがわかった。「大丈夫さ、オリヴィア。けがをすることはないよ」

「わかってるわ」とオリヴィアは答えたが、キャリーが籠をしっかりと木の枝のあいだに据え、枝にゆったりと腰を下ろすのを見届けてからコナーのほうを振り向いた。

「これまで桃を収穫したことは？」

コナーは首を横に振った。

「今年はだめよ。たぶん、来年になったらね」

ミランダがオリヴィアのスカートを引っ張った。「ママ、わたしも桃をとっていい？」

ミランダはがっかりした顔になった。「じゃあ、わたしは何をしたらいいの？」

「そうね、何がいいかしら」オリヴィアは首を一方に傾けた。「まず、ミスター・コナーに桃のとり方を教えてあげなくては。そのあとで、樽に桃をつめこむ作業をはじめましょう。それでどう？」

「わかったわ」

オリヴィアは子供の手をとり、コナーに目を向けた。「準備はいい？」

コナーはうなずいた。「桃の収穫が終わったらどうするんだ？」はしごを脇にはさみ、籠をもう一方の手に持ってオリヴィアとミランダのあとから別の木の列に向かいながらコナーは訊いた。

「あなたとわたしとでモンローに運ぶのよ」オリヴィアは答えた。「ここから馬車で丸一日かかるわ。娘たちは留守のあいだジョンソン家にあずかってもらうの。モンローに一泊しなきゃならないから。もちろん、あなたの部屋代もわたしが払うわ。向こうでの食事代も」コナーが勘ちがいするといけないと思い、オリヴィアは急いでつけ加えた。「それがわたしにできる精いっぱいよ。こんなふうにいろいろと手伝ってもらっているんだから」

「きみはおれに恩を感じることはないよ、オリヴィア。おれの分はおれが払う。でも、向こうにいるあいだ、どこかいい店で食事をしたいな」

「そんなこと、しなくていいわ」

「どのみち食事はしなきゃならないからね」コナーは木にはしごを立てかけ、腰で籠を支えた。「さて、桃のとり方を教えてもらおうか」

オリヴィアは言い返そうと口を開いたが、何も言わずにまた口を閉じ、目をそらしてそばの木を身振りで示した。「まず気に留めておかなきゃならないのは、熟した桃だけをとるってことよ」

そう言って手を伸ばし、指を広げて桃を包んだ。「これは熟しているわ。緑の部分がないからわかるの。皮が黄色でほんのりピンクになっている。こんなふうに指でつかんでほんのちょっとねじって木から引っ張るの。まだ充分熟していないのを強く引っ張りすぎると、桃がいたんでしまうのよ」

コナーは桃は女に似ていると胸の内でつぶやいた。いや、女は女でも純粋無垢な女だ。彼はオリヴィアが木から桃をとる様子を眺めながら言い直した。キッチンでキスをしたあの日の午後、おれは少しもやさしくしてやらなかった。後悔で胸がうずく気がした。次にはもっとちがうふうにしてやろう――が、そう考えてはっと気がついた。そう、次などないのだ。

触れられて未熟ながら情熱的な反応を見せた彼女の動きと、驚いて発したやわらかい声が、まるで導火線のように、彼が張りめぐらした防壁をすり抜け、彼の体に火をつけたのだ。そして家畜小屋でスパーリングを見られたあの晩、そのまなざしが、鎖以上に強い、いわく言いがたい力で彼をひきつけた。オリヴィアの感触は密造酒以上に頭をくらくらさせた。二度と彼女に触れてはならないことはわかっていた。しかし、触れたくてたまらないのも事実だった。オリヴィアが桃をかじり、下唇についた果汁をなめる様子を見ながら、欲望に心がとらわれるのがわかった。くそっ、触れたくてたまらない。

オリヴィアは目を上げ、自分がじっと見られていることに気がついた。彼女が同じ思いに駆られているのはたしかだ。コナーはオリヴィアがほんのりと頰を赤らめる様子を見つめながら思った。そう、桃は女によく似ている。「いいレストランに行くんだ」彼はきっぱりと言った。「それで、きみはあの赤いシルクのドレスを着る。きみがグレーや茶色じゃないものに身を包んでいるのを見たいよ。たまにはね」

その晩、オリヴィアはガラスの割れる音とチェスターがやかましく吠える声で目が覚めた。つづいて恐怖に駆られた悲鳴が聞こえ、すぐにそれがミランダの声であることがわかった。オリヴィアはシーツを跳ねのけ、ベッドから飛び出た。家の外から大きな歓声や雄たけびが聞こえてきた。チェスターの吠える声とミランダの叫び声も大きくなった。オリヴィアは廊下へ飛び出し、犬につまずきそうになった。ときを同じくして、三人の娘たちもそれぞれの部屋から走り出てきた。

ミランダが最初にオリヴィアのところへたどりついた。

「ママ！　ママ！」子供はオリヴィアに飛びつき、母の脚に両手でしがみついた。「だ、誰かが、ま、窓を割ったの！」しゃくりあげながら言う。「わたしの部屋のま、窓に石を投げたのよ」

オリヴィアは娘を腕に抱き上げた。「大丈夫よ」と言ってきつく娘を抱きしめた。「もう大丈夫」

「ママ？」

キャリーの腕が腰に巻きつく気配があった。オリヴィアは力づけるように彼女の髪を撫でてやった。外の叫び声はやまず、家に石があたる音が聞こえてきた。チェスターはまだ吠えながら、飼い主たちのそばにいて守ったほうがいいのか、階下《した》へ降りていって侵入者を八つ裂きにしてやったほうがいいのか決めかね、廊下を行ったり来たりしている。

「あの人たちは誰なの、ママ？」ベッキーが小声で訊いた。

オリヴィアが答える前に、コナーの声が階下《した》から聞こえてきた。

「オリヴィア！」

ミランダを抱き、チェスターをすぐあとに従えて、オリヴィアは階段のところまで走った。コナーがランプを手に階段を昇ってくる。「わたしたちは大丈夫よ」踊り場で足を止めたコナーにオリヴィアは呼びかけた。「ただ、ミランダの部屋の窓を割られたの」

「子供たちを階下《した》に来させないでくれ」コナーはそう命じると、踵を返して階段を降り出した。

「いらっしゃい」オリヴィアはミランダを抱き直して腰で支えると、キャリーの手をつかんでベッキーの部屋へ駆けこんだ。チェスターがそのあとに従った。

「わたしはミスター・コナーを手伝ってくるわ」オリヴィアは長女に向かって言い、ミランダを下ろした。「わたしが出たら部屋にかんぬきをかけるのよ。それで、みんな床に伏せてわたしが戻ってくるまでそのままでいて。絶対に窓に近づいてはだめよ。わかった？」

ベッキーはうなずいた。「はい、ママ」

オリヴィアはドアへ向かおうとした。

「ママ？」

ミランダの怯えた声にオリヴィアは振り返り、身をかがめて子供の頬に唇を押しつけた。

「心配はいらないわ。ほんとうよ。さあ、みんなここにいてね」

オリヴィアは部屋を出てドアを閉め、自分の部屋へ駆け戻った。ランプをつけると、ベッドの脇に膝をつき、ライフルをつかんだ。コナーの忠告どおり、ライフルをもうひとつ二階に置いておいてよかった。

開いた窓から家のまわりをぐるぐるとまわる男たちの歓声や雄たけびが聞こえてきた。蹄の音も聞こえ、男たちが馬に乗っているのがわかった。オリヴィアは立ち上がってベッドサイドのテーブルの引き出しを勢いよく開けると、ひとにぎりの弾丸をつかみ、ベッドの端に腰かけてそれを銃に装塡しようとした。急ごうとしたが、手がひどく震えて弾薬をうまくあつかえなかった。弾丸をこめるのに永遠に時間がかかる気がした。

大きな銃声がとどろき、オリヴィアははっと立ち上がった。コナーのライフルから発射された銃弾でありますようにと祈りながら、オリヴィアは最後の弾丸を弾倉におさめた。そして、フレンチ扉を開けて二階をとり囲むヴェランダに足を踏み出した。

雲の陰から月が顔を出し、暗闇を照らした。馬に乗った三人の男が家の角を曲がってやってくるのがわかった。怒りのあまり、自分のしていることをよく考えもせずに、オリヴィアはヴェランダの端まで行って腰の高さの手すりに身を押しつけ、馬に乗っている男たちを見下ろした。そのなかのひとりが手を上げて家に石を投げつけるのを見て、オリヴィアはその男の頭のすぐ上にねらいを定めた。

ガラスの割れる音がして、また窓が割れたことがわかった。オリヴィアは引き金を引いた。男の帽子が飛び、彼女は笑みを浮かべた。どうやらわたしは射撃の名手になりつつあるようだ。

「逃げようぜ！」と男が叫んだ。聖書にかけて、ジョシュア・ハーランの声だった。オリヴィアがライフルをもう一度持ち上げたときには、馬に乗った男たちは家のそばにあるうっそうとした森へと向かっていた。

オリヴィアは撃鉄を起こしてねらいをつけたが、月が雲の陰に隠れ、男たちはすでにオークの森の暗闇へと走り去り、視界から消えていた。オリヴィアはライフルを下ろし、手すりにがっくりともたれた。あえぎながら肺に空気を送りこみ、去っていく蹄の音が聞こえなくなって静けさが広がるのに耳を傾けた。玉の汗が額に浮かび、オリヴィアは身を折り曲げて額を冷たい鋳鉄製の手すりに押しあてた。

「オリヴィア？」

オリヴィアは身を起こし、銃を持ち上げて振り向いた。アーチ型の入口に立っていたのはコナーだった。手にライフルを持っている。背後からランプの光に照らされ、大きな体の輪郭が黒い影となって浮かび上がっている。オリヴィアはほっと安堵の息をもらし、ライフルを下ろした。

「大丈夫か？」コナーはオリヴィアのそばに歩み寄って訊いた。

オリヴィアはうなずいた。「あなたは？」

「まったく問題ない」コナーはオリヴィアの手から銃をとると、それを下に置き、手を伸ばして彼女の顔に触れ、口に親指を走らせた。「血が出ている」

コナーの手が離れ、オリヴィアは自分の指先で下唇に触れた。銃を発射したときに嚙みしめたにちがいなかった。「痛い」そこではじめて痛むのに気がついた。

コナーはオリヴィアが高いところが怖いと告白した日のことを思い出した。二階のヴェランダに出ることもできないと言っていたはずだ。「オリヴィア」コナーはやさしく言った。「自分が今どこに立っているかわかるかい？」

オリヴィアは背後の手すりに目をやった。下の地面が目にはいった。「ああ、神様」息を呑んで目をそらす。手を口にあて、目をきつく閉じてその場に根が生えたように動かなくなった。「気持ち悪くなりそう」

コナーは自分が持っていたライフルを下に置いてオリヴィアを腕に抱き上げた。「おれがそばにいる」髪に顔をうずめて言った。「おれがそばにいる」

コナーはオリヴィアを寝室に運ぶと、高いベッドの上に下ろし、その前に立った。「頭を膝のあいだに入れるんだ」と彼は命じた。「それから大きく息を吸う」

「娘たちはどこ？」

コナーの手がうなじを包み、首をそっと膝のほうへ押した。「みんな大丈夫さ。ちょっと驚いてはいるが、大丈夫だ。まだベッキーの部屋にいる。そこにそのままいるように言っておいた」

オリヴィアはコナーの手に逆らって身を起こそうとした。「死ぬほど怖がっているはずよ。様子を見に行ったほうがいいわ」

コナーは頭を下ろさせる手を離さなかった。「きみはここにこのままいるんだ」と小声で言い、指で軽くうなじを愛撫した。

それから手を離し、ドアへ向かおうとしたが、オリヴィアが身を起こして衝動的に彼の手をつかんでささやいた。「ありがとう。ここにいてくれて」

コナーは手を引こうとしたが、そこで動きを止め、手を引き抜くかわりに大きな手で彼女の小さな手を包んだ。今夜こんなことがあって、彼女が土地を売ろうという気になっただろうかと考えずにいられなかったが、質問を口にすることはなかった。

しばらくして彼は手を離した。「ほんとうに大丈夫かい？」オリヴィアがうなずくと、コナーはドアのほうへ向かった。「あの子たちを連れてくるよ」

コナーが娘たちとチェスターを部屋に連れてくると、オリヴィアは腕を伸ばし、娘たちはそこへ駆け寄った。オリヴィアと娘たちは身を寄せ合い、キスをしたり抱きしめ合ったりした。「みんな大丈夫？」とオリヴィアは訊いた。少なくとも六回は同じ質問をくり返すまでは安心しなかった。

ベッキーはベッドのオリヴィアのそばに登った。「あの人たち誰だったの、ママ？」

「何がしたかったの？」とキャリーが訊いた。

ミランダは注意を引こうとオリヴィアのネグリジェを引っ張った。「どうしてわたしの部屋の窓ガラスを割ったの？」

オリヴィアが腕を広げると、ミランダは膝の上に登った。「そうね」オリヴィアは答えた。「鉄道を作りたいんで、この農場を売ってほしいという人がいるの。ここはわたしたちの家だから、わたしは売りたくないと答えた。それで、向こうはわたしたちに出ていってほしいので、石を投げたり窓を割ったり叫んだりするのよ」そう言ってコナーを見やった。「ミスター・コナーとわたしとで脅してやったら逃げていったけど、また来るかもしれないわ」

キャリーは立ち上がって母の肩をぽんと叩いた。「心配しないで、ママ」と言って入口のところに立っているコナーのところへ行って彼を見上げた。尊敬と心からの信頼が茶目っ気あふれる顔にありありと現れていた。キャリーは手を彼の手のなかにすべりこませ、母に笑みを向けた。「きっと何も問題ないわ。ミスター・コナーが許すはずがないもの」

コナーは息ができなくなった。部屋のなかが息苦しいほど暑くなり、そこから逃げ出さずにいられなくなった。「もう遅い」彼はことばを押し出した。「みんな少し寝たほうがいい」

彼はキャリーの手から手を引き抜いた。胸が痛いほどに締めつけられた。コナーはくるりと背を向けると、廊下へ出てドアを閉めた。

階段を降りはじめたが、踊り場で足を止めた。下の玄関ホールに目を凝らし、まわりに広がる暗闇を見つめた。誰にも頼りにしてほしくなかった。必要としてほしくなかった。信頼の目で見られたくなかった。それに応えることなどできないのだから。自分にそんな資格はない。コナーは恐怖に駆られて両手に顔をうずめた。

20

待ち伏せ《リュオホーン》――アイルランド、ラーガングリーン　一八六七年

　列車は遅れていた。

　コナーはレールの近くにあるうっそうとした茂みに姿を隠しながらアダム・マクマホンのそばに寄った。「ドネリーが荷馬車の用意を終えている」と身を低くしたまま小声で言った。

「そいつはいい」アダムは答えた。「で、ろくでもない列車はどこだ？　ここはえらく寒いぜ」

　コナーは両手を椀を持つように丸め、凍った指に息を吹きかけて空を見上げた。ありがたいことに月のない一月の夜だ。列車の車両にしこまれた二重底の隠し場所から銃をとり出して荷馬車に積みこみ、ドゥーリーの農場まで運ぶのにゆうに二時間はかかるだろう。何か問題が起こったら、もっと時間がかかる。くそっ、列車がすぐに来なければ、荷馬車いっぱいのライフルを真昼間にラウス県へ運ぶことになる。

これが十回目の密輸だった。十回目の真夜中のランデヴー。銃の運搬はマクグラースの店の上にある小さな部屋で綿密に計画されたものだったが、それ以上に驚きなのは、過去二年のあいだ、その計画が九度も問題なく実行されたことだった。コナーは自分たちの幸運があとほんの少しだけ長くつづくようにと祈った。

ショーンが集めた九百挺のアメリカのライフルは——それだけの武器を提供してくれた海の向こうの同胞に幸いあれ——アイルランドじゅうのさまざまな隠し場所に無事にしまいこまれていた。すべての武器の正確な場所とそこへの行き方を知っているのはコナーとショーンとアダムだけだった。

コナーには委員会が何か大きなことを計画していることがわかっていた。おそらくは蜂起《ほうき》そのものを。しかし、それが何であるかはまだ教えられていなかった。とはいえ、千挺ほどのライフルで戦争は起こせないこともたしかで、委員会がことを急ぎすぎているのではないかと不安にもなった。武器にさわったこともないアイルランドの農家の若者たちに武器の使い方を教えるために訓練キャンプがあちこちに作られていたが、石の壁に置いた缶を撃つのと、イギリス軍のライフルの銃口をまのあたりにするのとでは大きな隔《へだ》たりがあった。

時期尚早だとショーンを説得しようとしたこともあったが、二週間前にベルファストで九人の同志が逮捕されたせいで、フェニアン主義勢力がもっとも弱いアルスターでアイルランドの愛国熱が沸き立っていて、委員会はその一件が単なる悲劇のひとつとして忘れ去られる前にそれを利用したいと思っているようだった。密告者についてはまだオボーンから知らされていなかったが、そいつが誰かわかったら、素手で首をへし折ってやるとコナーは心に誓っていた。

レールのずっと先に明かりが見えた。ようやく来たな。コナーはそう胸の内でつぶやくと、ドゥーリーからのランタンの合図に従ってレールに近づいた。アダムがその後ろに従った。まだうっそうとした茂みに姿を隠したまま、ふたりは貨物列車がブレーキをかけてベンチと木の屋根しかない田舎駅にはいってくるのを待った。

速度を落としていた列車がついに停まると、ふたりは列車へと走った。コナーはポケットからレンチをとり出して列車の車輪と車輪のあいだに身をすべりこませ、二重底の部分のパネルを留めているボルトをはずしはじめた。アダムは運転手と話をするために列車の一番前に歩いていった。

その彼の警告の声が冷たい空気を凍った風のように切り裂いた。「待ち伏せだ《リュオホーン》！」

コナーが首をめぐらすと、そばをふた組のよく磨かれたイギリス軍兵士のブーツが走っていくのが見えた。

「リュオホーン！　待ち伏せだ、コナー！　逃げろ！」アダムが今度は苦痛に悲鳴をあげた。

「ああ、ちくしょう！」

コナーは車両の下の反対側から逃げようとしたが、拳銃の銃口の冷たい鋼鉄を後頭部につきつけられるのを感じてその場で凍りついたようになった。

「動くな、アイルランド野郎」低い声が命じた。「動くと、レールの上におまえの脳みそが飛び散ることになる」

コナーは小さくかすれた音を立てて息を吐いた。これで運の尽きということだ。

21

それからの七日間、コナーは明け方から夕暮れどきまで桃の収穫に励んだ。仕事に長時間しばられることがありがたかった。日中はオリヴィアに触れるほど近いところには寄らないようにしていた。夜には、触れることなど考えられないほど疲れきっていた。毎晩夕食のあとはベッドに直行し、すぐさま眠りに落ちた。マウントジョイの悪夢を見ることもなく、まもなく出ていくことで罪悪感に駆られることもなく、オリヴィアに関する甘美な夢にさいなまれることもなかった。あまりに疲弊しきっていたからだ。

収穫作業によって体もより強くなった。時が来たら、最高の状態でリングに戻れるのはたしかだ。ここを出ていくことを考えると、罪の意識と安堵の思いが同じだけ心にあふれ、同じぐらいの力で主導権を争った。そこでコナーは出ていくことを考えるのをやめた。以前と同じように、一日一日をただやり過ごすことにした。それが彼のやり方で、それ以外は知らなかった。

ほぼすべての桃の収穫が終わり、おがくずといっしょに樽に桃をつめ終えると、オリヴィアが町から運んできた二台の荷馬車に樽を積みこんだ。二台に全部を積むには高く積み上げなければならず、コナーはロープでしっかりと樽をしばった。翌朝日の出とともにオリヴィアが娘たちをジョンソンの農場に連れていった。そこで娘たちはこれから二日間を過ごすことになる。オリヴィアは戻ってくると、家のなかから小さな旅行用の手提げをとってきた。ふたりは一台ずつ荷馬車をあやつってモンローへと出発した。

それぞれ別の荷馬車に乗っていることはコナーにはありがたかった。互いのあいだに距離があるほうが気楽だった。しかし、彼女が前を走っていたため、午前中ずっとその後ろ姿を眺めることになり、昼になるころには、気楽と感じるためには、さらに五十マイルほどの距離が必要な気がしていた。

オリヴィアが帽子をとると、太陽が茶色の髪の毛に赤い光を投げかけ、コナーは指で梳いたときの感触を思い出した。オリヴィアが手綱を放して両腕を上げ、背をそらしてゆったりと伸びをしたときには、もつれたシーツと枕に囲まれた裸の彼女が想像できた。持参したサンドウィッチの昼食をとるために荷馬車を停め、涼しい松林の木陰に腰を下ろした際には、オリヴィアが暑さについて何か言いながらドレスの上ふたつのボタンをはずすのを見て、コナーは体がばらばらになりそうな気がした。

モンローで食事に連れていこうと言ったことを今は後悔していた。まったくばかげた思いつきだった。おかしくなりそうなほど求めていながら手に入れられない女と向かい合ってすわるなど。ばかばかしいことだが、彼女にはたしなみ深く接しなくてはと思うようになっていた。

あとほんの数日だ。コナーは自分に言い聞かせ、手綱を振ってまた荷馬車を走らせた。あとほんの数日。それで永遠にこの地から離れるのだ。まずはニューオーリンズへ行こうと彼は決めた。アイルランド地区へ行って、ショーナシーの店で挑戦をすべて受けるのだ。勝って得た賞金を使って、ウィスキーをがぶ飲みし、葉巻をやり、女を買い、カードに興じる。そうしてオリヴィア・メイトランドを頭から追い払い、いつまでも良心の呵責にさいなまれているわけではないということを自分に見せつけるのだ。

オリヴィアがうなじに片手をあててこりをほぐそうとしているのを見て、コナーは自分がかわりにもんでやることを想像した。首からはじめて、下へ降りていく。その情景がくり返し頭をめぐった。

道のりがひどく長く感じられた。

その日の夕方、ふたりはモンローに到着した。缶詰工場の所有者であるシラス・ショーとの桃の値段の交渉が終わると、荷馬車の荷は下ろされ、オリヴィアはこれからの生活費となる貴重な現金をボタン付きのブーツの上にしっかりとたくしこんだ。コナーは荷馬車をホイットモア・ホテルの向かいにある貸し馬屋に運んであずけ、その晩の部屋をとりにホテルへ行った。オリヴィアはダンビーの店へ行って窓ガラスのパネルを八枚買い、翌朝ホイットモア・ホテルに届けてもらうように手配すると、コナーと落ち合うためにホテルに向かった。

コナーはロビーで待っていた。オリヴィアは宿泊名簿にサインする際、結婚していないようなのに明らかに連れである自分たちを、フロント係が値踏みするような目で見ているのに気がついた。コナーがふたりで食事をする場所について訊いたことも、ふたりの関係に対する疑いを払拭する助けにはならなかった。オリヴィアの頰は赤く燃え、フロント係はにやりとしてとがめるような目を彼女にくれた。オリヴィアは何も言わずにフロント係から引ったくるように鍵を受けとると、旅行かばんを運んでくれるベルボーイのあとについて部屋に上がった。

三十分後、オリヴィアは神に感謝しながらホテルのメイドが持ってきてくれた大きなバスタブにつかった。メイドが満たしてくれた湯は、暑い一日を過ごしたあとに気分がさわやかになるほどにはぬるく、長旅のほこりと汗を洗い流してくれるほどには温かかった。オリヴィアはゆっくりと湯につかり、髪を洗って頭にタオルを巻くと、バスタブから出た。

タオルで体を拭くと、レースのペティコートとシュミーズを着てコルセットのフックを留め、赤いシルクのドレスを頭からかぶった。

ドレッシング・テーブルの前にすわって、まだ少し湿っていてカールしはじめている髪の毛をブラッシングし、それをゆるくひねって頭の後ろに結い上げた。いくつかほつれた束が顔をとりまくのはそのままにしておいた。ひげを剃ってやった日曜日に、髪の毛をそうしているほうがいいとコナーに言われたことがあった。オリヴィアはふたつの櫛で結った髪が落ちてこないようにし、キッチンで彼に髪の毛を下ろされた日のことを思い出した。思い出すとまだ体がうずく気がした。

オリヴィアは赤いシルクのひだを撫でた。昔これを買っておいてよかったと思いながら。最後にきれいなドレスを着たり、その下につけた優美なレースの下着のすばらしい感触をたのしんだりしたのがいつだったか思い出そうとしたが、思い出せなかった。あまりに遠い昔のことだった。あまりにも。

オリヴィアはよく見ようと立ち上がって何歩か下がった。鏡に映った自分の姿をまじまじと見つめて驚いた。まるで自分ではないようだ。とてもきれいに見える。

しばらくそこでそうして鏡に映った自分の姿を見つめていた。コナーが食事に連れていくと言い張ってくれたのだ。今夜は売れ残ったままで、さえないオリヴィア・メイトランドでいるつもりはなかった。鏡に映ったドレスのボディスは肩をおおい、胸元がVの字に開いていた。慎ましいデザインではあったが、オリヴィアにとっては冒険と言ってよかった。それでもかまわない。一生に一度、冒険をしてみたかった。もしかしたら、少し衝撃的なほどの。一度でいい、ロマンスを経験したかった。おそらくこれが唯一のチャンスになるだろう。コナーのけぶった青い目が心に浮かび、また体がうずいた。たった一度だけ。オリヴィアは自分の体を抱いて思った。たった一度だけ。それを後悔しながら一生を送ることになろうとも。

オリヴィアが部屋のドアを開けると、コナーの喉はからからになった。ウィスキーを一杯やりたいというやむにやまれぬ思いに突然胸をつかまれた。彼女の体に沿って走らせた目が、赤いシルクのドレスのボディスが作る胸の谷間ではっと止まった。おそらくウィスキーは二杯必要だ。このやわらかい肌にキスすることしか考えられないのに、どうやってひと晩世間話をして過ごせるというのだ？

「どこか変かしら？」とオリヴィアが訊いた。

「変？」コナーは首を振った。「びっくりしたんだ」軽口を叩こうと努めながら笑って言った。

「あんまりきれいだから、階下《した》にいる男はみんなおれをうらやましがるな」

オリヴィアのピンクに染まった頬とおどおどとした笑みを見れば、そのことばを信じていないことは明らかだった。「ドレスのせいよ」と彼女は小声で言った。

「いや、そうじゃない」コナーは赤いシルクにもう一度ちらりと目を向けた。「でも、正直に言えば、ドレスのおかげでさらにきれいに見えるのはたしかだ」

「あなたもとてもすてきよ」オリヴィアはコナーが着ている新しいスーツを示しながらはにかむように言った。

コナーはチャコールグレーのウエストコートを手で撫でた。部屋代を払い、散髪と入浴をすませてから、服に三ドル使ったのだった。「少なくとも体に合ってはいる。それに、きみに食事をおごるぐらいの金も充分残っている」

「おごってくれなくていいのよ」オリヴィアは言った。「自分の分は自分で払えるわ」

「それはそうだろうけど、払わせないさ」コナーは腕を差し出した。「行きますか、ミス・メイトランド？」

オリヴィアがその腕をとり、ふたりは階下《した》にあるホテルのレストランへと降りた。そして、コンソメスープ、ディルソースのかかったサーモン、アスパラガス、ピーチのリュスといった食事をとった。食事はおいしく、おそらくはオリヴィアがキッチンで作る料理よりも多少ぜいたくではあったが、こちらのほうがいいとはコナーは思わなかった。

食事を終えると、ウェイターが来て、ご婦人にコーヒーはいかがと訊き、紳士には酒と葉巻のご要望はと訊いた。コナーはためらわずに答えた。「アイリッシュ・ウィスキーを頼む。それと、ハヴァナの葉巻を」

「かしこまりました」ウェイターはうなずいて去った。コナーはオリヴィアが唇を噛んで顔を伏せているのに気がついた。

「気に入らないんだね」とコナーは言った。

「そんなことないわ」

「オリヴィア、顔にはっきり書いてあるよ。きみがウィスキーをよしとしていないのを忘れていた。来たらつっ返そう」

「いいえ、いいの。お願い」オリヴィアは真剣な顔で彼を見上げた。「お願い、ウィスキーを飲むのも葉巻を吸うのも好きにして。そうしたいなら」

口ではそう言っても、彼女が不快に思っているのはたしかだった。「どうしていやなんだ?」

オリヴィアはためらい、目を皿に落とした。指は膝の上でナプキンをもてあそんでいる。

「父がウィスキーを飲む人だったの」小さな声だった。「バーボンよ。じっさい、あびるようにバーボンを飲んでいたわ。酒癖もよくなかった」

オリヴィアはナプキンをひねって丸めていたが、途中で気がついたように手を止め、膝の上で皺を伸ばした。「わたしが小さいころには――」彼女はつづけた。「それほどひどくなかった。母が強い酒を嫌っていたから、母の前では父も飲まなかったの。バーボンを隠れて飲む特別な場所があったのよ。もちろん母はそのことを知っていたわ。みんな知っていた。でも、父も母のために度を越すことはしなかった。母が死んでからは、もうわざわざ隠れて飲むことはしなかった。堂々と飲んでいたわ。それも頻繁に。ずいぶんと……厄介なことになるほど」

コナーは突然多くのことを理解した。「だから舞踏会もパーティもなかったのか」

「ええ。兄たちは大学に行っていてたいていいつもいなかったし、もちろんわたしはエスコートなしに社交の集まりに出かけることはできなかった。だから、あまり出かけることはなかったの。出かけても、ふつうは父といっしょだったから、何度か気まずい出来事があって以来、招待状が来ることがなくなったわ」オリヴィアは間を置いてからつづけた。「父は母が死んでひどく辛い時を過ごしたの。母を亡くして途方に暮れてしまったのよ。それで、ある意味わたしにうんと頼るようになった。独占しようとするほどに。わたしに求愛しようと父のところへ来た男の人たちはみな断られたわ」

「きみはそれをいやだと思ったことはないのか？」

「あるわ」と彼女は認めた。「でも、父は父ですもの」

ウェイターが戻ってきた。オリヴィアの前にコーヒーを置き、コナーの前にはウィスキーのタンブラーと葉巻と葉巻用のはさみを載せた小さな銀のトレイを置いた。コナーはアイリッシュ・ウィスキーを飲んだが、なぜかそれほど飲みたいとは思わなくなっていた。彼はグラスを置いた。

オリヴィアはコーヒーをひと口飲んでから、指をカップの縁に走らせた。「戦争がはじまって、若い男の人たちはみんな戦いに行ったわ。その多くが戻ってこなかった。もちろん、奴隷たちはみな去ってしまい、農場はだめになってしまった。働き手がわたししかいなくなってしまったから。そんなときに、兄たちがふたりともゲティスバーグの戦いで亡くなったという知らせが届いたのよ」

カップの縁をなぞっていた指が止まった。オリヴィアは顎を上げてテーブル越しにコナーに目を向けた。「たぶん、それが父にとって最後の打撃になったんだと思う。かつては意志の強いはつらつとした人だったのに、途方に暮れた抜け殻へと衰えていってしまった。それを止めるためにわたしにできることは何もなかったわ。父の世話をしようとし、助けようとしたんだけど、できなかった。だから、父ははしごから落ちて腰を折るようなことになったの。酔っ払っていて、死にたかったんだと思うわ」

オリヴィアの声には非難するような響きはなかった。怒りも嫌悪もなかった。あるのはただ疲れたあきらめと、かすかな心の痛みだけだった。コナーにもそれはよくわかり、心が引き裂かれる気がした。孤独。まったく異なる人生を送り、価値観も正反対のふたりだったが、共通する部分もあったのだ。コナーはテーブル越しに手を伸ばして慰めるように彼女の手に重ねた。そして、そんな自分の行動に驚いた。オリヴィアにとっても驚きだった。彼女は重なる手を見下ろし、ゆっくりと自分の手を裏返して指をからめた。「ありがとう」

「何が?」

「聞いてくれて。この話を人にするのははじめてよ」

オリヴィアににっこりとほほえみかけられ、慰めてやりたいというコナーの思いは即座にちがう種類の思いに変化した。内心の思いがいくぶん顔にも出ていたにちがいない。彼女の顔から笑みが消え、突然その目がじっと彼を見つめた。「わたしのこと、ほんとうにきれいだと思う?」と彼女は訊いた。

コナーは見開かれた彼女の目を見つめながら身をこわばらせた。甘くとろけるチョコレートに溺れているような気がした。

「そろそろお開きにしたほうがよさそうだ」コナーはゆっくりと渋々手を離した。「明日も長旅になる。きみも少し眠ったほうがいい」

オリヴィアが求めているのは睡眠などではなかった。が、どうしていいかはわからなかった。当惑と苛立ちを覚えながら閉じたドアを見つめた。ロマンティックな一夜ははじまる前に突然終わりにされてしまったのだ。

どうしてこんなことになったのか、まだよくわからなかった。親密に手をにぎり合っていたと思ったら、次の瞬間には部屋まで送られ、そっけなくおやすみを言われていた。

ほんとうにきれいだと思うかと訊いたのだった。まぬけな質問だ。言わなかったことにしたいほどに。しかし、彼の目はそう語ってくれていた。口に出してきれいだとも言ってくれた。だから、おそらくはその質問のせいでふたりの夕べが突然終わりを告げたわけではないのだろう。

たぶん、父についてあれほど多くを語ってはいけなかったのだ。ロマンティックな話題でないことはたしかだった。それでも、どんな話題がロマンティックなのか、オリヴィアにはよくわからなかった。

もしくは、彼が酒を注文したときに見せてしまった反応がよくなかったのかもしれない。男の人には食後に酒でも何でも好きなものを注文する権利があるというのに。たった一杯の酒だったのに。それについてあれほどばかな態度をとるのではなかった。自分を蹴とばしてやりたい思いだった。

オリヴィアはため息をつき、ドアから離れてハンドバッグと手袋をベッドに放った。自分が何をしたにしても、もうとり戻すことはできない。お互いそれぞれの部屋に引きとり、ともに過ごす夕べは終わりを告げてしまった。わたしが誘惑に向かないのはたしかね。もっともそれは前からわかっていたことだけど。

コナーは出ていってしまう。それについて幻想は抱いていなかった。前と同じ生活に戻るだけのこと。しかし今夜、それをちがうものにしたいと強く思ったのだった。はじめて会ったときから、彼が何を与えてくれる人間かわかっていた気がする。そしてあの日、キッチンで彼はこれまで味わうことのなかったものを味わわせてくれた。もう一度味わいたかった。単純に手を伸ばしてつかむことはできないの？　そして、彼を愛しながら、彼が出ていくのを見送り、その後は胸に痛みを抱いて生きていってはいけないの？

いずれにしても、どうしたら誘惑できるのだろう？　部屋を訪ねていって、「もう一度キスしてくれる？」と頼むわけにもいかない。そんなことはできない。

それともできるだろうか？

オリヴィアはどうしていいかわからずに、そのまま何分か突っ立っていた。どっちにしても心の痛みを感じることに変わりはない。それでも、情熱に身を焼くことのないまま彼を見送りたくはなかった。彼が見せてくれた情熱、彼が来るまで自分の胸に湧き起こることなどあるとは思わなかった情熱。

オリヴィアはドレスのポケットに部屋の鍵をつっこみ、気が変わる前にドアの取っ手をつかんだ。

ドアをノックしたときには、フロント係の告げた番号を正確に覚えていただろうかとそれしか考えられなかった。部屋がまちがっていたら、恥ずかしさのあまり死んでしまう。しかし、部屋はまちがっていなかった。ドアが内側に開き、コナーが入口に現れた。

ウエストコートとシャツを脱いでいる。シャツはノックの音を聞いたときに脱いだばかりのようで、片手につかんでいた。シャツを身につけていない姿は何度か見ているので、動揺するはずはなかったのだが、オリヴィアは動揺した。

「オリヴィア？」コナーは驚いて眉をひそめ、シャツを脇に放った。「いったいなんの用だ？」

「さっき話したいことがあったの」とオリヴィアは言った。びくびくしているのを声に出すまいと努めたが、無駄だった。「でも、言う機会がなくて」

廊下の端にある階段から足音が聞こえてきて、コナーはそちらへ目を向けた。息を殺して悪態をつくと、オリヴィアの肘をつかんで部屋のなかへ引き入れた。ドアが閉まり、オリヴィアはドアに背をあずけてコナーを見上げた。コナーは会えてうれしいという顔はしていなかった。オリヴィアは勇気がくじけるのを感じた。わたしはまったく歓迎されていない。

「何なんだ？」とコナーは訊いた。希望の持てそうな声ではなかった。

オリヴィアは深く息を吸った。「さっきわたし、娘のころにできなかったことが多かったって言ったでしょう」そう言ってスカートの脇をつかんだ。生まれてこのかた、これほどに怖い思いをするのははじめてだった。しかし、目は彼の目から離さなかった。

「言わなかったのは――」震える声で彼女はつづけた。「そういったことを経験したかったってことよ。舞踏会やパーティにも行きたかったし、付き添いの目を盗んで恋人とロマンティックに庭を散歩したかった。笑ったりダンスしたりもしたかった。ロマンスがほしかった。わたし……キスだってしたかったわ。でも、したこともなかった。あのときあなたが……わたしたちが……あなたに言ったことは嘘だったの」

「ああ」彼は言った。口の片端にかすかに笑みのようなものが浮かんだ。声が聞いたこともないほどにやさしくなった。「わかってたさ」

オリヴィアはスカートをつかんでいた手を離し、両手を広げて前に出した。「つまり、それが言いたかったの」

「オリヴィア、どうしてそんなことを言いに夜遅くおれの部屋まで来たんだ？」

オリヴィアの鼓動は速まり、狂おしく打っていた。オリヴィアは顔を上げ、乾いた唇を湿らせてことばを押し出そうとしたが、ことばは喉につまってしまった。二度ごくりと唾を呑みこむと勇気を振りしぼった。「これまで長いあいだほしいと思って手に入れられなかったものを、ほんの少しだけ手に入れたいの。あなたはあの日の午後、キッチンでわたしに教えてくれるって言ったわ。それで——ほんの少し教えてくれた。もう一度教えてほしいの、コナー。あなたと一夜をともにしたいのよ」

「なんてことを」コナーはオリヴィアをじっと見つめた。愕然としているのは明らかで、オリヴィアは穴があったらはいりたい気持ちになった。勇気は失せ、痛いほどの恥ずかしさがそれにとってかわった。

「ごめんなさい、こんなこと、お気に召さなかったようね」と言って、オリヴィアはくるりと背を向け、ドアの取っ手に手を伸ばした。どれほど傷ついたか彼に見せるつもりはなかった。絶対に。すでに充分ばかな真似をしてしまった。オリヴィアはドアを開けようとしたが、ドアはびくともしなかった。掛け金がかかってしまっていたのだ。両手で必死になって取っ手を前後に動かし、ようやくドアを開けたところで、背後に近寄ってくる彼の足音が聞こえた。

コナーは彼女の体ごしに手を伸ばしてドアを閉めた。体は触れ合っていなかったが、オリヴィアにはまるで触れられたかのように背後にいる彼の体の熱が感じられた。頭をかがめたコナーの温かい息が頰にあたった。「なあ、自分が何を頼んでいるかちゃんとわかっているといいんだが」コナーは耳もとでささやいた。「きみはおれにセックスしてくれと頼んでいるんだぞ」

オリヴィアは振り向いてコナーを見上げ、じっと見つめてくる青い目を受けとめた。「ええ。まさしくそう頼んでいるのよ」

22

なんてことだ。本気なのだ。

コナーはランプの明かりに照らされ、彼の影がかかったオリヴィアの顔をじっと見つめた。どうしたらいいのかも、なんと言っていいかもわからなかった。オリヴィアは背をドアに押しつけ、青ざめた顔で、森の鹿さながらにおどおどとした目をみはっている。ほんの少しでも危険が迫ったら逃げ出してしまいそうで、ひどく傷つきやすく見えた。

そのとおりなのだろう。傷つきやすく、無垢で、自分が何を頼んでいるのか見当もつかないにちがいない。彼女が求めているのはロマンスであってセックスではない。

コナーはあの日の午後のキッチンでの自分を呪った。彼女をいたぶった自分、自信満々な自分のことばを。

そう、教えてやることはできる。教えてやりたいとも思った。生まれてこのかたこれほどにほしいと思ったものはない。くそっ、彼女への欲望に心をむしばまれてもう一カ月以上になる。しまいにはきっとおかしくなってしまうだろう。しかし今、彼女を目の前にして、頭を下げてキスすればいいだけだというのに、コナーは動けずにいた。

簡単すぎるほど簡単なはずだ。いや、少しも簡単ではない。

彼女を傷つけてしまうことになる。それは避けがたいことだ。そんな罪悪感とともに生きていきたくはなかった。彼女には心からの好意と敬意を抱いていた。おまえは彼女に似合いの男ではないと再度自分に言い聞かせなければならなかった。彼女には救いがたい放浪癖に毒されていない男が必要だ。魂に悪魔がとりついていない男、じっさいに農業や家族というものを好み、教会に通うような男が。きちんと結婚してくれ、常に助けてくれ、大事にしてくれ、娘たちの父親となってくれる男が必要で、彼女にはそういう男といっしょになる資格がある。自分はそういう男ではなかった。

「自分の部屋へ戻るんだ、オリヴィア」気が変わらないうちにコナーは言った。「おれはだめだ」

「そんなこと信じないわ」

「だったら、きみはばかだ」オリヴィアは震える顎をつんと上げた。かたくなに虚勢を張っているのだ。コナーはため息をついた。「わかったよ。きみにとっておれはだめだとだけ言っておく」

「自分にとって何がいいのか自分で決めることぐらいできるわ」オリヴィアはあの呪わしい濃い色の目で見上げてきた。「それはあなただと思う」

「今夜はそうかもしれない。しかし、明日はちがう。明日になれば、おれはきみのもとを去ってよそへ移る」

「明日のことなんか頼んでないわ」オリヴィアはささやいた。「頼んでいるのは今夜のことよ」

「きみは自分で何を言っているのかわかっていないんだ」

オリヴィアは手を持ち上げた。そして、震える手を自分の体に巻きつけ、むき出しの腕をさすった。「自分で何を言っているかはちゃんとわかっているわ。あなたにわたしと寝てほしいの。わたしは……経験はないかもしれないけど、その意味はわかっている」

コナーはキッチンでのキスを思い出し、多少なりとも想像がついているかどうかも疑わしいと思った。

「あなたは……いやなの？」

いやだって？　やわらかい彼女のなかに身をうずめるのは天国そのものの味わいだろう。拒絶して彼女をドアの外に追い出し、だめだと言ってやるべきだ。コナーは目を閉じた。持てる力のすべてで自分の欲望と闘った。

「コナー？」

彼の努力を無にしたのは、彼女のその呼び方だった。切望をこめたまるで愛撫するような声。その震えるおぼつかなげな声が彼の決心をくじき、心を引っくり返し、弱くした。おれの負けだ――それはわかっていたこと。高貴な英雄を気取って正しいことをしようとしてもこんなものだ。おれが英雄でないことはずっと前に証明ずみではないか。

コナーは目を開けた。「明日になっておれを恨まないでくれよ、オリヴィア」そう言って両手で彼女の頬をはさみ、顔をあおむけさせて口を近づけた。「頼むから、恨まないでくれ」

オリヴィアに答える暇を与えずに口をふさいだ。唇が開き、その最初の味わいにコナーはもう後戻りできないことを悟った。キスを深め、両手で彼女の髪をまさぐった。

手が櫛を見つけ、引っ張って髪からはずした。結い上げていた髪が垂れた。櫛が床に落ち、コナーは髪を手にからめてその絹のような感触と口の温かく甘い味をたのしんだ。唇や頬にかすめるように軽くキスをしながら後ずさり、オリヴィアをベッドに連れていった。欲望に全身が貫かれ、コナーは舌を口のなかにさしこんでキスを深めた。

オリヴィアは欲望に駆られて小さなくぐもった声をあげ、抱かれたまま身を震わせた。その女らしいおののきに体が即座に反応し、コナーは前戯なしに彼女を奪ってしまいたくなった。彼女が求めるやさしさや、彼女が必要とするこまやかな気づかいもなしに。焦れる気持ちを抑えなければならない。

コナーは口を離し、顔を首筋に埋めた。手は髪を離れ、ほっそりとした腰に下ろされた。コナーは肩にそって唇を動かし、指で腰を愛撫しながら辛抱強くみずからの動きを律して待った。

身を引き離して顔をのぞきこむと、オリヴィアはゆっくりと目を開けた。今この瞬間ほど彼女が美しく見えたことはなかった。下ろした髪は肩のあたりでつややかに波打ち、顔には驚きでぼうっとなった表情が浮かんでいる。これまで知った軽薄な女たちの作り笑いや思わせぶりなため息などよりずっと喜ばしい光景だった。

オリヴィアはあのすばらしい笑みを浮かべ、首を後ろにそらして彼の名前を小さなため息まじりにつぶやくと、また目を閉じた。コナーはこれから先数多く過ごすであろうひとりぼっちの夜に、今のこの彼女を心に描き、引き延ばすようなやわらかな声を耳にすることになる気がした。

コナーの手が腰を離れてふたりの体のあいだを這いのぼってきた。その指がシルクのバラ飾りの下に隠れているドレスの一番上のボタンを探りあてるあいだ、コナーは彼女の顔から目を離さなかった。

オリヴィアは息を呑み、ふたたび目を開け、はじめて抗うようなそぶりを見せて身を引こうとした。「明かりを消したほうがいいんじゃない？」とささやく。

コナーは首を振り、ボタンをはずした。次のボタンに指を伸ばし、さらにもうひとつはずした。手が胸の下へと降りていくに従い、手の甲が胸をかすめ、肋骨をかすめた。ボタンをひとつはずすごとにオリヴィアが身震いするのがコナーにはわかった。腰に達するころには、オリヴィアは彼の肩を押しやろうとしていた。

「ねえ、お願い、明かりを消して」彼女は顔をそむけてささやいた。当惑して頬は熱く燃えている。

「どうして？」コナーは頭をかがめて首にキスをした。「たしか、きみはおれの裸を見たことがあったよな」と耳もとでからかうように言った。「きみのを見せてもらわないと不公平だ」

それを聞いてオリヴィアはさらにおちつかない様子になった。小さな狼狽の声を聞いてコナーはしばらくドレスを脱がす手を止めた。それから彼女を引き寄せると、手で胸の下を愛撫しながら耳たぶをかじった。「オリヴィア、暗闇のなかでこれだけたくさんのボタンをはずせるとは思えないよ」と正直に言った。「おまけに、きみを見たいんだ。よく見たい。見せてくれ」

オリヴィアは答えなかった。コナーはゆっくりと愛撫するように彼女の上半身に手を走らせ、ヴェルヴェットのような耳たぶや喉にキスをし、唇を肩に下ろしてまた喉に戻した。なだめすかし、促し、溺れさせようとするような動きだった。「見せてくれるかい？」

「いいわ」オリヴィアの声はあまりに小さく、コナーは聞き逃すところだった。オリヴィアの体がこわばった。

コナーは身を離し、彼女の顔を見つめた。「オリヴィア、おれを見てくれ」

オリヴィアはゆっくりとまぶたを開け、目を合わせた。

コナーは首を振った。「だめだ、おれを見るんだ」そう言って彼女の手をつかんで引き寄せ、手を胸にあてさせた。「おれに触れておれを見てくれ」

オリヴィアは手を引き離そうとしたが、コナーは離させず、引き抜こうとする力が感じられなくなるまで胸に押しつけたままでいた。オリヴィアはてのひらを胸にあて、「どうしたらいいのかわからないわ」とささやいた。

コナーは彼女の手を放し、腕を広げた。「好きなようにやってごらん」

オリヴィアはまつげを伏せ、しばらく身動きせずに彼の胸を見つめていた。それから身を寄せて彼の胸に両手をあて、ナイフや憎しみの痕に唇で触れた。蝶の羽根ほども軽い、ためらうようなキスだった。コナーがこれまで自分のまわりに築き上げてきた高い防壁が藁でできていたかのように簡単に崩れ去った。

オリヴィアは口で触れるたびに彼の体に震えが走るのを感じ、そうする力が自分にあるとわかって警戒を解いた。唇に触れる胸毛のやわらかさ、激しく打つ鼓動、荒い息に上下する胸。

「もういい」コナーはうなり、手をオリヴィアの髪にからめてそっと後ろに引っ張った。「もう……充分だ、たぶん」

コナーは両手を彼女の肩にすべらせ、親指をドレスの襟ぐりに引っかけて肩からドレスをはずし、腰まで下ろした。ドレスは足もとに落ちた。オリヴィアがドレスから足を抜くと、コナーは片足でそれを脇に押しやった。

それからコルセットカバーを引っ張った。オリヴィアは彼の望みを理解して腕を上げた。コナーは下着を頭から脱がせ、脇に放った。それから頭を下げ、肩にそってキスをしながら、指でコルセットの前のフックをはずした。ようやくその下着も脇に放られ、次にペティコートがとり去られた。

コナーに服を一枚一枚脱がされながら、オリヴィアは不安を募らせていた。服を身につけていない姿を見られたくなかったのだ。恥ずかしさのあまり苦痛を覚えるほどだった。彼はほかの女をたくさん見てきたにちがいない。もっとずっときれいな女たちを。オリヴィアは比較されたくなかった。

コナーはオリヴィアの背筋にそって下ろした手をシュミーズの裾に伸ばした。「腕を上げてくれ、オリヴィア」とやさしく言った。「きみを見せてくれ」

ためらいながらオリヴィアは腕を頭上に伸ばし、彼が下着をとり去るのを許した。コナーはシュミーズを床に落とした。彼の目が自分の体に向けられているのはわかったが、オリヴィアは目を合わせられなかった。腕を胸の前で組んで目をきつく閉じた。

「そうだ」と彼は言った。

そのひとことにオリヴィアは当惑した。「何がそうなの?」と目を閉じたままささやいた。

「そう、きみがきれいだと思って」

驚いてオリヴィアは目を開けた。コナーは笑みを浮かべていた。そのけぶったような目の色にオリヴィアは立っていられない気がした。コナーは黒いまつげを伏せ、手を伸ばして彼女の手首をそっとつかむと、腕を胸から離して広げさせ、あらわになった体を見つめた。

「くそっ、なんてきれいなんだ。頭がくらくらするよ。まったく」

安堵の思いがオリヴィアの全身に広がった。この人はわたしを平凡だとも、がっかりだとも思わなかった。きれいだと思ってくれた。ことばだけではなく、目や手や声にもそれが現れていた。熱いまなざしにさらされて、はにかみも恥ずかしさも溶けて消えた。「悪態をついてはだめよ、コナー」オリヴィアはそうささやき、片手を引き抜いて彼の頰にあてた。

コナーはその手に顔を向けててのひらにキスをし、オリヴィアと目を合わせた。その目にはオリヴィアがよく知っているいたずらっぽい光が浮かんでいた。「ちくしょう、きれいだ」

コナーはもう一方の手も放し、彼女の前に膝をついた。彼女のブーツのひもをほどくと、両手で彼女の片足を持ち上げた。オリヴィアは倒れないようにベッドの柱につかまった。靴は脱がされて脇に放られた。コナーはもう一方の靴も脱がせると、踵を手で包み、その手をゆっくりとふくらはぎから膝へと動かした。そしてズロースのなかへ手を入れ、ストッキングを吊っているガーターに触れた。

彼の指が軽く膝の裏側を探ると、うずくような温かさがゆっくりとオリヴィアの体に広がった。奇跡のようなその指の感触に自分が溶けてしまいそうな気がし、オリヴィアはベッドの柱をつかむ手に力を入れた。「ああ、なんて」彼女は息を呑んだ。「ああ」

コナーが声に出さずに小さく笑った気がしたが、さだかではなかった。彼はガーターのリボンを引っ張り、ゆっくりとストッキングを下ろした。手が暖かいそよ風のように肌の上をかすめた。オリヴィアは右足を上げ、コナーがストッキングをはぎとった。

ストッキングを両方とも脱がせると、コナーの手はまた脚を這い上がった。ズロースの薄い綿の生地越しに彼の手は燃えるような熱を帯びていた。手は太腿と尻から腰へと動き、ズロースのリボンに達して引っ張ってほどいた。コナーは薄い生地をつかんで引っ張り、ズロースを腰からはずした。

オリヴィアはコナーのしていることに気づき、見られていることを知ってまた恥ずかしさに駆られた。身をひるませたくなる衝動で体を固くした。

「きれいだ」彼女の肌がむき出しになるにつれ、コナーはつぶやいた。「なんてきれいなんだ」

コナーは彼女に身を近づけ、ズロースを放して裸の尻を手でつかんだ。ズロースは脚をすべり降りて足もとにたまった。コナーはオリヴィアを抱き寄せ、腹に唇を押しつけた。

オリヴィアはそのキスのもたらした快楽に驚いて声をあげた。身を震わすような感覚が全身に広がった。オリヴィアはベッドの柱から手を離し、倒れないようにコナーの肩につかまった。彼は腹から胸へとキスの雨を降らし、舌で肌を味わった。

コナーの手が尻から腰の曲線にそって上に動き、胸を包んだ。親指が何度かそっと胸の先をかすめる。オリヴィアは声をあげて頭をそらし、目を閉じた。肩をつかむ手に急に力が加わった。

コナーの手が背中にまわされ、体をさらに密着させようとした。オリヴィアはそれに従った。コナーは口を彼女の胸にあて、胸の先を軽く噛んで引っ張った。オリヴィアは息ができなくなるような信じられない感覚に襲われた。肩をつかんでいた手を上げて彼の首にまわし、顔をさらに引き寄せようとした。

しかし、コナーはそれには従わず、身を引き離して立ち上がり、ベッドカバーの端をつかむと、ベッドの足もとまで引きはがした。それからオリヴィアのほうを振り向き、腕に軽々と抱き上げると、ベッドの中央に横たえた。オリヴィアは目を開けた。コナーは彼女をじっと見つめたまま自分のブーツを脱いでいる。オリヴィアは彼がズボンのボタンをはずして脱ぐあいだ、目を下に向けられずに彼と目を合わせたままでいた。

コナーがベッドの彼女のそばに寝そべり、重みでマットレスが沈んだ。彼は片肘をついてしばらく彼女を眺めていたが、やがて手を伸ばして顔に触れた。オリヴィアは目を閉じた。指先が頬から顎や喉をかすめ、鎖骨を通って軽く胸に触れるのがわかった。手はつかのまそこにとどまり、それからさらに下へ動いた。指先が腹に軽くでたらめな模様を描き、さらに下へと進む。手が太腿のあいだにすべりこみ、オリヴィアは息を忘れた。指がその部分に触れると、オリヴィアはことばにならない声をあげて彼の手を押しやろうとした。熱く細かい震えが全身に走った。

そのあまりの親密さにショックを受け、オリヴィアは手を押しやってコナーにやめてと言うべきだと思った。が、できなかった。彼の指に触れられて身の内に湧き起こった熱く張りつめたもの以外は考えられなかったのだ。オリヴィアはシーツをつかんでにぎりしめ、自分では止められずに彼の手に合わせて体を動かした。指が動くたびに体のなかで張りつめたものがどんどん大きくなっていくようだった。「コナー、ああ、コナー」オリヴィアは自分が何か輝かしくすばらしいものへと昇華する瀬戸際にいる気がして息を呑んだ。

「そうだよ」コナーがつぶやいた。「そうだ」

オリヴィアには自分が小さな声をあげているのがわかったが、止めることはできそうもなかった。恥ずかしさに火のつく思いがし、息もできないほどの奇妙な興奮を覚えていた。やがて突然、内側のすべてが白く熱い光とともに爆発し、全身に悦びの甘美な波が走った。

　コナーが手を離したときも、オリヴィアの体はまだ信じられない感覚にひくついていた。コナーが動くのがわかり、自分の体の上に彼の重さとたくましさを感じた。突然、やむにやまれぬ思いに駆られたようにコナーはその力強い体でおおいかぶさり、オリヴィアをマットレスに押しつけた。彼が押しつけられ、なかにはいってくると、肺から空気が押し出され、オリヴィアはあえいだ。つかのまの信じられないほど甘美な感覚は消え去った。まるでいきなり冷たい水につけられたかのようだった。オリヴィアは心の準備ができているつもりでいたが、少しもできていなかった。その痛みに対しては。

　オリヴィアは声をあげまいと唇を嚙んだが、コナーには自分のしたことがわかっているようだった。体がこわばって動かなくなった。彼は首を曲げて彼女の首にそっと顔をすり寄せた。

「大丈夫かい、いとしい人《オー・ヴーイルニーン》？」張りつめた声。オリヴィアは彼も痛かったのだろうかと思った。「オリヴィア、大丈夫かい？」

「たぶん」鋭く刺すような感覚はすでに失せつつあった。オリヴィアは彼の下でためしに腰を動かしてみた。

「オリヴィア」コナーは耳もとでうめいた。「動かないでくれ。頼むよ、動くな」

　オリヴィアはじっとしていようとしたが、痛みは消えていた。奇妙な引っ張られるような感覚は残っており、ひどくおちつかない感じだった。それがいい気持ちかどうかはよくわからなかった。オリヴィアは深く息を吸うと、また腰をよじった。

「オリヴィア、やめてくれ。ああ、ちくしょう」

コナーは今度は有無を言わさぬ力で動きはじめた。息はかすれ、荒くなっており、腰はつくたびにオリヴィアをマットレスに押しつけた。コナーの動きにじょじょにオリヴィアは慣れはじめ、じっさい、かなり気持ちのよいものと思いはじめていた。が、突然コナーがぶるぶると震えはじめ、かすれた声をあげたと思うと、最後にひとつきして動かなくなった。

終わったのだ。

「天国《ナヴ》だ」とコナーはつぶやいた。「ナヴだ、きみは、オリヴィア」

オリヴィアにはアイルランドのことばは理解できなかったが、自分の名前を彼が呼び、その声にやさしさがこめられているのはわかった。それが愛情であってくれたならと思わずにいられなかった。オリヴィアは彼の体にまわした腕に力をこめた。耐えがたいほどのいとしさに心が満たされた。片手で広い背中を愛撫し、もう一方でそっと髪をまさぐっていると、こわばっていた彼の体から力が抜けるのがわかった。

コナーは彼女の体を抱いたまま横向きに転がった。すぐに息が深まり、彼は眠りに落ちた。オリヴィアはベッドの足もとに丸まっているシーツに手を伸ばし、ふたりの体にかけると、ランプを消し、彼の腕のなかに身をすり寄せた。

おそらく、今やわたしは堕落した女になってしまったのだろう。それでも、後悔や恥辱は感じなかった。ただ、信じられない、押しつぶされそうなほどの喜びが自分のなかに花開き、自分を生き生きと美しく感じさせてくれていた。こんなふうに永遠に彼のそばに寝そべっていたいとただそれだけを望んだ。オリヴィアは目を閉じ、彼の胸に頰を押しつけ、鼓動を聞いた。今夜だけは彼も自分を愛してくれていると思いたかった。

彼女の香りが鼻腔を満たし、コナーは目を覚ました。鼻につくようなコロンのにおいではなく、オリヴィアのやわらかく温かい肌ともつれた髪のそそるような香り。

夜のあいだにオリヴィアは寝返りを打ち、背中を彼の胸に押しつけてきた。コナーは目を開けずとも、彼女の体のありとあらゆる箇所を認識できた。脚は形のよい彼女のふくらはぎをはさみこんでおり、腕は彼女のくっきりとくびれた腰に巻きついている。手の甲があたっているのは胸の下のヴェルヴェットのような肌だ。顎の下にはシルクのような髪の毛がある。オリヴィアの体は彼の体のために作られたかのようにぴったりと密着している。まだなかば眠ったまま、コナーは満足そうに深呼吸し、女を腕に抱いたまま目覚めるという慣れない喜びをむさぼった。

彼女を抱いて眠ったのだ。

そう考えて満ち足りた気分が消えうせた。コナーは目を開け、ふたりでいっしょに使っていた枕から頭をもたげた。クリームのような肩の肌と、胸や彼の手にかかるもつれた褐色の髪が、雨戸のすきまから射しこむぼんやりとした明かりを受けて、かろうじて見分けられた。

彼女を抱いて眠ったのだ。

そう気づいて茫然とした。女と眠ったのははじめてだった。これまでもキスをしたり、服を脱がせたり、体をたのしんだりしたことはあったが、事のあとは女のもとを去り、ひとりで寝るのが常だった。ひとりで寝れば、悪夢で女たちを起こすこともなく、弱さを見られることも、秘密を明かすこともなくてすんだ。恥を表にさらすことなく隠していられた。

コナーはオリヴィアの横顔を眺めた。長いまつげ、つんと上を向いた鼻、開いた唇、もつれた髪。なんともそそられる乱れた寝姿だ。前の晩のことが思い出された。何もかも覚えている。肌のにおい、唇の味、手の感触、情熱の声、すべてが火薬にマッチをするように欲望に火をつけてくれた。おかげで今は充分に満たされ、眠気を感じ、ただ彼女をしっかりと抱きしめていたいと思っていた。彼女を抱きしめる。なんてことだ。

内心パニックに襲われそうになりながらも、欲望も感じていた。またすべてをくり返したかった。悦びの激しい爆発とその後のすばらしい解放。安らかな倦怠感と悪夢を見ない眠りも恋しかった。彼女のそばで、彼女とともに。こんな感情をほかの女に抱いたことはない。

それが彼を心底怯えさせた。

コナーは彼女から少しずつ身を離し、すっかり離れると、あおむけになって天井を見上げた。今この場から去ることもできる。このますぐに。彼女が眠っているあいだにベッドから降り、服を着て出ていくのだ。女を置き去りにするのはたやすい。これまでも何度となくくり返してきたことだ。

コナーは身動きしなかった。

じっと横たわったまま、オリヴィアの規則正しいやわらかな寝息を聞いていた。彼女が眠っているあいだに立ち去ったほうがいい理由をあれこれ思いめぐらしながら。そうすれば、気まずい沈黙や感情的なやりとりをせずにすむ。心痛む涙を目にすることも、傷つけられた女のプライドを見ることもなく、去ったあとに傷ついた茶色の目が心につきまとって離れないということもないだろう。

コナーは動かなかった。

しばりつけられるのはいやだった。それでも、すでに二カ月もしばりつけられてきたのだった。人と親密になると息がつまるが、彼女を腕に抱いて目覚めたときに息苦しさは感じなかった。しばしのあいだ、満ち足りた思いを感じたのではなかったか？　しばしの安らかさを。

そんな思いすごしは、心に浮かんだ瞬間に払いのけた。オリヴィアにとっては土地と家庭と家族と名誉がすべてなのだ。しかし、コナーにとってそれらはみな奪われたものであり、ふたたび失うことなど耐えられないものだった。

彼女に対し、正直でなかったということではない。まちがった希望を持たせたわけでもなかった。昨晩は彼女のほうからここへ来たのだ。彼女が求めるものは自分の求めるものでもあったから、与えただけのこと。それだけのことだ。収穫がすむまでは留まると約束し、収穫はすんだ。これ以上彼女のそばにいる理由はない。

コナーは動かなかった。

まだ去るわけにはいかない。家までひとりで帰すわけにはいかないからだ。ふたつ目の荷馬車の手綱をとる人間が必要だ。おまけに、女が連れもなく旅をするのは危険だ。農場と娘たちのもとに送り届けるまではいっしょにいなければならない。それから出ていけばいい。コナーはベッドから出て下着とズボンを身に着け、部屋の奥まで歩いていってシャツを拾い上げた。そこまで行くのが人生でもっとも長く感じられたのはなぜだろうと思いながら。

オリヴィアはゆっくりと目を覚ました。大きくあくびをすると、頭の上に腕を持ち上げ、伸びをした。が、筋肉に痛みが走り、思わず顔をしかめた。体がこわばって少しひりひりしている。まるで長いあいだ馬に乗っていたかのように。しかし、生きていることがすばらしく思え、信じられないほど幸せだった。わたしは堕落した女になったと彼女は胸の内でつぶやき、恥ずかしく思おうとした。

前の晩の記憶がどっとよみがえってきた。罪の意識を感じるべきところを、頬を赤らめながらもにっこりとほほえまずにもいられなかった。オリヴィアは目を開け、コナーがすでに目覚めて着替えをすませ、部屋の奥の椅子にすわって自分を見つめていることに気がついた。驚いたことに、椅子のそばの床には彼女の旅行かばんが置かれている。

見つめられてオリヴィアは恥ずかしくなり、狼狽して身動きした。「おはよう」と言って目にかかった髪を払いのけ、シーツで体を隠しながら起き上がった。

「おはよう」彼は顔をそむけた。オリヴィアの幸せな気分は消え失せた。

コナーは彼女と向かい合うようにすわってはいたが、ほんとうの意味でそこにはいなかった。すでに自分の殻に閉じこもり、まわりに防壁をめぐらしていた。人を寄せつけないよそ者に戻ってしまっていた。

ひりひりする痛みが全身に広がったが、オリヴィアはそれを表には出さなかった。出せなかった。あまりに屈辱的だったからだ。目を伏せてシーツを見つめ、顔に表情を出すまいと努めた。が、しばらくしてまつげを伏せたまま彼をちらりと盗み見た。盗み見る必要はなかった。彼は目を向けようともしていなかったからだ。

コナーは椅子のそばのテーブルの上にあるトレイを身振りで示した。「朝食とコーヒーがほしいんじゃないかと思って」と言って、いかにも興味深そうにトレイの上のふたのついた皿と銀のコーヒーポットをじっと見つめている。

「ありがとう」

「急いで食べてもらわないとな」彼はつづけて言った。「もう七時すぎで、七時半にはメイドが水とタオルを持ってくることになっている。とにかく急いで出立したほうがいい。長旅になるんだから」コナーは彼女に目を向けようとせずに立ち上がり、旅行かばんを指差した。「きみの荷物をここへ持ってきて、おれのを向こうに置いてある。一時間後に階下《した》で会おう」

シーツをつかむオリヴィアの手に力がはいった。彼女は盾のようにシーツを体に巻きつけた。「わかったわ」そうぎこちない口調で言うと、コナーが部屋を出てドアを閉めるのを見守った。

シーツを押しやると、太腿とシーツに血のしみがあるのがすぐにわかった。オリヴィアはショックを受けてその黒っぽいしみを見つめた。まだ月のものが来る時期でないことはたしかだった。昨晩起こったことのせいでできたしみにちがいない。自分が出血していたとは気がつかなかった。それほどの痛みはなかったのだから。

今は肉体的な痛みはそれほどでもなかったが、心の痛みはまったく別物だった。

オリヴィアはその痛みに負けまいとしながら目を閉じた。彼がまもなく去ってしまうことはしかたないとあきらめてはいても、やはりこんなふうにすげなくされるのは辛かった。自分の人生にとって彼が単なる通りすがりであるのは前からわかっていたことだ。わたしが愚かな希望を抱いたとしても、それは彼が悪いわけではない。恋に落ちたのも彼のせいではない。

彼が去ってしまっても、わたしにはまだ娘たちと家がある。日々をやり過ごすことはできるだろう。夜をやり過ごすための思い出もある。しかし今、そう考えてもあまり心はなぐさめられなかった。

ケイト・ジョンソンのためのキルト・パーティがはじまってすでにずいぶんとたったころに、主賓が現れた。カラーズヴィルの婦人たちは、裁縫道具とキルト用の木枠を持って雑貨店の裏にある白い木造の家に十時からじょじょに集まりはじめており、リラ・ミラーの小さな居間は次々とやってくる客であふれ返っていた。もちろん、女性たちはみなケイトと生まれたばかりの赤ん坊のためにキルトや服を縫っていたのだが、こうした集まりの真の目的はレシピを交換し合ったり、助言し合ったり、噂話を交わしたりすることだった。とりわけ噂話には花が咲いた。

キャラ・ジョンソンとベッキーは、到着したケイトを出迎えて赤ん坊について感想を述べようと玄関ホールに群がった女性たちの邪魔にならないように、妹たちを脇に引っ張った。女性たちの共通した感想は、赤ん坊が父親そっくりだというものだった。

「オリヴィアのところのお嬢さんたちも連れてきたのね」マーサ・チャブがベッキーと妹たちを顎でしゃくって言った。女性たちは自分の席に戻り、また縫い物の手を動かしはじめた。

「桃の収穫の時期だから」ケイトがロバート・トーマスを長女に渡してほっとしながら言った。長女のキャラはすぐに、赤ん坊の弟をまだ見ていなかった友人たちに見せびらかしはじめた。ケイトは長椅子のベッキーのそばに腰を下ろし、編み物をとり出した。「これまでモンローに桃を運んでくれていたネイトがいなくなったから、オリヴィアが自分で運んでいってるの。娘たちは彼女が今晩帰ってくるまでうちであずかることになってるわ」

マーサはけしからんというふうに眉根を寄せた。「じっさい、オリヴィアはかなりふつうじゃなくなってきてるわね。娘たちをよそにあずけて、田舎道をひとりで行くなんて。もちろん、付き添いもなくホテルに泊まらなきゃならないんでしょうし。びっくりしてしまうわ」

「ほんとうにそうね」エミリー・チャブが姉に賛同した。

それを聞いてベッキーははっと顔を上げた。チェッカー遊びをしていたミランダとキャリーに目をやると、やはり手を止めて耳を澄ましている。そういうことを幼い妹たちの前で口にするマーサに対してベッキーは怒りに駆られ、顔をしかめてみせた。「うちの母についてそんなことを言わないでほしいわ。失礼よ」

「おだまり」マーサは下がれというように手を振って言った。「若い娘は話しかけられたときにだけ口を出すものよ」

ベッキーは叱責されて口を閉じ、うなだれたが、マーサがさらにつづけるのを聞いて頬が真っ赤になった。「お父さんが亡くなってからのオリヴィアの振る舞いときたら、上品とはとても言えなかったけど、モンローへひとりで行くですって？　下品きわまりないわ」

「マーサ！」ケイトが編み棒を下ろして意見した。「そんなことを言うのは不公平だわ。桃をひとりで売りに行く以外にオリヴィアはどうしたらいいというの？　手助けしてくれる人をずっと探していたでしょう。じっさい――」

「それも問題よ」マーサが帽子の羽根が揺れるほどきっぱりとうなずいてケイトのことばをさえぎった。「農場を手伝ってくれる人を求めて四つの教区に広告を貼りめぐらすなんて。恥知らずな」

「ぎょっとしてしまうわ」とエミリーがつけ加えた。

ベッキーは刺繍していたナプキンに思いきり針をつき刺した。怒りのあまり、自分のしていることに気づかず、血が出るほど強く針を指につき刺してしまった。ベッキーは顔をしかめ、縫い物を下ろして指先を口に含んだ。心のなかでつぶやいたことばをマーサ・チャブに口に出して言ってやりたかった。このせんさく好きの年寄りめ。

ケイトが椅子にすわったまま背筋を伸ばした。「でも、ほかにどうやってオリヴィアが農場を手伝ってくれる人を見つけられるっていうの？　土地のためなのよ、マーサ。オリヴィアはもう充分大変な思いをしているんだから。あれこれ言わないでおいてあげましょうよ」

マーサは口をはさもうとしたが、ケイトが大きく息を吸ってつづけた。癇癪を起こしかけているせいで早口になっている。「このあいだの晩、ハーラン家の男たちが酔っ払ってオリヴィアの家に来たの。窓に石を投げつけて娘たちを死ぬほど怖がらせたのよ。オリヴィアはライフルを使って男たちを追い払ったわ。うちからも銃声ははっきりと聞こえたぐらい。昨日、娘たちをあずけに来たときにオリヴィアが何があったのか教えてくれたの」

「ライフルですって？」マーサは大仰に両手を上げてみせ、鼻を鳴らした。「わたしの言っているのもまさにそういうことよ。ライフルだなんて。いったいオリヴィアはどうしてしまったのかしら」

「オリヴィアはできるかぎりのことをしようとしている勇敢な女性なのよ」とケイトは答えた。「そればかりか、彼女がいなかったら、わたしもここにはいなかったでしょうね。ロバート・トーマスを産むのに手を貸してくれたの。お産がとても大変だったんだけど、オリヴィアが助けてくれたのよ。ああ、オリヴィアがいなかったら、わたしは死んでいたかもしれない」

ケイトはベッキーにちらりと目をやった。少女は母の弁護をさせてもらえなかった自分のかわりに口をはさんでくれたケイトに感謝するような目を向けた。肩に手が置かれるのを感じて振り返ると、キャリーが椅子のそばに来て立っていた。ミランダがそのすぐ後ろにいる。

「どうしてチャブ姉妹はママのことを悪く言うの?」とキャリーはささやいた。

「あの人たちがせんさく好きの口うるさい年寄りだからよ」ベッキーは歯を食いしばるようにして言い、マーサとエミリーをにらみつけた。「だからあんなことを言うの」

ケイトは椅子にすわったまま身を乗り出してまた口を開いた。「ハーラン家の男たちをあそこへ差し向けたのがヴァーノンだってことはみんなわかっているわ。その理由もね。ヴァーノンは自分と奥さんの北部のお金で鉄道を敷くために、オリヴィアの土地がほしいのよ。この町の半分の住民にも同じことをしているわ。ヴァーノンに立ち向かったオリヴィアはすばらしいと思う!」

ベッキーは歓声をあげたくなった。

「去年、ヴァーノンが教会に新しいオルガンを寄付してくれたことを忘れたの?」とマーサが辛辣な口調で言った。

「それはヴァーノンがお金でなんでも買えると思っているからよ」ケイトがブロンドの頭をそびやかして言った。「天国へもお金で行けると思ってる」

もてなし役のリラがあいだにはいり、これ以上感情的な雰囲気になる前に議論をやめさせようとした。目の前のテーブルからお茶のケーキの載ったトレイをつかんで立ち上がった。「ケーキがほしい人は？」

誰も聞いてはおらず、応じたのはミランダだけだった。甘いものに目のないミランダは差し出されたケーキをとりかけた。

「神を冒瀆するようなことを言うのはやめて、ケイト」マーサはその場の全員の注目を集めているのを意識しながら、王座についた女王のように椅子に背をあずけた。「いずれにしても、オリヴィアはひとりでピーチツリーを切り盛りしようとするべきじゃないわね。お父さんが亡くなったときに土地は売ってしまうべきだったのよ」

「ばかばかしい！」ケイトがきっぱりと言い返した。

ほかの人たちも声をあげだし、そのことについて議論が交わされた。が、マーサがまた口を開くと、その威嚇的な声が他を圧した。

「友人として、彼女の弁護をしなければならないと思っているようね、ケイト。でも、じっさい、モンローへ出かけたのは、女性としてのたしなみを逸脱するものだわ。あんな遠くへひとりで行くなんて！」

同意するように何人かの女性たちがうなずき、また議論がはじまった。

「でも、ママはひとりじゃないわ」ミランダがリラのトレイからもうひとつケーキをとろうとしながら声をあげた。「ミスター・コナーといっしょよ」

女性たちの低い話し声が沈黙にとってかわった。

「ミランダ、ミスター・コナーのことは誰にも言っちゃいけないはずでしょう！」キャリーが妹をしかりつけた。「ママが秘密だって言ってたじゃない」

ミランダはケーキを皿に落として手で口をふさぎ、姉に謝るような目を向けた。「忘れてた」

ベッキーは気持ちが沈みこむのを感じながら、まわりの驚愕した顔を見まわした。マーサが身を乗り出し、ミランダに険しいまなざしを向けた。「そのミスター・コナーって誰なの？」

男の子と出かけるといかに簡単に女の子が評判を落とすことになるか、母が言っていたことばをベッキーは思い出し、母とミスター・コナーについてのミランダの無邪気なことばがどういう結果をもたらすかがわかってはっとした。ベッキーは両手に顔をうずめてささやいた。「ああ、どうしよう。どうしよう」

23

モンローを出発したのが遅かったせいで、オリヴィアとコナーが娘たちを迎えにジョンソン家の農場に着いたときには、あたりは暗くなっていた。オリヴィアはジョンソン家へとつづく道のそばで一度荷馬車を停め、そのそばに荷馬車を停めたコナーにそこで待っていてくれと頼んだ。それから、月明かりに照らされた道を荷馬車を走らせた。

今朝からずっとコナーは自分の殻に引きこもり、沈黙を守っていた。いつ出ていくつもりか、はっきりとは言わなかった――オリヴィアにはそれが明日なのか、明後日なのか、翌週なのかわからなかった――が、すぐであることはまちがいなかった。別れを告げずに行ってしまうであろうことも。前のときと同じように、何も言わずにただ姿を消すことだろう。長い帰り道のあいだ、オリヴィアは心を強く持とうと努めたが、そのたびに、前夜のことを思い出さずにはいられなかった。彼にされた信じられないようなことや、彼に触れられて自分が途方もない反応を見せたことを。彼の首に腕をまわし、きつく抱きしめたいとそればかり思った。そうすれば彼を引きとめておけるかのように。しかし、オリヴィアにはそんなことは無理だとわかっていた。

荷馬車を引きこみ道に乗り入れたときには、すでにオレンが家のポーチに出ていた。まるでオリヴィアが来るのを待ちかまえていたかのように。オリヴィアが荷馬車を停めると、オレンは彼女が荷馬車から降りる前に階段を降りてきた。

「ケイトとお宅の娘たちはもうきみの家にいるよ」とオレンは言った。

オリヴィアはわけがわからず眉をひそめた。「どうして？　ケイトにはここへ娘たちを迎えに来るって言ってあったのに。家に連れ帰ってくれる必要はなかったのよ」

オレンは帽子を後ろに押しやって重いため息をついた。「残念だが、ちょっと問題が起こってね」

オリヴィアはヴァーノンのことを思い出し、即座に最悪のことを予想した。「娘たちは？　無事なの？」

オレンは急いで請け合った。「彼女たちは大丈夫だ。そういうことじゃないんだ。しかし、急いで家に帰ったほうがいい」

「どうして？　何があったの？」

オレンは渋い顔で彼女を見つめた。「みんなに知れてしまったんだよ、リヴ。きみの家に滞在しているアイルランド人のことが」

胸の悪くなるような恐怖心がみぞおちのあたりに湧き起こった。「みんな？」

「町のみんなさ」オレンの答えは最悪の予想通りだった。「マーサとエミリーのチャブ姉妹も含めて」

胸に湧き起こった恐怖心が今度は腹のなかで石のように固まった。「ああ、なんてこと」「かなりの騒ぎになっている。家に戻って釈明したほうがいい」

オリヴィアはうなずき、何も言わずに手綱をふるった。ラバたちは小道を駆け出した。荷馬車は車輪で砂利を跳ね飛ばしながら大きな道に出ると、コナーの荷馬車の脇を通り過ぎた。彼が名前を呼びかけてくるのが聞こえたが、オリヴィアは説明のために荷馬車を停めることはしなかった。

頭が働かなかった。心も何も感じなかった。恐怖に凍りつき、麻痺したようになって、ただひたすら月明かりに照らされた前方の道を凝視しながら家へと荷馬車を走らせた。

自宅の引きこみ道に荷馬車を乗り入れると、オレンが言っていたようにみんなが待っていた。娘たちの姿は見えなかったが、ケイトがアレン牧師とともにそこにいて、もちろん、チャブ姉妹の姿もあった。背後の窓から明かりがもれていて、顔は見えなかったが、姉妹の目に軽蔑の光が宿っていることは想像できた。

オリヴィアは荷馬車から降りると、ゆっくりと家へ向かった。パニックに襲われ、逃げ出して隠れたいにもかかわらず、あやつり人形さながらに、一歩一歩引っ張られて前に進まされている感じだった。

知っているのね。みんなが。誰もが何も言わず、身を固くしていることからそれはわかった。今後彼らと日の光のなかで顔を合わせることなどできるだろうかと思わずにいられなかった。前日の情熱的な夜のことが思い出された。自分のしたことや、コナーにさせたことなど。覚えているキスや触れ合いのすべてが、むちのように自分を打ちすえる気がした。恥ずかしさで頬が赤く燃えたが、頭は高く掲げていた。

釈明や弁明や否定のことばを探して必死で思考をめぐらしはじめたが、それらはすべて嘘になる。オリヴィアはただ地面に沈みこんで消えてなくなってしまいたかった。

背後から、二台目の荷馬車が引きこみ道にはいってくる音が聞こえてきたが、オリヴィアは振り返ってコナーを見ることはしなかった。できなかった。ポーチへつづく階段を昇りながら、罪悪感と恥辱の思いが一歩ごとに重くなるような気がした。

ケイトがポーチの端まで進み出た。オリヴィアの手袋をはめた手をつかむと、急いでにぎりしめた。「ごめんなさい、リヴ」とささやく。「みんなここへ来るって言ってきかなかったの。止められなかったのよ」

オリヴィアは手を引き抜き、友人の顔に浮かんだ同情から顔をそむけた。耐えられなかったのだ。「娘たちはどこ?」

「家のなかで夕食をとっているわ。あの子たちは……わかっていないの。そう、ベッキーはたぶんわかってるかもしれないけど、小さい子たちはわかってないわ」

それに答える暇は与えてもらえなかった。マーサがケイトを肘で押しのけて前に進み出ると、唇を引き結び、探るような目でオリヴィアをじろじろと見たのだ。「そう、戻ってきたのね、オリヴィア。こんなことをしておいて、よくも顔を見せられたものね。驚きだわ」

オリヴィアはモンローでじっさいに起こったことをマーサが知るはずはないと自分に言い

聞かせようとしたが、そんなことは関係なかった。自分は知っていて、自分に嘘をつくことはできなかったからだ。何もなかったかのように罪のない振りなどできない。そうではなかったのだから。オリヴィアの手が震え出した。

背後から足音が聞こえてきた。コナーであることはわかったが、オリヴィアは背を向けたままでいた。マーサがオリヴィアの後ろに目を向け、コナーを上から下までじろじろと眺めた。「厚かましくも男を連れ帰ってきたわけね」マーサはつけ加えた。「恥というものを知らないの？」

コナーはぞっとするような羽根つき帽子をかぶった太った女の叱責を受けてオリヴィアがうなだれているのを見ていたが、もうたくさんだと思った。決然と顎を引きしめると、オリヴィアを意地の悪い年寄りから引き離そうと前へ進み出ようとした。が、そこで肩に手が置かれるのを感じ、振り返った。すぐそばに牧師用の襟のついた黒い綿の服を着た白髪頭の男が立っていた。

「いっしょに来てくれ」

それは命令だった。コナーは苛立ってため息をつくと、しぶしぶ年輩の男のあとをついていった。男はランプを手にとり、家の脇をまわって家畜小屋へ向かった。

小屋のなかにはいると、男はドアを閉め、ランプを床に置いた。「さて」と言ってほこりまみれの樽の上に腰をかけ、できるかぎり居心地よい体勢をとろうとした。「これで楽に話ができる」

コナーは石のように押し黙ったまま、じっと男を見つめた。礼儀正しい会話を交わすためのことばなど思いつくこともできなかったのだ。弁明のことばばかりが頭に浮かんだ。

「ところで、私はアレン牧師だ」男は穏やかに南部なまりのことばを発した。「ここ、カラーズヴィルでバプティスト教会の教区長を務めている。きみはおそらく、ミスター・コナーだね」

その呼び方にコナーははっとした。それですべてがはっきりした。「娘たちか」彼は歯を食いしばるようにして言った。

アレン牧師はうなずいた。「そう、娘たちだ」

「おれのことをなんて言ってたんです？」

「詳しいことはわからない。私はそう、その場にいなかったからね。ただ、今日の午後に町で開かれたキルト・パーティの席でのことだそうだ。それには町じゅうのご婦人たちが参加していた」牧師は壁にもたれて腕を組んだ。「聞いたところでは、この家で、実質的には夫としてオリヴィアと暮らしていたそうだね」

コナーは欲求不満に駆られ、この小屋で彼女についてのいやらしい空想を頭から叩き出そうとしていた夜のことを思い、牧師のことばに笑いそうになった。ほかの男の身の上に起こったことなら、笑っていたことだろう。「ほかには？」

「きみは放浪の身で、賞金稼ぎのボクシングを生業《なりわい》にしている。そのせいで、彼女の行いがよりいっそう言語道断なものとされたわけだ。きみが地元の人間であっても、恥ずべきことであるのに変わりはないが、みんなにこれほどの衝撃を与えることはなかったはずだ。残念ながら、オリヴィアの評判は深刻な危機にさらされている」

「なんてことだ！」コナーは牧師をにらみつけた。聖職者という聖職者がいとわしくてたまらなかった。「おれは大けがをしていたんだ。それで、心のやさしいオリヴィアが――彼女に幸いあれ――おれを家に連れ帰って手当てしてくれた。人に親切にしたのにさげすまれるのか？」

「オリヴィアがどんな人間かは教えてくれなくていい、お若いの。彼女のことは子供のころから知っている」

「だったら、彼女が何も恥ずべきことなどしてないのはあんたにもよくわかるはずだ」コナーはいっしょに過ごした夜を思い出した。そうした美しいものが、暇を持て余した連中によってとんでもなく汚いものへとゆがめられてしまうことがいやでたまらなかった。「恥ずべきことなど何も」と彼はくり返した。

「残念ながら、人々の想像を止めることは私にはできない。オリヴィアだって自分の冒した危険をわかっていたはずだ。きみがここにいることを必死で隠していたのは明らかだからね」

「理由はくそみたいによくわかるさ！」

牧師は辛抱強く理解を示すようなまなざしを彼に向けた。それはコナーの嫌悪感を増幅させるだけだったが。彼は声を殺して毒づいた。

「私がここに来たのは、オリヴィアの行為の良し悪しを議論するためではない」アレン牧師は静かに言った。「きみの行為についても同様だ」

「だったら、なぜ来たんです？」

「この問題で多少力になれるのではないかと思ったから来た。信じないかもしれないが、私はオリヴィアの幸せを願っている。きみもそうだといいのだが」

牧師は身を乗り出し、膝の上に肘を載せると、指と指を組み合わせた。「つまりはこういうことだ。きみには選択肢がふたつある。ひとつはここから出ていくこと。たしか、きみをここにしばりつけるものは何もないはずだから、出ていくのは自由だ」

コナーはそれはとてもいい考えだと思った。

「きみはさっさとここを出ていって、スキャンダルに立ち向かうのはオリヴィアひとりにまかせればいい」牧師は同じようにやさしく、控え目な声でつづけた。「もちろん、娘たちはオリヴィアからとり上げられてしまうだろうが」

コナーの体がこわばった。ふいに左フックをくらったかのようだった。

「とり上げられる？」

「オリヴィアはテイラーの子供たちを正式に養女にしたわけではない。そんなことは必要だと思わなかったからね。それどころか、そんなことは思いつきもしなかったのではないかと思うよ。マーサとエミリーはすでに保安官に娘たちをこの家から連れていくように要請した。残念ながら町のほとんどのご婦人たちもそれには賛成しているようだ」

「おれは出ていく」コナーは歯を食いしばって言った。「今夜にでも。オリヴィアのもとに娘たちを残しておくためだったら、なんでもやるよ」

牧師は首を振った。「もう遅い。すでに評判は損なわれてしまったのだから」

コナーは答えようとしたが、胸につまった石のせいでことばを押し出すことができない気がした。彼は目を閉じた。心の目にオリヴィアが裏庭で娘たちと笑い合っている姿が映った。腕を広げて娘たちを抱きしめようとしている。オリヴィアが愛らしくやさしい声で娘たちに話しかけるのも聞こえた。

コナーは目を開け、荒っぽくその情景を心から振り払った。

牧師はそんな彼から目を離さずにいた。「きみが心配することではない。きみの娘たちではないのだから、きみが責任を負うことはない」牧師はそこで間を置いて小さく咳払いした。「しかし、もうひとり子供ができれば、きみの選択もむずかしくなるだろうが」

コナーは自分を見つめている穏やかな青い目をじっと見返し、否定の声をあげた。

「彼女は子を身ごもっているかもしれない」

今こそ嘘をつくときだ。そんなことはあり得ないと、町へいっしょには行ったが、何もなく、ふたりの関係はきれいなものだと。そう言ってこの場を逃れ、急いで町を離れ、もとの自分に戻るのだ。臆病者に。

アレン牧師は否定のことばが発せられるものと期待するような目でコナーを見つめていた。発せられないと見ると、つづけて言った。「きみは世慣れた男のようだ。そういう可能性は考えていたと思うが」

考えていなかった。くそっ、今の今まで思いもよらなかった。あり得ないことではない。赤ん坊。メアリーのことが思い出された。あの赤ん坊はおれの子だった。コナーの内部で何かが壊れた。鎧にひびがはいり、他人に食い物にされかねない弱さがむき出しになった。

アレン牧師にもそれはわかったようだった。「選択肢はもうひとつある」と慎重な口ぶりで言った。

コナーは罠かもしれないと用心しつつ、牧師に目を向けた。「うかがいましょう」

「彼女と結婚すればいい」

罠にかかってしまった。コナーはこぶしをにぎりしめ、愚かしくパニックに襲われそうになるのをこらえようとした。頭がまわらなかった。理性を働かせることができなかった。ただ避けがたいものに対して毒づき、自分の愚かしさを呪うしかできなかった。

コナーは顔をそむけた。「結婚は選択肢にはならない」と歯を食いしばって言った。怒りと恐れと絶望が心を占め、そう口に出すのが精いっぱいだった。

「まだ結婚はしていないんだろう？」

コナーは頭をそらし、頭上の梁を見上げた。笑い声ともとれるようなかすれた声がもれた。

「ええ」

「式は明日教会で私がとり行おう。きみたちふたりが結婚すれば、悪い噂もすぐに消え、オリヴィアの評判は保たれる。娘たちも孤児院に送られずにすむ」

孤児院だって。ああ、くそっ。

コナーはくるりと背を向けた。これだけあちこち逃げまわり、自由でいようともがいてきたというのに、こんな選択を迫られるなど。「オリヴィアのことが心配だと言いましたね。牧師様、おれのことを多少なりとも知っていたら、おれがこれまでしてきたことを半分でもご存じだったら、ショットガンを持っておれを町から追い出すことでしょうよ。まちがってもおれに彼女と結婚しろとは頼まないはずだ」

「きみに何かをしてくれと頼んでいるわけではない。ただ、きみには選ぶことができると言っているだけだ。さて、わたしはもう失礼しよう。きみがどっちを選ぶか決められるように」牧師はコナーに慈悲深い笑みを向けた。「私はお節介な年寄りにすぎないが、帰る前にささやかな助言をしていこう」

そう言って牧師は足を止めた。笑みは消え、真剣で真摯《しんし》な表情が顔に浮かんでいる。「正しいことをしたまえ」牧師らしい穏やかな声だった。「生涯一度でいい、正しいことをしたまえ」

牧師は家畜小屋を出ると、ドアを閉めた。ひとり残されたコナーは心を決めなければならなかった。

コナーはまわりをとり囲む壁を見まわした。自分を閉じこめ、望まない人生へとしばりつけようとする壁。その目を下に向けると、足もとのランプの炎が目にはいった。曇りガラスのケースに閉じこめられて揺れる炎は、彼のなかに封じこめられた悪魔のようだった。正しいことをしたまえ。

コナーはマウントジョイの鉄格子のように頭のなかでがんがんと鳴り響くそのことばを聞くまいと、手で耳をきつくふさいだ。

生涯一度でいい、正しいことをしたまえ……正しいことを……生涯一度でいい。

正しいことなどできるわけがない。コナーはゆっくりと、ごくわずかずつ、論理や理性や現実をかき集め、それらを融合して冷たい無関心の鎧を作りあげた。これまでずっと自分を守ってきてくれた鎧だ。意志の力で、意識の端にいつもあったオリヴィアの傷ついた暗い目を払いのけた。正しいことなどするつもりはなかった。


オリヴィアはチャブ姉妹を乗せた牧師館の馬車が去っていくのを見送った。そのあとに娘たちを後ろに乗せたケイトの荷馬車がつづいた。揺れながら道を遠ざかっていく荷馬車から、娘たちが振り向いて彼女を見ていた。苦痛に満ちた顔で黙りこんでいるベッキー、泣きべそをかきながら怒って抗議の声をあげるキャリー、ママを呼びながらすすり泣くミランダ。

オリヴィアは末娘のすすり泣きを聞いて体がばらばらになりそうな気がしていた。震える唇を嚙みしめ、涙が頬を伝うにまかせながら、荷馬車が夜の闇のなかへと消えていくのを見送った。荷馬車を追わずにいるために、ポーチの柱にきつく腕を巻きつけていなければならなかった。

これは一時的なこと、とオリヴィアは自分に言い聞かせようとした。事態が収束するまで娘たちはジョンソン家の農場に預けてはどうかというアレン牧師の勧めに従ったのだった。それも、マーサが保安官を呼んで娘たちをすぐさまモンローの孤児院に送ると脅したからだ。どれほどのあいだそこに立っていたのかはわからなかったが、動こうという意志を持つことができなかった。振り返って空っぽの家のなかに戻ろうという意志を。動くことは考えること、決心すること、今後進むべき道を見つけることで、オリヴィアにはできないことだった。荷馬車が夜の闇のなかに消え、ミランダのすすり泣きが心のなかで聞こえるだけになってもまだ、オリヴィアはポーチに立ち尽くし、道を見つめていた。

これまではどんな悲劇に見舞われても、いつも信仰に頼ってきた。神に相談し、必要な答えを得てきた。しかし今、唯一の祈りは、神がロトの罪深き妻に為したのと同じことを自分にもしてくれますようにということだった。今ここで、自分の家の玄関ポーチで、塩の柱に姿を変え、存在することをやめてしまいたかった。

背後で音が聞こえた。玄関のドアが開いて閉まる音とポーチの板のきしむ音。オリヴィアはしがみついていた柱から手を離して振り返った。「そこの板はいつもきしむの」と言ってコナーのブーツを見下ろした。「前からなんとかしようと思っていたんだけど――」

自分が何を言おうとしていたのか思い出せず、オリヴィアは言いよどんだ。顔を上げると、彼を透かしてその後ろの玄関が見えるかのようにじっと彼の胸を見つめた。

「娘たちは連れていかれてしまったわ」途方に暮れた迷子のような顔でオリヴィアはささやいた。「娘たちは連れていかれてしまった」

コナーは息を呑み、パニックと罪の意識に襲われていることを隠そうと必死になるあまり、わざと残酷な口調で言いたてた。「おれはここにはいられない。きみと結婚はできないんだ」

オリヴィアは聞いていないようだった。ぼんやりとした目で、コナーがそこにいないかのように彼を透かしてまっすぐ先を見つめている。

「できないんだ、オリヴィア。夫となり、父となるなど……くそっ、できないんだ」コナーは両手を前につき出し、オリヴィアの前でこぶしをにぎったり開いたりした。「これがおれなんだ！　おれにはこれしかできない！」

コナーはオリヴィアが身を縮ませるほどの激しさでこぶしをてのひらに打ちつけた。「言ったはずだ。おれは土地や決まった生活や女にしばりつけられるつもりはないと。おれは刑務所にいた人間だ。またそこへ戻りたいとは思わない。ちくしょう、おれは自由でいなければならないんだ。自由で。わかるか？」

オリヴィアは答えなかった。コナーを見ようともしなかった。ただじっと彼の手を見つめていた。頬を涙が伝った。それを見てコナーは突然彼女が憎くなった。自分のことはいっそう憎かった。彼は彼女を揺さぶるかのように肩をつかんだ。魂が真っ黒になるほどの自己嫌悪に襲われているのがすべて彼女のせいであるかのように。「わかるか？」

「ええ」オリヴィアは息をつまらせた。「わかるわ」

そう言って顔を上げた。その濃い色の目が痛みと涙にくもっているのがコナーにはわかった。長いまつげが互いにくっついてとがってみえる。コナーが注意深く作り上げた無関心の仮面が粉々に崩れ落ちた。まるで一度壊れた瀬戸物のカップのようだった。糊で元通りに直したつもりでも、ほんの少しの力を加えたらまた粉々になってしまう。

「オリヴィア、ああ、頼むよ、そんな目でおれを見ないでくれ。ちくしょう」

コナーはやけどでも負ったかのように肩をつかんでいた手を離した。オリヴィアの苦痛が鎖のように体に巻きつき、容赦ない力でふたりを結びつけようとしていた。彼女から一歩離れるごとにその力は強くなった。コナーの背中がドアにあたった。

コナーは何かを壊したくなった。こんなはめに自分をおとしいれた運命を叩きつぶしてやりたかった。しかし、オリヴィアの涙にはかなわなかった。涙を見て思わず膝をつかずにいられなかった。これまで対戦したどんな敵よりも強力で、コナーには自分が彼女を置き去りにできないことがわかった。彼はつと背筋を伸ばすと、オリヴィアの脇をすり抜けて階段を降り、雑草の生えた砂利道を横切った。暗闇に姿は消え、彼女にかけた声だけが響いた。

「きみの勝ちだ。明日町へ行って結婚しよう」

コナーが出ていくのを見守っていたオリヴィアの耳にもそのことばは聞こえた。が、静かな夜の空気に響きわたったそのことばは、永遠になくならない苦々しさも帯びていた。オリヴィアには自分が少しも勝ったわけではないことがわかっていた。

結婚式の日は雨模様だった。オリヴィアがコナーのあとから教会にはいったところで、外は嵐となった。屋根に打ちつける激しい夏の雨は、ある種の凶兆なのだろうかとオリヴィアは陰気に考えた。入口の脇にある小部屋にはいると、アレン牧師を探しにひとり教会へ向かうコナーのこわばった背中をぼんやりと眺めた。コナーはことばを発することもなく、教会の奥へとつづくアーチ天井の廊下へと姿を消した。今日という日に雨こそがふさわしいとオリヴィアは思った。

コナーは午前中ずっと口をきこうとしなかった。その沈黙がどんなことばよりも雄弁に内心の思いを物語っていた。結婚せざるを得ない状況に追いこまれ、無理やり父親に仕立て上げられたと思っているのだ。これから永遠にこうした冷たい沈黙がつづくと思うと、怖くてたまらなかった。彼が責めることばを口にしなくても、自分で自分を責めずにはいられないだろう。

オリヴィアは鏡に姿を映した。たくさんのカラーズヴィルの花嫁がここに映った自分の姿ににっこりとほほえみかけたことだろう。ロマンティックな夢で頭がいっぱいだった年若い少女のころには、自分もそうなりたいと願っていたものだ。

涙がこぼれそうになった。長く眠れない夜のあいだ、こらえていた涙が。オリヴィアは涙が落ちないように目を閉じた。たぶん、泣きはじめてしまったら、止められないだろう。

足音が聞こえ、オリヴィアは急いでまばたきして涙を払った。振り向くと、コナーとアレン牧師がアーチ天井の廊下に立っていた。ほほえみかけてきたのはそのうちのひとりだけだった。

「証人を探さなきゃならないようだね」牧師が言った。「つまり――」

教会の扉が開き、牧師のことばをさえぎった。どしゃ降りの雨とともにはいってきたのは全身ずぶ濡れになったオリヴィアの三人の娘たちと、日曜日の晴れ着に身を包みながら、やはりずぶ濡れのケイトとオレンのジョンソン夫妻だった。ケイトは片手に大きなクチナシのブーケを持っている。

「ママ！」娘たちは小部屋にいるオリヴィアを見つけ、口をそろえて叫んだ。駆け寄ってきた三人の娘たちをオリヴィアは膝をつき、安堵にすすり泣きながら、いっぺんに抱きしめようとした。

「会いたかったわ、ママ」ミランダが母の首に腕をまわしてささやいた。

「わたしも会いたかったわ、ミランダ」オリヴィアはミランダの頬にキスをし、腕をキャリーの体にまわした。

「ほんとうにミスター・コナーと結婚するの？」キャリーが訊いた。「ほんとうに？」

オリヴィアは九歳の女の子からその後ろのアーチ天井の廊下でむっつりと黙りこんでいる人影に目を移し、「ええ」と答えた。立ち上がると、彼から目を引き離し、ベッキーを見やった。

ベッキーは哀れを誘うほどの悔恨の表情を浮かべていた。「ごめんなさい、ママ。事情を説明しようとしたのよ。でも、マーサ・チャブがほんとうにひどくて、何を言っても曲げてとるんですもの。だから――」

オリヴィアはベッキーの唇に指を押しあてて言った。「大丈夫。何もかもうまくおさまるから」

牧師が軽く咳払いをして一行の注意をひいた。「証人も見つかったことだから、はじめられるね」

ケイト・ジョンソンが前に進み出た。「牧師様、花嫁はちょっとお色直しが必要だと思います」そう言って自分の雨に濡れたスカートを見下ろした。「介添え役も同様ですけど。みなさんはなかへ行っていてください。わたしたちもすぐに行きますから」

「もちろんさ。いつでもきみたちの準備ができたらはじめよう。さあ、おいで、お嬢さん方」

牧師が娘たちを部屋から連れ出すと、オレンがコナーに近寄り、自己紹介した。「われわれはオリヴィアの隣人です」と言って、手を差し出した。

コナーは差し出された手をにぎった。「コナー・ブラニガンです」

オレンはうなずいた。「知ってますよ。ボクシングの試合を見に行ったから。きみがあのパンチをくり出してエルロイをぶっ飛ばしたのは見ものだった。あんなのは見たことがない。ほんとうだ。おかげで一ドル失ったけどね」彼はつけ加えた。「それでもその価値はあった」

「オレン！」ケイトがとがめるような声を出した。「ここは教会よ。今すぐギャンブルの話はやめてちょうだい」そう言って背後のアーチ天井の廊下を指差した。「先に行ってて。わたしたちもすぐ行くから」

オレンは首を振った。「女ってやつは。ちょっと変わったことをするとすぐにがみがみ言うんだから」

「まったく。言いたいことはわかりますよ」とコナーも同意し、ふたりの男はその場を離れた。

オリヴィアはコナーがオレンのあとから部屋を出ていくのを見守っていた。彼がオレンと仲良くなってくれたらいいのに。そうすれば、この土地におちつくのも楽になるかもしれない。おちつくとすればの話だけれど。彼が出ていこうと決めたら、結婚の誓いなどに引きとめられはしないだろう。それがわからないほどばかではなかった。

しかし、そんなことは問題ではない。彼が結婚してくれるのは、そうしなければわたしが娘たちを失うことになるからだ。だからこそ、結婚生活がつづいているあいだは、彼にとって最良の妻でいなければならない。そしてそれは彼を愛しているからでもあるが。

ケイトがオリヴィアの腕に手を置いた。「あなたの恋人、悪くないわね」と言って、青いモスリンのリボンで束ねたクチナシのブーケをオリヴィアの手に押しつけた。「何か青いものがいるかと思って」

オリヴィアはクチナシの花にじっと目を向けた。「あの人、恋人じゃないわ」と静かに言った。「少なくとも、あの人はそうなりたいとは思っていない」腕に置かれたケイトの手に力が加わるのがわかった。また涙がこぼれそうになった。オリヴィアはまばたきして涙を払い、顔を上げた。「どうしてわたしたちがここへ来るとわかったの？」

ケイトはにっこりした。「オレンが今朝たまたま南の牧草地へ行ったら、あなたたちふたりがそばを通り過ぎて町へ向かうのが見えたんですって。運がよかったと思わない？」

「ええ、とても」オリヴィアは声をつまらせた。

「それで、きっと証人が必要になるだろうって思ったの」ケイトは明るくつづけた。「オレンが花婿の付き添いになって、わたしが花嫁の介添え役になるわ」

「ああ、ケイト」感情の波が押し寄せてきて、オリヴィアはそれ以上ことばを発することができなかったが、友人に弱々しく感謝の笑みを浮かべてみせた。

ケイトもほほえみ返した。「こんなことになって、わたしたちがあなたをひとりにしておくと思ってたわけじゃないでしょうね？」

「ありがとう」

「ねえ、お礼を言われることなんか何もないわ。うちの赤ちゃんはあなたのおかげでこの世に生を受けたのよ。あなたがいなかったら、お産もうまくいかなかったと思う。それについては、わたしもオレンもお返しのしようがないほどよ」

ケイトは首にかけていた小さな金の十字架をオリヴィアの首にまわして留めた。「これは〝借り物〟よ」と言って、オリヴィアのグレーのドレスを見て顔をしかめた。「このドレスは〝古い物〟ということにするしかないわね」そう言ってため息をついてつけ加えた。「どうしてお母さんのウェディングドレスを着なかったの？」

また涙が目を刺した。オリヴィアは目をしばたたいて涙を払おうとした。結婚式の日を夢見ていた年若い少女のころには、いつも母のウェディングドレスを着た自分を思い描いていたものだが、昨晩それを杉のタンスから出して包んでいた紙を開いたときに、自分が着るわけにはいかないと悟ったのだ。純白のサテンのドレスは偽善を強調することにしかならないだろう。「着られなかったの」オリヴィアはうつむき、手に持ったブーケを見ながらもごもごと言った。「どうしても」

ケイトはオリヴィアの肩をつかんで軽く揺さぶり、顔を上げさせた。「ねえ、よく聞いてちょうだい、オリヴィア・ルイーズ・メイトランド。あなたは何も恥に思うことはないのよ」

オリヴィアはそれを否定しようとしたが、ケイトがさえぎった。「みんながなんて言っていたかは知っている。そう、わたしもキルト・パーティにいたから。でも、あの人があなたの家で暮らしていたからって気にならないわ。付き添いなしで彼といっしょにモンローへ行ってひと晩過ごしたとしても別にかまわない。あの人と寝たとしても、あなたが彼のためにサロメを七幕踊ったとしてもどうでもいいことよ。さっきあなたが彼を見つめているのを見たから。愛しているのね——顔を見ればわかるわ。愛があってのことなら何もまちがっていない。誓いのことばを言うときも頭を高く掲げて言うのよ、いい？」

オリヴィアは自分の内心の思いがそれほどに見え透いていたことに愕然としたが、それでもなんとかうなずいてみせた。

「いい子ね」ケイトは小部屋から出て教会の奥へつづくアーチ天井の廊下を歩き出した。

「そろそろ行ったほうがいいわ」

オリヴィアは鏡に映った自分を上から下まで眺めまわしてから、友のあとに従った。「〝新しい物〟は？」

ケイトは肩越しにオリヴィアに目をくれ、「クチナシよ」と答えた。「今朝咲いたばかりなの」

オリヴィアは喉まで出かかったヒステリックな笑いを呑みこみ、ケイトのあとに従って、教会の正面で自分を待つ男のもとへと通路を進んだ。

コナーには目を向けなかった。目はアレン牧師から離さず、ケイトの助言どおりに顎をつんと上げていた。

しかし、そばを通り過ぎる際に娘たちの笑みを見て、しっかりと抑制していた感情に呑みこまれそうになり、足もとがふらついた。娘たちはこの結婚がまがいものではなく、喜ばしいものだというように、とても幸せそうに見えた。

また熱い涙がこみ上げてきて、まわりのすべてがかすんで見えた。オリヴィアはどうにか涙をこらえようとした。

手助けしてくれる男をつかわしてくださいと祈ったら、男がつかわされた。そして、その男に恋をして、留まってくれますようにと祈ったら、男はこうして留まることになった。少なくとも今のところは。祈りはすべて通じたのだ。神は望みをすべてかなえてくれた。感謝してしかるべきだ。

しかし、こわばった指からケイトがクチナシのブーケを受けとって一歩下がり、コナーと面と向かわなくてはならなくなったオリヴィアは、見知らぬ他人の氷のような青い目をのぞきこむことになった。感謝の念など抱けるはずはなかった。コナーがこの女を愛し、敬い、守り抜くと誓う声が聞こえた。その声に幸せは感じられなかった。いつわりの誓いだからだ。彼は愛情など感じてくれていない。どれほど祈っても望んでも、それを変えることはできないのだ。

それでも、オリヴィアは彼を愛していた。一生の誓いを述べるときがくると、本心からそうした。それは真実であり、嘘偽りのない気持ちだったからだ。

ここにあなたがたが夫と妻となられたことを宣言いたします。

コナーは頭をかがめてオリヴィアの頰に軽く唇を寄せた。それから腕を差し出し、ふたりはともに通路を進んだ。

夫と妻。

ありがたいことに心が麻痺したようになっていた。コナーは彼女の腕を離して一歩下がり、小部屋で娘たちがまわりをとり囲めるようにした。オリヴィアは牧師がコナーと握手をし、彼を部屋の奥へと連れていくのを見守った。

「お祈りがほんとうに通じたわ、ママ」と言ってキャリーがオリヴィアの腰に手をまわし、ぎゅっと抱きしめた。「これからは毎晩お祈りするって約束する。ほんとうよ」

オリヴィアはゆっくりと首を振った。頭にかかったかすみを払いのけて思考をはっきりさせ、娘のことばに耳を傾けようとしたのだ。「なんの話をしているの、キャリー？」

キャリーは身を離してオリヴィアを見上げた。「すごいと思わない？　神様にミスター・コナーを新しいパパにしてくださいってお願いしたら、ほんとうにしてくれたのよ！　お祈りが通じたんだわ！」

オリヴィアがようやくの思いで保っていた冷静さがついに崩れた。彼女はわっと泣き出した。

役割を演じるのはコナーにとってはじめてのことではなかった。作り笑いも容易にできた。たとえ相手が牧師であっても。牧師は「きみを誇りに思うよ」と言って握手をしたが、それは恩着せがましい言い方ではなかった。

しかし、オリヴィアを見やると、娘たちに囲まれ、両手に顔をうずめている。泣いているのだ。彼女の涙をじかに感じられる気がしたが、おそらくそれは幸せの涙ではない。前の晩の涙が思い出された。ナイフのように胸をつき刺す涙。ナイフがまた胸を刺し、コナーの顔から作り笑いが消えた。

「きっとこれはきみのだと思うが」

コナーは牧師が差し出した革の背負い袋を見下ろした。「ええ、そうです」とつぶやいて受けとった。「どこで見つけたんです？」

「二カ月前に町の人が見つけて私のところへ持ってきてくれたんだ。そのときにジャクソン・フィールドで見つけたと言っていたよ。たしかそこは七月に賞金試合が行われたところではないかな。開けてみたら、なかに十字架がはいっていた」牧師はそこでことばを止め、コナーに詫びるような笑みを向けた。「のぞき見するつもりはなかったんだが、名前か何か、持ち主を見つける手がかりになるものがないかと思ってね。昨日の騒ぎのあいだに、きみが賞金稼ぎのボクサーだということと、アイルランド人だということを知って、たぶん、きみのではないかと思ったんだ」

「ありがとう」コナーは袋を開け、中身をたしかめた。袋を見つけた人間が一番大事なものをくすねていないといいのだがと思いながら。

「何もなくなってないといいんだが」

コナーの指が服のあいだにたくしこまれていたアイリッシュ・ウィスキーの瓶をにぎりしめた。「ええ、牧師様」と彼は言って袋を閉じ、肩に背負った。「何もなくなっていません」

24

刑務所《ゲイル》——アイルランド、ダブリン、マウントジョイ刑務所　一八六七年

魚のはらわた。十日つづけて。ブリキの皿の上に食事として出された生のぬるぬるしたものに、コナーの胃は吐き気を催した。無理だ、もう。この世の何も気にならないかのようにこれを運んできた看守にほほえみかけることも、今まで味わったこともないほどすばらしい食事であるかのようにこれを食べることも、もうできない。目を向けることすら無理だ。しかしそこで、デリーの魚市場で手に入れた腐った魚とメーガンが思い出された。コナーは心の奥底からの憎しみの声をあげ、鎖につながれた手で皿をつかむと、銃の隠し場所を訊いてきた看守のがっしりとした体めがけて魚のはらわたを投げつけた。

疲れきっていた。眠りたかった。眠らせてくれるはずはなかったが。彼は塀で囲まれた刑務所《ゲイル》の庭を何時間もぐるぐると歩かされつづけていた。付き添う看守は定期的に交替した。歩みが鈍ると、看守に棒で押された。つまずくと、引っ張り起こされた。目を閉じると、冷

たい水を頭にかけられた。銃のことを訊かれると、コナーは面と向かってまともに笑ってやった。

むちで打たれもした。背中の皮ははがれ、喉の悲鳴は奪われた。コナーは傷が化膿して死にいたることを祈ったが、みじめな命だけは救って銃のありかを白状させられるように医者が呼ばれた。

憎しみ。拷問を受けているあいだずっと、コナーはラフ・フォイルから出港する食糧を積んだ船のことを考えていた。家を壊さないでくれと懇願する母や、道端で飢え死にした姉や妹、殴り殺された兄のことも。身に覚えのない政府への反逆の罪でイギリスの刑務所に入れられているほかのすべてのアイルランド人たちのことも考えた。そうしたすべてについての憎しみがひとつになり、腹で火の玉のように燃えていた。むち打たれながら、コナーは知っているかぎりの共和国軍の歌を歌った。飢えながら、知っているかぎりの悪態をついた。さるぐつわを嚙まされると、曲をハミングし、心のなかで毒づいた。

日にちの感覚はなくなっていた。頭のなかで声が聞こえはじめた。パブでのボクシングでチャンピオンになった筋骨たくましい体は衰弱し、大きな骨の寄せ集めとなっていた。それでも、コナーは白状しなかった。

十八日後、コナーは看守長のところへ連れていかれた。

「〝ああ、緑をまとった咎で男と女が吊るされている〟」小さな暗い部屋に引きずりこまれながら、コナーは歌った。かつて低く豊かなバリトンだった声はかすれていた。その部屋には長いテーブルがあり、火床《ひどこ》では石炭が燃えていた。そして、刑務所の看守長というよりは、事務員のように見えるやせた顔色の悪い男がいた。

手首につけられた鎖が天井のフックに引っかけられ、コナーは爪先立たなければならなかった。「〃われらが怒り、激しく荒れ狂い――〃」コナーは歌いつづけた。魚のはらわたを無理やり喉につめこまれている感じだったが、歌いつづけようとした。

看守長はしばらく冷淡な目でコナーを見つめていたが、やがて火床のほうへ手を伸ばし、火のなかから鉄の棒を引っ張り出すと、まだ歌いつづけているコナーをちらりと見やった。そして、愛想よくほほえんだと思うと、火かき棒を持ち上げて暗い部屋のなかでオレンジ色に光る先端をよく調べた。「ふたりで話をしよう。おまえとおれとで」歌が終わると、看守長は言った。「きっとおまえには話すことが山ほどあるだろうからな」

コナーは近づけられた火かき棒から目を離さなかった。棒がさらに近くに寄せられる。

「ああ」コナーは言った。「たしかに話すことはある」

「そうだろう」看守長はわかるというようにうなずいた。「そうだろうと思ったよ」

コナーは唾を吐いた。唾は看守長の頬にあたり、青白い顔を伝ってゆっくりとしたたり落ちた。「おれから聞ける話はそれだけさ、このイギリスのくそ野郎。だから時間を無駄にするのはやめて、すぐにおれを殺したほうがいいな」

看守長は急ぐ様子もなく、手で頬にしたたる唾をぬぐった。それから火かき棒を持ち上げてオレンジに光る先端が真っ白になるまで吹いた。彼はゆっくりと首を振った。「アイルランド野郎め、おまえを殺すつもりはない。死んだほうがましだと思わせてやるだけだ」

25

娘たちは興奮しすぎていて、おちつかせ、眠らせるまで永遠とも思えるほどの時間がかかった。家までの長い道のりと夕食とチェッカーの何ゲームかのあいだ、三人はとめどなくしゃべりつづけた。何もかもすばらしかった。コナーとママが結婚するなんてほんとうによかった。月曜日に学校がはじまったら、友達にそのことを話すのが待ちきれない。

コナーは娘たちの注目を一身に浴びながら、苛立った様子をつゆも見せなかった。しかし、オリヴィアは、彼が〝永遠に〟いてくれることになったと娘たちが話すたびに、コナーの唇がかすかに引き結ばれるのに気がついていた。彼が娘たちにちやほやされるのを我慢しているだけであって、喜んでいないのはたしかだ。

ようやく娘たちもおしゃべりに疲れ、オリヴィアは彼女たちをベッドに入れることができた。ありがたいことに、三人はほぼすぐに眠りに落ちた。

階下《した》へ降りると、コナーはまだ書斎にいた。オリヴィアが部屋にはいっていくと、手に持っていた本から目を上げ、「あの子たちは眠ったかい？」と訊いた。

「ええ」

今夜は新婚初夜だった。

ふたりは互いに目を見かわした。ぎごちない空気が目に見えるほどだった。

オリヴィアは新婚初夜の正しい作法を知らなかった。すわったほうがいいのだろうかと思ったが、すわれば会話をすることになる。世間話をするなど耐えがたいほど陳腐なことに思えた。彼女は片足からもう一方の足に体重を移し、手を上げて、びくびくと髪の毛を撫でつけた。「あの子たち、今日は眠ってくれないかと思ったわ」と沈黙を破るためだけに言った。

コナーはドアのそばに立ったままの彼女をしばらく見つめていた。

「きみも二階に行くんだ、オリヴィア」

それは行ってしまってくれということだろうか？　それとも、先に行って女として必要な準備をしておけという意味だろうか？　オリヴィアは彼の表情をじっと見つめたが、どちらともわからなかった。「ええ、そうね」と小声で言った。「階上《うえ》に来る前にランプを全部消してきてくれる？」

オリヴィアは水差しを二階に持っていき、美しいと言ってくれたときの彼のまなざしを思い出しながら体を洗った。髪の毛にブラシを入れると、肩に垂らした。彼がそのほうがいいと言ってくれたのだった。一番きれいな綿のネグリジェを着ると、モンローのホテルで服を脱がされたときのことを思い出しながら真珠のボタンをはめた。そのときの記憶がよみがえり、期待と不安で体が震えた。シーツをはがし、枕をふくらまして待った。が、彼は来なかった。

オリヴィアはそわそわとおちつかずに部屋のなかを歩きまわった。ランプを消し、シーツのあいだにすべりこむと、階段を昇ってくる彼の足音が聞こえないかと耳を澄ました。暗闇のなかに横たわり、ドレッシング・テーブルの上の時計が時を刻むのに耳を傾けていたが、彼は来なかった。

しまいにオリヴィアはそれ以上耐えられなくなった。ショールをはおると、階下《した》へ降りた。ランプは消えていた。家のなかは暗く静まり返っていた。

コナーは裏のポーチにいた。キッチンの椅子を外に持ち出し、そこに足を投げ出してすわり、頭を後ろの壁にあずけて夜空に低くかかる月を眺めていた。手には瓶を持っている。彼は首をめぐらして彼女に目を向けた。裸足の足や垂らした髪や薄いネグリジェを見てとったが、表情はまったく変えなかった。

オリヴィアに目を向けたまま、コナーは瓶を持ち上げてあおった。「ああ」と満足そうに声をもらすと、皮肉っぽい笑みを浮かべてみせた。「なあ、これぞ天の恵みの酒というわけさ」

瓶を持った手は震えもせず、声も揺らがなかったが、オリヴィアはだまされなかった。バーボンを飲み、のちには安いウィスキーを飲むようになった父の姿が心に浮かんだ。父の顔に刻まれた苦悩の皺や、きついことば、不明瞭な笑い声が脳裏によみがえった。夜ごと、泥酔して眠りこんだ父をベッドにはこんだことや、朝になるたびにいやというほど聞かされた謝罪や約束のことばも思い出された。

心が痛み、気が滅入った。オリヴィアは震える手でネグリジェの襟をかき合わせ、コナーの顔をじっと見つめた。銀色の月明かりを浴びたその顔は冷たくとげとげしく見えた。「酔っ払っているのね」

「まさしく」彼は瓶を持ち上げ、考えこむようにしてなかの液体をまわした。「よきアイルランドの慣習に従っているのさ。誇り高きアイルランド人は新婚初夜には酔っ払うものだ。そのことを知らなかったのかい？」

新婚初夜。なんて皮肉っぽい言い方だろう。オリヴィアは襟をつかむ手をきつくし、これからこういう夜がどれほどあるのだろうと考えた。

コナーは乾杯というように瓶を掲げた。「健康を祈って《スラインテ》」と言ってウィスキーをもうひと口あおった。

父の亡霊がまたも暴れ出した。オリヴィアは背筋をぴんと伸ばした。「わたしの家に強いお酒は置かせないわ」と静かに言った。

コナーは鋭いまなざしをくれた。「われわれの家ということじゃないだろうね、ミセス・ブラニガン？」

その声はナイフの刃ほども冷たく危険だった。オリヴィアはごくりと唾を呑みこみ、一歩も譲らないかまえを見せた。「わたしたちの家のなかに強いお酒は置かせないわ」

「でも、おれは家のなかにはいない。外にいる」彼はにやりとしたが、ずうずうしい見かけの下に隠された暗いものをオリヴィアは感じとった。

「同じことよ、コナー。娘たちがあなたのそんな様子を見たらどうするの？　どう思うかしら？」

娘たちと聞いて彼のなかで何かが変わったようだった。笑みが消え、コナーは突然疲れに襲われたように頭をそらした。「たぶん、英雄か何かでも見るような目はやめてくれるだろうな」そう言って目をきつく閉じ、首を振った。「英雄だと！　まったく、何も知らないから」

オリヴィアは彼をじっと見つめていた。むずかしいパズルの一番重要なピースが見つからないような感じだった。彼の心の痛みや怒りはわかったが、彼が自分に対して感じているらしい憎悪については、それだけでは説明がつかなかった。

〝おれはそうされてもしかたのない人間だった。〟

コナーは息をひそめてオリヴィアの知らない曲をハミングし出した。

「〈勇ましきフェニアン団員〉という歌さ」コナーは目を開け、首をめぐらしてオリヴィアに目を向けた。「フェニアンは知っているかい、オリヴィア？」

「いいえ」とオリヴィアは小声で答えた。

コナーはひどくやさしい声で歌い出した。「〝また英雄は現れるだろう、しかし彼らを超える者は現れまい。栄光あれ、栄光あれ、勇ましきフェニアン団員たちに〟」

コナーは笑ってまたウィスキーをあおった。

「おれは昔英雄だった」彼は言った。「大英帝国の客人で、背中にイギリス人たちにむちで傷をつけられ、やつらのせいで這いつくばって犬のように物を食べなければならなかったから、若い連中はおれを英雄だと思っていた。勇ましきフェニアン団員。まさに笑いごとさ」

その声にありありとあらわれた侮蔑の響きを聞いて、オリヴィアはにぎりしめたこぶしを口に押しあてた。コナーがこんな姿をさらけ出したのが自分と結婚したせいかどうかはわからなかったが、オリヴィアは恐怖に駆られた。「やめて」とささやく。「こんなことしないで」

「何をしないって？　酔っ払うことか？　残念ながら遅かったな。おれはかなり酔っぱらっている」

「自分を苦しめないで」

「心配いらない。もうすでに充分苦しめられたから。専門家によって」

「だからって、そんな拷問を自分でもつづけなきゃいけないの？　どうして？」

コナーはその質問には答えなかった。そのかわり、また乾杯というふうに瓶を掲げた。「栄光あれ」と自分をあざけるような声で言った。「勇ましいフェニアン団員に」

オリヴィアはそれ以上耐えられなかった。くるりと背を向けると、アイルランドのウィスキーと苦い記憶に浸っているコナーをひとり残してその場を離れた。

部屋に戻ると、枕を抱いてベッドに横たわり、今日結婚したばかりの男について考えた。彼がどんな男か、多少は理解しているつもりでいた。それが今、ほんの表面的なことしかわかっていなかったと思い知らされたのだ。

無気力の自己破滅的な暗い穴に落ちこんだ父が、そこから自力で這い出してくれないものかと願っていたときのことが思い出された。時がたつにつれ、そんな希望がばかげた無駄なものだということがわかったのだった。愛情をもって接すれば父の心の傷も癒えるにちがいないと思っていたのは、ひとりよがりの希望的観測にすぎなかった。

ところが今また同じ状況に置かれ、かたくななまでに同じばかげた希望をちがう男に抱いている。今度は自分の夫に。

コナーの傷を癒す力など自分にはないと理性は告げていた。愛情をもって接し、毎日温かい食事を用意したとしても、コナーの心の痛みや罪悪感や苦しみをなくすことはできないのだ。

しかしなぜか心は理性に耳を貸すのを拒み、コナー・ブラニガンの傷が癒える望みのないことを信じようとはしなかった。心はどうにかして彼を救いたいと思い、腕は彼を抱きしめたがり、手は彼を慰めたがっていた。彼を愛しているから。オリヴィアはひとり目覚めたままベッドに横たわり、愚かしい希望を胸に静かに待っていた。もちろん、コナーは来なかった。

翌朝、カラーズヴィル・バプティスト教会に集まった人々は、オリヴィアの結婚を知って沸き立った。オリヴィアがやってくるころには、誰もが彼女があわただしく結婚したことを知っていた。地元のゴシップを聞かされることのないヴァーノンにもそれは伝えられた。彼と北部出身の妻が前の晩に町に戻ってきたことをオリヴィアは教会の石段のところでケイトに教えられた。教会のなかにはいるやいなや、彼が結婚のことを知らされているのもわかった。通路を進む彼女に険しいまなざしを向けてきたからだ。オリヴィアは愛想のよい笑みで返したが、ヴァーノンは不吉に眉をひそめただけだった。

コナーはボクシングの試合でわざと負けることを拒んだために、ヴァーノンの命令で叩きのめされたのだった。そのことを思い出し、オリヴィアは夫をとても誇らしく思った。

わたしの夫。

オリヴィアの足が一瞬ふらついた。まわりじゅうでひそひそ話が交わされるのが聞こえた。好奇の目で見られているのもわかった。二日前には破廉恥な女とオリヴィアを責めていた既婚婦人たちがほほえみかけてきて、互いにうなずき合っている。男が彼女の評判を守ってくれ、すべてが丸くおさまったと喜んでいるのだ。それほど寛容でない婦人たちは探るような目でオリヴィアをしげしげと眺めている。彼女たちが何を考えているかは明らかだった。夫が今朝いっしょに教会に来ないことに気づき、賞金稼ぎのアイルランド人のボクサー――カソリック教徒に決まっている――との結婚がどれほど長つづきするものかと訝っているのだ。

訝っているのはオリヴィアも同様だった。昨晩のことがあって、訝らずにはいられなかった。もしかしたら、いつかコナーも愛してくれるようになるかもしれない。時間さえかければ、夫や父親としての義務や喜びを受け入れられるようになるかもしれない。しかしオリヴィアには時間が味方でないことがわかっていた。今日家に帰ったら、彼はいなくなっているかもしれない。そんな心もとない生活をどれだけつづけていられるだろう。

オリヴィアは空いている列のそばで足を止め、娘たちを先にすわらせた。まわりのひそひそ話に頬は赤く染まっていたが、頭は高く掲げたまま席についた。昨日わたしはここで、愛し、敬い、従うことを約束した。そしてその約束を守るために全力を尽くす気でいる。そう、少なくとも愛し敬うということについては。コナーも同じように努めてくれることは祈るしかなかったが。

アレン牧師が片方を打たれたら、もう一方の頬を差し出し、隣人を許せというイエスのありがたい教えについて考えてほしいと集まった信徒に話しているあいだ、ヴァーノンはコナー・ブラニガンをどうしたら消せるかと考えていた。それも永遠に。

あの男のことを考えていると、どうしようもなく怒りが燃え上がってきた。自分はオリヴィアの結婚相手としてふさわしくないとされたのに、彼女はあのアイルランド人と喜んで結婚したというのだ。四年かけてもオリヴィアの土地を手に入れられずにいるというのに、コナー・ブラニガンは二カ月足らずで手に入れてしまった。殺せるときに、あのずうずうしいくそ野郎を殺しておけばよかったのだ。

ブラニガンがオリヴィアの家にいるとジョンソンから電報を受けとったときに、戻ってくるべきだったのだ。忌々しいアリシアとそのとりまきのせいで、あまりに長く留守をしてしまった。ハイラムも娘に振りまわされっぱなしだった。北部の連中と握手したり、交響楽団の演奏会を聴きに行ったりするかわりに、ここへ戻ってきていれば、こんなことにはならなかったはずだ。オリヴィアの桃は収穫された。つまり、彼女が春の税金を払う金を手に入れたということだ。おまけにブラニガンが彼女の土地を自由にできるようになった。何もかも台無しだ。何もかも。

ジョシュアから電報が来るまで、自分に逆らった賞金稼ぎのボクサーのことなどすっかり忘れていた。あれには片をつける必要はあったが、とうに解決したものと思っていた。オリヴィアがあの男を見つけて家に連れ帰り、雇ったというだけでも驚きなのに、まさか結婚するとは誰が想像する？　よりによってボクサーなどと。ヴァーノンには信じられなかった。オリヴィアは賭け事を忌み嫌っていた。昔からそうだった。

アレン牧師の説教が長引くにつれ、ヴァーノンの怒りは煮えたぎり、耐えがたいほどになった。ヴァーノンは説教の途中で立ち上がり、アリシアの驚いたまなざしを無視して教会をあとにした。町じゅうの噂の的になることは充分承知しながら。最悪だ。ここはおれの町ではなかったのか？

すぐにもあの賞金稼ぎのボクサーを片づけてやるつもりだった。最後に会ったときのことを考えれば、それほど大変なことではないはずだったが、途中でハーランの家に寄ることに決めた。ハーランと息子たちは激しい戦いを好む連中だ。

コナーが目覚めると、部屋の窓から射しこむ日の光が目にあたり、白く熱い針のようにつき刺した。彼はうなり声をあげ、枕を顔に載せて光を遮断しようとしたが、遅すぎた。痛みは容赦なくうずき出していた。

ウィスキーのせいだ。ちくしょう、十七歳のころから、二日酔いで翌朝こんなふうになることはなかったというのに。もう一度寝ようとしてみたが、無駄だった。しまいにあきらめ、ベッドから降りると、頭痛に顔をしかめながら立ち上がった。そろそろと部屋の入口まで行くと、ドアを開けた。が、いつもオリヴィアが洗面とひげ剃りのために置いてくれている水がそこになかった。

腹を立てているのだろう。昨晩の彼女のまなざしが心に浮かんだ。自分の言ったことばに罪の意識に襲われた。結婚が茶番だとしても、悪いのは彼女ではない。悪いのはおれだ。そう、だから今その罰を受けているのだ。コナーはそう胸の内でつぶやき、両手を痛む頭に押しつけた。

そう、きっと彼女は腹を立てているにちがいないが、心やさしい人だから、今朝のこのみじめな姿を見たら、怒っていることを忘れてくれるだろう。もちろん、あれこれ文句を言われるだろうが、彼女のやさしい手の感触を思い出せば、多少の文句には耐えられる。コナーは飢えていた。たとえ怒っていても、彼女が温かい朝食を用意してくれているのはたしかだ。あのひどい緑のお茶を飲めと言い張るかもしれない。あれが頭の痛みをとり去ってくれるのならば、飲んでもかまわない。

コナーは着替えをすませ、キッチンへ行った。そこにはチェスターしかいなかった。犬は大きく吠えて挨拶し、その声がコナーの頭に刺すような痛みを走らせた。温かい朝食はなかった。娘たちやオリヴィアの姿もなかった。当惑し、少しばかり傷ついてコナーはキッチンの窓から外を見やったが、外にも誰もいなかった。コナーはキッチンを出て居間へ行った。「オリヴィア！」彼女と娘たちは二階にいるのかもしれないと思って呼びかけてみたが、家じゅうに自分の声が響きわたっただけで返事はなかった。

やがて今日が日曜日であることを思い出した。ひとりでとり残されたと思うと、かなり気が滅入った。腹が減っていて二日酔いに悩まされているというのに、温かい朝食も用意されていなければ、おこごともないのだ。

コナーはキッチンに戻って壁のフックから桶を手にとった。犬を家のなかに残して井戸へ行くと、ポンプを使って桶をいっぱいにし、頭から冷たい水をかぶった。

ああ、いい気持ちだ。コナーは身を起こしてまた桶をいっぱいにしたが、砂利を踏む車輪の音が聞こえてきて目を上げた。馬車が家の脇をまわりこんでくる。なんと。コナーは胸の内でつぶやくと、桶を脇に放って濡れ髪に手を走らせた。どうして今朝なんだ？

馬車が前庭で停まり、コナーは気を張りつめた。ヴァーノン・タイラーが馬車から降り、その後ろにエルロイ・ハーランとジョシュア・ハーラン、自分を三カ月前にさんざんに打ちのめしてくれた三人の男がつき従った。今度はぶちのめされることはないだろう。単に命を奪い、今のみじめな状態から救い出してくれようというわけだ。

コナーは人生ではじめて学んだ教訓を思い出した。何が起ころうとも、まったく気にしていないように振る舞え。コナーは笑みを浮かべてみせた。「こんにちは、おそろいで。日曜日の訪問にはちょっと早い時間じゃないか？」

誰も答えなかった。ヴァーノンは数フィート手前で足を止め、上着のポケットから葉巻をとり出した。彼がそれに火をつけているあいだに、手下たちがコナーをとり囲み、多勢に無勢であることを誇示した。

「結婚したそうだな」ヴァーノンが葉巻をひと吸いして言った。「お祝いを言いに来たんだ」

コナーはマウントジョイの看守たちに煙草を右肩の下に押しつけられてできたやけどのことを考えた。ヴァーノンはやけどの痕が背中で左右対照になるように火を押しつけるつもりだろうか。コナーはカブを積んだ荷馬車に乗った農夫を思い出し、強い後悔の念に駆られた。

「そいつはありがたいね、ミスター・タイラー。ほんとうに」

ヴァーノンはしばらく葉巻の火のついた先端を見つめていたが、やがてコナーと目を合わせた。本題にはいるころあいだと決心したようだ。「たしか、おまえにはこの町を出ていけと言ったはずだがな、ぼうや」

ぼうや。ちくしょう、大嫌いなことばだ。これまで何度となく聞かされてきたことば。腹のあたりで怒りが危険なほどに燃え上がった。コナーは歯を食いしばり、笑みを凍りつかせた。「ああ、たしかそうだったな。しかし、ご存じのように、おたくの若い衆がおれの肋骨の上でえらく踊り狂ってくれたもので、町を出ていくのが不可能になったんだ」

「おれは逆らうやつは許さない」ヴァーノンは葉巻を吸った。「オリヴィアも結婚するのにずいぶんと時間がかかったってのに、あっというまに未亡人になったら気の毒だな。おれの言っている意味がわかるか、ぼうや？」

おちつけ、とコナーは自分に言い聞かせた。怒りに駆られてもまた肋骨を折られるだけだ。かつて何度となくそうしたように、コナーは怒りを呑みこんだ。もっと賢明なやり方があるはずだと自分に言い聞かせながら。今、頭ががんがんと痛んでいるうえに、数でまさる相手にまた空き缶のように蹴りまわされるのはごめんだ。コナーはヴァーノンと目を合わせた。

「ああ」としっかりとした口調で言う。「わかる」

「ようし。そこのところがはっきりしたところで、本題に移ろう。おまえはオリヴィアと結婚した。彼女の土地はおまえの思いのままだ。その土地をおれに売るんだ」

コナーは自分の聞きまちがいではないかと思った。オリヴィアの土地をおれが自由にできるので、それをヴァーノンが買いたいだと？　頭がはっきりしてくれればいいのだが、頭がい骨の内部にハンマーを打ちつけられているような感じだった。「おれが？　まあ、条件によっては考えてみるが」

「殺さないでおいてやるのが条件だ」

コナーはよりはっきりと作り笑いを浮かべた。「そいつはありがたいが、おれを殺したら、土地はまたオリヴィアのものになって、振り出しに戻ることになる。だから、もう一度訊く。条件はなんだ？」

ヴァーノンは葉巻を食いしばるようにして言った。「ピーチツリーは五百エーカーある。

一エーカーにつき三ドル払おう」

つまり、千五百ドルか。ちくしょう、ひと財産だ。ほんとうに自分の土地であれば、少しもためらうことなく金を受けとったことだろう。しかし、そうではない。名義上はそうなったのかもしれないが——その辺はヴァーノンのほうが詳しいはずだ——おれの土地ではない。問題は肋骨を折られることなく、どうやってこの状況から逃れるかだ。どうにか言い逃れしなければならない。「そいつは太っ腹な条件だな。ああ、まったく。妻と相談してみなければならない」

驚いたことに、ヴァーノンは笑った。「相談だと？　ぼうや、アイルランドじゃどうか知らないが、ここでは女には命令すればいいんだ。女はそれに従う」

どうやら言い逃れしようとしても無駄のようだ。家に駆け戻ってあのすばらしいヘンリー・ライフルをとってくることもできない。コナーはまわりをとり囲む男たちに目を走らせ、またトレイで食事をとり、鍋に用を足す生活を覚悟した。ヴァーノンと目を合わせながら、歯を失うことなくこの状況から逃れられるようにと祈った。「失せろ」と彼は愉快そうに言った。

男たちが彼を押さえようと動いたが、別の馬車が家の脇からまわりこんでくる音が聞こえ、みな動きを止めた。オリヴィアが男たちのあいだに荷馬車を乗り入れた。ヴァーノンは轢かれないように脇に飛びのかなければならなかった。

「こんにちは」とオリヴィアは挨拶し、娘たちが荷馬車から飛び降りてコナーのところへ駆け寄った。「すばらしいお天気じゃないこと？」

娘たちがコナーをとり囲んだ。女と三人の少女に命を救われたのは生まれてはじめてだとコナーは思った。

ほかの男たちはヴァーノンに目を向けた。ヴァーノンは首を振ってオリヴィアと向き合い、帽子を傾けた。「ちょっとお祝いを言いに寄っただけなんだ」

オリヴィアは荷馬車を停めてほほえんだ。「まあ、ヴァーノン、それはご丁寧に。日曜日の午餐《ごさん》に招待したいところだけど、きっと家に帰ってご家族といっしょにするほうがいいでしょうね」

ヴァーノンはコナーに目を戻した。「おれの言ったことをよく考えてみることだな」そう言って自分の馬車へと向かった。エルロイと息子たちもすぐそのあとに従った。

コナーは男たちが馬車で行ってしまうまで待って口を開いた。「ベッキー、荷馬車を家畜小屋に運んでラバをくびきからはずし、水をやってくれ。キャリー、きみとミランダもお姉さんを手伝うんだ。お母さんとおれは散歩に出てくるから」

コナーはオリヴィアに手を差し出した。オリヴィアはしばしためらってからその手をとり、荷馬車から降りた。彼女の手首をしっかりとつかんだまま、コナーは庭を通り過ぎた。荒れ果てた東屋まで来てようやく手を放した。

「そろそろここをあきらめる潮時だ、オリヴィア」

オリヴィアは胸の前で腕を組んだ。「前にも同じ話をした気がするけど」

「そうさ、しても無駄だったが」コナーは声を荒げて言い返した。

「今日はひどくご機嫌ななめなのね。昨日の晩あんなにウィスキーを飲むからよ」

「ウィスキーは関係ない」彼は叫んだ。「男たちがおれをぶちのめしに来たとなれば、機嫌も悪くなるさ。話をすり変えないでくれ」

「だったら、わたしの土地をどうするつもりか教えて」

怒りに駆られ、コナーは彼女をにらみつけた。「ちくしょう、女ってやつは。わからないのか？　きみの負けは決まっている」

オリヴィアは彼をにらみ返した。「わたしに汚いことばを使わないで。わたしは負けないわ。もう四年も戦ってきたけど、ヴァーノンはまだわたしの土地を手に入れられないでいる。勝つのはわたしよ」

コナーは目をむいた。「きみが手に入れたのは、ほんの少しの猶予だけだ。連中に追い出されるのは時間の問題だ」

オリヴィアは首を振った。「いいえ、そんなことにはならない。オレンが言ってたもの。ヴァーノンはこの鉄道建設に多額の投資をしている義理の父親に圧力をかけられているって。つまり、もう時間切れってことよ」

「そうかもしれないが、つまりは、ヴァーノンがいっそうの圧力をきみに加えてくるということでもある」

オリヴィアは背を向けようとしたが、コナーが肩をつかんでそれを止めた。不愉快な真実と向き合わせるために。「よく聞いてくれ。きみが連中と戦うのは無理だ。鉄道を敷くのにすでに充分な土地を買収していたとたら、連中は多額の投資を行ったことだろう。鉄道が建設されたら、それによってうんと金をもうけるつもりでいるはずだ。たったひとりの女にそれを邪魔させると本気で思っているのか？」

「そうせざるを得ないわね」と言ってオリヴィアは彼の手から身を振りほどいた。「土地を売るつもりはないから」

「連中がきみと娘たちを脅したとしても？　娘たちに害がおよぶ危険は覚悟しているのか？」

「言ったでしょう。ヴァーノンが娘たちに危害を加えることはないわ。わたしに対しても」

「どうしてそんなに自信を持って言える？」

「あの人がわたしを好きだからよ」オリヴィアはあっさりと言った。「昔からずっと」

「え？」オリヴィアのことばにコナーは意表をつかれたが、全身を貫いた激しい嫉妬の思いのほうがより驚きだった。そのせいでさらにはらわたが煮えくり返る思いがした。「あの最低のくそ野郎が？」

オリヴィアは眉をひそめた。「お願いだから、汚いことばをつかわないで」

「『コナー、汚いことばをつかわないで。コナー、お酒を飲まないで』」コナーは顔をしかめて真似をした。「おれは自分の好きなようにする。あの教会で夫に従順を約束したのはきみであっておれじゃない」

オリヴィアはにらみ返した。「ねえ、話題をすり変えているのはどっち?」

コナーは今この瞬間ほど怒りに駆られたことがかつてあっただろうかと思った。記憶にはなかった。「ヴァーノンがきみを好きだって」とオリヴィアのことばをくり返した。その事実がどんな結果をもたらすか予想できた。「すばらしい。すばらしいとしか言いようがないよ。やつがおれを憎むもうひとつの理由ってわけだ。おれをサンドバッグとして使うもうひとつの理由だ」

オリヴィアは顔をそむけ、伸び放題のバラの茂みを見つめながら腕を胸の前で組んだ。

「あなたはここにいてくれなくていいのよ」と静かに言った。

「ありがとう、いとしい奥さん。ただ、ちょっとばかり手遅れだ」

オリヴィアは愛情のこもらない呼びかけを聞いて身をこわばらせた。「アレン牧師が結婚式をあげてくれたときには、あなたの首に鎖をかけて教会へ連れていったわけじゃないわ。あなたは好きなときに出ていっていいのよ」

出ていってくれと言われているのか? コナーははっきりとわからないまま、眉根を寄せて彼女を見つめた。動揺と怒りと妙な喪失感に襲われながら。彼女を思いやる気持ちがあまりに強くなりつつあることがわかった。そう自覚したことで、すぐさま反抗したくなった。

「そうだな、おれがヴァーノンに土地を売ればいいんだ」

「なんですって?」ぎょっとしてオリヴィアは振り返り、コナーを凝視した。

「千五百ドルでどうだと言われた。おれはきみの夫だから、この土地を好きにしていいらしい。千五百ドルといえば、結構な財産だ。それだけの金があれば、しばらくいい暮らしができる。売らないのはばかばかしいな」

コナーのことばを聞いて、オリヴィアの表情に変化が現れた。恐怖に凍りついたような顔になっている。結婚によって自分の所有物がどういう影響を受けるか、考えてもみなかったのは明らかだ。オリヴィアは口を開いたが、ことばにならない声を出しただけで、また口を閉じた。

今こそ言うべきだ。ヴァーノンの提案を受け入れて土地を売るつもりだと。しかし、オリヴィアの顔をのぞきこんだコナーは心のなかで毒づいた。ちくしょう。どれほど怒りに駆られていても、どれほど自分が正しいと確信していても、そんなことは言えない。

オリヴィアの褐色の目には、男の分別を溶かし、ばかげているとしか言えないことをさせるだけの力があった。もしかしたら命を落とすことになるかもしれないほどのばかげたことを。ヴァーノンが彼女を愛している。コナーは悪態をつきながら顔をそむけた。「結婚していようがいまいが、ここはきみの土地だ。おれのではない。きみの好きにすればいい」

コナーは東屋の壁を蹴って穴を開けた。頭も穴だらけだからちょうどいい。そう思いながら彼は歩み去った。女というのは悪魔そのものだ。

26

アレン牧師が親切にもアリシアを家まで馬車で送ってくれた。どうやら夫が妻のことを失念してしまったらしいからだ。

もちろん、アリシアにはその理由がわかっていた。オリヴィア・メイトランド。

アリシアは牧師をお茶に誘ったが、ありがたいことに断られた。アリシアは自分の部屋へ引っこみ、ひどく頭痛がするので、誰が訪ねてきても通さないようにと言いつけた。ひとりで考える時間がほしかった。

ヴァーノンは昔からオリヴィアを好きだった。アリシアはそのことを知っていた。この活気のない町に着いた日から、そして、ヴァーノンが父の金で買った雑貨店に色褪せた茶色の綿のドレスに身を包んだ女がはいってきたのを目にした瞬間から知っていた。夫のまなざしでそれはわかった。怒りと痛みに満ちたまなざし。そしてそこには渇望もあった。オリヴィアが今や既婚女性となったとしても、何も変わらないだろう。

結婚して八年になるが、アリシアが知っているのはごくわずかなことだけだった。ヴァーノンは自分の過去についてあまり話さない男だった。それでも、夫がここで大事業を打ち立てようとしているのが、たったひとつの目的のためであることはわかっていた。見せびらかすため。かつて自分を見下した人々に復讐するため。そのなかには夫にふさわしくないと自分を拒否した女も含まれている。

アリシアはベッドの端に腰を下ろし、疲れたしぐさで帽子を脱いだ。その麦わら帽子を扇がわりに使いながら、ニューポートの海風はどれほど涼しいことだろうと思った。友達を訪ねたり、優雅な店で買い物したりするのはどれほどすてきだろう。窓の外へ目をやり、どこまでもかぎりなくつづくように思える田舎の景色を見て、自分が世界の果てにいる気がした。ルイジアナに戻ってきて二十四時間もたっていないのに、すでにひどいホームシックにかかっていた。

どうして、どうしてヴァーノンはこんなところで事業をおこそうと思うの？　出会ったときには、ルイジアナを憎んでいるかのような口ぶりだったのに。結婚したときには、父が所有する蒸気船会社か衣類製造工場かその他の事業に加わるものと思っていた。まさか、父とふたりで、家から千マイルも離れた場所で新しい事業を立ち上げようとは夢にも思っていなかった。

アリシアはヴァーノンと別れられたならと思った。彼ひとりを〝新しいアトランタ〟と鉄道に没頭させ、オリヴィア・メイトランドの思い出にひたらせておけばいい。しかし、それもできなかった。彼が子供のように自慢したり、野蛮な方法をとったりするのは、単に昔からの劣等感を隠すための方便なのだ。アリシアは彼を愛していた。それでも、家には帰りたかった。

翌週、父が来て鉄道計画を見直し、計画されているルートをたしかめることになっていた。この計画に対する父の我慢が限界に達しつつあるのはたしかだ。ヴァーノンとふたり、ニューヨークやニューポートで父といっしょに過ごした際に、疑いの種を植えつけてやったおかげだ。パーティや夜会で投資家たちにそれとなくうまくいっていないことをほのめかしたおかげでもある。アリシアはそれだけ骨を折ったかいがあればいいと思った。父が来るまでにヴァーノンがオリヴィアの土地を手に入れられず、父に娘がここでどれほどみじめな思いをしているか見せつけられれば、そして、ほのめかしを受けて投資家たちが焦って圧力をかけてきたとすれば、ついには父もこのばかばかしい計画をあきらめるかもしれない。

アリシアは窓からヴァーノンの綿花畑をのぞいた。広大な白い不毛の土地にしか見えない。ほんとうにそうであってくれればいいのに。

日曜日の午餐が終わると、コナーは午後じゅうかけて、オリヴィアがモンローで買ってきたガラスを窓にはめる作業にとりくんだ。オリヴィアと娘たちは果樹園に行って最後の桃を収穫した。数日前には青くて摘むには早かった桃だ。夕方までまだ間があるうちに、コナーは作業を終えた。キッチンへはいっていくと、オリヴィアと娘たちが桃のはいった籠とガラスの瓶のまわりに集まっていた。あたりには桃とシナモンとクローヴの濃厚な香りがただよっている。

コナーはまわれ右してキッチンを出ようとしたが、娘たちはそれを許さず、すぐさま彼に手伝わせようとした。コナーはオリヴィアを見やったが、何も言われなかったので、キッチンに残ることにした。水をバケツに何杯も井戸からくんできたり、瓶詰された桃を冷やすために食料品庫の高い棚に載せたりするのにあたっては、とくに役に立つところを見せることができた。

男手の必要な仕事がなくなると、コナーはテーブルについて彼女たちの様子を興味津々で眺めた。オリヴィアは熟練したやり方で、まるでここが缶詰工場であるかのように効率よく作業を進めていた。娘たちも工場の工員になれるほど訓練されている。ミランダが瓶を洗って乾かし、ベッキーが桃の皮をむき、種をとり、半分に切る。キャリーはテーブルの上に置かれた半分の瓶に半分に切った桃をつめ、その上に砂糖水を注ぎこんでいる。オリヴィアはあとの半分の瓶にジャムをつめていた。それが終わると、それぞれの瓶に金属の蓋をした。蓋をしめた瓶は料理用ストーヴにかけられた大きなふたつのやかんに入れられ、そのあいだ次の瓶詰作業が行われるのだった。

蓋をした最後の瓶を火にかけると、オリヴィアとベッキーは手早く夕食の用意をし、コナーはキャリーとミランダにアイルランドのほら話を聞かせた。そうしながら、ポーカーのゲームで、いい手が何もないと見せかけるときのようにまじめな顔を崩さずにいた。ミランダとキャリーはひとことも聞きもらすまいと耳を傾けていた。それは子供のころのコナーとまったく同じで、夕食の準備ができるころには、ふたりともレプラコーンはほんとうにいると思いこんでいた。

ふたりはもっとお話をしてくれとねだったが、オリヴィアがそろそろ風呂にはいって寝る準備をする時間だと宣言した。それに対して湧き起こった抗議の声をオリヴィアは両手をあげてさえぎった。

「今日教会でケイトに聞いたんだけど、昨日はお風呂にはいる日だったのに、はいらなかったそうね」オリヴィアは言った。「明日から学校なんだから、もう二階へ行きなさい。お話はまたあとで聞けばいいわ」

娘たちがキッチンから出ていくと、オリヴィアはコナーに目を向け、「娘たちにまたお話をしてくれるわよね？」と遠慮がちに訊いた。

「ああ、あの子たちが聞きたいというなら」

思いがけないことに、オリヴィアは彼にほほえみかけ、ストーヴの上から湯の沸いたやかんを手にとり二階へ行った。コナーは自分の部屋へ行き、パックから葉巻を一本とり出すと、キッチンの椅子を裏のポーチに出して腰を下ろした。

その晩は静かで暖かかった。満月が庭を明るく照らしている。蛍――娘たちは〝光り虫〟と呼んでいた――がときおり尾を光らせて飛び過ぎた。コオロギが羽音を聞かせ、カエルがしわがれた声をあげている。どちらもかつては耳にするのがいやでたまらなかったが、どうやら慣れつつあるようだ。ほとんど気にならなくなっていた。

二階の開いている窓からキャリーとミランダが石鹸をめぐってけんかする声が聞こえてき

た。あれがないと風呂の晩という気がしないなとコナーは思った。

　コナーは椅子の後ろの壁に頭をあずけて目を閉じ、耳を澄ましながらほほえんだ。オリヴィアがふたりのけんかに我慢していられるのも十秒ほどだった。

「ふたりともこれ以上文句を言うなら――」しまいにオリヴィアが言った。「すぐにベッドに入れるわよ。コナーの寝る前のお話もなし」

　言い争いは即座におさまった。自分のお話がそれほどの人気をはくしているとはコナーも思っていなかったのだが。

　ミランダが最初に階下《した》に降りてきた。裸足で、寝巻きに着替えている。髪の毛は風呂にはいったせいで濡れていた。彼女の影と言ってもいいチェスターがすぐ後ろにつき従っている。

　ミランダはコナーの膝の上によじのぼり、首に片腕をまわしてまじめな顔で彼をじっと見つめた。しばらくして、とても重要なことを考えているとでもいうように、額に縦皺が寄った。

「その頭のなかで何を考えているんだい、おちびさん《モー・ポースチャ》？」コナーはミランダの額から濡れた髪の毛を払いのけて訊いた。

　ミランダは首を一方に傾けた。「ママと結婚したんだから、もうパパって呼んでいいの？」

　髪を撫でていた手が下ろされた。コナーはパニックに襲われ、身の内のすべてが爆発したような気分になった。結婚は茶番で、自分は彼女たちのパパではない。それでも、子供の真剣な目を見ると、どう頑張っても否定のことばを発することはできなかった。「そう呼びたかったら呼べばいい」

ミランダは満足してにっこりし、コナーの顎の下に頭をすり寄せた。「別のお話をして」と命令した。「レプラコーンの」

「姉さんたちが来るのを待ったほうがいいだろう」とコナーは言ったが、そう口に出すか出さないかでキャリーが現れた。ミランダにしてやられたという顔をしている。そのがっかりした顔を見れば、ミランダのすわっている場所を名誉の席と思っているのはまちがいなかった。コナーは観念してため息をつき、ミランダを一方の膝に移した。「おいで」

キャリーは喜んでもう一方の膝を占拠した。それがオリヴィアが目にした光景だった。オリヴィアはドアのそばで足を止め、おもしろがるように三人を見つめた。

コナーは、オリヴィアが帰ってきたときに娘たちが自分の上に積み重なってぐっすり眠っていた晩のことを思い出したが、あのときほど気まずい思いは感じなかった。「ベッキーは降りてこないのか？」と彼は訊いた。

オリヴィアはいっそうにっこりとほほえんだ。「もう十四歳だから、寝る前にお話を聞くほど幼くないそうよ」そう言ってキッチンから椅子をポーチに運び、コナーのそばに置いた。「でも、わたしはまだ聞きたい年ごろよ。お話をはじめて」

今度はコナーも聴衆が途中で眠ってしまうことなく、『クーハランとエメルの求婚』の話を最後まで語ることができた。「そこでエメルはようやく望みどおりに求婚され、クーハランは彼女の美しい手をとることができ、彼女を王妃にすることができた。ふたりは末永く幸せに暮らしたそうだ」としめくくって。それは厳密には真実と言えなかったが、伝説ともなっているクーハランの不実さは、小さな女の子に寝る前に語る話としてはあまりふさわしいとは思えなかった。

もちろん、ふたりはもっとお話を聞かせてと言ったが、オリヴィアが許さなかった。「もう寝る時間よ」ときっぱりと言って立ち上がった。「明日は学校へ行く最初の日でしょう。いらっしゃい」

女の子たちはしぶしぶコナーの膝から降り、母のあとから家にはいった。

キャリーの苛立った声が外まで聞こえてきた。「どうしてこんなに早くベッドにはいらなくちゃならないのかわからない。まだ眠くもないのに。眠れずにベッドに横になっているだけなのよ。そのあいだおもしろい話を聞いたっていいのに」

コナーはにやりとした。さすがキャリーだ。自分の思いを通すために、理にかなった正当な理由を思いつく。母親相手ではそれも通じなかったが、彼女は試みることをけっしてやめなかった。

突然駆けてくる足音が聞こえ、ミランダが裏口から走り出てきた。そして、コナーの椅子のそばで足を止めると、「おやすみなさいを言うのを忘れたの」と息を切らして言った。「おやすみなさい、パパ」

そう言って爪先立ちになると、コナーの頬にキスをした。それから身をひるがえして家のなかに駆け戻った。残されたコナーはそのひとことがもたらした衝撃にめまいを覚えた。そのことばは、彼にはまだ心の準備ができていない重い責任がともなうものだった。二日前の晩にオリヴィアに言ったことは単純明快な真実だった。コナーはどうすれば父親になれるかわからなかった。

ふいにそわそわとおちつかなくなり、コナーは立ち上がってポーチを離れた。葉巻をとり出して火をつけ、庭を横切り、月明かりに灰色の影を浮かび上がらせる崩れかけた離れの建物のあいだを歩いた。

パパ。

ほかの男だったら、くすぐったい思いをすることだろう。父親になることを喜ばしいと思うかもしれない。しかし、コナーはちがった。ただ単純に怖かった。子供のひとことが、これまで直面してきた銃弾や刑務所や苦痛以上の恐怖を呼び起こすとは、なんとも皮肉なことだ。逃げ出したいというやむにやまれぬ思いに襲われたが、逃げるわけにはいかない。逃げるにはもう遅すぎる。おれは父親なのだ。

おそらく、将来のことを考えるべきなのだろうが、コナーにはできなかった。この先、何日、何カ月、何年と無限につづく月日のことなど考えることもできなかった。永遠にここに留まり、去ることも、心の平穏を得ることもできないなどという考えは受け入れられなかった。コナーにできるのは、昔からしてきたことをくり返すことだけだった。一日一日をただやり過ごす。

家に戻ろうとすると、オリヴィアがそこにいた。庭を横切って近づいてくるコナーをじっと見つめている。コナーは階段の下で足を止め、葉巻の吸殻を地面に投げ捨ててブーツの底で踏みつぶした。「散歩に行ってきたんだ」

「散歩にはうってつけの晩ね」オリヴィアは自分の隣の椅子を示した。「ちょっといっしょにすわって」

コナーはそうしたくなかったが、気がつくと彼女のほうへ歩み寄っていた。椅子に腰を下ろす。何か言うべきだとは思ったが、ことばが見つからなかった。オリヴィアが何を期待しているのかもわからなかった。コナーは身を乗り出したり、椅子に背をあずけたりした。居心地のよい体勢を見つけようとしたのだが、リラックスすることはできなかった。

「今はもうポーチに揺り椅子がないのが残念だわ」オリヴィアが言った。「こんな椅子よりずっと居心地よかったのに」

彼がそわそわしているのは椅子のせいではなかった。「ポーチに置く揺り椅子かい?」

オリヴィアはうなずいた。「ここにもひとつあったのよ。父が母に贈ったの。たぶん、いろいろもらった贈り物のなかで、母の一番のお気に入りだったと思う。たしか、白いペンキが塗られていて、チンツのクッションがついていた。母と父は夏の夜にはそこにすわって椅子を揺らしながら手をにぎり合っていたものよ。まるでまだ恋人同士みたいに」

オリヴィアはにっこりした。「ある晩、ベッドにはいっている時間なのに、クッキーがほしくてこっそり階下《した》へ降りたことがあるの。そうしたら、ふたりがここにいたわ。それで――」オリヴィアは突然真っ赤になって口をつぐみ、スカートの皺を伸ばした。

「母が父の膝の上に乗って、ふたりはキスをしていた。わたしにはショックだったわ。家族がそんなことをするとは夢にも思っていなかったから」

コナーは夏の夕べに夫婦がどういうことをするものか、これまでよく考えてみたこともなかったが、愛し合っているふたりならば、子供たちが眠ったあとで揺り椅子にすわってキスをすることもあるだろうと思った。「それで揺り椅子はどうしたんだい?」

答えが返ってくるまで間があった。「母が死んでから、父は揺り椅子にもう母がすわることは二度とないんだと思うのが辛かったのよ。ある晩、ここに来てみると、父が両手に顔をうずめて泣いていたわ。翌日わたしは揺り椅子をここから下ろして人にあげてしまった。たぶん、そんなことをしたのはまちがいだったんでしょうけど、父があんなふうに苦しんでいる姿を見るのは耐えられなかった」

それも愛情だ。心の痛みと喪失感。コナーは目をそらして月明かりに照らされた庭を見やった。これまで自分が愛したすべての人が心に浮かんだ。みないなくなってしまった。失ったことに対する心の痛みは、二度とふたたび感じたくないものだ。

また沈黙が流れたが、オリヴィアはそれを破ろうとはしなかった。コナーは自分も会話をつづけることを期待されていないことに気がついた。緊張がいくぶんゆるんだ。ふと、もしかしたら彼女は今のようにふたりで静かにすわり、静けさを分け合っていたいのではないかと思った。いずれにしても、沈黙が長引くにつれ、居心地はよくなっていくように思えた。

「もう遅い時間だわ」

オリヴィアの小さな声が気やすい沈黙を破った。コナーは動かなかったが、体じゅうの筋肉が張りつめた。彼女のことばが何を意味するかはわかった。目の端で、彼女がおどおどと褪せた青いプリーツ・スカートをいじっているのが見えた。

「寝る時間よ」とつけ加え、彼女は立ち上がった。

コナーには、そのことばが呼び起した激しい欲望への心の準備ができていなかった。突然、彼女がほしくていてもたってもいられなくなったのだ。それだけでなく、そのあと彼女を抱きしめ、この世のありとあらゆる危険から守ってやりたくなった。しかし、自分がまた悪夢に襲われたら、誰が彼女をこの自分から守ってくれる？

「おやすみ」コナーはオリヴィアを見ようとせずに穏やかな声で言った。「よく眠るんだ」

オリヴィアはためらってしばらく彼の椅子のそばに立っていた。「あなたは来ないの？」

コナーはモンローでの夜のことを思い出した。オリヴィアを腕に抱いて眠ったときのことを。過去の亡霊に悩まされることも、悪魔にとりつかれることもなく、夢も見ずに眠ったのだった。しかし、悪夢や悪魔はきっとまた襲ってくる。そのときに彼女といっしょにいるわけにはいかない。「いや」

それでもオリヴィアは行こうとしなかった。「コナー、あなたにもいっしょに二階に来てほしいの」

そう言って片手を彼の肩にかけた。触れられてコナーは身をこわばらせ、「だめだ」と言った。「すまない」

コナーは目を閉じ、深く息をして待った。肩に置かれた手に一瞬力がこめられ、やがて離れるまで、永遠に時間がたった気がした。オリヴィアは家のなかに戻った。

モンローでの晩のことがいまだに生々しく記憶に残っていた。コナーは自分がはずしたボタンのひとつひとつ、オリヴィアの体の線のすべてを覚えていた。彼女が悦びにあえぎ、自分の自制心が完全に失われたことも。眠りに落ち、彼女のにおいや感触で目覚めたことも忘れられなかった。そのすべてが、愛の行為そのものと同じぐらい好ましいものだった。その安らかさは、子供のころに失ってからずっと知らずに来たものだ。もう一度見つけられるとは思っていなかった。

とはいえ、安らかさなど幻想にすぎない。長つづきするはずはないのだ。なんの前触れもなしに自分の暗い一面が顔を出し、また悪夢が襲ってくるにちがいない。おれは怒り狂って怒鳴りちらし、汗だくになって叫ぶことになる。最悪の場合、哀れにも打ちひしがれ、慈悲を乞うことになるかもしれない。すでにそんな男の姿を垣間見ているオリヴィアは、恐怖に駆られるはずだ。この手で彼女を傷つけてしまうこともあり得る。自分がどこにいるかわからず、彼女が誰かわからず、過去と現在の区別がつかなくなって、暗闇のなかで彼女を殴ってしまうかもしれないのだ。

コナーは二階にいるオリヴィアを心に思い描いた。枕に髪を広げてベッドに横たわる姿。真珠のボタンのついたネグリジェが脚にからみつき、その薄い布地の下にあるのは彼女のやわらかさと温かさだけ。激しい欲望が全身を熱く貫いた。

これほどまでに彼女を求めるとは思いもよらなかった。彼女が悪魔を追い払ってくれると信じるのは危険でもあった。彼女を必要としたくなかった。それは、依存することにほかならないからだ。信じることもできなかった。信じるとは裏切られるということだ。天国を垣間見て、それをつかもうとしてつかめないぐらいなら、まったく知らないほうがましだ。

コナーは自分の部屋へ行った。そして悪魔とともに眠り、ひとり目覚めた。

月曜日は学校がはじまる日だった。学校がはじまる月曜日の朝はいつもそうだったが、今朝もオリヴィアは試練にさらされていた。キャリーは髪にばかばかしいリボンをつけることに抵抗し、学校行きのドレスにひだ飾りがついたことで着たくないと言い張った。ミランダは涙にくれていた。はじめて学校へ行くと興奮していたのが、ママがいっしょではないと知って不安になったのだ。ベッキーはミス・シェリダンへの新学期の贈り物として、今年もまた桃のコンポートの瓶づめを三つというのはいい考えではないと文句を言った。コナーは何にしても助けにはならなかった。朝食の途中、ミランダが吐きはじめるころに、こっそり裏口から逃げ出したからだ。どうやら家庭的な幸せというのは彼にとっていまだになじめない考えのようだった。オリヴィアは逃げ出すコナーを見て、いつまでもそうなのだろうかと思った。

オレンが自分の子供たちといっしょに娘たちを町まで送ってくれるために迎えに来たときには、オリヴィアは心からありがたく思いながら見送った。キッチンに戻ると、そこは北軍の部隊が通ったあとのようになっていた。オリヴィアは袖をまくり上げ、片づけはじめた。

朝食の後片づけにかかった三十分ほどのあいだに、オリヴィアは何年かぶりに家のなかに自分がたったひとりでいることに気がついた。これまではミランダがいっしょに家にいた。そのせいか、学校がはじまる日にベッキーとキャリーを送り出すのはそれほど大変ではなかった。しかし今、ミランダも姉たちといっしょに学校へ通うようになり、家でまとわりついたり、気をひこうとしたりすることがなくなったのだ。

オリヴィアはキッチンの椅子に腰を下ろした。突然、信じられないほどの孤独を感じた。家のなかはあまりに静かだった。あの赤ちゃんが恋しかった。

チェスターがのそのそとそばにやってきて、鼻を鳴らして彼女の手に鼻づらをこすりつけた。犬もミランダを恋しがっているかのようだった。オリヴィアは犬の頭を撫でてやり、ほろりと落ちた涙をあわてて払い、泣くなんてばかねと自分に言い聞かせた。洗濯物は山と積まれている。ここにこうしてすわっていても仕事は終わらない。

しかし、仕事にとりかからなければとわかってはいても、オリヴィアはその場を動こうとせず、テーブルに肘を載せて頬杖をつき、空っぽのキッチンをわびしい思いで見つめていた。

コナーは何をしているのだろうとオリヴィアは思った。たぶん、わたしを避けているのね。そのことについては彼を責められなかった。彼は農場や出来合いの家族にしばりつけられたいとは思っていなかった。わたしと結婚したのも、単なる義務感からだ。オリヴィアはモンローでの晩を恋しく思った。ほんのつかのま、彼は自分の孤独な人生や払わなければならなかった代償を垣間見せてくれたのだった。

これから一生のあいだ、彼を愛しているのに、愛されても求められてもいないと知らされつづけるのだろう。無理じいしたことで憎まれているかもしれないと恐れ、ある朝彼がいなくなっていることもあり得るとわかって日々を過ごしていくのだと思うと、さびしさで胸がいっぱいになった。

目を上げて天井を見やり、たったひとり聞いてくれているのがわかっている存在へと声に出して内心の不安を打ち明けた。「どうしたらあの人に過去を忘れさせることができるでしょう？」とささやく。「あの人を愛しています。でも、たぶん、それだけでは足りないのです」

しかしオリヴィアには、ただ彼を愛しつづけ、最善を願うしかできなかった。絶えずびくびくしたり、いつか起こるかもしれないことを心配したり、自己憐憫にひたったりして生きていくつもりはなかった。オリヴィアはテーブルから立ち、仕事に戻った。

昼前には、洗濯物は干され、庭の雑草は抜かれ、野菜スープがストーヴの上でぐつぐつと煮えていた。オリヴィアはコーンブレッドのはいった型をオーヴンに入れ、昼食の用意ができたと告げるためにコナーを探しに行った。が、裏庭にも、離れのどの建物にも彼の姿はなかった。いったいどこに行ってしまったのだろうとオリヴィアは訝った。

とはいえ、それ以上遠くへ探しに出ることはしなかった。コナーは人のそばにいて息がつまると、人と安全な距離を置いてひとりになる。それが彼なりのやり方で、オリヴィアはそんな彼を追いまわすつもりはなかった。ひとりで昼食をとり、アイロンがけをし、家が静かで空っぽに思えることについては考えまいとした。

しかし夕方近くになると、それ以上静けさに耐えられなくなった。オリヴィアはまたコナーを探しに出かけた。今度は簡単に見つかった。古い道具小屋でネイトの雑多な道具をあさっていたのだ。オリヴィアが暗くほこりっぽい小屋にはいっていくと、コナーは目を上げた。

「お昼を食べ損ねたわよ」オリヴィアはなにげない口調を装って言った。どこでどうやって一日を過ごしていたのか不思議だったが、口に出しては訊かなかった。そのかわり、「おなか減ってる？」と訊いた。

コナーは首を振った。「ありがとう、ただ、もう遅くなってしまったから、夕食を待つことにするよ」コナーは錆ついたバケツを脇に放り、隅に置かれている使われていない材木の束を身振りで示した。「あれを少し使ってもいいかな？」

「もちろんいいわ。わたしの許可を得る必要はないのよ、コナー」オリヴィアは静かな声で答えた。「ここはあなたの家でもあるんですもの」

コナーは唇を引き結び、目をそらして膝をつくと、道具箱のなかをあさり出した。「ああ、そうだろうな」

うれしそうな口ぶりではなかったが、でもいったい何を期待できるというの？　思いが辛い方向へ向かうのを避けるために、オリヴィアは話題を変えた。「材木で何を作るつもりなの？」

「はっきりとはわからない」彼は答えた。「ただ、ここに置いておいてシロアリに食われるのも癪な気がしてね」そう言って間を置き、彼女のほうに目を上げてつけ加えた。「屋根を直していたときに、またハンマーをにぎるのはたのしいと思っていたんだ。大工仕事をするのは久しぶりだったが」

「アイルランドでは大工だったの？」

コナーはうなずいた。「十六のときにまずは家具職人の見習いになった」

オリヴィアはドアのそばに置いてあったほこりをかぶった作業台にもたれかかった。コナーは箱の中身をあさりつづけている。「それを辞めて賞金稼ぎのボクサーになったわけ？」

「ちがう」コナーは箱を持って立ち上がり、オリヴィアのそばへ来て作業台に箱を載せた。

「反政府主義者になるために辞めたんだ」とコナーは言い、箱からかんなをとり出してよく調べた。「フェニアンさ。大英帝国にとっては喉に刺さった骨のようなものだ」

オリヴィアは二日前の晩に酔っ払った彼から聞かされた辛辣なことばを思い出した。皮肉っぽいまなざしから、彼もそのことを思い出しているのがわかった。しかし、強い酒についてもほかの何についてもうるさく言うつもりはなかった。

「フェニアンね」オリヴィアは考えこむようにして奇妙な響きのことばをくり返した。「それって、つまり、秘密結社のようなもの？」

「ああ。アイルランド共和同盟さ」コナーはかんなを箱に戻した。「きみの男はいい道具を持っていたんだな」

そのことばがおかしく聞こえ、オリヴィアはこらえきれずに噴き出した。

コナーは当惑したまなざしを投げかけた。「何かおかしなことを言ったかな？」

オリヴィアは片手で口を押さえて首を振ったが、まだことばを発することができずに笑いつづけていた。「ネイトは七十歳に近かったのよ」とようやくことばを口に出した。「石炭みたいに真っ黒で、ふさふさとした長くて白いひげを生やしていた。煙草を吸うせいで歯は黄色かったわ」オリヴィアは顔をゆがめた。「悪い習慣ね。愛すべき老人だったけど、どんなに想像力を働かせても、あなたが言う〝わたしの男〟ではなかったわ」

「ことばのあやさ。アイルランドでは〝きみの男〟とは、きみの知っている誰か、もしくは、きみが会ったことのある誰かという意味だ。きみに近づこうとしている知らない人を指すこともある。じっさい――」コナーはオリヴィアがさらににっこりするのを見ながらつけ加えた。「そう考えてみれば、誰を指してもおかしくないことばだな」

「物事の表し方にちがいがあるって妙な話じゃない？　こっちでは〝おそらく〟っていうところを、あなたは〝おおかた〟っていうけど、意味は同じでしょう？　〝おそらく、雨になる〟と、〝おおかた、雨になる〟」

「そうだな、アイルランド人はほかの国の人にはおかしく聞こえるような言いまわしをするので有名なんだ」

「たとえば？」

「久しぶりに誰かにばったり会ったとする。たぶん、おれはこんなふうに言う。『おや、ダニエル・オーシーじゃないか。本人か？』」

オリヴィアはにっこりした。「そうね、たしかにこっちでも、北部の人《ヤンキー》が聞いたら奇妙に思うような言いまわしをするわ」

「それもそのひとつだ」

「何が？」

「アイルランドでは、アメリカ人はみな〝ヤンキー〟だ」

オリヴィアは顎をつんと上げた。「わたしはヤンキーじゃないわ。そんなふうに呼んだら、けんかになるわよ」

コナーはにやりとしてみせた。「覚えておくよ。そうじゃないと、きみが卵を投げつけるたびに頭をかがめなくちゃならなくなるからな」

突然、ふたりは声を合わせて笑い出した。オリヴィアはコナーに目を向け、卵を投げつけたあとに何が起こったのかを思い出した。笑い声は消え、沈黙が広がった。

オリヴィアは全身にうずくような感覚が走るのを感じた。コナーがほんの少し身を寄せてきたときには、キスされるのだと興奮を覚えた。オリヴィアは彼のほうに身を寄せた。

「パパ！　ママ！　どこにいるの？」

ミランダの声に、ふたりははっと身を離した。が、どちらも目をそらすことはしなかった。

オリヴィアは乾いた唇をなめた。コナーの目が神経質に動くのがわかった。「娘たちが帰ってきたわ」と彼女は言った。

「そうみたいだな」コナーはそっけなく答えた。

「パパ？　ママ？　どこにいるの？」

一日じゅう、おかしくなりそうなぐらいに娘たちを恋しく思っていたはずなのに、今は邪魔されたことを苛立たしく思うほどだった。オリヴィアは小屋の入口から外へ出て家のほうに目を向けた。ベッキーとキャリーがポーチの階段を降りてこようとしていたが、ミランダのほうがずっと近くにいた。「ここよ！」オリヴィアは娘たちに手を振って呼びかけた。馬車の向きを変えて自分の家に帰ろうとしていたオレンとその学校へ行く年ごろの四人の子供たちにも手を振った。

ミランダが小屋へ飛んできた。オリヴィアは両腕を広げてにっこりほほえんだ。が、子供はおざなりに「ただいま、ママ」と言うと、オリヴィアの脇を通り過ぎてまっすぐコナーのところへ駆けていった。

オリヴィアは振り返り、コナーが子供を両腕で抱え上げるのを驚きと多少当惑も覚えながら入口から見守った。

「見て、パパ！」ミランダは興奮した口調で言い、片手に持った一枚の紙を掲げた。もう一方の手はコナーの首に巻きついている。「学校で描いたの。カンガルーよ。オーストラリアにいるの。ミス・シェリダンがそう言っていたわ」

パパ？　オリヴィアは驚きのあまり、子供が脇を素通りしていったことに傷つくどころではなかった。ミランダがコナーをパパと呼び、彼のほうはそれを気にもしていない様子だった。それどころか、驚いたふうでもない。

　コナーは絵をまじまじと見た。「たしかにそうだな、お嬢さん。カンガルーだ。とても上手だな。額に入れて家のどこかにかけておかないと」そう言ってオリヴィアに目を向けた。

「そうは思わないか？」

「もちろんよ」オリヴィアは突然涙ぐみそうになって声をつまらせ、まばたきして顔をそむけた。しかし、今度のは物悲しい涙ではなかった。

　キャリーが次に入口のところへやってきて、やはりすぐにパパの注意をひこうと城のスケッチを見せ、胸壁が何に使われたものか説明しはじめた。

　最後にやってきたのはベッキーだった。彼女はコナーに自分の描いた細かいアイルランドの地図を見せた。県やおもな都市がすべて書きこまれた地図だった。コナーは聞きなれない名前を読み上げた。「スライゴー、リートリム、ドニゴール……」

　涙でぼやけた目で、オリヴィアは娘たちが口々にコナーの注意をひこうとしている光景を見守っていた。はじめて、この結婚に希望を持つことができた。

　オリヴィアはコナーのそばへ行って娘たちが描いた絵を眺めた。大いに娘たちをほめそやしてから、「キッチンにクッキーがあるわよ」と言って、娘たちが小屋から走って出ていくのを見守った。そして、後ろ姿に呼びかけた。「ひとり二枚ずつよ。そうじゃないと、夕食を食べられなくなるから！　それと、お弁当の入れ物をしまうのよ」

　オリヴィアはコナーに目を戻した。コナーは手に持ったミランダのスケッチを眺めていたが、オリヴィアにちらりと目を向け、「カンガルーかな？」と疑わしそうに訊いた。

オリヴィアはもう一度絵をよく見ようと身をかがめ、コナーのために絵を正しい向きにしてやった。「まぎれもなくカンガルーよ」


翌朝、コナーは頭上で忙しく歩きまわる足音で目が覚めた。娘たちが学校へ行く準備をしているのだ。着替えをすませると、コナーはオリヴィアのために薪を割りに外へ出た。割った薪をキッチンへ運び、料理用ストーヴの火をおこした。それから、壁の釘から桶をとり、雌牛の乳をしぼりに行った。娘たちの支度に忙しいオリヴィアには、朝の仕事に多少手伝いが必要だと思ったからだ。

そうして乳をしぼっているコナーをオリヴィアは見つけた。家畜小屋にはいってくる彼女をちらりと見上げたコナーは驚いた表情を見逃さなかった。

「乳しぼりをしてくれているなんて」

「そんなに意外そうな声を出さなくてもいい。乳しぼりぐらいはできるさ」コナーはプリンセスの下からミルクでいっぱいの桶を引き出し、立ち上がって乳しぼり用の椅子を押しやると、彼女にミルクのはいった桶を手渡した。オリヴィアはそれを受けとったが、こんなことはまったく期待していなかったという目で彼を見つめたままだった。コナーはあの光り輝く笑みで彼女の顔が明るくなるのを眺めた。

突然、おちつかない思いに駆られた。こんなことで感謝されたり褒められたりしたくなかった。「娘たちが学校へ行くようになって、朝はきみにも少し手伝いが必要かと思っただけだ」彼は目をそらして弁解するように言った。それから、隅に置いてある鶏の餌がはいった袋を指差した。「よければ、鶏の餌もかわりにやっておくよ」

「ありがとう」オリヴィアは礼を言ってミルクのはいった桶を手にドアのほうへ向かった。入口で足を止め、振り向いた。「コナー?」

「ん?」

「卵を持ってきてくれたら、朝食を作るわ。今朝は焼きたてのパンがあるの」

そう言って、コナーに答える暇も与えずに外へ消えた。が、彼女のことばにコナーのなかで張りつめていたものがゆるみ、満足感がそれにゆっくりとってかわった。

その朝、家における新しい役割分担が決まった。オリヴィアが娘たちに学校へ行くしたくをさせているあいだ、コナーが朝の仕事をするようになったのだ。コナーがミルクと卵を運んできてから、オリヴィアが朝食の用意をし、そのあいだ、コナーはオリヴィアが沸かしておいてくれた湯を持って部屋へ行き、洗面とひげ剃りをする。朝食後、娘たちは学校へ行き、コナーとオリヴィアはそれぞれの仕事にとりかかる。暗黙の了解で、ふたりは仕事をはっきりふたつに分けていた。オリヴィアが家のなかの仕事を受け持ち、外まわりの仕事はコナーが引き受ける。はしごを必要とする仕事もふくめて。

自分でも驚いたことに、コナーは日々決まった仕事をすることに息苦しさを感じなかった。

その日をどう過ごすか、自分で決めることができたからだ。やりたいと思った仕事をやることができ、それはそれでたのしかった。息がつまるどころか、夕方までかかるほどの重労働に、ある種の満足感すら覚えはじめた。夕方になると、娘たちが帰宅して、その日学校で習ったことを報告する。夕食の席では彼女たちがお祈りを捧げるのに耳を傾ける。涼しい夕べには、裏のポーチのすわり心地の悪い椅子にオリヴィアとともにすわり、静けさと安らかさをたのしむ。

コナーの奥深いところにある何かが、日の光のほうへと伸びる植物のように、オリヴィアと過ごす時間を求めるようになっていた。しかし、彼にはそれが長つづきするとは思えなかった。自分のなかの一部が、それをたのしみにしている――じっさい、渇望すら感じている――一方、それが終わりを迎え、粉々に壊れるときを待って、不安に駆られ、張りつめた思いでいる自分もいた。

寝るのもまだひとりだった。オリヴィアももうそれを変えようとはしなかった。コナーのひとり寝の理由を彼女が理解できないでいるのはたしかだったが、彼にも説明はできなかった。コナーはこれまでの人生の大半をひとりで過ごしてきた。誰かに何かを打ち明けたいという思いに駆られたことは一度もなかった。それを今さら変えることはできなかった。しかしときおり、ポーチに並んですわり、隣で縫い物をするオリヴィアの顔をキッチンの窓からもれる明かりがやわらかく照らしているのを見ると、彼女に打ち明けたくてたまらなくなった。が、恥じる気持ちが口を開かせなかった。

彼女をつかまえ、二階に運び、愛を交わしたいと、それだけしか考えられないときもあった。陽射しを浴びた髪の毛を目にしたり、自分の名前を呼ぶ声を聞いたりしただけで、興奮を覚えるほどだった。それでも、これまでベッドをともにし、朝にはひとりベッドに残してきたすべての女たちと同じようにオリヴィアをあつかうわけにはいかなかった。彼女にはことが終わってもそばにいてくれる男が似つかわしい。コナーにはできないことだった。

まだ悪夢を見ることもあった。夜遅く、家のなかが寝静まったころ、コナーはよくランプを持って道具小屋へ行き、夜明け近くまで作業をした。サンドバッグを叩くかわりにハンマーやのこぎりを使うことで、悪魔を鎮めておこうとしたのだ。コナーは特別なものを作っていたが、どうしてそれを作っているのかじっくり考えたくはなかった。

27

土曜日の夜は収穫祭のダンスが催される晩だった。その日の午前中、ベッキーは少なくとも五回は青いシルクのドレスを試着し、オリヴィアに少なくとも六回はおかしくないかと尋ねた。あまりの興奮ぶりに、さすがに母親も我慢の限界に達した。

「お願いだから、レベッカ・アン、何かすることを見つけてちょうだい」ベッキーがまた同じ質問をしかけると、オリヴィアは苛々と叫んだ。「こっちがおかしくなりそうよ」

「でも、ママ、ちょっと気がついたの」

オリヴィアはため息をつき、苛立った様子でバターの攪拌器《かくはん》から目を上げた。「コナーが妹たちを連れて川へ釣りに行ってるわ。いっしょに釣りをしたらどう？」

「でも、ママ――」

「行きなさい」オリヴィアはドアを指差した。

ベッキーはくるりと振り返るとキッチンを出ていき、大きな音を立ててドアを閉めた。自分の話を聞いてくれない母をひどく冷たい人間だと思っていることをはっきりと示したわけだが、オリヴィアは気にしなかった。ようやく解放されたという思いのほうが強かったからだ。

しかし一時間後、家畜小屋へ行こうと表へ出ると、コナーと娘たちが釣りに行ったのではないことがわかった。小屋のなかから声が聞こえてきたのだ。

「一、二、三……一、二、三……」

いったいなんなの？　オリヴィアは納屋にはいろうとして目に映った光景に目を丸くして足を止めた。汚れた床の上でコナーがベッキーとワルツを踊っていたのだ。ミランダとキャリーは隅のほこりまみれの樽に腰をかけ、その様子を見物している。

ダンス。オリヴィアは茫然としながらも、ベッキーにワルツを教えたことがないと気がついた。どうしてこんなわかりきったことに気づかずにいられたのだろう。ベッキーも今朝まではそれに気づかずにいたのは明らかだ。

コナーはベッキーをくるりとまわして止めた。「ようし」彼は言った。「頭のなかで数を数えるんだ。しばらくするうちに、自然と足が動くようになる。それと、覚えておいてほしいんだが、ダンスの相手もきっと数えているはずだ」

「ありがとう、パパ」とベッキーは小声で言い、コナーの首に腕を巻きつけて息ができなくなるほどきつく抱きしめた。「ありがとう」

コナーはオリヴィアが入口のところに立っているのに気がついた。「このお嬢さんは心配いらないと思わないかい？」と、とても満足そうに言った。

オリヴィアは娘にほほえみかけた。「そうね、そう思うわ」

しかしその晩、カラーズヴィルのタウンホールで飲み物のテーブルのそばに立ち、ジェレミアが再度ワルツを踊ろうとベッキーをダンスフロアへ連れ出すのを見守っていたときには、コナーがもはや満足そうではないことにオリヴィアは気がついた。

「もうワルツも四度目だ」彼は眉をひそめて言った。

オリヴィアはコナーが回数を数えているとは思わなかった。「だって、ダンスカードのワルツのところには、ジェレミアの名前ばかり書いていたもの」

ふたりを見守るコナーの縦皺が深くなった。「踊るのに少しくっつきすぎてないか?」

声にけしからんという響きがあった。オリヴィアはベッキーとジェレミアを見やったが、ふたりはちゃんと慎み深く体を離して踊っていた。オリヴィアはまつげの下から探るような横目を夫にくれた。コナーははたから見てわかるほどに顔をしかめている。

オリヴィアは笑いを押し殺しながら振り返り、そばに立っているミランダとキャリーのためにグラスにレモネードを注いだ。この人はほんとうに予測不可能な男だ。「まあ、心配するようなことではないと思うわ」と彼女はつぶやいた。内心、コナーがおもしろくない思いでいることを喜びながら。まるで父親そのものといった様子ね。

「どうしてそんなことが言える?」ふたりから目を離さずにコナーは訊いた。「あの子はまだ十四歳なんだぞ。あの若者とちょっと話をしたほうがよさそうだな」

笑いたくなるのを大変な思いをして抑えながら、オリヴィアはコナーにレモネードを手渡した。しかしコナーはベッキーとジェレミアの様子に眉根を寄せるのに忙しく、彼女の口の端に笑みが浮かんでいるのに気づかなかった。

家に着くころには、ミランダとキャリーはふたりともぐっすり眠っていた。ベッキーはまだ夢見心地でワルツをハミングしながら、ランプを手に先に立って二階へ上がった。オリヴィアはミランダを抱いてそのあとに従い、コナーはキャリーを抱きかかえてしんがりを務めた。

廊下でオリヴィアはベッキーの手からランプを受けとった。「ベッドにはいりなさい、ベッキー」

ベッキーはその命令に従い、雲の上に浮かんでいるかのような足取りで部屋へ向かった。コナーはにこやかに娘を見守っているオリヴィアに顔を向けた。彼女は彼を見やってささやいた。「たのしかったみたいね」

コナーはたのしみすぎだと胸の内でつぶやいた。ジェレミア・ミラーには油断なく目を光らせておいたほうがいい。

「キャリーをベッドに寝かせてくれる?」とオリヴィアに頼まれ、コナーの物思いは破られた。

コナーはうなずいてキャリーを部屋に連れていった。窓から射しこむ月明かりを頼りに、子供をベッドに運び、片腕で体を支えて上掛けをめくると、そっとベッドに横たえた。上掛けをかけてやって行こうとしたが、キャリーの声に止められた。

「パパ？」

コナーはベッドの端に腰を下ろした。「ん？」

キャリーは目を開けて眠そうにまばたきして彼を見た。「わたしがダンスカードをもらえる年になったら、パパの名前を一番に書くわ」

コナーは焼けつくような熱い手できつく胸をつかまれたような気がした。ことばを奪われるほどきつく。キャリーの目が閉じられ、何秒もしないうちに呼吸が一定になった。彼女がまた眠りに落ちたことがわかった。

コナーは身をかがめて額にキスをした。「おやすみ、お嬢さん《モー・カイリーン》」とささやいたが、動こうとはしなかった。そのままそこにすわってしばらく眠っているキャリーを見つめていた。

果樹園のそばに生えているあの大きなオークの木に木の上の家を作ってやろう。この子がダンスカードを持ったら、そこに書かれたすべての若者たちの名前をくそ丁寧に見てやる。ベッキーとジェレミアに関しては、少なくともベッキーが十八歳になるまでは結婚を許してやるまい。ミランダはクリスマスに新しい人形をほしがるだろう。来年の誕生日にはまたプディング・ケーキを食べたがるにちがいない。成長する娘たちの姿を思い浮かべ、きっちり手綱をしめておかなければならないと思った。キャリーはとくに。しかし、できないことではない。南にある空地を思い出し、綿の種はいくらぐらいするのだろうかと考えた。

コナーは心のなかで将来の計画を立てはじめた。オリヴィアのそばに横たわり、彼女を腕に抱いて眠りに落ちる自分の姿が心に浮かんだ。これから先の収穫祭のダンスで、毎年ワルツを踊るふたりの姿も想像できた。オリヴィアが娘やその友人たちと誕生日のゲームに興じる姿も。彼女が娘たちと笑い合い、〈バラの花輪を作ろうよ〉を歌う声が聞こえた。長いあいだ、そうした将来に約束されたものは、求めることすら怖くてできなかったものだ。

それに気づいた瞬間、コナーは否定しはじめた。すぐさま、そんなことは不可能だという思いが燃え立ち、空想にすぎないと自分でもわかっている霞のような夢を焼き尽くした。

子供のころの自分が思い浮かんだ。雪が降るなか、デリーのベーカリーの前に立ち、クリスマスの買い物をする裕福な客のためにショー・ウィンドーに飾られたペストリーやお菓子をものほしそうに見つめている自分——飢えに苦しめられながら、ガラスに鼻を押しつけている自分の姿。

今、あのときの感覚がよみがえってきた。同じぐらい強烈な飢え。あのときと同じぐらいほしくてたまらない気持ちになった。夢のような将来が、ショー・ウィンドーに飾られたペストリーと同じように目の前に並べられている。すぐそこにありながら、手の届かないものとして。

コナーはあの飢えた孤独な子供の姿を心から振りはらったが、二十年たった今の自分も、あのときの子供と同じぐらい飢えた孤独な人間なのだという思いを押しのけることはできなかった。

コナーは立ち上がってキャリーの寝室をあとにした。いつものように番犬として廊下の中央に寝そべるチェスターをまたぐと、階段のほうへ向かった。オリヴィアの部屋に目をやると、閉じたドアの下から明かりがもれている。オリヴィアはまだ起きているのだ。

今何をしているのだろう？　ドレッシング・テーブルに向かい、髪をとかしているのだろうか。それとも、ベッドにはいって本を読んでいるのか。もしかしたら、おれを待っているのかもしれない。コナーはドアの取っ手に手を伸ばし、その手を途中で止めた。

それは単なる幻想にすぎない。

コナーは手を下ろし、ドアから離れた。ほしくてたまらないけれど、自分には手に入れる資格がないことがわかっているものから自分を遠ざけた。

翌日の午後、礼拝のあとでオリヴィアは娘たちを連れてジョンソンの農場を訪ねた。コナーはいまとりかかっている作業を終えるため、いっしょには行かなかった。

馬車の車輪の音が聞こえてきたときには、コナーは小屋のなかにいた。外へ出てみると、二頭のモルガン種の馬に引かせた黒い優美な馬車が庭にはいってくるところだった。その後ろを激しく吠えながらチェスターが追ってくる。御者が馬車を停めると、エレガントな装いの見るからに金持ちの男が馬車から降りた。コナーの知らない男だった。男は家に向かおうとしたが、チェスターがまだ吠えながら行く手をさえぎっていたため、足を止めた。

コナーが服からほこりを払い、庭を横切った。「チェスター、吠えるな」と命じると、犬はそれに従ったが、おすわりをする前に低いうなり声を発した。

男は手に持っていた黒壇《こくたん》のステッキの先で帽子を押し上げ、コナーをじろじろと睨《ね》めつけまわした。これまでにらまれて威圧されたことなどないコナーは同じようにじろじろと相手を眺めた。

「コナー・ブラニガンか？」

「ああ。あんたは？」

「私の名前はハイラム・ジャミソンだ」男は挨拶に手を差し出そうとはせず、わずかに傲慢な表情を浮かべてコナーを凝視しつづけた。

コナーは片眉を上げた。「そいつはおれが知っているはずの名前なのか？」

男は身をこわばらせた。「私はヴァーノン・タイラーの義理の父親だ」

それでコナーにもわかった。今度はいくらで土地を売れと言ってくるのだろう。「それはまた運の悪い。お悔やみを言うよ」

思いがけず、男は笑みを浮かべたが、目は笑っていなかった。「あんたについてヴァーノンの言ったことは正しかった。傲慢なくそ野郎だな」

「そうかい。あんたについても同じことを思っていたが」

ハイラム・ジャミソンはあたりを見まわした。「よければ、あんたと話がしたい。腰を下ろして話のできる場所はあるか？」

コナーは家を身振りで示したが、男をなかには入れなかった。入れたほうが礼儀にかなっていただろうが、礼儀など示す気分ではなかった。チェスターを家のなかに入れると、キッチンにあるオリヴィアのひどくすわり心地の悪い椅子を二脚、裏のポーチへ持ち出した。ふたりの男は腰を下ろした。

「ミスター・ブラニガン、私は時間を無駄にするのが好きではない。すでにずいぶんと時間を無駄にしてしまったが。すぐに本題にはいらせてもらう。ヴァーノンがすでに一エーカーあたり三ドル払うと言ったと思うが、それを二倍にしよう」

わざとコナーは考えている振りをした。それから首を横に振った。「断る」

それを聞いてハイラムは驚いた。「断る？」そう言って椅子にすわったまま身を乗り出した。「三千ドルだぞ」

「悪いが、ミスター・ジャミソン」コナーは冷淡に応じた。「おれにも計算ぐらいできる」

男は顔を赤黒くした。おそらく怒りからであって、気まずさからではないだろうとコナーは思った。「それ以上の値はつけられない」ハイラムが言った。「呑むんだな《テイク・イット》、ぼうや《ボーイ》」

受けとれ《テイク・イット》、ぼうや《ボーイ》。はるか昔に耳にしたエヴァーズレイのことばと、唾を吐きかけたいと思った六ペンスが心によみがえった。これまで出会った、望みのものをなんでも金で買えると思っている男たちも。しかし、オリヴィアを思い浮かべれば、いくら出しても売り買いできないものがあるのもたしかだった。コナーは首を振った。「断る」

ハイラムは苛立って歯のあいだから息を吐いた。「わかった。いくらほしいんだ？」

コナーはにやりとした。自分が優位に立っていることはたしかで、それを心の底からたのしんでいたのだ。「あんたもそれほどの金は持ってないだろうよ」

「持っているから心配いらない。金額を言ってみろ」

「金額なんてないさ」コナーは立ち上がった。「ミスター・ジャミソン、この土地を売るつもりはない。どれほど金を積まれても。鉄道はどこかほかの場所に敷くんだな」

ハイラムも立ち上がったが、去ろうという素振りは見せなかった。「私が誰かよくわかっていないようだな。私は鉄道を三つと、蒸気船の会社をひとつ、ペンシルヴェニアの炭鉱を四つ、紡績工場をふたつ、そのほか六つの事業を所有している人間だ。ニューヨークとニューポートに邸宅を持ち、ケープ・コッドにはヨットも置いている」

そう言ってさげすむような目をコナーに向けた。怒りが募るにつれ、声が高くなった。「それに対してあんたは何者だ、ぼうや？　じゃがいも運搬船から降りたばかりのアイルランド移民にすぎない。うちの工場で働き、うちの船の荷積みをし、うちの炭鉱で石炭を掘っているアイルランド移民たちと同じだ。私のブーツを磨き、私に朝のコーヒーを運んでくる連中とな」

コナーは長広舌が終わるのを辛抱強く待ち、終わると、腕を胸の前で組んで男と目を合わせ、口を開いた。「きっかり十秒やるから、そのきれいな馬車に乗ってさっさと立ち去ってくれ。癇癪を起こしかけてるんでね。ご存じのとおり、アイルランドの移民はひどい癇癪持ちなんだ」

ハイラムは踵を返し、馬車へと向かった。が、馬車の扉のところで足を止めて振り向いた。

「きっと後悔することになるぞ」

「そいつはまちがいないだろうな」コナーは馬車に乗りこむハイラム・ジャミソンを見つめ

て答えた。またも権力に逆らってしまった。逆らわずにいることを学ぶことはできないようだ。

ケイトがオリヴィアのカップにお茶を注いだ。「それで、結婚生活はどうなの？」と訊いて、オリヴィアとキッチンのテーブルをはさんで腰を下ろした。

オリヴィアはカップに目を落とし、黒いお茶の表面に揺れて映っている自分の顔を眺めただけで答えなかった。

「そんなにいいの？」

オリヴィアは唇を嚙んで首を振った。「それほど悪くはないわ。あの人は娘たちととてもうまくいっているし。娘たちは彼を崇拝しているの。ただ――」

「なあに？」

「ただ、もう少し心を開いてくれたならって思うのよ」気がつくとオリヴィアはすべてを打ち明けていた。道で彼を見つけたこと。彼について知ったこと。モンローでの出来事。すべてを。「今彼は自分の殻に閉じこもっているわ」とオリヴィアはしめくくり、お茶をじっと見つめた。「わたしといっしょに寝ようとしないのよ、ケイト。そばに寄ろうともしない」

ケイトは笑い出した。

オリヴィアは顔を上げた。「どうして笑うの？」

「結婚してそれとは正反対の愚痴をこぼす女がほとんどだからよ」

　オリヴィアにはおもしろいとは思えなかった。

　ケイトはオリヴィアの憂鬱そうな顔を見てため息をついた。「ねえ、結婚生活なんてけっして楽じゃないのよ。誰にとってもね。みなそれぞれ問題を抱えているものだわ。問題を解決するには時間がかかる。オレンとわたしだって結婚したばかりのころには犬と猫みたいにけんかばっかりしていたわ。今でも時々そうだけど」

「コナーともけんかできたらと思うわ」オリヴィアは頬杖をついて言った。「けんかするほど話もしないんだもの。あの人は結婚なんかしたくなかったのよ。そのことを隠そうともしない」

「まあ、好むと好まざるとにかかわらず、結婚したんだから」

「選択の余地がなかっただけよ」

「オリヴィア」ケイトはお茶のカップを下ろしてテーブル越しにオリヴィアに厳しい目を向けた。「勘定を払えない男は最初からメニューなんて見ないわ。もちろん、彼には選択の余地があった。あなたと寝ろと誰にも強制されたわけじゃないんだから」

　オリヴィアの頬が熱く燃えた。彼女は目を上げることができなかった。

「彼も大人なのよ、リヴ。自分のしていることは自分でわかっているわ。一番やってはいけないのは、あなたが自分を責めることよ」

「わたしはどうしたらいいの？」

「彼に時間をあげるの。きっとそのうちそばに寄ってくるわ」

オリヴィアは目を上げた。「あの人、わたしのことを愛してないのよ」

「そう言われたの？」

「はっきりそう言われたわけじゃないけど——」

「もちろん、あなたは毎日、愛してるって言ってるのよね」

ぎょっとしてオリヴィアは身を起こした。「その、いえ、じつは言ってないわ」

「どうして？」

「言ったら、次の駅馬車で彼が町から出ていくんじゃないかと怖くて」オリヴィアは小声で打ち明けた。

「わたしが結婚したときに、母から忘れられない忠告を受けたの。あなたのお母さんはもう忠告できないから、うちの母が言ったことをあなたに言ってあげる。こう言ったのよ。結婚にとって一番大事なのは愛じゃない。もちろん愛は大事だけど。お金でもない。あれば助かるけれど。子供でもない。多くの結婚についてまわるものではあるけれど。一番大事なのは信頼なの」

ケイトはテーブル越しに手を伸ばし、力づけるようにオリヴィアの手をにぎった。「あなたはいい人を選んだと思うわ。あとは彼を信頼すればいいの。あなたから聞いた話から察するに、彼はこれまで辛い人生を送ってきたようね。そういう男の人はあまり人に心を開かないでしょうけど、心を持っていないわけじゃない」

「ありがとう、ケイト」

ケイトはいいのよというように手を振った。「お礼を言われることじゃないわ。それに、この次オレンとわたしがけんかしたときには、泣くのに肩を貸してもらうから」

真夜中にキャリーは悪夢を見た。コナーは「パパ！　パパ！」と叫ぶ声を聞き、階段を一度に二段ずつ昇ってキャリーのところへ行った。部屋に着くと、キャリーの姉妹やオリヴィアがすでにそこにいた。オリヴィアはベッドのキャリーのそばに腰をかけ、彼女を抱いて揺らしていた。コナーがベッキーとミランダと忠実なチェスターのそばを通り抜けて部屋にはいっていくと、オリヴィアは目を上げた。

コナーはベッドのところまで行って腰を下ろした。オリヴィアが抱いていた腕を離すと、コナーは泣いている子供を腕のなかに引き寄せた。その泣き声に心が引きちぎられるのではないかと思うほどだった――何も怖いものなどないように見えた小さなキャリー。

オリヴィアはほかのふたりの娘たちに目を向け、「もう大丈夫だから」とやさしく声をかけた。「ベッドに戻りなさい」

ふたりの娘はチェスターをつれて部屋を出ていき、オリヴィアは目をキャリーに戻した。

コナーが彼女を抱いてやさしく話しかけている。

「ほら《シャ》、ほら《シャ》」彼はキャリーの髪を撫でながら小声で言った。「シャ、シャ、大丈夫だよ《ベルミージ・ゴー・マフ》。おれがここにいるから《トー・メー・アンツー》」コナーはキャリーのすすり泣きがしゃっくりに変わるまで、なだめるようにゲール語のことばを何度もくり返した。

それから、身を引いてキャリーの頬の涙を払った。「よくなったかい？」

キャリーはうなずいたが、コナーが身を離そうとすると、彼にしがみついた。「行かないで、パパ」

「どこにも行かないさ、お嬢さん」コナーはキャリーを膝に乗せたままヘッドボードに寄りかかれるように体の位置をずらした。キャリーは彼の胸に頭をあずけたまま目を閉じた。コナーはベッドのすぐそばにすわっているオリヴィアに目を向けたが、どちらもことばは発しなかった。何分かして、コナーは首を傾けて腕のなかの子供を見やった。

「眠った？」とオリヴィアが訊いた。

コナーはうなずいた。そっとキャリーの体の下から抜け出すと、彼女をベッドに横たえ、上掛けを顎までかけてやった。それから身をかがめて頬にキスをした。「おやすみ、モー・ポースチャ」

オリヴィアも眠っている娘にキスをし、コナーといっしょに部屋を出てドアを閉めた。ふたりは廊下で足を止めた。

「あのアイルランド語を教えてもらわなくちゃ」オリヴィアが言った。「あれは効くみたい」

「ウィスキーは残っているんだが、それをあの子にやるのはきみが許さないだろうと思ってね」

オリヴィアはとがめるような横目をくれた。「そのとおりよ。うちにウィスキーなんて置いておかせないわ」そう言ってから、突然笑みを浮かべた。「ああ、いやだ。こんなことは言っちゃだめって自分に言い聞かせてたのに。あなたの妻はがみがみ女ね」

妻。コナーは胸の内でつぶやいた。おれの妻。

コナーはオリヴィアの顔に触れた。てのひらが頬を撫で、親指がまつげをかすめた。指が髪に差し入れられる。もう一方の手は腰にまわされ、彼女を引き寄せた。

コナーは抗えなかった。抗いたくなかった。ただオリヴィアにキスをして、体に触れ、ベッドに連れこみたかった。彼女に悦びを与え、心の安らぎを保ち、結婚してよかったと思わせたかった。おれの妻。

「オリヴィア」コナーは名前だけでなく何かことばを発したかったが、何も見つからなかった。望みのものを与えてくれという気持ちをことばにすることができなかったのだ。できるのは奪うことだけだった。

コナーはオリヴィアの髪から手を離し、その手を後ろに伸ばしてドアの取っ手をつかんだ。ドアを広く開け、夫婦の寝室へと彼女を連れこんだ。オリヴィアは逆らうことなくそれに従い、なかにはいると、コナーはドアを閉めた。鍵を閉めることも忘れなかった。

暗闇のなかでコナーの唇はオリヴィアの唇を探りあてた。長く濃厚なキスだった。手はオリヴィアの腰にまわされている。コナーは指を広げて腰にあて、彼女をいっそう近くに抱き寄せた。そして唇を顎へと移し、繊細な喉へと這わせる。手がふたりの体のあいだにすべりこみ、彼女のネグリジェの一番上のボタンにかけられた。

オリヴィアの腕がコナーの首にまわされる。「ああ、コナー」耳もとでささやく声。

ネグリジェを引き裂かないように自分を押しとどめるには、持てる意志の力を総動員しなければならなかった。コナーは手を震わせながら、どうにか欲望をほんの少し長く抑えておこうとした。ひとつひとつ真珠のボタンをはずし、二十六個のボタンをすべてはずし終えると、ネグリジェの襟ぐりに指をかけてオリヴィアの肩からネグリジェを引き下ろした。ネグリジェは腕から下へすべり落ち、腰で止まった。

コナーはネグリジェはそのままにして手を彼女の胸へ上げ、垂れている三つ編みの髪の毛をつかんだ。リボンを引っ張ってとると、ほどけた髪を手に巻きつけながら、熱くなった喉の肌を味わった。彼女の顎の下の脈が激しく打つのが舌で感じられた。

髪も肌も胸も香りも心も、彼女のすべてがいとおしかった。そのやわらかさは欲望を抑えなければという意志以上に強い力で彼をひきつけた。コナーは不安におののきながらも夢中にならずにいられなかった。

明かりがあれば、彼女を見られるのに。しかし、そのえもいわれぬ美しい輪郭は手で探ることができた——胸、ウエスト、腰。

ネグリジェを引っ張ると、腰からはずれて床に落ちた。コナーは彼女の太腿のあいだに手をすべりこませた。興奮したそこは温かく、シルクのようになめらかな感触だった。コナーは指を前後に動かし、彼女の全身に走る震えをたのしみながら愛撫した。

指が彼女をもっとも悦ばせる場所を見つけると、首にまわされた腕がきつくなり、息が速くなって浅いあえぎになった。突然、オリヴィアは身をそらして声をあげた。口を彼の肩に押しつけていたせいでくぐもった、小さく哀しげな声だった。

コナーはいっときも我慢できなかった。手を引き離すと、腕に彼女を抱き上げ、ぼんやりと輪郭が見える四柱のベッドへと運んだ。高いマットレスに彼女を下ろすと、焦れる手つきで自分のシャツやズボンのボタンを引っ張った。ブーツを脱ぐのに手間どると、小声で悪態をついた。ようやく衣服を脱ぎ終え、コナーは足台を見つけようとはせずにベッドによじ登って彼女のそばへ行った。暗闇のなかで足台を見つけようとしても、貴重な時間を無駄にするだけだ。

「くそっ」コナーはつぶやいた。「高いところが怖いくせに、きみのベッドは床からえらく持ち上がっているんだな、ミセス・ブラニガン」そう言うと、オリヴィアに悪態を責めることばを思いつく暇も与えずにキスをした。

コナーは彼女の体におおいかぶさった。彼女は腕を首にまわして受け入れた。脚がなかにはいってくれと誘うように開いた。コナーは手を彼女の肩の下に差し入れ、肘をついて自分の体重を支えると、ゆっくりとなかにはいった。モンローでは痛い思いをさせた。オリヴィアが身をまかせ、受け入れるために体を広げるのがわかったが、コナーは自分を駆り立てる欲望を抑えようと努めた。それでも、あのはにかむような信じられないほど官能的な声で名前を呼ばれると、自制がきかなくなり、やさしくしなくてはという思いを忘れた。

完全に自分のものにするために、コナーは深々と貫き、さらに深く差し入れた。そのリズムによって体にさらに火がついた。熱く張りつめたものがどんどんたかぶっていく。やがてオリヴィアが彼の体の下で身を震わせ、あえぎながら女らしい解放の声をあげた。コナーは熱と光を感じ、火薬に火がついたように激しく絶頂に達した。

コナーは彼女の上に身を下ろし、顔を首の曲線にうずめた。腕は彼女をきつく抱きしめている。長いあいだそのまま動かず、彼女の指先が無意識に背中で円を描く感触をむさぼっているうちに、至福の倦怠感へと沈みこんでいった。

コナーははっと気がついて身を起こした。「きみを窒息させてしまってるな」とつぶやくと、体を動かし、彼女から出て離れるために肘をついて体を持ち上げようとした。が、体にまわされたオリヴィアの腕がきつくなった。おそらく、離れようとする意図がわかったのだろう。オリヴィアは頭を持ち上げて彼にキスをした。「行かないで」そう口をつけたままささやいた。「ここにいっしょにいて」

その腕を解くのはひどくたやすいことだったろうが、彼女の声とキスにコナーは屈した。彼はゆっくりと身を下ろし、彼女の隣にあおむけに横たわった。腕を彼女の体の下に差し入れると、そばに引き寄せた。オリヴィアは彼の腕のなかで心地よさそうに身をおちつけ、満足そうにため息をついて彼の肩のくぼみに頬を寄せた。

「眠るんだ、オリヴィア」コナーは言った。「おれはここにいるから、いとしい人《オー・ヴーイルニーン》。眠るんだ」

コナーには自分がしばりつけられたのが瞬時にわかった。革ひもが体にまわされている。

彼はいましめを解こうともがいた。逃れなければ。激しく悪態をつきながら横に大きく動き、テーブルの端へと転がった。そこから離れ、逃げることしか考えられなかった。しかし、そこですべてが変化した。コナーは暗い部屋にいて、そこには看守もいなければ、テーブルだと思っていたものはやわらかい羽根のはいったマットレスだった。混乱してコナーは身を起こし、窓から射しこむぼんやりとした月明かりのなかで目をしばたたいた。唯一聞こえる音は自分の激しい息遣いだけだった。

コナーは首をめぐらし、オリヴィアの姿を見つけて自分がどこにいるのか思い出した。

オリヴィアは膝をかかえてマットレスのすみにすわっていた。シーツを体に巻きつけてにぎりしめている。長い髪はもつれて肩に落ちていた。彼女は身動きもせずにコナーを見つめていた。その顔には狼狽の色が明らかだった。そして、恐怖も。

ああ、ちくしょう。

コナーはうなり声を発して身を前に倒し、両手で頭を抱えた。「またしばられたんだと思ったんだ。てっきり——」コナーは唐突にことばを止めた。

「しばっていたのはわたしよ」オリヴィアはささやいた。「腕をあなたに巻きつけていたの」

コナーは首を振った。「こんな姿をきみに見せたくなかった」と彼女のほうを見ずにつぶやいた。「見てほしくなかった」

オリヴィアが彼のそばに寄り、その重みでマットレスが沈んだ。彼女は彼の肩に触れた。

「コナー、もう前に見てるのよ。あなたを四日も看病したんですもの。忘れたの？」

「そのときにはきみのことを知らなかった」コナーは肩に置かれた手を振り払い、声に苦悶をにじませて叫んだ。「きみがそばにいることも知らなかった」

何もかもががらがらと音を立てて崩れる気がした。すべての幻想、希望、彼女との将来の夢、穏やかで安全な将来といったすべてが。安全なものなど何もない。何も。「おれは――」コナーは大きく息を吸って顔を上げ、部屋の閉じたドアに目を向けた。「きみを傷つけなかったか？」

「もちろん、傷つけなかったわ」

「このことに〝もちろん〟なんてことは言えないんだ」コナーは自己嫌悪を覚えながら言った。「その可能性はあるんだから」

「でも、傷つけたりはしなかった」オリヴィアは手を彼の肩にあて、唇を背中に押しつけた。「愛してる」と口をつけたままで言った。

コナーは内側から震え出した。シーツを払いのけるとベッドから降り、服を手にとった。

「愛してなんかいないさ」

「いいえ、愛してるわ」

コナーは服を着はじめた。靴下を履き、下着を身につけると、ズボンに手を伸ばし、荒っぽく足を通した。「いいや、きみは愛していない。愛することなんかできない」

「コナー、このことについてあなたと言い争うつもりはないわ。わたしはあなたを愛しているんですもの。あなたが信じなくても、ほんとうだからしかたないわ」

コナーはオリヴィアに背を向け、ズボンのボタンをはめた。「きみはおれを愛してなんかいない」そう言ってドアへ向かった。そして、背を向けたままつけ加えた。「愛することなどできないさ。おれのことを知りもしないんだから」

「あなたが思っている以上に知っているわ」

内側の震えがいっそう激しくなった。コナーは逃げを打つことにした。「そうかい?」と心を鎧で固めて嚙みつくように言った。オリヴィアにショックを与え、はねのけて押しやりたくなった。「何を知ってるっていうんだ? おれが盗みをし、人をだまし、嘘をついたのを知っているのか? 人殺しさえしたことを? それでもおれを愛しているというのか?」

オリヴィアはショックを受けた様子も、はねのけられた様子もなかった。恐怖に駆られた様子すらみじんもなかった。ただ我慢強く、無限のやさしさをこめた目でじっとコナーを見つめていた。

コナーにはそれが耐えられなかった。目を閉じ、彼女を見まいとした。知っているはずはない。理解できるはずはないのに、あたかもほんとうに愛しているかのようにあんな目を向けてくるなんて。あり得ない。

恥辱。どこへ行こうと、何をしようと、常にそれがつきまとった。それは何をもってしてもとり除けない永遠に残るしみだった。コナーは顔をそむけ、月明かりに照らされた窓をじっと見つめた。「オリヴィア、おれがどんな人間か、きみには想像もつかないよ。おれが何をしてきたか」

「だったら、どうして話してくれないの？」

コナーは深く息を吸い、彼女のほうに向き直った。真実と向き合う瞬間がやってきたのだ。

「わかった」コナーは冷ややかに言った。「アドヴィームするよ」

「ア・ド・ヴィーム？」オリヴィアは一音一音区切るように発音した。「どういう意味？」

「懺悔さ。魂を救ってくれるはずだろう？」

28

懺悔《アドヴイーム》

「すべては銃のせいだった」コナーは話しはじめた。「やつらは銃をどこに隠しているか知りたがった。ショーンが用意したアメリカのライフルだ。二年にわたってイギリスの税関の鼻先をかすめて密輸をくり返し、アイルランドのあちこちに、百挺ずつ隠した。そう、戦争を起こそうと思っていたんだ。訓練キャンプを張り、戦略を立て、武器を用意して。当時は勝ち目のない戦争だとは思わなかった」

恐る恐るという口ぶりだった。誰にも話したことのない事実であるのはオリヴィアにもわかった。

「おれたちはつかまるまで、九百挺のライフルと千発の弾薬を密輸した。アダムとおれはダブリンの北で列車から銃を下ろそうとしているところをつかまり、刑務所に入れられた。ショーンはすでにダブリンの倉庫でつかまっていた。誰かが密告したんだ。それが誰かはわからずじまいだったが」

オリヴィアは知らない世界へ引きずりこまれるような感覚におちいっていた。コナーによって、倉庫や密告者や刑務所や拷問のある、暗くねじれた悪夢に満ちた世界へと導かれるような感覚。オリヴィアは彼の話についていこうと唇を嚙んで耳を傾けた。彼を自分のいる安全で明るい世界に引き戻すために。

「おれたちは裁判にかけられた」コナーはつづけた。「しかし、密告者がいるとの知らせを受けたショーンによって、銃は列車から下ろされていた。銃が列車に載っていないことを彼はどうにかおれたちに知らせようとしたんだが、使いの者はまにあわなかった。とにかく、イギリスのやつらは銃を見つけられなかったから、おれたちのことは強盗未遂でしか訴えられなかった。おれたちはマウントジョイ刑務所に送られた」

コナーは暗がりにある椅子に身動きもせずにすわっていた。

「銃の隠し場所を知っているのはおれたち三人だけだった。ショーンとアダムとおれだ。しかし、ショーンはやつらにとって役に立たなかった。口を割るはずがなかったからだ。われらがショーンは前に何度も刑務所に入れられたことがあって、イギリス人どもには彼を落とすことはできないとわかっていた。そこで、ただ命を奪った。アダムとおれの目の前で。看守に頭を後ろに押さえつけられ、喉をかっ切られながら、ショーンはおれににやりとしてみせた」

オリヴィアは一瞬目を閉じ、力を与えたまえと祈ってまた目を開けた。もうそれ以上聞きたくなかった。彼が心の目で見ているものを見たくなかった。それでも逃げるわけにはいかなかった。シーツをつかむ指に力を加え、覚悟を決めて残りの話に耳を傾けた。

「看守が手を離すと、ショーンの体はくずおれ、体じゅうの血が流れ出た。生気のない見えない目でおれを見つめ、首の血管から血をどくどくと流しながら、彼はまだ笑みを浮かべていた」

突然コナーが椅子にすわったまま身を折り曲げ、隠れて身を守るかのように腕で頭をかかえた。「ああ、ちくしょう」とうめく。「ちくしょう」

オリヴィアは次のことばを待ったが、彼は口を開こうとしなかった。オリヴィアにはそこでやめさせるわけにいかないことがわかっていた。彼がすべてを吐き出すまでは。内なる苦しみを表に出させなければならない。それが心の傷をいやす唯一の方法だったからだ。

「それで、どうなったの？」

オリヴィアの声を聞いてコナーははっと身をこわばらせて背筋を伸ばした。「やつらは愚かだった」抑揚のない声だ。かすかに軽蔑を含んだ声。「ショーンを殺せば、おれたちが怯え、恐怖に駆られて口を割ると思ったんだ。おれたちはいっそうやつらを憎んだだけだった。それ以上憎むことが可能だったらの話だが。やつらは自分たちがまちがいを犯したことを悟った。ひとりの殉教者の死は十人の反逆者を産むとね。やつらはアダムとおれを引き離した。アダムに会うことは二度となかった。おれは独房に入れられ、手足に手錠をかけられ、壁に鎖でつながれた。鎖がはずされるのは食べ物が運ばれてきたときだけだった。やつらは皿を床に置き、犬のように手と膝をついて食事をさせた。与えられたのは魚のはらわただった。来る日も来る日も腐って悪臭を放つ生の魚のはらわただった。それでもおれは銃の隠し場所を白状しなかった。白状するつもりはなかった」

コナーはやみくもに首を振った。「それからやつらはおれを眠らせないようにした。刑務所の庭を何周も歩かせ、おれが立ったままうとうとすると水をぶっかけた。おれは倒れる前に太陽が三度昇っては沈むのを目にした。次に連中はおれをむちで打った。それでもおれは降参しなかった。白状しなかったんだ」

オリヴィアはコナーの声に反抗するような響きを聞いた。が、次に発せられたことばからはその響きは失せ、当惑するような声に変わっていた。

「やがて頭のなかで声が聞こえるようになった。『おなかがすいた《トー・オクロース・オルム》、コナー、トー・オクロース・オルム』と何度もくり返す姉や妹の声。声はやまなかった……けっして引かない潮のように。その声は今でも聞こえる。ああ、ちくしょう」コナーは椅子にすわったまま、また身を丸くしてうめいた。「みんなひどく飢えていたのに、食べる物は何もなかった。おれに食べ物を見つけてきてくれと頼むんだ。ブリジットとアイリーンとメーガンが。その声は聞こえるんだが、おれにはどうすることもできなかった。食べる物など何もなかった」

コナーは声を閉め出そうとするように耳をきつくふさいだ。

「みんな死んでしまったことはわかっていた」コナーは小声で言った。「それでも、独房のなかで、みんながそこにいるかのように声が聞こえ、顔が見えた。マイケルもそうだ。助けを求めて叫んでいるんだが、おれには兄を助けることはできなかった。看守の声も聞こえた。『言うんだ、アイルランド野郎。銃のありかを言え。言うんだ、さあ』」

コナーは顔を上げてオリヴィアをまっすぐ見すえたが、彼女とわかって見ているのかは定かでなかった。顔の皺のひとつひとつ、体の動きのすべてに苦痛がにじみ出ていた。オリヴィアはそばに駆け寄って彼をなぐさめ、もういいからやめてと言ってやりたかった。しかし、そうできないこともわかっていた。病院で働いていたときのことは今でも覚えている。兵士たちは大砲や血について叫びつづけていた。そのまま叫ばせてやり、すべてを吐き出させてやらなければならないと、そのとき学んだのだった。

「おれは悪態をつき、歌を歌い、叫んだが、口は割らなかった。降参しなかったんだ。やつらはおれを看守長のアーサー・デレメアのところへ連れていった」コナーは震える手で顎をこすった。「すでにこの世のありとあらゆる苦痛は感じたと思っていた」彼は小声で言った。「しかし、そうではなかった」

ああ、神様。オリヴィアは必死に祈った。どうしたらこの人を救えるのです？　わたしは何をしたらいいのでしょう？

「やつらはおれをテーブルにしばりつけた」コナーは目を閉じた。震えが全身に走った。「ことばでは言い表せないこともある。ことばにできないようなことも」

オリヴィアはにぎり合せた手を口にあてた。体の奥底から震えがきた。

「おれは何度も痛みに気を失った」コナーはつづけた。「目覚めると、看守たちは姿を消していて、デレメアがおれに話しかけるんだ。おれがどれほど辛い目に遭っているかわかると言い、どうにかして助けてやりたいと言うんだ。しかし、銃の隠し場所を白状しなければどうすることもできないと。そのことをしばらく考えろと言い、部屋を出ていく。すると、また看守たちが戻ってきて、同じことをくり返す……おれは時間の感覚を失った。一瞬一瞬が混じり合い、今日と明日の区別がつかなくなった。テーブルの上に横たわって千から逆に数を数えていたものだ。それがこの世でもっとも大切なことだとでもいうように、次の数字を思い出すことだけに神経を集中させて、苦痛を忘れようとした。しばらくはうまくいった。きみは信じないかもしれないが、祈りを捧げようとすらした。ロザリオの祈りを。しかし、祈りのことばをまったく思い出せなかった。ひとことも」

コナーは手で髪を梳いた。「思い出したとしてもどうでもいいことだった。祈りは神の耳には届かなかったんだから。聖母マリアも、イエスも、どんな聖人も、おれの叫びを聞くことはなかった。聞いていたのはデレメアだけだった。おれにとってやつだけが現実に思えた。やつは食べ物と水を持ってきてくれ、看守たちに痛めつけられたおれのそばにすわって際限なく話しつづけた。冷たい布で顔をふいてくれ、涙や嘔吐物や血をぬぐってくれた。自分は味方だと言いつづけ、力を貸してくれたら、自分も力を貸すと言った。そういうことがどれぐらいつづいたのかはわからないが、おれはやつを信じはじめた。頭のなかですべてを正当化しようとし、じっさいに口を割ったことにはならないはずだと思いながら、でっちあげた場所を教えるようになった。すると、デレメアはおれを独房に戻し、医者にできるかぎりの手当をさせる。そのあいだその場所へ人を送って銃があるかどうかを調べさせるわけだ。もちろん、数日後、そいつらが何も見つけられずに戻ってくると、おれはまた連れていかれて拷問を受けることになった」

コナーは膝の上で腕を組み、丸くなって二度と動きたくないとでもいうように背中を丸めた。

「それが三度、たぶん四度くり返された」コナーはじっと床を見つめたままぼんやりとした口調で言った。「おれはただ苦痛を終わりにしたかった。デレメアに命を奪ってもらおうと、殺してくれと懇願した。ふたりだけになるとデレメアは耳打ちしてきた。ほんとうのことを教えてくれたら、こうしたすべてをやめにすると約束しつづけた。そのうちおれも彼のことばを信じるようになった」長い間が置かれた。「そこでやつに銃のありかを教えた」

コナーは顔を上げた。月の光が顔にあたった。コナーは肉体的な痛みの記憶をはるかに超える苦痛を浮かべた顔でオリヴィアを見つめた。「おれが口を割ると、デレメアは笑った。笑ったんだ。そう、すべてが冗談だったわけだ。すでに銃のありかはわかっていた。何日も前に銃は回収されていた。デレメアによれば、アダムのほうがおれよりも協力的だったそうだ。アダムを白状させるには二日しかかからなかった」

ふいにコナーは背筋を伸ばし、そばにある小さな垂れ板のテーブルに思いきり手を打ちつけた。オリヴィアは飛び上がった。

「やつらはおれのすべてを奪った！」コナーは叫んだ。「おれの信じるすべてを。おれが信じていたおれという人間を打ち砕き、唾棄すべき存在へと作り変えた。仲間を売る密告者に仕立てあげたんだ。おれはそうさせまいとした。ちくしょう、そうさせまいとしたんだ」声がつまった。「必死で抗った。しかし、やつらの術中におちいってしまった。しかもそのすべてが冗談だったんだ」

コナーはテーブルを押しやった。テーブルは床の上をすべって壁にぶつかった。「デレメアにとっては銃のことなどどうでもよかったんだ。ただ、おれを落とせるところを証明してみせたかっただけだ。最悪だったのは、やつが約束を守らなかったことだ。おれを殺してくれなかった」

怒りは湧き起こったときと同じぐらい急速に引いていった。コナーはぐったりと椅子にもたれた。「その晩デレメアは死んだ。刑務所のなかで騒ぎが起こり、囚人が何人か逃げ出した。そのうちのひとりがデレメアを殺《や》ったんだ。騒ぎのことがグラッドストン首相の知るところとなり、拷問のことも首相の耳にはいった。それを告発する声があがったんだ。人々は抗議し、デモ行進をし、町中で騒ぎを起こし、拷問を受けたフェニアン団員を釈放するように求めた。一年近くかかったが、おれはようやく恩赦を受けた。ほかの何人かの仲間とともに。アダムには遅すぎた。銃が没収されてすぐに彼が口を割ったという噂がもれ、フェニアンの委員会が仲間のひとりを囚人に仕立て、刑務所に送って彼を処刑させた。デレメアが死ぬ一週間前に、刑務所の庭でベッドの鉄枠を彼につき刺したんだ。おれのことも同じようにしてくれたならと本気で思ったよ」

　コナーの顔にあざ笑うような翳が戻ってきた。彼が酔っ払った晩に目にしたのと同じ表情だ。

「誰もがおれの身に起こったことを知っていたが、おれがデレメアに銃のありかを白状したことは知らなかった。仲間はみな握手を求め、背中を叩き、酒をおごってくれた。おれのことを屈しなかった英雄だと言って褒めたたえ、おれについて吹聴し、おれと知り合いであることを誇りに思った。誇りだと、ちくしょう！　おれには真実を打ち明ける度胸がなかった。褒められる資格などないということがわかっていながら、屈辱に向き合うことができなかった。だからこそ、おれはアイルランドを逃げ出してアメリカに渡ったんだ。故国に帰れない理由はそれさ。おれは英雄なんかじゃない。まがいものだ。おれは臆病者なんだ」

　オリヴィアには自己嫌悪と恥辱に苦しむ彼の気持ちが痛いほどわかった。彼女はそっと口を開いた。「誰だってあなたのような目に遭ったら、同じことをしたわ」

「いや。おれよりも強い人間はいた。もっとひどい目に遭っておれよりも勇敢に戦った男たちが。ショーンのような男たちさ」コナーは背を丸め、両手に顔をうずめた。「どうしてデレメアはおれを殺してくれなかったんだ？」

　オリヴィアにはなんと言っていいかわからなかった。どうやってなぐさめていいかもわからなかった。はたしてなぐさめられるものなのかどうかも。しかし、やってみないわけにもいかなかった。オリヴィアは立ち上がり、とてもやさしい声で話しかけながら、ゆっくりと彼に歩み寄った。

「コナー、よく聞いてほしいの。あなたが臆病者だったら、今ここにもいなかったと思うわ。臆病者だったら、ずっと前にみずから命を絶っていたはずよ」

コナーは目を上げなかった。首を垂れ、じっと床を見つめている。聞いているのかどうかもわからなかったが、オリヴィアは話しつづけた。「わたしにはほんとうの勇気というものがどういうものかわかっていないのかもしれない」そう言いながらさらに彼に近づいた。「でも、それって耐える力にちがいないと思うの。こんなふうに思うのは自分勝手かもしれないけど、あなたが殺されなかったことを——そのせいで痛みから逃れられなかったとしても——ありがたいと思うわ。あなたが耐える勇気を持っていてくれてよかった。ほんとうによかった」オリヴィアは彼の目の前で足を止めた。「愛してるわ」

コナーは身を固くし、すわったまま上体を起こした。まだオリヴィアに目を向けようとはしない。「だったら、抜け殻を愛しているも同然さ」と疲れた声で言った。「おれは空っぽなんだ。目的もなければ、理想もない。自尊心もない。すべて奪われてしまった。ただの抜け殻だ。信じるものも何もない。しがみつく名誉もないんだ」

オリヴィアは恐る恐る手を伸ばして彼の頰に触れた。コナーはひるんだが、身を引き離そうとはしなかった。その様子にオリヴィアは希望を持ち、ゆっくりとさらに身を寄せた。細心の注意を払って彼の膝のあいだに体を入れ、さらに近くに寄った。「だったら、わたしにしがみついて」彼女はささやいた。「あなたが自分を信じられなくても、わたしがあなたを信じる。あなたの碇《いかり》になる。わたしにしがみついて」

コナーはパニックに襲われたようにあえぎ、頬にあてられた彼女の手から顔をそむけた。彼がまた他人を拒絶して自分の殻にはいってしまうようにオリヴィアには思われた。が、そこで突然腕が裸の尻にまわされ、引き寄せられた。コナーはオリヴィアの体に顔をうずめ、嵐の海で見つけたたったひとつの救命綱であるかのように、彼女をきつく抱きしめた。

コナーの大きな体が震えるのがわかった。怒りと苦痛の声を聞いてオリヴィアは心が引き裂かれる気がした。すべての苦しみが流れ出てしまうまで、オリヴィアはコナーの頭を抱き、髪を撫でていた。苦しみでいっぱいだったところを愛で満たしたいと思いながら。オリヴィアは自分の愛情がそれに足るものであることを祈った。

29

オリヴィアが眠っていることはその呼吸の調子からわかった。コナーは一定の調子のやわらかい呼吸に耳を傾けながら、こんなことはあり得ないと自分に言い聞かせた。彼女がおれを愛しているはずはない。しかし、彼女は愛してくれていた。

彼女が愛してくれている。信じがたいことだった。確信を持つのはさらにむずかしかった。これまでマウントジョイについては誰にも打ち明けたことがなかった。オリヴィアに話せば、自分のほんとうの姿を目にして彼女が遠ざかってしまうだろうと思っていた。しかし、彼女が遠ざかってしまうことはなかった。ほんとうの姿を目にしても、気にもしなかった。わたしにしがみついていということばに従うと、ベッドに連れ戻してくれ、隣で丸くなったのだった。

コナーは信頼しきった様子で胸にあてられた小さな手を見下ろした。

彼女が信頼してくれている。悪夢に苦しむ姿を目にしたあとでも。どうしてなのかは見当もつかなかった。

彼女が愛してくれている。すべてを打ち明けたあとでも。なぜなのかは見当もつかなかった。

コナーはすぐ近くに寄せられた顔を眺めた。窓から射しこむ月明かりのもと、頰を撫でる黒いまつげや、触れるととてもやわらかいクリームのような肌、枕の上に広がったシルクのような髪の毛が見え、これまで感じたことのない安らかさが心を満たした。

さっき懺悔が魂の救済に役立つと言ったときには、あざけりをこめてそう言った。しかしおそらく、そこには真実もあるのだろう。まだ自分を恥じる気持ちはあり、罪悪感が心につきまとってはいたが、今はその重荷も多少軽くなり、前よりは耐えやすく思えた。

コナーはオリヴィアの顔に触れ、指を頰から唇に走らせた。唇はやわらかくて温かく、眠っているせいでほんの少し開いていた。おれの妻だ。コナーは胸の内でつぶやいた。おれの妻。

それはほしくてたまらなかったものだ。ちくしょう、何もかもほしくてたまらない。木の上の家も、ピクニックも、バターピーカンクッキーも。家庭も自分のものと呼べる土地も。娘たち――自分の娘たち――に寝る前のお話を聞かせてやり、彼女たちが成長するのを見守りたい。オリヴィアがほしい。彼女の温かさとやわらかさに包まれて、自分のなかにある皮肉っぽさとかたくなさをやわらげたい。毎朝目覚めたときに、あの輝くような笑みを見たい。日の光のように心にしみ入り、暗い夢をかき消してくれる笑み。これから一生、昼も夜も彼女のそばで過ごしたい。

生まれてはじめて、未来が示された気がした。次の町や次の試合、次の悪夢といったものを超えた未来。二度とふたたび見つけられるとは思っていなかったもの――愛――を持つ未来。その未来がほしかった。自分にその資格がなかろうとかまわない。ほしいその未来を手に入れ、しがみつき、自分のものにするつもりだった。

コナーはオリヴィアを起こさないように気をつけてそっとベッドから降りると、ヴェランダに出た。月明かりがオークの木々の枝のあいだからもれて下の砂利道にゆがんだ影を投げかけている。今度の春にはこの木立と向こうのツゲの茂みを剪定しよう。

コナーはズボンのポケットに手をつっこみ、あれこれ計画を立てながらヴェランダを歩いた。次の冬が来る前に家にペンキを塗り直す必要がある。庭と花壇はすっかり作り直さなければならないだろう。

ヴェランダは家の横へまわりこんでいた。東屋はとり壊したほうがいいだろう。コナーは荒れはてた建物を見下ろしながら思った。側壁に沿ってどうしようもなくもつれ合って這うバラの蔓のみによって建物は倒れずにすんでいた。これを壊してオリヴィアに新しい東屋を建ててやろう。そして、そのまわりには彼女の大好きなスイカズラを一面に植えるのだ。

ヴェランダの端まで来ると、手すりから身を乗り出して裏庭を見やった。人の住んでいない小屋を壊せば、そこに洋ナシの果樹園を作れる。古い厩舎と家畜小屋はそのままでいいが

――

ちらちらと光るものが見えて注意をひかれた。コナーは顔をしかめて暗闇に浮かび上がる家畜小屋の輪郭に目を凝らした。影のなかで動くものがある。男がひとり森のほうへと走っ

ていくのがちらりと見えた。それから、ちらちらと光っていたものが突然激しく燃え上がった。

くそっ。コナーはまわれ右をしてもと来たほうへ戻った。「オリヴィア！」と叫び、寝室に駆けこんだ。「オリヴィア、家畜小屋が火事だ！」

オリヴィアは上掛けをはねのけてベッドから飛び降り、暗闇のなかで服を手探りした。

「何があったの？」

「わからない」コナーはブーツをつかんで履きながら答えた。「できるだけたくさんバケツを持ってきてくれ。シャベルもあったら持ってくるんだ」

コナーはベッドからシーツをはぎとり、ドアから外へ走り出た。何秒もしないうちに階段を降り、家を飛び出ていた。家畜を小屋から出さなければとそれだけを考えながら。

コナーが扉を開けると、家畜小屋には煙が充満していて、熱風が吹き出してきた。コナーは咳こんであとずさったが、三度大きく息を吸うと、小屋のなかにはいった。

カリーとプリンセスがパニックを起こしていななく声と、逃げようと必死で囲いの側壁を蹴る音が聞こえてきた。オレンジ色の炎が反対側の壁を這い、乾いた木が燃え盛る炎に呑まれてぱちぱちと音を立てている。

コナーは咳こみながら小屋の片隅にあったロープの束をつかみ、ラバのいる最初の囲いのところまで行った。そして、蹴られないように気をつけながらラバの頭をシーツでくるんだ。首にロープをかけると、怯えているラバを小屋の外へ連れ出した。そこへオリヴィアが井戸からくんだ水のはいったバケツを運んできた。すぐ後ろに娘たちもいる。

「ラバをつかまえていてくれ」とコナーはオリヴィアに言い、カリーの頭からロープとシーツをはずしてまた小屋へと戻った。オリヴィアが後ろから呼びかけてくる声が聞こえたが、足は止めなかった。

煙が目を刺したが、コナーはふたつめの囲いまで到達し、プリンセスを小屋の外へ連れ出そうとした。熱が肌を焼き、炎が耳もとで轟音を立てた。濃い煙を吸うまいと息を止めながら、プリンセスを小屋の外へ連れ出したところで、屋根が落ちた。

オリヴィアは空のバケツを落として安堵の叫びをあげながらコナーのところへ駆け寄った。コナーは牛を離し、空気を求めてあえぎながらオリヴィアを抱きしめた。抱きしめながら、生涯けっして放しはしないと心に誓った。が、突然オリヴィアが身を引き離し、彼をにらみつけた。

「牛のためにあんななかに戻っていくなんて！」憤怒に駆られた声だ。「いったい何を考えてたの？　命を落としていたかもしれないのよ。二度とあんなことはしないでちょうだい。聞こえた、コナー・ブラニガン？」

彼女は愛してくれているのだ。コナーは彼女を抱きしめ、それ以上ことばを発する暇を与えずに激しくキスをした。

火が消えるころには、太陽は木々の上に高く昇っていた。コナーとオリヴィアと娘たちは、火事に気づいて手を貸しに来てくれた隣人や友人たちといっしょに、火にバケツの水をかけ、燃えくすぶる残骸にシャベルで土をかけつづけていた。火はようやくおさまった。

灯油の缶を見つけたのはオレンだった。彼はコナーのところへ缶を持ってきて言った。

「連中の最後の申し出を断ったせいにちがいないな」

コナーはシャベルを脇に放ってブリキの缶を手にとった。しばらくじっと見つめていたが、やがて顔を上げ、焼け焦げた家畜小屋の残骸にしばらく険しいまなざしを向けた。心の目には、二十五年前にデリーで燃やされた別の家が映っていた。ハイラム・ジャミソンとヴァーノン・タイラーの顔が心に浮かび、エヴァーズレイ卿とアーサー・デレメアの顔が思い出された。この世のすべてが自分たちの思いのままになり、何を壊すのも自由だと思っているやつら。

コナーは目を上げてオレンの暗い目を見つめた。「ヴァーノン・タイラーの住まいを知っているかい？」

オレンはしばらくコナーにじっと目を注いでいた。が、やがて答えた。「一マイルほど行ったところさ。町のこっち側だ。大通りを西へ向かうんだ。シュガー・クリーク橋を渡ったら、最初に左に曲がる道だ」

コナーはうなずいた。「悪いが、馬を貸してもらえないだろうか？」

「いいさ。おれはケイトといっしょに荷馬車で家に戻れるからな。いっしょに行ったほうがいいなら話は別だが」

「いや、ひとりで片をつけたほうがいい」

「わかった」オレンはポケットに手をつっこんでつけ加えた。「気をつけろよ」

コナーは答えずにその場を離れた。自分のしなければならないことはわかっていた。気をつけてもしかたないことだ。

ヴァーノン・タイラーの邸宅に着くと、コナーはわざわざ名乗ろうとはしなかった。主《あるじ》の一家は朝食の席についていると告げる黒服の執事を押しのけて家のなかにはいった。

「おい！」押しのけられて男はどなった。「はいってはならん。だめだと言っただろう――」

コナーは男を無視した。玄関ホールを抜けると、ダイニング・ルームを探しはじめた。執事は声高に抗議しながらそのあとをついてまわった。

ダイニング・ルームを見つけると、そこではハイラムとヴァーノンとヴァーノンの妻にちがいないきれいなブロンド女が、光輝く磁器やクリスタルが並べられ、銀の皿でいっぱいのテーブルについていた。

コナーが部屋にはいっていくと、みなぎょっとして彼を見つめた。コナーはすすだらけの自分の衣服と、ブーツがフラシ天の白いラグの上に残したすすと泥のしみを見下ろした。

「朝のご挨拶をね」と言ってテーブルに歩み寄った。

ハイラム・ジャミソンの前へ行くと、灯油の缶をテーブルの上に叩きつけるように置いた。

「ミスター・ジャミソン、あんたにもはっきりわかるように言わせてもらう。答えは依然ノーだ。これからもずっとな。あんたが何をしようと、おれの気は変わらない。何度脅しをかけられようが、家畜小屋を燃やされようが、土地は売らないからな。わかったか？」

「いったいなんの話をしているの？」ブロンド女が顔に不審そうな表情を浮かべてハイラムに訊いた。「パパ、この人の家畜小屋に何かしたわけじゃないわよね？」

「もちろん、してないさ。どうやらこの男は混乱しているようだ」ハイラムは部屋の入口を身振りで示した。「アブラハム、この男を家からつまみ出せ」

コナーは近づいてこようとする執事をにらみつけ、「下がってろ」と静かに言った。

執事はためらってハイラムをちらりと見ると、またコナーのほうへやってこようとした。が、コナーの顔にはふつふつと沸き立つ怒りが表れていたにちがいなく、執事は首を振って後ろに下がった。コナーはふたたびテーブルの向こうの男に注意を戻した。死んでも目的ははたしてやると思いながら。

コナーはすわれと言われるのを待たずに自分で椅子を引いて腰を下ろした。服についたすすが椅子の象牙色のヴェルヴェットを張ったクッションについたが、気にもしなかった。

「ミスター・ジャミソン、言い逃れして時間を無駄にするのはやめるんだな。あんたは鉄道を敷きたいと思っているようだが、これだけは言える。たとえおれの土地をとり上げることができたとしても、鉄道を建設することはできない。それだけは断言できる」

ヴァーノンがさげすむような声を上げ、ナプキンを放った。「いったい自分を何様だと思っているんだ？　こんなところまで来て脅しをかけるとは。おまえにおれたちを止めることはできない」

「できない？」コナーはヴァーノンのほうを振り返った。「じっさいに鉄道を敷くのは誰だと思ってるんだ、ぼうや？」とわざとやさしい声で訊いた。「この偉大な国を横断する鉄道の建設は、何千というアイルランド人の血と汗のたまものさ。あんたが鉄道建設のために雇ったアイルランド人が自分たちの仲間が脅されて土地をとり上げられたと知ったら、その土地には一本の大釘も打たれなければ、一本の枕木も敷かれない」

すっかりくつろいだ振りをして、コナーは椅子の背にもたれた。目をハイラムに戻すと、ことばをつづけた。「ほんとうさ、ミスター・ジャミソン。おれを無理やりあの土地から追い出したら、そこに鉄道など絶対に敷けない」

「そんなことは何も心配いりませんよ」ヴァーノンは言った。「アイルランド人以外の労働者を雇えばいい」

コナーは笑みを浮かべ、ヴァーノンのことばに答えたが、目はテーブルの向こうの白髪の男から離さなかった。「そうかな。今ミスター・ジャミソンが考えているのはルイジアナのけちな鉄道のことじゃない。自分のところの蒸気船のことさ。積み荷の作業をしているアイルランド人の港湾労働者のことだ。それから、蒸気エンジンを動かしているアイルランド人労働者のことも。荷を積み終えて出港するばかりになっている船のいくつかにダイナマイトが仕掛けられるなんてことになったら、どうにもまずいことになると考えているわけだ」コナーは考えこむように首を一方に傾けた。「そういう事故が何度かあると、海運業の会社がつぶれたりすると言わないかい？」

コナーは返事を待たなかった。首を振ってつづけた。「そう、ヴァーノン、こちらにいるきみの義理のお父さんはペンシルヴェニアにある炭鉱のこともお考えだ。日々そこで石炭を掘り出しているアイルランド人たちのことをね。そして、そこで突然起こるかもしれない事故やストライキのことを。縫製工場でシャツを縫っているアイルランド人女工のことや、馬車をあやつっているアイルランド人の御者のことも考えている。毎朝コーヒーを運んできてくれるアイルランド人のメイドのことも考えている。ある朝コーヒーが苦くなったのがわかったらどうしようと考えているわけだ」

ヴァーノンはにやりとして椅子に背をあずけた。「はったりだ。おまえにそんな力はない」

「そうかな？」コナーはすばやく言い返した。「おれがじゃがいも運搬船から降りたばかりのただのアイルランド野郎だったらそうかもしれないな。あんたはそう思っているんだろう？　おれにはアイルランドの同胞を扇動する力はないと」

コナーはそこでことばを止め、ヴァーノンに尊大な笑みを浮かべてみせた。「しかし、おれはただのアイルランド野郎ではない。ニューヨークの波止場にあるアイルランドのパブへ行って港湾労働者にコナー・ブラニガンのことを訊いてみな。もしくは、炭鉱で働いている連中に訊いてもいい。鉄道のレールを敷いている労働者に訊いてもいいさ。工場でシャツを作っている女工やあんたにコーヒーを運んでくるメイドに訊いてみてもいい」

コナーは椅子にすわったまま背筋を伸ばした。顔から笑みが消えた。「みな教えてくれるだろうよ。おれが二年ものあいだ、ニューヨークからベルファストへ銃を運び、イギリスの税関の鼻先をかすめて銃を密輸していたことを。おれが逮捕されて反逆罪で裁判にかけられたことも教えてくれるだろう。イギリスの刑務所で想像を絶するような残酷な拷問にさらされていたことも。アイルランドにいる彼らの兄弟が、抗議集会やデモを行ってグラッドストン首相におれを解放させたことも教えてくれるさ」

コナーはシャツの端をつかんで布地を引き裂いた。女がはっと息を呑んだ。「これがおれの勲章だ、ミスター・ジャミソン。むちや煙草の火や銃弾を受けるたびに、おれはほかのアイルランド人たちの尊敬を勝ち得てきたんだ。ニューヨークのパブに行けば、グラスを掲げておれの歌を歌う連中がいる。ボストンやベルファストでは小さい女の子たちが縄飛び遊びをしながらおれの歌を歌うんだ。おれが頼めば命の危険をかえりみない同胞もいる。彼らにとっておれは自由と希望の象徴なんだ。彼らにとっておれは英雄なのさ」

自分のことばが理解されるまで待ってから、コナーは切り札を出した。「おれはニューヨークに電報を一本打てばいい。ヒュー・オドネルという紳士あてにな。アイルランド共和同盟のアメリカ支部とも言えるクラン・ナ・ゲールの指導者だ。ヒューが集めた銃の多くをおれがベルファストに密輸した。彼はおれに多少ならぬ恩義を感じているはずだ。ここ三百年のあいだ、イギリス人がアイルランド人の土地を奪ってきたのと同じように、あんたがコナー・ブラニガンの土地を奪おうとしているという噂をヒューに流してもらえば、ここであろうとどこであろうと、鉄道など一フィートも敷けないだろう。問題があちこちで多発して、どっちに対処していいかもわからなくなる。金もうんと無駄になるな。鉄道建設に投資しようとしていた投資家たちはあれこれ質問しはじめ、説明を求め出す。あんたは絶えず後ろを振り返っては、アイルランド人の声を聞くたびに怯えて飛び上がるというわけだ。生きているあいだ、地獄のような暮らしになるだろうな。それもそれほど長くはつづかないだろうが」

コナーはテーブルの反対側の男を凝視した。自分のことばをジャミソンが信じたかどうかはわからなかった。それはとんでもない大ぼらだった。アメリカに来たときに、活動資金集めを断った自分に、ヒューが救いの手を差し伸べてくれるかどうかは見当もつかなかった。それでもはったりをきかせるのは得意とするところで、ジャミソンが信じさえすれば、真実などどうでもいいことだった。

女がハイラムの腕に手を置いた。「パパ？」

ヴァーノンが自分でコナーを放り出してやろうと椅子を押しやって立ち上がった。が、ジャミソンが警告するように手を上げ、ヴァーノンはゆっくりと椅子に腰を戻した。「ハイラム、こんなことを許しておくわけじゃないでしょうね？」信じられないという口調で彼は訊いた。

ハイラムは何も言わなかった。推し量ろうとするような目をコナーに向けたまま、はったりのことばのなかに真実を見きわめようとしていた。

コナーは真実を告げてやった。「あんた以上の大物がおれをつぶそうとしたこともある、ミスター・ジャミソン。みな今は死んじまってるが」

「パパ」女が震える声で言った。脅しに動揺しているのは明らかだ。「そこまでの価値はないわ。パパに何かあったら、耐えられない。お願いよ、何かある前にこんなことやめてしまって——」

「アリシア、黙ってるんだ！」ヴァーノンがぴしゃりと言い、義理の父に顔を向けた。「ここでこれまでやってきたことをこいつに台無しにさせるわけにはいかない。ここまで築き上げてきたっていうのに。こいつの仲間が問題を起こす可能性があったとしても、なんとかできますよ」

「パパ、あきらめて」アリシアが夫を無視して父に懇願した。「そんな価値はないわ。この人たちにパパが殺されるわよ」

女の声は怯えた涙声になっていた。コナーはそれを利用した。「あんたの娘はきれいだな、ミスター・ジャミソン。でも、喪服に身を包んだ女はきれいには見えないぜ」

「パパ！」アリシアは怯えて叫び、父の袖をつかんだ。「お願い、あきらめて。わたしのために」

コナーはヴァーノンの顔に恐怖の翳がよぎるのを見て、うまくいきそうだと思いはじめた。無表情のまま、テーブルの向こうの男に目を釘付けにして待った。

先に目をそらしたのはハイラムのほうだった。彼は娘の手をとった。「何が望みだ、ブラニガン？」

「おれの土地に鉄道を敷くという計画をあきらめてくれ。そして、おれの家族を脅すのをやめるんだ。娘と婿を連れてニューヨークへ戻れ」

「だめだ！」ヴァーノンがテーブルにこぶしを打ちつけて叫んだ。朝食の皿がぶつかり合って音を立てた。「今やめるわけにはいかない！」

「口を閉じていろ、ヴァーノン」ハイラムは今の状況をしばらく考えていたが、やがて立ち上がって「わかった」と言った。娘がほっとしてすすり泣いた。「娘のために、おまえの要求を呑もう。約束する」

「折り合いがついてよかった」コナーは立ち上がって去りかけたが、入口のところで足を止めた。

「ところで、すでにヒュー・オドネルには電報を打ってあるんだ。あんたのことばが信用できないからじゃないぜ、ミスター・ジャミソン。ただ、何にしても用心に越したことはないと辛い経験から学んだものでね。おれや妻や娘たちに何かあったら、ヒューには何をすればいいかわかっている」コナーはそう言って女に会釈した。「ご機嫌よう、ミセス・タイラー」

ヴァーノンに挨拶することはなかった。コナーはそれ以上何も言わずに家から外へ出ると、借りた馬に乗って走り去った。大通りに出ると、馬をピーチツリーには向かわせず、逆の方向へ走らせた。町へ行ってヒューに電報を打っておいたほうがいいと思ったのだ。ジャミソンがそのことをたしかめようと思った場合にそなえて。くそっ、少なくとも、ヒューはこの話をおもしろがることだろう。

コナーもことのなりゆきをおもしろいと思っていたが、ちがう理由からだった。昔から皮肉なことをたのしむ傾向があったのだ。過去三年、恥ずかしくて英雄話を避けてきたというのに、今、これまで望みもしなかった愛を得るため、いつわりの評判を利用して英雄を気取る自分がいる。しかも、それがうまくいった。コナーは頭をそらし、信じられないとばかりに大笑いした。

コナー・ブラニガンが去ってから、ダイニング・ルームには沈黙が流れていた。ふたりの男はアリシアを見やった。アリシアはその暗示するところをくみとって立ち上がった。「おふたりでお仕事の話をしたいでしょうから」とつぶやくと、部屋をあとにした。

アリシアが部屋を出ていくやいなや、ヴァーノンが口を開いた。「オリヴィアに会いに行ってきます。家畜小屋の火事があった以上、きっと土地を売ることに乗り気になっているはずですから。彼女が売ると言えば、ブラニガンもそれに従いますよ」

「だめだ」

「なんですって？」ヴァーノンは仰天して義父を見つめた。「まさかほんとうにやつの要求を呑むわけじゃないでしょうね？」

ハイラムはその質問には答えなかった。そのかわり、椅子にすわったまま身を乗り出し、テーブル越しにヴァーノンに険しいまなざしを向けた。「きみがジョシュアに命じて家畜小屋に火をつけさせたんだな？」

ヴァーノンは口を開いて否定しようとしたが、ハイラムの顔が否定しても無駄だと語っていた。「そのことについてはお話ししたはずです」とヴァーノンは言った。「それで、あなたももっと圧力をかける必要があるとおっしゃった」

ハイラムは不愉快そうに顔をしかめて首を振った。「私のせいにして自分のやったことを正当化するんじゃない。きみのやったことは愚かしいどころか、恐ろしいことだ。ブラニガンは脅しに屈する男ではない。彼と一度話したときに私もためしてみたんだが、ききめはなかった。明日、ここで保有している土地や事業を売る手配をはじめてくれ。投資家たちに資金を返せるように。この事業からは手を引くことにする」

「ハイラム、本気じゃないでしょうね」

「本気さ。ここの土地と事業は売り払ってしまうつもりだ。土地の値段が上がっているから、かなりの利益をあげてくれるだろう。事業のほうもそれほど苦労せずに売れるはずだ。損をすることはない」

「あと一歩のところなんです。売り払うなんてだめだ」

そう言った瞬間、ヴァーノンはミスを犯したことを悟った。ハイラムは命令されるのが嫌いな男だった。

「ここでのささやかな計画はもともときみがはじめたものだ、ヴァーノン」ハイラムは冷ややかに言った。「私ではない。アリシアをわが家からこれほど離れた場所に連れてくるなど、最初から賛成できなかった。しかし、きみが自分の能力を証明するチャンスがほしいというから、そのために四年もやった。充分な期間だろう。きみは失敗したんだ。私は失敗の尻ぬぐいをするつもりはない」

失敗。心に深くつき刺さることばだった。「やつが言ったことは大ぼらにすぎない、ハイラム。それはあなたにもわかっているはずだ」

「たしかに、多少の嘘はあるだろう。しかし、すべてが大ぼらというわけではない」ハイラムはナプキンを脇に置いて立ち上がった。「ブラニガンのニューヨークの友人というのが、深刻な損害を引き起こす可能性もなきにしもあらずだ。クラン・ナ・ゲールのことは聞いたことがある。連中がそうしようと思えば、問題を起こせることもわかっている。私のために働いているアイルランド人は多い。全員を解雇するわけにもいかない。きみの鉄道計画のために、ほかの事業を危険にさらすわけにはいかんのだ。腹にアイルランドのナイフを刺されて命を終えるつもりもないしな。さっきアリシアが言ったように、そんな価値はない」

ハイラムはダイニング・ルームから出ていき、ヴァーノンはショックと怒りに駆られてその後ろ姿を見つめた。

自分の望んだすべてが、あのアイルランド人のボクサーのせいで手からこぼれおちていくなど信じられなかった。英雄だと？　ヴァーノンはそんなでたらめは一瞬たりとも信じなかった。

入口で物音がして、ヴァーノンは振り返った。アリシアがそこに立ち、険しい表情で彼を見ていた。ハイラムとの会話をひとことあまさず聞いていたのはまちがいない。非難されているのが肌で感じとれるほどだった。怒りがふつふつと沸き立ち、ヴァーノンは妻をにらみつけた。「何を考えていたんだ?」と彼は訊いた。「おれにとってここでの計画がどれほどの意味を持つものかよく知っているくせに、お父さんにあきらめろとつめ寄るなんて」

アリシアは糸くずでもついているようにスカートを払った。夫と目は合わせなかった。

「あの人の言うのを聞いたでしょう。あの脅しを。怖くなったのよ」

「ばかばかしい」ヴァーノンは椅子を押しやって立ち上がった。「きみはおれに成功してほしいとは思ってないんだ」

アリシアは顔を上げた。「そうじゃないわ。いつも力になってきたじゃないの」

「きみにとって都合がいいときだけだ」ヴァーノンは荒々しく足音を立ててダイニング・ルームから出た。アリシアは玄関ホールを横切る夫のあとをついていった。書斎に行くと、ヴァーノンは彼女の目の前でドアを閉め、彼女を閉め出した。

私は失敗の尻ぬぐいをするつもりはない。ハイラムのことばが耳の奥で鳴り響き、怒りがさらに煮えたぎった。ハイラムはおれを負け犬だと思っている。アリシアもそうだ。目を見ればわかる。

これまでこつこつと築き上げてきた帝国が音を立てて崩れ落ちようとしていた。そんなことを許すわけにはいかない。すべてはブラニガンのせいだ。やつがいなければ、オリヴィアもしまいには土地を売ったはずだ。やつがいなければ、ハイラムが怯えたウサギのように逃げ出すこともないはずだ。

ヴァーノンは机のところへ行き、一番上の引き出しを開けた。四年前に書いた売買契約書とコルト拳銃をとり出すと、契約書を上着のポケットにつっこみ、銃をもう一方のポケットにおさめた。それから引き出しを閉めて書斎をあとにした。

アリシアはまだドアの外に立って待っていた。「ヴァーノン、ごめんなさい――」と彼女は言いかけた。

「聞きたくない」そう言ってヴァーノンは妻の脇を通り過ぎた。

「どこへ行くの？」アリシアは玄関へ向かう夫に呼びかけた。

「あのつけあがったアイルランド野郎におれが苦労して築き上げたすべてをつぶさせるわけにはいかない」ヴァーノンは怒鳴った。「どうやってもあの土地は手に入れてみせる」

そう言って家を出ると扉を思いきり閉めた。窓枠ががたがた鳴った。アリシアとその父親はおれを負け犬だと思っている。いいさ、それがまちがっていることを証明してみせよう。

30

隣人たちがみな自分の農場へと帰っていくころには、オリヴィアは疲弊のあまり、その場で眠りこみそうになっていた。最後に帰ったのはオレンとケイトだったが、オリヴィアは自分も娘たちも大丈夫だから、泊まっていってくれなくていいと、少なくとも三度はきっぱり言わなくてはならなかった。ふたりにも世話をしなければならない家族がいることはわかっていた。それに、今自分に必要なのは、誰かにそばにいてもらうことではなく、風呂と着替えと抱きしめてくれるコナーだった。

しかし、抱きしめてくれるコナーはいなかった。オリヴィアは娘たちといっしょに森のなかで火事から逃げた家畜を探していたため、生き残った鶏と豚を集め、プリンセスとカリーといっしょに厩舎に入れるまで、コナーがいなくなったことに気づかなかった。彼はオレンの馬を借りて町へ向かったということだった。オレンは理由を言わなかったが、オリヴィアには火事が事故でなかったことがわかっており、コナーの向かった先も見当がついた。

オリヴィアは厩舎の壁にもたれ、家畜小屋だった建物の焼け跡をじっと見つめた。ヴァーノンと対決しに行ったコナーの身に何かあったかもしれないと考えると、心配で胸が悪くなるほどだった。ヴァーノンが自分と娘たちに何かをすることはないかもしれないが、コナーは別だ。オリヴィアは目を閉じ、コナーが無事に帰ってくるようにと祈った。土地を売るのを拒んだせいで彼の身に何かあったとしたら――

「ママ?」

ベッキーの声がして、オリヴィアは振り返り、厩舎のなかに立つ三人の娘たちの悲しそうな顔を見つめた。どの顔もすすと涙と汗で汚れている。やはりすすだらけのチェスターがそのそばに立っていた。ひと月前のコナーのことばが思い出された。〝戦うほどの価値はないじゃないか、オリヴィア。そこまでの価値はない。〟オリヴィアは娘たちのそばに歩み寄り、腕を広げて三人をいっしょに抱きしめた。「もう大丈夫よ」自分にもそう言い聞かせるように彼女は言った。

「大丈夫」

それから身を起こし、「行きましょう」と言った。「あなたたちをきれいにしてあげなくては」

オリヴィアは厩舎の入口から出ようとしたが、蹄の音がして足を止めた。馬に乗ったヴァーノンが家の脇をまわりこんで現れ、庭にはいってきたのだ。その後ろにジョシュアとアール・ハーランもいる。そばにいたチェスターがその場で吠え出した。

恐怖がオリヴィアの全身を貫いた。まず考えたのは、娘たちを避難させることだった。彼女は長女のほうを振り返った。「ベッキー、厩舎の反対側の入口から出てジョンソンさんの家へ行って。チェスターも連れていくの。それで、オレンにヴァーノンがここに来ていて助けが必要だって伝えて」

「どうして?」ベッキーが前に進み出て、庭に馬を乗り入れた男たちを見ようとした。が、オリヴィアは娘の肩をつかんで振り向かせた。

「言われたとおりにして」そう言って娘を反対側の扉のほうへ押しやった。「できるだけ急いで走っていって。さあ」

ベッキーは妹たちの手をとり、「おいで、チェスター」と言った。三人の娘と犬は厩舎から駆け出し、ジョンソン家の農場へ向かった。オリヴィアもいっしょに行ってもよかったのだが、コナーの身に何が起こったのかたしかめなければならなかった。娘たちとチェスターがうっそうとした森のなかへ姿を消すのを見届けてから、彼女は厩舎を出て庭を横切った。

オリヴィアが近づいてくるのにヴァーノンが気づいた。彼は乗ってきた糟毛《かすげ》の雄馬の手綱をポーチの手すりに巻きつけると、階段のそばに立った。ハーラン兄弟もそれに従った。

近づくにつれ、嵐の前の静けさのように、ヴァーノンから怒りがにじみ出ているのがオリヴィアにはわかった。まるでやっとの思いで怒りを抑えているかのように顔には張りつめたものがあり、体の動きもぎごちない。ほんのかすかな変化で激しい嵐となりそうな気配だった。生まれてはじめて、オリヴィアはヴァーノンを怖いと思った。彼とその手下がコナーに何をしたのだろうと不安になった。

ヴァーノンはオリヴィアが数フィート手前に来るまで待ってから口を開いた。「ブラニガンはどこだ?」と歯を食いしばるようにして言う。「今朝うちへ会いに来たんだが、話を終える前に帰ってしまったんだ」

安堵の思いがオリヴィアの胸に広がった。コナーがどこにいるのかヴァーノンは知らないのだ。つまり、夫は無事でいる。

しかし、ヴァーノンが上着を後ろに引き上げてベルトに差した拳銃を見せると、その安堵の思いも霧散した。ヴァーノンはオリヴィアのほうへ歩み寄った。「話を終えるためにここへ来た」

オリヴィアは怖がっている様子を見せるのを拒み、あとずさらなかった。ヴァーノンは一フィート手前で足を止めた。オリヴィアはしばらく拳銃を凝視し、それから目を上げてヴァーノンと目を合わせた。「コナーはいないわ。どこにいるかはわからない」

「だったら、待たせてもらう」オヴィリアに動く暇も与えず、ヴァーノンは万力のように腕をつかんだ。もがいても無駄だと思い、オヴィリアは抵抗しなかった。ヴァーノンはオリヴィアを引っ張って階段を昇らせ、家のなかにはいった。ハーラン兄弟もあとについてキッチンへはいった。

「アール、正面の窓を見張っていてくれ。ブラニガンが帰ってきたら教えるんだ」ヴァーノンは指示した。「ジョシュア、おまえは裏を見張れ」

アールはキッチンを出ていき、ジョシュアは裏のポーチへ出た。ヴァーノンはオリヴィアを椅子にすわらせた。

「どうするつもりなの？」と彼女は訊いた。

ヴァーノンは椅子を彼女の隣に引っ張ってきて腰を下ろした。「この土地の売買契約書にやつのサインをもらう」

「どうして彼が売ると思うの？」

「売るさ」ヴァーノンは椅子に背をあずけ、ベルトから拳銃を抜いてドアにねらいを定めた。

その様子を見れば、どうするつもりでいるのかはわかった。オリヴィアは震える手を組み、食料品庫に目を向けた。はたしてライフルのところへ行くことは可能だろうか。オリヴィアは椅子にすわったまま身じろぎした。「コナーが帰ってくるまでしばらく待つことになるかもしれないから、お茶を淹れるわ」

オリヴィアはそう言って立とうとしたが、ヴァーノンが腕をつかんで椅子に腰を戻させた。

「お茶などいらない、リヴ。そこにすわって動くな」

何分か過ぎた。オリヴィアには一分一秒が永遠のように感じられた。

オレンが何か手を打ってくれますようにと祈ったが、ジョンソンの農場までは四マイルある。娘たちがそこへ着くまでに少なくとも一時間はかかるだろう。そのあいだにコナーが戻ってきたら、ヴァーノンは彼を撃ち殺してしまうかもしれない。弓の弦のようにぴんと気を張りつめている様子から、何で糸が切れてもおかしくなかった。

オリヴィアはヴァーノンに目を向けた。「ヴァーノン」と静かに口を開いた。「土地がほしいなら、売るわ。もうこんなことをしなくていいのよ」

ヴァーノンはオリヴィアのほうに顔を向けた。「しなくていい？」彼はかっとなって怒鳴った。「あのくそ野郎がお山の大将さながらに今朝おれの家に押しかけてきて、おれと女房とその父親を脅しやがったんだ。ニューヨークのアイルランド人の仲間の力を借りて、おれたちを破滅させてやると言って。おまけにハイラムがその脅しに屈した！」ヴァーノンはこぶしをテーブルに打ちつけた。「おれは誰の脅しも受けない！　誰のもな！　とくに貧しいアイルランドのボクサーなどの脅しは」

ヴァーノンはオリヴィアに目を向けた。侮蔑と怒りに顔をゆがめている。「それにあんたはやつと結婚した。おれはあんたにはふさわしくなかったが、やつはふさわしいとでも？あんたはおれとは結婚しようとしなかったのに、やつとは結婚した」

ヴァーノンは椅子を押しやって立つと、彼女のほうへ身を乗り出した。ふたりのあいだには銃があり、彼の顔には嫌悪感がありありと現れていた。オリヴィアは椅子にすわったまま身を縮めた。「やつにはさわらせたというわけだ。汚ないアイルランド人の手に。まったく、あんたには吐き気を覚えるぜ」

オリヴィアはヴァーノンを見上げ、真実を知った。「もう土地のことじゃないの？」とささやいた。「わたしの結婚のことなのね」

ヴァーノンが答える前に、アールが居間から戻ってきた。「ブラニガンが帰ってきます」

ヴァーノンは身を起こし、意志の力でおちつきをとり戻した。オリヴィアの腕をつかむと椅子から立たせた。「来い、ミセス・ブラニガン」そう言って彼女の腕を引っ張って裏口から外へ出た。「あんたのだんなを出迎えようぜ」

庭に馬を乗り入れたコナーはすぐに、つながれた馬に気づき、裏のポーチで四人の人間が自分を待っていることを知った。ヴァーノンの手には拳銃がにぎられ、オリヴィアの顔には恐怖がありありと浮かんでいる。コナーはオレンの馬から降りてゆっくりとポーチへ向かったが、どうしたらいいだろうと考えながら、階段の数フィート手前で足を止めた。

ヴァーノンはオリヴィアのすぐそばにいたが、彼女に拳銃を向けてはいなかった。銃口はコナーに向けられていた。「やあ、ブラニガン。待ってたぜ」

コナーはオリヴィアを見やった。「娘たちは?」

「ジョンソン家へ行ったわ」

コナーはうなずき、目をヴァーノンに戻した。「今度はどういう条件を持ってきたんだ、ヴァーノン?」とわざとなにげない口調で訊いた。「一エーカーあたり七ドルか?」

「一ドルに逆戻りさ」

コナーはヴァーノンがオリヴィアを取引の人質にするつもりだろうかと訝った。それをたしかめなければならない。コナーはゆっくりと首を振った。「呑めないな」

「そう言うと思ったぜ」ヴァーノンはそばに立っているふたりの男に目を向けた。「ジョシュア、アール、こちらにいるミスター・ブラニガンには説得が必要なようだ」

ふたりの男がポーチの階段を降り、コナーのほうへ向かってきた。コナーには自分の疑問に対する答えがわかった。

「コナー、土地なんか売ってしまって！」オリヴィアが呼びかけた。「そこまでの価値なんてない」

オリヴィアの声には懇願の響きがあった。が、コナーは負けを認めるわけにはいかなかった。もう土地だけの問題ではなくなっていた。これは圧制者に立ち向かうことであり、みずからが信じるもののために戦うことなのだ。そう、今自分には信じるものがある。たとえヴァーノンがオリヴィアに脅しをかけなくても、戦わずしてあきらめるつもりはなかった。

コナーは戦う空間を作るためにあとずさり、近づいてくるふたりの能力を見きわめようとした。ジョシュアを倒すのは問題ないはずだが、ほぼ三カ月前のあの晩、アールのこぶしを顔に受けたときのことは覚えていた。こっちの男のほうが少しばかり厄介なはずだ。

コナーはこぶしをにぎり、どちらかの男が最初に動くのを待った。おそらくそれはジョシュアだろう。個人的な恨みもあり、忍耐力もあまり持ち合わせていない。最初のパンチがくり出されたときに、読みがあたっていたことが証明された。

コナーは身をかがめてジョシュアのこぶしをよけ、同時に肘を後ろにつき出してアールの腹に肘鉄を食らわせた。ジョシュアのこぶしは頭上で空を切り、アールは痛みにうめいて身を折り曲げた。コナーは身を起こしてまずはジョシュアの顎に右のこぶしをお見舞いし、次に頬に左のフックをくり出した。ジョシュアは後ろに倒れ、土の上に沈んだ。

しかしコナーには勝利を嚙みしめる暇はなかった。間に合うように願って後ろを振り返ったが、間に合わなかった。アールのパンチが頬骨の下を直撃した。コナーはその威力に押されてよろよろとあとずさったが、どうにか倒れずにアールの次のパンチをよけて左に身を倒した。パンチは空を切った。

コナーはアールの胸に右をお見舞いし、顎にきれいにアッパーカットを入れた。アールはとっさに動けず、さらに右のフックを受けた。骨と骨があたるいやな音がして、アールは地面に倒れた。コナーは後ろをくるりと振り返ったが、ジョシュアはまだうめきながら倒れたままで、立ち上がって戦いつづけようという素振りを見せなかった。

コナーはふたりをまたいでポーチに歩み寄り、階段の上にいる男を見上げた。「説得はうまくいかなかったぜ、ヴァーノン」と荒く速い息をしながら言った。「さあ、残るはあんたとおれだけだ。そのみじめな人生で一度ぐらい、自分で戦わなくちゃならないってわけだ」

ヴァーノンはオリヴィアをつかむ手に力をこめ、彼女を引き寄せて拳銃をまっすぐコナーの心臓に向けた。「おまえのためにことをうんと単純にしてやるよ。土地をよこせ。さもないとおまえの命をもらう」

「だめよ!」オリヴィアがすすり泣きながら声をあげた。「土地なんてやってしまって。あなたが命をかける価値なんてない。そんな価値はないわ。お願いよ、コナー」

コナーはほかに手立てはないかと考えながら、ヴァーノンからオリヴィアに目を移し、その目をまたヴァーノンに戻した。土地の売買契約書にサインしたとしても、ヴァーノンには殺されることになるだろう。「わかった、タイラー。あんたの勝ちだ」そう言って降服の印に両手を上げた。

突然、コナーは動いた。あまりにすばやい動きで、オリヴィアにはどうやったのかわからないほどだった。コナーがヴァーノンの手から銃を叩き落とした瞬間に銃が発射された。弾《た》丸《ま》はあらぬ方向へ飛び、銃は大きな音を立ててポーチに落ちた。コナーはヴァーノンの襟をつかんで階段の下へ引きずり下ろした。それから手を放し、体を押しやった。「ようし、ぼうや」と歯を食いしばるようにして言った。「あんたがどれほど勇敢か見せてもらおうじゃないか」

オリヴィアはポーチの反対側へ走り、銃を拾い上げた。ポーチの手すりに寄りかかって銃の撃鉄を起こすと、ヴァーノンにねらいを定めた。「銃はここよ、コナー」

「まあ、まだ撃たないでくれよ」コナーはオリヴィアに言った。「まずはおれが少しばかり彼と汗をかくから」

恐怖のあまりヴァーノンの顔から傲満な表情が消えた。助けを求めるようにまわりを見まわしたが、助けてくれるはずのふたりはまだ驚愕して茫然としたまま、地面に伸びていて、助っ人に駆けつけてくれる気はないようだった。

コナーはもう一度ヴァーノンを押しやった。「どうかしたのか、ヴァーノン？」あざけるような声。「あんたのために手を汚してくれるやつがいないのか？」

コナーはパンチをくり出そうとするようにこぶしを上げた。ヴァーノンは悲鳴をあげて後ろに飛びすさり、腕で顔を隠した。コナーは笑いながらこぶしを下ろした。「この臆病者め」とつぶやく。「手を痛める価値もないな」

ヴァーノンは腕を下ろした。コナーは背中を向けて歩み去ろうとしたが、突然気が変わり、こぶしをくり出した。はずみで力が加わったこぶしがヴァーノンの鼻に命中し、彼は地面にあおむけに伸びた。

「だましたのさ」コナーは手についた血をぬぐいながら言った。

庭に馬車が乗り入れてきて、ふたりの男の前で停まった。オリヴィアは馬車に乗っているアリシア・タイラーとぱりっとしたなりの紳士にちらりと目を向けただけで、またコナーとヴァーノンに目を戻した。

夫はヴァーノンのそばに立ってブーツで喉を踏みつけている。「おれはコナー・ブラニガンだ」彼は歯を食いしばるようにして言った。「名前を聞いてもぴんとこないだろうな。あんたにはこのあたりの事情ってやつを説明してやったほうがよさそうだ」

そう言って足を下ろした。ヴァーノンは必死で肺に空気を送りこもうとしてあえいだ。

コナーはまわりの土地を身振りで示してつづけた。「この土地とその上にあるすべてがおれのものだ。ここはおれの農場であり、おれの家だ。わかったか、ぼうや？」

ヴァーノンはうなずいて立ち上がろうとした。

コナーはブーツでまた彼を押し倒した。「ようし。あんたはおれの家族を脅しつづけてきた。まったくもって気に入らないな。おれの土地にふたたび足を踏み入れたり、おれの妻に目を向けたり、おれの娘たちから一マイル以内に近づいたりしたら、あんたを薪にするぐらいじゃすまないからな、このウジ虫野郎。絶対に殺してやる」

オリヴィアは手に持った拳銃を下ろし、階段を降りた。コナーは、彼がけっして望まないだろうと彼女が思っていたことを自分のものだと主張していた。〝おれの妻〟とか、〝おれの家族〟ということばには、強い愛着が感じられ、そのひとことひとことがオリヴィアに希望をもたらした。そのとき、荷馬車が庭に乗り入れてきたので、彼女は数フィート離れたところで足を止めて待った。荷馬車は馬車の後ろで停まった。

「何か困ったことになっているとおたくの娘たちに聞いたんだが」ライフルを手に荷馬車から飛び降りてオレンが言った。が、地面に三人の男が転がっていてひとりをコナーがブーツで踏みつけているのを見てとった。「しかし、どうやら片はついたようだな」

コナーはにやりとして、茫然としているハーラン兄弟を身振りで示した。「ひとつ頼みがあるんだが、帰る途中、この弱虫たちを道ばたに捨てていってくれないかな」

オレンはライフルの銃口でつついてハーラン兄弟を立たせた。コナーはオリヴィアに目を向け、彼女がまだ手に拳銃を持っているのに気がついた。そこでそれをとり上げて輪胴を開け、弾丸を捨てた。それからヴァーノンを立たせると、待っている馬車のほうへ押しやった。「おれの土地から出ていけ」と言って、弾丸のはいっていない武器をヴァーノンの足もとに放った。

ヴァーノンは血の出ている鼻に手をあてながら、身をかがめて銃を拾った。その後ろで馬車の扉が開き、アリシア・タイラーが降りてきた。夫のそばに近づくと、ポケットからきれいなリネンのハンカチをとり出し、それで夫の鼻を拭きながらやさしく話しかけた。「わたしはここを出ていくわ、ヴァーノン。今日の午後、モンローへ行く馬車を手配したの。パパとわたしはそれで帰るつもりよ。もちろん、あなたはカラーズヴィルに残ってもいいけど、屋敷は売りに出すから、住む場所を見つけなければならないわ。製材所も雑貨店も何もかも売り払うつもりだから、仕事も見つけなければならないし」

「アリシア、そんなことは――」

「いっしょに来たいと言うなら――」彼女はさえぎって言った。「パパが会社のどれかにあなたの働き口を見つけてくれる。もちろん、下っぱからはじめなければならないけれど。たぶん、事務員か何かね。でも、あなたならきっとすぐに昇進できるわ。パパも力を貸してくれるでしょうし」

アリシアは夫にハンカチを渡して鼻を拭かせ、自分はまるで子供にするように夫の破れた服からほこりを払い、ネクタイを直した。それから夫と腕を組み、馬車へと導いた。なかに乗りこむ前に、足を止めてコナーとオリヴィアのほうを振り向いた。「おふたりがここで幸せになることを祈っているわ。わたしはなれなかったけど」

そう言って馬車に乗りこんだ。ヴァーノンは後ろを振り向きもせずにそのあとにつづいた。馬車は向きを変えて進み、ポーチのところでいったん停まって御者が御者台から降りてヴァーノンの馬を後ろにつなぐと、家の脇をまわりこんで見えなくなった。

オレンは荷馬車をコナーとオリヴィアのそばに寄せた。コナーに貸した鹿毛の去勢馬を後ろにつないでいる。ハーラン兄弟にライフルを向けたまま、彼らが馬に乗ってヴァーノンの馬車のあとを追うのを見送りながら、オレンは含み笑いをもらした。「ふたりともちょっと酔っ払っているような感じだな。あんたみたいなパンチをくり出す男はほかに知らないよ、コナー。きっと連中も何を食らったのかわからなかっただろうな」

「わかってるといいが」コナーは答えた。「それで、これから長いこと忘れないでいてくれるといい」

「ところで」ハーラン兄弟の姿が見えなくなると、オレンがライフルを下ろして言った。「ケイトに伝えるように言われたんだが、娘たちを迎えに来るときには、夕食をいっしょにどうぞということだ」

「ありがとう。すぐにうかがうよ」とコナーが答えた。オレンはうなずいて手綱をふるった。荷馬車は庭から出ていった。

オリヴィアは夫を見つめていた。荷馬車が視界から消えるのを見送っている険しい横顔を。ヴァーノンに対しては、土地も、娘も、妻も自分のものだと主張していた。しかし、何よりも重要なものをわがものと主張してもらいたかった――彼女の心を。「わたしを愛してる?」

突然の質問にコナーは虚をつかれ、身をこわばらせた。オリヴィアのほうは見ずに答えた。「きみはおれを追い出す最後のチャンスを失ったんだぞ。不機嫌で、悪い習癖を持つおれはここに残ることになった。もうどこにも行かない」

「わたしの質問に答えてないわ」

「娘たちの前では悪態をつかないように気をつけるが、つい口に出てしまうかもしれない。

きみはそれに慣れなくちゃならない。それに、おれがまた悪夢に襲われたら、起こそうとしないでくれ。悪夢が去るまで離れていると約束してくれ」

「ええ、もちろん、でも――」

「もうひとつ」コナーはさえぎって言い、オリヴィアのほうを振り向いた。反抗的な顔になっている。「おれは教会へは通わない。だから、それについては希望を持たないでくれ」

「教会に通ってほしいなんて一度も言ってないわ。でも、コナー――」

「おれは好きなときに葉巻を吸うし、ウィスキーをやめることもない。ちょっとばかり酒がほしくなったら、飲むつもりだ。だから、翌朝それについてこごとを言われるのもごめん――」

「コナー！」オリヴィアは我慢の限界に達してさえぎった。苛立ちと希望と不安が入り混じっていた。「わたしを愛してる？」

コナーは答えようとするかのように口を開いたが、その口をまた閉じた。顔に翳がよぎった。オリヴィアには何とはっきりとはわからない翳だった。飢えと熱情が入り混じった翳。恐れだったかもしれない。愛情だったかもしれない。おそらくはその両方だったのだろう。

唐突にコナーは手を伸ばしてオリヴィアの手をつかんだ。

「きみに見せたいものがある」そう言って手を引っ張って庭を横切り、家畜小屋の焼け跡や厩舎や離れの小屋の脇を通り過ぎ、ネイトの古い道具小屋へ向かった。

コナーはドアのそばで足を止め、オリヴィアの手を放した。「ここにあるんだ」コナーはふいに不安そうな顔になり、あとずさりしはじめた。「おれが……その……きみのために作ったものだ」

オリヴィアは急に弱気になったコナーを不思議そうに眺め、「なあに？」と訊いたが、コナーは答えなかった。彼女はドアのほうを振り返って押し開けた。

入口から日の光が射しこみ、オリヴィアの影を小屋のまんなかに置いてある木のベンチに投げかけた。ベンチは白く塗られ、両側にベンチを吊り下げるための鎖がついていた。ポーチに置く揺り椅子だ。

オリヴィアは突然わっと泣き出したくなり、まばたきして涙を払いながらベンチをじっと見つめた。ゆっくりとそばに歩み寄ると、なめらかな白い表面に手を走らせた。「わたしのために作ってくれたの？」そう言ってコナーのほうを振り向いたが、後ろから日が射しているせいで、その表情は読みとれなかった。「どうして？」

コナーは顔をうつむけて地面をじっと見つめた。長い沈黙が流れ、やがて彼はゆっくりと、思いついたままを口に出すかのように話しはじめた。「オリヴィア、おれは長いこと、たくさんのものから逃げまわって過ごしてきた。何よりも愛というものから。おれには愛など必要ないと自分に言い聞かせてきた。愛など望んでもいなければ、もう感じることもないとね。しかし、ほんとうのところ、おれは恐れていたんだ。おれは愛したすべてを失った。人であれ、物であれ、もう二度と愛することなどごめんだと思っていた。あの心の痛みを二度とふたたび感じる危険は冒したくなかったんだ」

オリヴィアはじっと耳を傾けていた。ぎごちなくことばが発せられるたびに、希望がより明るく輝く気がした。コナーが黙りこむと、オリヴィアはそっと彼のそばに歩み寄った。

「それで？」

オリヴィアは息を呑んで待った。

コナーは顔を上げた。「おれは危険を冒すに足るものもあるとわかるようになった。あまりに強烈すぎて置き去りにはできず、あまりにか弱くて失えないもの。きみがそれをおれに教えてくれた。このポーチの揺り椅子はおれからの結婚の贈り物だ。これから一生、毎晩きみとここにすわりたい。愛している、オー・ヴーイルニーン」

オリヴィアはことばを発することができなかった。その贈り物が自分にとってどれほどの意味を持つか伝えたかったのに。彼をどれほど求め、彼がいなくなってしまうのではないかとどれほど恐れていたか、どれほど彼を愛しているか。しかし、オリヴィアはことばを見つけることができなかった。

そこで彼のもとへ駆け寄り、安堵と喜びにすすり泣きながら腕のなかに身を投げた。それはどんなことばよりも雄弁な行為だった。

娘たちそれぞれがオリヴィアへの贈り物について感想を言った。

「すてきだと思うわ、パパ」とベッキーがおやすみのキスをして言った。「今度ジェレミアが日曜日のお昼を食べに来たときにいっしょにすわってもいいかもしれない」

「死んでも貸さないね」ベッキーが廊下を渡って自分の部屋へ向かうのを見送りながら、コナーは声を殺してつぶやいた。

オリヴィアがむせぶようなひどく怪しい声を出した。コナーは眉をひそめ、何か笑うようなことがあっただろうかと訝った。が、オリヴィアはすでにチェスターをまたいでキャリーの部屋へ向かっており、コナーにははっきりとはわからなかった。

キャリーは姉ほどポーチの揺り椅子に興味を示さなかった。「悪くはないわね」とあくびまじりに言った。「でも、パパ、もっとおもしろいものを作れなかったの？　木の上の家とか」

コナーは身をかがめてキャリーにキスをした。「それは今度さ、モー・カイリーン。約束するよ。さあ、お眠り」

オリヴィアは娘にキスをした。「おやすみ、キャリー。よく眠るのよ」

ふたりはミランダの部屋に移り、いっしょに末娘をベッドに寝かせた。

上掛けを顎まで引き上げてやると、ミランダは訊いた。「パパ、ママに揺り椅子を作ったんだから、わたしには人形の家を作ってくれる？」

コナーは喉がつまる気がし、娘の頬に軽く唇を寄せた。「作ってあげるさ、ミランダ」

「よかった」そう言ってミランダは目を閉じた。「これで人形にもおうちができるわ」

コナーはベッドをはさんでオリヴィアと目を合わせた。「みんなにひとつずつ何か作ってやらないといけないな」とつぶやくと、妻がほほえんだ。コナーはこれからずっと毎日何か彼女をほほえませるようなことをしようと心に誓った。彼女の安全と幸せを守るために全力をつくすのだ。そして彼女を愛する。いつまでも。

オリヴィアはミランダにおやすみのキスをしてランプを消した。それからコナーの手をとってふたりでミランダの部屋をあとにした。階下《した》へ降りると、コナーが言った。「人生を完璧なものにするのに、家や子供が必要だとは思ったこともなかった。しかし今、それなしの人生など想像もできないよ。ただ、ときどきひどく不安になることはある」

彼の手をにぎったオリヴィアの手に力が加わった。「大丈夫よ」と彼女は言った。「いい両親になるこつは、あまりそのことを考えすぎないこと」

聞いたことのあることばだった。はじめてキッチンで彼女にキスをした日のことが思い出され、コナーはわざといたずらっぽい笑みを浮かべてみせた。「あの揺り椅子にすわろう」

外に出ると、空気は少しひんやりしていた。はじめて感じる秋の気配だった。コナーは春が来る前にやっておかなければならないことをあれこれ考えたが、そのせいで息がつまることはなく、たのしみにすることがどれほど多いか気づいた。

コナーは腰を下ろし、オリヴィアを膝に抱き寄せた。揺り椅子が静かに揺れ出した。「さて、ミセス・ブラニガン」コナーは彼女の耳もとでささやいた。「きみのパパとママがポーチの揺り椅子で何をしていたのかもう一度教えてくれないか」

オリヴィアは唇を彼の唇まで一インチのところへ寄せた。「やって見せてあげる」そうささやくと、腕を彼の首にきつくまわした。

唇と唇が触れ合うと、コナーは子供たちをベッドに追いやってから夫が妻とポーチの揺り椅子にすわる真の理由をじっくりとたのしんだ。彼が思うに、宵の過ごし方としては最高だった。しかし、今考えているのはそういうことではない。

コナーは唇を離し、オリヴィアを抱き上げて立ち上がった。彼女は驚いた。

「ポーチの揺り椅子にすわっていたいんだと思っていたわ」

「気が変わったんだ」コナーはかすれた声で言い、裏のドアへと向かいながら、妻の喉にキスの雨を降らせた。「あれには明日すわろう」

コナーはオリヴィアを抱いて敷居をまたぎ、家のなかにはいった。階段を昇ると、夫婦の寝室へはいり、ドアを蹴って閉めた。ドアが閉まって掛け金がかかると、コナー・ブラニガンは妻にまたキスをはじめた。そして、自分がようやく家に帰ってきたことを悟った。

一九九四年八月三十一日、アイルランド共和国軍は全軍の休戦を宣言し、プロテスタントの準軍事組織もすぐにそれに応じた。北アイルランド問題の平和的解決を探る交渉がはじまった。この本の執筆期間中、北アイルランドの市街地は静寂に包まれていた。あの美しくも悲劇的な土地と温厚で心の広い人々に、ようやく平和が訪れることを願ってやまない。

ローラ・リー・ガーク

訳者あとがき

ローラ・リー・ガークのリタ賞受賞作、南北戦争後のルイジアナを舞台にくり広げる、せつなくも心温まるロマンスをお届けします。

ヒロインのオリヴィアは少女のころに母を失い、その後酒浸りとなった父の世話に明け暮れて婚期を逃した女性です。南北戦争で兄ふたりを、戦後、不慮の事故で父を失い、天涯孤独となった彼女は、たったひとりでルイジアナ州北部にある農場を切り盛りしながら、亡くなった親友の三人の孤児を引きとって自分の娘として育てています。ピーチツリーと呼ばれる彼女の農園を通って鉄道を敷く計画が持ち上がっていて、土地の買収に応じなかったことで町の実力者ヴァーノンからいやがらせを受けていますが、芯の強い彼女はけっして屈することなく、ひとり戦いつづけています。

そんなヒロインのもとへ、賭けボクシングのボクサーとして町から町へ流れ歩くアイルランド人、コナーが現れます。道端に瀕死の状態で倒れているところをオリヴィアが見つけて家に連れ帰り、看病することになるのです。農場の仕事に人手が必要だったオリヴィアは、神への祈りが通じて彼がつかわされたのかもしれないと考えますが、コナーは彼女が望んでいたような人物ではありませんでした。

刑務所で負ったという全身の無数の傷痕にオリヴィアは驚愕しますが、コナーにとっては、肉体的な傷よりも精神的な傷のほうが深刻でした。絶えず悪夢に襲われる彼はひとところにとどまっていられず、何かから逃げまわるような放浪生活をせずにいられなかったのです。フラッシュバックのように差しはさまれるアイルランドでの悲しいエピソードが、そんな彼の心の傷の深さをより鮮明に印象づける役割をはたしています。

婚期を逃し、自分がロマンスを経験することなど一生ないかもしれないとさびしく思いながら、ひとり農場の仕事や家事に専念するオリヴィアと、心に負った深い傷のせいで、自分のまわりに壁を作って人を寄せつけまいとするコナー。作者はこの作品で、孤独な魂同士がどうしようもなくひかれ合うせつないロマンスをくり広げています。さらには、オリヴィアだけでなく、コナーの心理描写にも重点を置くことで、傷ついた魂がじょじょに癒されていく様子を非常に細やかに描いています。人を愛する心と人への信頼をとり戻せれば、心にどれほど深い傷を負っていても、きっと人間は立ち直れる。本書にはそんな作者のメッセージがこめられているようにも思われます。

そうして心に傷を負った孤独な人間を描きながらも、この作品がどこかユーモラスで明るいのは、オリヴィアの三人の娘たちによるところが大きいと思います。孤児でありながら、オリヴィアの愛情をあり余るほどに受けて、娘たちはのびのびと明るく育っています。長女としてオリヴィアを助けるしっかり者のベッキー。いつも何かしらいたずらを考えている茶目っ気たっぷりのキャリー。無邪気で食いしん坊の幼いミランダ。三人はコナーに対しても物怖じすることなく接し、彼が他人とのあいだに築こうとする壁を難なく乗り越えて、彼が生まれ持つやさしくすなおな一面を引き出します。オリヴィアとの愛のみならず、三人の娘たちとの触れ合いも、コナーが心の傷を癒す助けとなったのはまちがいありません。

オリヴィアとコナーが出会った一八七一年当時のアメリカは、南北戦争から数年たったころで、黒人が解放されて働き手を失った南部のプランテーションは深刻な苦境におちいっていました。その多くが人手を必要とする綿花の栽培をしていたからです。戦争でたくさんの若者の命が奪われ、戦争から戻ってきた者たちのなかにも、農園経営をあきらめ、新天地を求めて西部に移ったり、工業の盛んな北部へ行って工場で働いたりする者が大勢いました。戦後、大陸横断鉄道が完成し、各地で鉄道網を拡大しようとする動きも盛んになりました。ヴァーノンのように北部へ行き、後ろ盾を得て故郷へ戻ってきて、鉄道でひと財産築こうとした者もきっといたにちがいありません。さらには、コナーが指摘したように、鉄道建設に大勢のアイルランド人労働者が酷使されたのも事実です。

一方、そのころアイルランドでは、イギリス支配に抵抗するアイルランド共和同盟の運動が高まっていました。〝じゃがいも飢饉〟と呼ばれる飢饉をきっかけに、アイルランドの食料事情が悪化するなか、イギリスへの食糧輸出はつづけられており、コナーの家族と同じように、イギリス人の地主によって立ち退きを迫られるアイルランド人も大勢いました。そんな状況においてイギリス支配への反発が高まるなか、独自の共和国樹立をめざしてアイルランド共和同盟が結成されたのです。同盟の闘士たちに対するイギリスの弾圧は厳しく、それがさらに過激な抵抗運動を呼び、のちのＩＲＡの過激な活動へとつながっていきます。現在はごく一部の過激派以外は武装解除が行われ、作者も最後に書いているように、ようやくアイルランドにも真の平和が訪れようとしています。素朴でやさしい人々の暮らすあの緑豊かな国で、その平和が恒久的につづき、過去の悲劇が二度とくり返されないようにと願わずにいられません。

作者のローラ・リー・ガークはアイダホ州のボイシ州立大学卒業後、広告業等さまざまな職業を経てから、ロマンス小説の執筆をはじめ、一九九四年に処女作を発表します。その後次々と作品を発表し、自分をしっかり持った魅力的なヒロインと、恋愛のつぼを心得た胸をときめかせるストーリーがヒストリカル・ロマンス・ファンの心をつかみ、ベストセラー作家の仲間入りをします。日本では、ラズベリーブックスから、ガークがはじめて手がけたシリーズものの〈ギルティ(罪悪感)・シリーズ〉がすでに二冊刊行されており、そのウィットに富んだせつないストーリーが高く評価されています。

冒頭でも触れましたが、本書は作者の初期の作品で、一九九七年にロマンス小説賞の最高峰とも言えるリタ賞のベストロングヒストリカル部門を受賞しました。〈ギルティ・シリーズ〉とはひと味ちがったこの作品も、恋愛のすばらしさを情感たっぷりに描いた秀作で、きっと読者のみなさんにも気に入っていただけるものと思います。

ガークは現在、アイダホ州のボイシで暮らし、精力的に執筆活動を行っています。〈ギルティ・シリーズ〉に次ぐ二番目のシリーズ、〈ガール・バチェラー（独身女性）・シリーズ〉など、日本に紹介されていない魅力的な作品もまだまだたくさんあります。今後、ラズベリーブックスで順次ご紹介していけるものと思いますので、どうぞおたのしみに。

二〇〇九年一月　高橋佳奈子

楽園に落ちた天使

2009年２月17日　初版第一刷発行

著……………………………ローラ・リー・ガーク
訳……………………………………高橋佳奈子
カバーデザイン………………………小関加奈子
編集協力………………………アトリエ・ロマンス

発行人……………………………………高橋一平
発行所…………………………株式会社竹書房
〒102-0072 東京都千代田区飯田橋2-7-3
電話：03-3264-1576(代表)
03-3234-6208(編集)
http://www.takeshobo.co.jp
振替：00170-2-179210
印刷所………………………凸版印刷株式会社

定価はカバーに表示してあります。
乱丁・落丁の場合には当社にてお取り替え致します。

ISBN978-4-8124-3748-3 C0197
Printed in Japan